SINA BLACKWOOD
DIE MAGIER VON TARRONN – 4

Sina Blackwood

Die Magier von Tarronn

Band 4

Fantasy

Bibliografische Informationen der Deutschen Nationalbibliothek Die Deutsche Nationalbibliothek verzeichnet diese Publikation in der Deutschen Nationalbibliografie; detaillierte bibliografische Daten sind im Internet über http://dnb.d-nb.de abrufbar.

Coverbild: 22847452 | © Yuriy Mazur - Fotolia.com
Umschlaggestaltung: Sina Blackwood
Layout: Sina Blackwood

Herstellung und Verlag:
BoD – Books on Demand, Norderstedt
ISBN: 9783739246833

Was bisher geschah

Um einen Weg zur Vernichtung des Drakon Letan zu finden, wurde die atlanische Seherin Neri mit einigen Getreuen in die Zukunft gesandt.

Vor sehr langer Zeit hatten die Großen Verborgenen Letan auf die Erde verbannt. Seitdem war der Hass des riesigen Drachen ständig gewachsen. Die Atlan saßen ebenfalls seit vielen Hundert Jahren auf der Erde fest, nachdem Letan hier ihre Raumschiffe zerstörte. Einige Atlan konnte die Drakon Siri retten, indem sie sich ihm in den Weg stellte.

Von den Großen Verborgenen war er schließlich in einen Tiefschlaf versetzt worden, aus dem er langsam zu erwachen begann. Niemand wusste, wie lange ihn die magischen Fesseln noch ruhig halten konnten, die zudem bei jedem Vollmond erneuert werden mussten.

Der Zeitsprung brachte die kleine Gruppe in das Ägypten der 18. Dynastie. Sie glaubten, dass ihnen der wiedergeborene Atlan Rami, der bald als Ramses II. herrschen sollte, helfen könne.

Mit der Hilfe des findigen Waisenjungen Hatik gelang es ihnen tatsächlich, Rami zu finden. Doch bald lief alles ganz anders, als geplant. Neri, die Ramses liebevoll Nefertari nannte, wurde die Lieblingsfrau des Pharao und lebte viele Jahre an seiner Seite.

Als sie begriff, für ihn nur eine von Vielen zu sein, kehrten die Zeitreisenden nach Atla zurück. Sie hatten die Hüterin Kira verloren, aber einen neuen Freund gewonnen. Zu ihrer großen Freude war Hatik auf der Insel eingetroffen, der sich ihnen an Ramses' Hof als Tarronn offenbart hatte. Solon nahm ihn bei sich auf, um über den Verlust von Rami hinwegzukommen. Immer wieder verblüffte der junge Mann die alten Magier mit ungeahnten Fähigkeiten.

Ein altes Erbstück aus Solons Familienbesitz half ihm, den Stand eines Drakonat zu erlangen, der höchsten Stufe, die ein Tarronn erreichen kann. Die Atlan begannen, wieder zu hoffen. Besonders, als sich Neri und Hatik als Paar zusammenfanden.

Eines Tages tobte auf Atla tagelang ein Unwetter mit elementarer Wucht. Seltsame Dinge geschahen. Der Drakonat wollte ihnen auf den Grund gehen und stand plötzlich seinem Vater Horus gegenüber.

Ein Wettlauf gegen die Natur und Zeit begann. Doch Horus' Besuch auf Atla hatte ungeahnte Folgen. War sein Lebensschlüssel etwa defekt? Als Hatik dann auch noch in Kontakt mit der bösen Urmagie von Letan und dem Caiphas-Splitter kam, schien alles verloren zu sein.

Neris tiefe Liebe rettete den Drakonat schließlich.

Horus gelang es, bevor die Insel endgültig auseinanderflog, ein Evakuierungsraumschiff für die letzten Atlan aufzutreiben, das sie nach Tarronn bringen sollte.

Imset, den die Menschen und Atlan einst Hatik nannten, vernichtete im allerletzten Augenblick den schwarzen Drachen und wurde dabei selbst fast auf den Tod verletzt.

Durch die Magie des Drachenkristalls konnte er den Untergang von Atla überleben. Horus' kleiner Gleiter brachte den Schwerverletzten zum Raumschiff, das bereits Kurs auf den Planeten Tarronn in der Caiphas-Galaxie genommen hatte. Dort gelang es Neri, ihren Gefährten zu heilen.

Noch vor dem notwendigen Zwischenstopp an der Raumstation Taris erwartete die Reisenden eine große Überraschung. Neris und Imsets Sohn Sobek kam zur Welt. Durch sein Blut, und das seiner Eltern, wurde auch Drakos, der Wächterdrache, wiedergeboren.

Am Ziel hieß das befreundete Volk der Tarronn, die Atlan gern und mit allen Ehren willkommen.

Mit äußerstem Erstaunen stellten die Tarronn fest, dass mit den Atlan endlich die Magie wiederkehrte, die sie seit Jahrtausenden verloren glaubten.

Die Neuankömmlinge nahmen den Kontinent Dafa in Besitz, wo ihnen Horus die Siedlung Neu-Atla errichten ließ, um ihnen den Start zu erleichtern. Die Atlan begannen mit Drakos Hilfe, sofort Felder anzulegen.

Der Wächter brachte sie auch zu einem Plateau, wo sich die magische Quelle von Tarronn befand, die missliebige Lebewesen stets von sich abwehrte. Die Atlan fanden ihr Wohlwollen. Nichts blieb mehr, wie es war, aber alles war nun möglich …

Drakos, als Wächter der Quelle sehr einsam, sehnte sich nach einer Gefährtin. Also flogen die Atlan, die Tarronn und Imset auf die Erde, um das Herz der Drakon Siri zu holen. Die Wiedergeburt der Drakon Siri war an das gleiche Ritual gebunden, welches Drakos ins Leben zurück verholfen hatte. Ein paar Tropfen Blut, eines Neugeborenen und seiner Eltern, waren nötig, um die Verwandlung zu vollziehen.

Als alle Stränge rissen, und sich einfach kein Nachwuchs einstellen wollte, griff Safi zu einer List, die dem gutmütigen Riesen seinen größten Traum und Merit-Amuns Kinderwunsch erfüllen sollte. Safis Plan ging auf und der weibliche Wächterdrache kehrte ebenfalls ins Leben zurück.

Die Atlan hatten dem Schicksal wieder einmal ein Schnippchen geschlagen.

Sie beschlossen, der Quelle einen Schrein zu bauen, sie wieder zu einem Zentrum der Magie zu machen, das sie es einst gewesen war.

Aus dem alten Drachenland holten sie das Material herbei und errichten eine strahlend weiße Pyramide, an deren Innenwänden in atlanischen und Tarronn-Schriftzeichen die gesamte Geschichte ihres Volkes erzählt wurde.

Sobek und sein Freund Maris, die beide in den Kreis der Magier aufgenommen worden waren, wurden nach Taris zu Horus geschickt, um zu lernen.

Mit ihrer ungezwungenen, ehrlichen Ausstrahlung und ihren unglaublichen Fähigkeiten fanden sie schnell Freunde unter den Tarronn.

Dann nahm Horus die beiden jungen Männer mit zu einem Einsatz auf die Erde. Doch das, was wie ein netter Kurzurlaub begann, endete fast in einer Katastrophe.

Der abtrünnige Atlan Tobi tauchte auf, um Horus' Raumschiff für Seth in seine Gewalt zu bringen. Er schleuderte Zaid, der Gefährtin Sobeks, ein Messer in den Rücken und verletzte sie fast tödlich.

In rasender Wut fand der Drakonat die Macht der Drachenflamme, mit der er Tobi zu Asche verbrannte. Maris, der Heiler, riss Zaid in allerletzter Sekunde dem Tod aus den Armen.

Die Crew kehrte nach Taris zurück. Die beiden Atlan flogen mit ihren Gefährtinnen etwas später nach Dafa, wo Zaid warmherzig von Neri und Imset empfangen wurde.

Der Energietransfer durch Sobek, um sie vollständig zu heilen, hatte in Zaid die alte Magie wiedererweckt. Auch ihr Schicksal schien nun völlig offen.

Große Ereignisse warfen ihre Schatten voraus.

Während die frischverliebten Pärchen, die sich auf Taris gefunden hatten, in Atla Urlaub machten, fingen die Tarronn einen seltsamen Funkspruch auf. Eine unbekannte Krankheit solle den Apfelbaum der Idun befallen haben und so, dem befreundeten Volk der Asen, der Untergang drohen. Horus beschloss, mit Maris, Sobek, Jani und der Botanik-Spezialistin Zaid nach Asgard zu fliegen, um den Asen seine Hilfe anzubieten. Obwohl sich Idun ihnen gegenüber mehr als abweisend verhielt, fand Sobek einen Weg, ihre Aufmerksamkeit zu erregen. Die Atlan und Tarronn durften bleiben.

Sie überraschten Apophis dabei, wie er den Baum zu Absterben brachte. Maris säuberte den Baum von Apophis Zauber und Sobek folgte unsichtbar dem Dämon. Doch am Ziel stand Sobek unvermittelt auch Loki gegenüber. Er hatte Mühe, seinen Zorn zu bezwingen, um die Mission, die sie hierher geführt hatte, nicht zu gefährden. Es blieb ihm nur, sowohl den Dämon Apophis als auch den Gott der Lüge, Loki, entkommen zu lassen.

Zaid und Jani kehrten mit ihren Gefährten nach Taris zurück. Iduns Abschiedsgeschenk hinterließ bald deutlich sichtbare Spuren. Beide Frauen wurden noch auf dem Heimflug schwanger. Die Pärchen beschlossen, nach Dafa zu gehen, um für immer dort zu bleiben.

Zaid erhielt von der Quelle Hinweise, wo die Atlan eine Seele finden, die sie Anubis zum Tausch anbieten könnten, um endlich Kira zurückzuholen. Gemeinsam konnten Neri, Imset, Sobek und Horus die schwierige Aufgabe lösen. Sie befreiten die, in ihrer Mumie gefangene, Seele der Prinzessin Schep-en-Hor. Anubis nahm freudig das Geistwesen in Empfang, doch damit kam die Hüterin noch lange nicht zurück …

Uräus weissagte, durch Merit-Amuns Mund, dass einer Atlan im Anubis-Tempel auf der Erde großes Unheil drohe. Neri konnte die Magier überzeugen, die seelenlose Hülle der Hüterin zu retten, und nach Dafa zu holen. Also flogen Horus, Imset und Neri auf die Erde.

Doch Seth hatte seine Falle geschickt gestellt. Vor den Augen des völlig entsetzten Imset verschwanden Neri und Horus spurlos. Ohne ihnen helfen zu können, flog Imset nach Tarronn zurück. Dem Tode nah, kam er an. Sobek gelang es zwar, seinen Vater zu retten, doch er konnte es nicht verhindern, dass sich Imset von seinen Freunden abwandte. Niemand wusste, ob nun die Gemeinschaft der Magier zerfällt.

Inzwischen zwingt Seth Horus, mit Neri ein Kind zu zeugen, um den ganzen Clan auf diese Weise loszuwerden. Doch, statt sich gegenseitig umzubringen, wie er es kalkuliert hatte, hielten die Mitglieder des Clans auch in diesen schweren Zeiten fest zusammen.

Horus berief das Große Tribunal ein, wo die hochrangigsten Tarronn, Asen und Helion gemeinsam Recht für mehrere Galaxien sprechen sollten. Aus diesem Anlass trafen auch, erstmalig nach der Flucht von der Erde, alle Völker mit den Atlan und Drakon zusammen und erneuerten ihre uralte Freundschaft.

Die selbstlosen Atlan boten Isis, der Herrin von Tarronn, und Cheiron, dem weisen Zentauren, Hilfe an. Osiris, der König der Tarronn und Ahnherr des Horus-Clans, existierte noch immer mehr tot als lebendig vor sich hin. Cheiron, von Zeus' Olympiern auf Helion nur geduldet, statt wirklich gern gesehen zu sein, hatte zu Hause auch keine Hilfe zu erwarten.

Sobald das Kleine von Horus und Neri auf der Welt sei, wollten ihn die Atlan und Tarronn zu sich nach Dafa holen und alles dafür tun, dass auch Cheiron endlich einem eigenen Kind sein immenses Wissen vermitteln konnte.

Am Abschiedsabend für die Helion tauchte plötzlich Meister Arko mit einer geheimnisvollen Begleiterin auf. Als sie ihre Kapuze ablegte, wurde sie mit Jubel empfangen. Arko war das fast Unmögliche gelungen, Kira ins

Leben zurückzubringen. Schnell klärte er die Magier darüber auf, dass dies die Art von Isis und Osiris sei, sich für die versprochene Hilfe zu bedanken.

Die befreundeten Völker stellten erneut fest, dass den Atlan wohl nichts unmöglich ist.

Frauenpower

Kaum lugte der erste Sonnenstrahl über den Horizont, hob das Raumschiff der Helion beinahe lautlos ab. Die Magier hatten es sich nicht nehmen lassen, zum Startplatz zu kommen, um dem schnell kleiner werdenden Fluggerät mit den Augen zu folgen. Die Drakon begleiteten das Raumschiff bis an den Rand der Atmosphäre.

Als es die Lufthülle von Tarronn verließ, ging Zeus sofort auf zehnfache Lichtgeschwindigkeit. Auch so würde die Reise noch fast zwei volle Monate dauern.

Sie hatten ein Volk kennengelernt, das fest zusammenhielt, egal, welche Widrigkeiten es meistern musste. Ein Volk, dem es sogar gelungen war, die alten Legenden wieder mit neuem und sogar besserem Leben zu füllen.

Cheiron stand am Panzerglas des Fensters. Wehmütig beobachtete er, wie Tarronn rasend schnell im All verschwand.

Arko war mit Kira Hand in Hand durch die Nacht gelaufen. Noch nie hatte er sich so auf sein Zuhause gefreut, das nur wenige Meter vom Festplatz entfernt, auf einem Hügel an den Klippen lag.

Rasch entzündete er einige Öllämpchen, die das Innere des Häuschens in eine gemütliche Atmosphäre tauchten. Er führte Kira in das geräumige Wohnzimmer, um rasch Getränke und ein paar Knabbereien aus der Küche zu holen. Interessiert musterte die Hüterin die geschmackvolle Inneneinrichtung.

Die kleinen Skulpturen, die überall standen, gefielen ihr besonders. Arko hatte nicht viel über sich erzählt. Offensichtlich war er ein sensibler Künstler, dem Gefühl über alles ging. Kira schloss die Augen. Sie ließ die neuen Eindrücke wirken. Arko kam herein, setzte das Tablett leise ab und wartete, bis Kira die neue Situation erfasst hatte.

Dann zog er sie auf seinen Schoß. Es hätte zu lange gedauert, jetzt noch Feuer im Kamin zu machen. Also wärmte er sie auf seine Weise. Kira lächelte dankbar. Sie nahm ein paar Schlucke des duftenden Fruchtsaftes und kuschelte sich an seinen Körper.

„Eigentlich bin ich furchtbar müde", flüsterte sie.

Arko nickte. Auf seinen starken Armen trug er sie ins Schlafzimmer. Kira legte ihr Gewand ab. Kaum hatte ihr Kopf das Kissen berührt, schlummerte sie auch schon ein. Fürsorglich deckte er sie zu. Arko zog sich ebenfalls aus, um den kurzen Rest der Nacht bei ihr zu verbringen, als ihn ein Geräusch aus seiner Werkstatt aufhorchen ließ.

Nur mit seinem Schurz bekleidet, schlich er hinaus. Ein fahler Lichtschein drang unter der Tür hervor. Arko blieb wie angewurzelt stehen. Er war ganz sicher, dass er alle Lämpchen gelöscht hatte. Langsam und lautlos zog er die Tür auf. Voller Erstaunen weiteten sich seine Augen.

Eine Art leuchtende Wolke schwebte im Raum, die sich nun, da er hineingekommen war, zu Isis materialisierte. Isis ließ ihre Finger spielerisch über die Griffe seiner Werkzeuge gleiten, während sie langsam auf ihn zuschritt.

„Man sagt, du seiest ein Meister aller deiner Werkzeuge", flüsterte sie und tippte mit dem Zeigefinger vor seine nackte Brust. „Meinst du nicht auch, dass ich mir eine kleine Belohnung für den gestrigen Tag verdient habe?"

Arko war viel zu überrascht, um zu antworten. Nur seine Augen sprachen ziemlich deutlich aus, was er dachte. Isis lachte leise. Sie ließ ihren Finger ganz langsam tiefer sinken, bis er am Rand des Schurzes stoppte. Selbst wenn Arko gewollt hätte, er hätte sich gegen das plötzlich aufkommende Verlangen nicht wehren können.

„Wirklich meisterhaft", hauchte sie ihm eine halbe Stunde später äußerst zufrieden ins Ohr. Dann löste sie sich wieder in einer leuchtenden Wolke auf, die langsam verblasste.

Zurück blieb Arko, der nicht wusste, ob das alles nur ein Traum gewesen war. Leise schlich er sich zurück zu Kira, schlüpfte vorsichtig unter die Decke, um ihren ruhigen Atemzügen zu lauschen. Ziemlich rasch schlief er ein.

Am Morgen fasste er im Erwachen neben sich. Ein heißer Schreck durchzuckte ihn – der Platz war leer. Mit einem Satz sprang Arko aus dem Bett.

„Habe ich dich geweckt?", fragte Kira.

Sie hatte am Fenster gestanden und auf das spiegelglatte Meer hinausgeschaut. Kira drehte sich zu ihm um, tippte ihm sanft mit dem Zeigefinger auf die Brust. Arko schloss die Augen. Er legte den Kopf in den Nacken. Es war die gleiche Geste wie bei Isis gewesen. Wohlig aufseufzend ließ er sich rücklings auf das Bett sinken, wobei er Kira einfach mitzog. Das Meer vor dem Fenster konnte warten.

Dieser Morgen war für alle ungewöhnlich. Entgegen ihrer sonstigen Gewohnheit trafen sich die Magier mit ihren Familien auf dem Festplatz. Immer wieder schauten sie hinüber zu Arkos Haus, in der Hoffnung, die beiden Turteltauben zu entdecken. Schließlich ergriff Mara die Initiative. Nach einigen Augenblicken intensiver telepathischer Konversation lächelte sie fröhlich. „Sie werden gleich hier sein."

„Hast du das Atlamat dabei?", fragte Neri Solon.

„Aber sicher. Wie könnte ich das vergessen?", entgegnete der Magier lachend. Er zog das Fläschchen mit der blutroten Flüssigkeit aus den Falten seines Gewandes.

Mit eiligen Flügelschlägen näherten sich die Drakon. „Haben wir etwas verpasst?", rief Drakos noch in der Luft.

„Noch nicht. Die beiden kommen verständlicherweise nicht aus dem Bett", schmunzelte Talos.

„Wenn sie diesen Tag so beginnen lassen, wie der gestrige geendet hat, dann ganz bestimmt nicht", feixte Safi.

„Ah! Da sind sie ja schon." Drakos hatte Kira und Arko zuerst erspäht.

„So gefällt sie mir viel besser, als an jenem Tag, an dem ich sie in die Pyramide brachte", stellte der Wächter nüchtern fest.

Kira hatte seine Worte gehört und begrüßte die Drakon zuerst. Ohne Scheu kraulte sie die beiden Riesen zwischen den Hörnern. „Endlich kann ich euch kennenlernen, Arko hat mir in den letzten Monaten so viel über euch erzählt."

Dann wandte sie sich den Personen zu, die ihr, vom Gesicht her, fremd waren. „Mit den Zwillingen das ist Zaid. Jetzt weiß ich nur nicht, welcher der beiden Männer Sobek ist", schmunzelte sie. „Dann bist du Jani und er ist Maris. Wenn Solon mit Mira da drüben sitzt, dann sind die beiden hier Luna und Kebechsenef und ihr beide seid Darina und Horus."

„Erstaunlich", warf Safi ein. „Und alles durch Denken mit eigenem Kopf."

„Deine flotten Sprüche gibt es also immer noch", sagte Kira amüsiert. „Wie ich gehört habe, hast du deine heimliche Liebe zu einer unheimlichen gemacht." Sie wandte sich Merit-Amun zu, die die Hüterin herzlich umarmte.

„Viele Wege führen ins Glück und alle beginnen im Tempel des Anubis", sagte Merit orakelhaft.

Horus konnte ein Zusammenzucken nur mühsam unterdrücken. Merits Spruch traf den Kern der Sache. Dort hatte er ein paar Stunden genossen, die ihm sonst verwehrt geblieben wären.

Natürlich vergaß Kira auch Talos, Lara, Tamu und Sara nicht.

„So wie es aussieht, bist du bestens informiert und für dein neues Leben auf Dafa gerüstet", stellte Solon fest. „Damit das Leben auch dort bleibt, wo es hingehört, haben wir dir eine kleine Überraschung mitgebracht." Er stellte das Fläschchen vor Kira auf den Tisch. „Trink aus. Lass nicht einen Tropfen übrig."

Arko nickte ihr aufmunternd zu, als sie Solons Aufforderung folgte.

Hitzewellen stiegen in Kiras Körper auf, ein Gefühl, als würde sie schweben, stellte sich ein. Einige Minuten später legte sich das Euphorische. Es machte einer tiefen Zufriedenheit Platz.

„Damit wäre nun die letzte Atlan in den Kreis der Unsterblichen aufgenommen", sagte Talos feierlich.

Hinter ihnen, begann jemand zu klatschen. Odin war mit seinen Asen unbemerkt hinzugekommen. Talos stellte die Gäste Kira vor.

Dann wandte er sich mit einem Augenzwinkern an Odin und Thor: „Ach, übrigens, Kiras Begleiter ist Arko, der Mann, den wir gestern den ganzen Tag vergeblich gesucht haben."

Arko schmunzelte. „Ab heute kann die Werkstatt wieder besichtigt werden."

„Nichts wie hin!", rief Thor frohlockend.

„Wir entführen inzwischen deinen Schatz an den Strand", wandte sich Mara an Arko. „Du weißt ja, wie du uns findest."

Kira schaute etwas betreten drein. „Da gibt es ein kleines Problem. Ich habe nur dieses eine Gewand."

„Komm mit!" Mira fasste nach Kiras Hand. „Das sind alles Aufgaben, die sich rasch lösen lassen."

Neugierig folgte die Hüterin Mira.

„So, nun schauen wir", sagte die Weberin, als sie die Werkstatt betraten. Aus einer der großen Truhen nahm sie ein nagelneues, blütenweißes Alltagsgewand, aus einer anderen die traditionellen Tücher für den Strand. Rasch zog sich Kira um.

„Passt", stellte Mira fest. „Dann kann es ja losgehen."

Gemeinsam schlenderten sie durch die Siedlung. Mira erklärte, wer, in welchem Häuschen wohnte. Kira blieb stehen.

„Das ist verrückt! Aber mir fällt erst jetzt auf, dass Tarronn einen grünen Himmel und blaue Pflanzen hat!", rief sie erstaunt.

Mira lachte. „Daran gewöhnt man sich schnell. Die grünen Pflanzen stammen übrigens allesamt von der Erde, wie auch die Hunde, die Schafe und die Hühner."

„Hunde, Schafe, Hühner", echote Kira. „Und was ist mit den Drakon?"

„Die stammen auch von da und essen nach wie vor nur Fisch und Früchte", schmunzelte Mira. „Genau wie die Hunde", erklärte sie auf Kiras erstaunten Blick.

Die beiden Frauen hatten den Strand erreicht. Atlan, Tarronn und Asen saßen oder lagen beisammen, sich blendend unterhaltend.

Neri ruhte mit Zaid und den Zwillingen im Schatten. Die beiden Kleinen legten aus bunten Muschelschalen Muster und Figuren. Kira sah ihnen interessiert zu. Sie dachte an die Zeit zurück, als Neri Nefertari, die Lieblingsfrau des Pharao, war.

Neri hatte mit ihren Kindern genau so gespielt. *Das Wievielte wird es jetzt sein* – überlegte Kira angestrengt.

„Das Siebente", bekam sie laut zur Antwort und wurde rot.

„Tut mir leid", murmelte sie verlegen.

„Warum?", fragte Neri. „Ich liebe jedes meiner Kinder. Nur habe ich mein Soll für die Ewigkeit einfach schon übererfüllt. Auf Tarronn ist es aber das Erste. Das einzig wirklich Ungewöhnliche daran ist vielleicht, dass ich hier bald mit drei Kindern von drei verschiedenen Vätern lebe. Und noch kurioser ist, dass alle meine Kinder auf der Erde gezeugt wurden."

Kira sah sich um. „Wenn ich es richtig einschätze, dann ist Solon der einzige Magier, dessen Gefährtin noch kein Kind geboren hat."

„Fast richtig", verbesserte Neri. „Luna, die Gefährtin von Kebechsenef, ist Miras Tochter. Nur ist Solon eben nicht der Vater. Er leidet ziemlich darunter, noch immer keinen neuen Stammhalter zu haben. Aber die Ewigkeit ist ja noch lang und bald ist wieder eine Nacht der magischen Monde ..."

Zaid ließ Laura und Leon in Neris Obhut, um mit ein paar anderen Frauen schwimmen zu gehen.

Kira sah ihr hinterher. „Was ist das für eine Narbe?", fragte sie.

„Dafür hat Tobi mit dem Leben bezahlt", entgegnete Neri leise.

„*Der* Tobi?"

„Ja, genau *der* Tobi, der auch die Grotte zum Einsturz gebracht und damit Solons Rami auf dem Gewissen hat", erwiderte Neri. „Als er versuchte, Zaid umzubringen, verbrannte ihn Sobek mit seiner Drachenflamme zu Asche."

„Sobek ist Imsets Sohn?", fragte Kira.

„Ja. Sobek wurde schon als Drakonat geboren", erklärte Neri.

„Die Männer kommen mir so bekannt vor." Kira überlegte. „Ich weiß nur nicht woher. Ich habe weder Horus noch die anderen jemals gesehen."

„Vielleicht sagt dir der Name *Hatik* etwas?", fragte Neri hintergründig lächelnd.

„Aber ja! Da ist eine gewisse Ähnlichkeit. Wenn die bernsteingelben Augen und die stahlharten Muskeln nicht wären", stellte Kira fest.

Neri lachte fröhlich. „Hatik und Imset sind ein und dieselbe Person. Die gelben Augen hat er erst, seit er ein Drakonat ist."

Kira schaute Neri zutiefst ungläubig an. „Hatik war Horus' Sohn?"

„Ja. Und keiner der beiden hat es gewusst. Das ist erst herausgekommen, als er uns zur Atla-Insel gefolgt ist", schmunzelte Neri.

„Trotzdem verstehe ich die Welt nicht mehr", murmelte Kira. „Du bist Hathor, aber Imsets Gefährtin."

„Ach da ist so einiges anders gekommen, als es das Schicksal geplant hatte", winkte Neri ab. „Ganz kommt man ja doch nicht drum herum. Ich bin zwar Imsets Gefährtin, bringe aber trotzdem in ein paar Tagen Horus' Kind zur Welt, was wir alle vor zwei Jahren noch für völlig unmöglich hielten. Aus Gründen der reinen Vernunft geschehen eben manchmal seltsame Dinge."

„Arko hat mit davon erzählt", sagte Kira leise. „Und auch von dem Tribunal", fügte sie hinzu.

Neri winkte ab. „Auch der ganze Ärger wird irgendwann vergessen sein. Wenn du das erste Mal unsere Kämpfer in Aktion gesehen haben wirst, dann weißt du auch warum. Ich werde unsere *Schuppentiere*, wie Safi die Drakon und die Drakonat immer nennt, bitten, dass sie extra für dich heute Abend noch einmal ihren Feuerzauber zelebrieren. Es wird dir sicher gefallen."

„Weil du gerade Zauber sagst – war der Pferdemann gestern echt oder eine optische Täuschung?", fragte Kira vorsichtig.

„Vollkommen echt!", sagte Neri amüsiert. „Das war der weise Cheiron."

„Der aus den alten Texten?"

„Genau der", bestätigte Neri. „Er wird bald für längere Zeit nach Dafa kommen. Sobald unser Kind geboren ist, holt ihn Horus ab. Dann kannst du den nettesten Zentauren kennenlernen, den es gibt."

Kira schwieg. Sie hing ihren Gedanken nach. Wenn sie Arkos Worten und dem, was sie in den wenigen Stunden hier erlebt hatte, glauben konnte, dann musste Dafa ein wahres Paradies sein. Von Arko wusste sie, weshalb alle Atlan wieder jung geworden waren.

Kira lächelte. Arko konnte die einfachsten Dinge mit so spannenden und treffsicheren Worten beschreiben, dass sie immer wieder staunte, wenn sie diese Dinge jetzt in der Realität erlebte. Weshalb war er ihr früher nie aufgefallen?

„Er hielt sich nicht für würdig, uns Magiern unter die Augen zu kommen", sagte Neri, die in Kiras Gedanken las, unvermittelt. „Dabei ist er doch selbst ein ganz besonderer Mann."

„Ja, das ist er", bestätigte Kira. „Bei ihm fühle ich mich zutiefst geborgen."

„Hast du in der Pyramide den Drachenaltar gesehen?", fragte Neri.

Kira nickte.

„Den hat Arko gefertigt. Er ist ein wahrer Künstler", erklärte die Seherin. „Er hat schon damals auf der Erde unsere Spangen für die Gewänder und

Umhänge gemacht. Genau so geheim, wie Mira und Luna die Stoffe und Gewänder selbst. Wir sind froh, dass die drei bis zuletzt auf Atla geblieben und schließlich mit uns nach Tarronn geflogen sind. Das hat uns die Unabhängigkeit erhalten."

Kira hatte aufmerksam zugehört. „Er hat nie viel über sich gesprochen, aber ich habe mich vom ersten Augenblick an zu ihm hingezogen gefühlt. Ich hatte ihn vor einiger Zeit in einer Vision gesehen und mir seitdem gewünscht, ihm einmal zu begegnen. Dabei hätte ich niemals geahnt, dass das in der Welt der Lebenden sein werde."

„Er liebt dich so sehr, dass er sogar der Quelle sein Leben versprochen hatte, falls du ihn nicht erhören würdest", entgegnete Neri.

Kira wurde blass. „Das habe ich nicht gewusst", murmelte sie verlegen.

Neri lächelte. „Wie du schon treffend festgestellt hast: Er redet nicht viel, er handelt. Ach! Und da kommt er ja endlich."

Arko kam schnellen Schrittes auf sie zu. „Tut mir leid, dass ich euch warten ließ. Ich habe mit Thor, Odin und Frigg ein paar gute Geschäfte gemacht."

Er hauchte Kira einen Kuss auf die Stirn, schlüpfte aus seinem Gewand, dann ließ sich neben den beiden Frauen im warmen Sand nieder.

„Ich schätze", sprach Neri, „Frigg konnte deinen Gewandspangen nicht widerstehen."

„Stimmt auffallend", lachte Arko. „Die ganze Sammlung mit den Eichenblättern hat sie genommen. Odin verdrehte am Ende schon die Augen."

„Ist er denn wenigstens auch fündig geworden?", wollte Neri wissen.

„Ja, kann man schon so sagen. Ich soll ihm zwei neue Trinkhörner mit Silber einfassen", erklärte Arko.

„Und das gibt es hier?", fragte Kira erstaunt.

Arko schüttelte den Kopf. „Nein, das bringen mir die Asen beim nächsten Besuch mit, auch Gold und Kupfer. Eisen müsste es hier geben, meint zumindest Drakos und der irrt sich selten."

„Was machst du eigentlich in der Zwischenzeit? Dein Material dürfte doch fast alle sein", fragte Neri.

„Es gibt doch genügend Holz", sagte Arko und breitete die Arme aus. „Ich mache Spielzeug für die vielen Kinder – Bausteine, Legespiele, vielleicht noch ein paar Freunde von *Pri* …"

„Dir gehen wohl nie die Ideen aus?" Kira kuschelte sich in seine Arme.

„Nicht mal hierfür", lachte Arko. Er küsste sie zärtlich. Neri blinzelte er fröhlich zu.

Die Magier kamen wenig später mit den Asen an den Strand. Thor und Odin trugen ein derart verschmitztes Lächeln zur Schau, dass sich Neri schon denken konnte, was das zu bedeuten hatte. Frigg würde heute sicher beide Augen ganz fest zudrücken, wenn die beiden Männer über die Stränge schlügen und dem Lächeln nach, war damit auch ganz fest zu rechnen. Sie wunderte sich also nicht im Geringsten, als die beiden, ohne zu zögern, mit Kennermiene die Frauen am Strand taxierten.

Kira schüttelte amüsiert den Kopf. Offensichtlich hatte sich in den letzten Jahren bei den Atlan enorm viel geändert. Imsets und Safis Einfluss war deutlich zu spüren. Der offene Umgang miteinander gefiel ihr. Früher wäre es undenkbar gewesen, dass Arko ihr in aller Öffentlichkeit zärtlich den Rücken gestreichelt hätte, so wie er es im Moment gerade tat.

„Schau an, der Genießer ist wieder am Werk", witzelte Safi.

„Ich darf das. Ich habe Nachholbedarf", schmunzelte Arko. Er rückte noch ein Stückchen näher an Kira heran. „Außerdem sind Odin und Thor so offensichtlich auf der Jagd, dass ich meine Besitzansprüche vorsichtshalber kundgebe."

Die beiden Asen, die das natürlich gehört hatten, brachen in schallendes Gelächter aus.

Thor kicherte: „Dabei ist der größte Schürzenjäger im ganzen Universum schon wieder auf dem Heimweg."

„Du meinst Zeus?", fragte Neri neugierig.

„Ja, wen sonst? Kein anderer Sternenreisender hat je zuvor so viele Nachkommen bei seinen kleinen Abenteuern gezeugt wie er. Manchmal kann sogar ich Hera nachfühlen und das will was heißen", antwortete Thor breit grinsend.

„Dann sind die Geschichten um seine Seitensprünge also wahr?", rief Neri fassungslos. „Ich habe es immer für blanke Übertreibung der Geschichtsschreiber gehalten."

„Weit gefehlt!" Odin zog ein amüsiertes Gesicht. Er begann, aus dem Nähkästchen zu plaudern. „Zum Beispiel hat er als goldener Regen Perseus gezeugt, oder als Schwan mit Leda Castor und Pollux ..."

„Du hast aber ziemlich genau Buch geführt", sagte Neri erstaunt.

Beim vielleicht zwanzigsten Abenteuer mit Folgen zog sie die Notbremse. „Hör auf, hör auf! Hat er auch mal etwas anderes gemacht in seiner Freizeit?"

„Könnte mich nicht daran erinnern", feixte Odin und zog eine Augenbraue hoch. „Aber eins muss man ihm lassen – er kümmerte sich stets rührend um seine Kinder, auch wenn ihm Hera dabei ständig wieder kräftig in die Suppe spuckt."

„Meinst du, Frigg werde tatenlos zusehen, wenn du es genau so triebest?", fragte Neri.

„Bestimmt nicht", gab Odin kleinlaut zu. „Aber sie würde ihre Wut sicher nur an mir, aber nicht an den Kindern auslassen."

„Schon gut", schmunzelte Neri. „Ich wollte deinen Jagdeifer nicht bremsen." Sie erhob sich, um mit Darina, Horus und Imset ein Stück am Strand spazieren zu gehen. „Viel Spaß noch."

Odin sah ihr lange hinterher „Sie wäre auch ein Objekt meiner Begierde gewesen. Imset ist wirklich zu beneiden. An seiner Stelle würde es mir auch nicht schwerfallen, Horus' Kind anzunehmen. Eines weiß ich aber ganz genau, falls wir Seth und Apophis in die Finger kriegen, wird es mir ein wirkliches Vergnügen sein, die beiden lebend an die Atlan auszuliefern."

Er wandte sich wieder seinen Strandbeobachtungen zu.

Die vier Spaziergänger waren am Ende des Sandstreifens angekommen. Sie standen vor den schroffen Felsen der Steilküste, die auf normalem Wege unpassierbar waren.

„Teleportation?", fragte Neri leise.

„Auf keinen Fall", entgegnete Imset. „Ich habe es einmal in deinem Zustand getan, aber ich werde es nicht wieder tun. Das schlechte Gewissen plagt mich noch immer. Ich werde die Drakon rufen."

Wenige Augenblicke später landete Drakos am Strand, sehr darauf bedacht, nicht in das Salzwasser zu treten. Es reichte ihm schon, während der Jagd davon benetzt zu werden. Dabei verlor er jedes Mal größere Mengen Energie.

„Wenn ich euch wieder zurückbringen soll, dann sagt Bescheid", rief Drakos, als er die vier auf der anderen Seite der Klippen abgesetzt hatte. Der Aufwind vor den Felsen gab ihm Starthilfe. Majestätisch segelte er davon. Erst hier, in der stillen Bucht, legte Neri ihr Gewand ab. Sie hatte kein Verlangen verspürt, unter den lüsternen Blicken der vergnügungssüchtigen Asen und ihrer Mannschaft in der Sonne zu liegen. Mit dem Hüfttuch gab es ja sowieso ein echtes Problem.

„Dann lass die Tücher doch endlich Tücher sein", sagte Imset schließlich kopfschüttelnd. „Außer uns kommt jetzt mit Sicherheit keiner hier an den Strand. Horus wird schon nicht in Ohnmacht fallen, wenn er dich nackt sieht." Demonstrativ legte er seinen Schurz ab und lief zum Wasser.

„Eigentlich hat er recht", murmelte Darina. Im nächsten Augenblick hatte sie sich ihrer Strandkleidung entledigt.

Horus zuckte mit den Schultern. „Stimmt." Er nahm seinen Schurz ab und folgte Imset ins Wasser.

Neri seufzte, als sie endlich hüllenlos im warmen Sand lag. Warum sie sich ständig verkrampfte, wenn Horus am Strand in der Nähe war, wusste sie auch nicht recht.

Vielleicht weil sie es sich selber nicht eingestehen wollte, jene Nacht, trotz allem, genau so genossen zu haben wie er? Sie fühlte, wie ihr das Blut ins Gesicht schoss. Nur gut, dass die anderen weit genug entfernt waren, um das nicht zu sehen.

Am späten Nachmittag frischte der Wind etwas auf. Erstaunt beobachteten die Atlan und Tarronn, wie sich dunkle Wolken zusammenballten. Solche Naturschauspiele kamen auf Dafa nur alle paar Jahre einmal vor. Die Vegetation hier lebte vom Grundwasser und vom Tau, den es jeden Morgen reichlich gab. Imset rief sofort die Drakon.

Eine Böe wirbelte den feinen Sand auf. Noch bevor die ersten Blitze zuckten, trafen die beiden Wächter ein, um ihre Freunde nach Hause zu tragen. Die Asen hatten sich in ihr Raumschiff zurückgezogen. Sie nutzten die Gelegenheit, das seltene Phänomen zu beobachten. Atlan und Tarronn saßen in ihren Häuschen. Bei vielen kam die Erinnerung an die letzten Tage auf der Erde hervor.

Auch Horus stand am Fenster. „Irgendwie erinnert mich das an unseren ersten richtigen Kontakt."

„Du warst genau zur richtigen Zeit am richtigen Ort und hast uns Mut gemacht", sagte Neri.

„Dabei hat euch mein Auftauchen mindestens einen Krug gekostet", lachte Horus.

Imset stimmte ein. „War doch ein starker Auftritt. Dass Mara den Krug fallen lässt, konnte ich doch nicht ahnen."

„Seid froh, dass sie ihn nicht nach euch geworfen hat. Der Tee war frisch aufgebrüht und verdammt heiß", schmunzelte Neri.

„Autsch", sagte Imset.

„Eben."

„Aber seitdem habe ich, gelinde gesagt, Angst vor jedem Gewitter, die hier glücklicherweise äußerst selten sind", fügte Neri leise hinzu.

Wie zur Bestätigung krachte ein lauter Donnerschlag. Neri zuckte zusammen. „Ich glaube, es wird wieder eine jener denkwürdigen Nächte."

„Wie meinst du das?", fragten beide Männer wie aus einem Munde.

Neris Lächeln fiel ziemlich gequält aus, als sie die Hände der beiden auf ihren Bauch legte.

„Wehen?", stellte Horus eher ungläubig fest.

„Jetzt schon?", fragte Imset.

Neri zuckte hilflos mit den Schultern. „Auf Dafa kommen wohl alle Kinder eher zur Welt, als sie eigentlich sollten."

Wortlos legte Darina Tücher bereit, dann stellte sie den großen Wassertopf auf den Herd. Imset würde andere Sorgen haben, als das Wasser zu erhitzen.

Außer, dass Neri sehr konzentriert wirkte, war ihr nicht mehr anzumerken. Bis sie schließlich sagte. „Ich glaube, jetzt will jemand das Gewitter ganz von Nahem betrachten."

Die wenigen Schritte bis ins Schlafzimmer fielen ihr sichtlich schwer.

„Soll ich Maris rufen?", fragte Imset.

Neri schüttelte den Kopf. „Erstens ist es gleich soweit und zweitens kriegt ihr das auch allein hin."

Imset sah Horus etwas hilflos an. Horus hob die Hände, als wolle er sagen: Dafür kann ich nun aber wirklich nichts. Laut bemerkte er: „So, wie es aussieht, geht sie davon aus, dass ich es hineingebracht habe und demzufolge nun auch herausholen muss."

„Dann beeile dich bitte", antwortete Neri mit gepresster Stimme.

Wenige Augenblicke später half Horus seinem fünften Sohn auf die Welt.

„Offenbar bist du auf Jungen geeicht", schmunzelte Imset, als Horus mit Darina den Kleinen versorgte, während er sich nun weiter um Neri kümmerte.

Horus lachte. „Egal. Hauptsache gesund. Sobek und Kebechsenef haben ja gezeigt, dass es auch noch Mädchen gibt."

„Wie fühlst du dich?", fragte er, als er Neri das Neugeborene in den Arm legte.

„Ein paar Pfunde leichter." Neri streichelte mit dem Finger das winzige Gesicht ihres Söhnchens. „Glücklich und zufrieden."

Der Morgen kam mit strahlendem Sonnenschein. Die letzten Pfützen verdampften schnell. Nur im Krater stand das Wasser noch knietief, als sich die Magier zum Kampf trafen.

„Ihr beide seht aus, als hättet ihr eine aufregende Nacht gehabt", kicherte Safi, als er Horus und Imset sah.

„Ist richtig", entgegnete Imset. „Vor allem mit der gleichen Frau."

„Wirklich?" Safi sah Horus unsicher an.

„Imset hat nicht gelogen. Wir hatten tatsächlich mit der gleichen Frau eine echt denkwürdige Nacht", antwortete er.

„Und was passiert, wenn Neri und Darina das rauskriegen?", fragte Safi erstaunt.

„Die waren beide anwesend", antwortete Imset.

Safi klappte der Unterkiefer herunter.

Horus und Imset begannen zu lachen. „Mann, Safi, du bist doch sonst nicht so begriffsstutzig! Neri hat in dieser Nacht entbunden. Die Ankunft eines Babys ist immer denkwürdig und aufregend."

Safi kicherte. „Da lasst ihr mich erst mühsam schmutzige Gedanken machen, dann sagt ihr so ganz nebenbei, dass wieder einmal gefeiert werden kann."

„Und was ist es?", fragte Kebechsenef neugierig.

„Wieder nicht die versprochene Schwester", entgegnete Horus.

Kebechsenef winkte ab. „Ist doch völlig egal – Hauptsache gesund."

„Siehst du, das habe ich auch gesagt", nickte Horus. „Vielleicht klappt es beim nächsten Mal."

„Aber nicht mit Neri", warf Imset sofort ein.

„Versprochen", antwortete Horus.

Die Asen staunten nicht schlecht, als auf dem Festplatz erneut große Vorbereitungen im Gange waren. Egal, wen sie auch fragten, niemand konnte wirklich Auskunft geben, was am Nachmittag gefeiert werden sollte. Die Drakon kreisten schon eine ganze Weile, ohne jedoch zu landen.

Endlich kamen die Magier mit ihren Familien. Odin sah ihnen erwartungsvoll entgegen. Schließlich entdeckte er Imset, der Darina am Arm führte und Horus mit Neri. Augenblicklich war er im Bilde. Das konnte nur die Willkommensfeier für Horus' und Neris Baby sein. Die Schlange der Gratulanten nahm gar kein Ende mehr.

Als alle auf den neuen Bürger angestoßen hatten, schaute Thor Imset zwinkernd an. „Ihr habt aber auch komplizierte Familienverhältnisse."

„Muss wohl ein altes Erbteil sein", lachte Imset. „Der Kleine ist sowohl mein Bruder als auch der Bruder meines Sohnes. Genau, wie Isis meine Mutter und meine Großmutter ist."

„Verstehe einer die Tarronn", brummte Odin in seinen Bart, dann genehmigte er sich noch einen Becher Wein.

„Jetzt wirst du wohl bald dein Versprechen an Cheiron wahr machen?", fragte Neri Horus im Verlaufe des Abends.

„Ja, jetzt wo ich weiß, dass es euch beiden gut geht, kann ich beruhigt fliegen. Ich weiß, dass Imset auf Ihi wie auf seinen eigenen Sohn achten wird. Ich freue mich aber auch schon auf das Wiedersehen mit euch."

Eine Woche später war es soweit. Darina und Horus nahmen Abschied. In etwa fünf Monaten wollten sie wieder zurück sein. Auch Tamu hatte sich von Sara verabschiedet. Noch einmal drückte er sie fest an sich. Dann zog er die Rampe ein und schloss die Luke. Schnell verschwand das Raumschiff hinter dem Horizont.

Darina übernahm den gleichen Dienst wie die Männer. Sie hatte Horus ausdrücklich darauf hingewiesen, keine Sonderbehandlung haben zu wollen. So kam es also auch nur alle paar Tage einmal vor, dass er sich mit Hingabe seiner Gefährtin widmen konnte.

Das tägliche Training hingegen stand fest auf dem Dienstplan. Auch wenn sich die anderen drei Männer noch solche Mühe gaben, Tamu war ihnen Meilen voraus. Horus machte es sichtlich Spaß, ihn zu fordern, aber auch zu fördern. Und Tamu war ein gelehriger Schüler.

Nach der Hälfte der Flugstrecke begann die Mannschaft, eine Wohneinheit auf die Maße eines ausgewachsenen Zentauren anzupassen. Das Bett wurde an die Außenwand gerückt, der Platz davor mit weichem Kunststoff gepolstert, ein Stuhl und ein Sessel entfernt.

Mit ein paar Tricks koppelten sie zwei Sanitärzellen, um eine extrabreite Dusche zu gewinnen. Die Durchgänge zu den anderen Einheiten werde Cheiron so nehmen müssen.

Eine Woche vor der Ankunft auf Helion bat Horus um Landeerlaubnis. Er erhielt sie umgehend für das Gebiet, in dem die Zentauren lebten. Man teilte ihm sogar die genauen Koordinaten von Cheirons Höhle mit. Offensichtlich hatte Zeus seine Leute eingehend instruiert.

Endlich schwenkte das kleine Raumschiff in die Umlaufbahn des Planeten ein. Horus gab das Landeprogramm frei. Nach ein paar Stunden erreichten sie glücklich das Vorland der Bergkette, wo die Grotte zu finden sein sollte. Weich setzte der Langstreckengleiter auf.

Nur waren weit und breit, weder Helion noch Zentauren zu sehen. Fast eine Stunde warteten die Tarronn.

„Was machen wir jetzt?", fragte Ron. „Sieht aus, als wäre niemand zu Hause."

„Kann ich mir schlecht vorstellen", warf Tim ein. „Der Scanner zeigt Lebewesen an."

„Wisst ihr was", sagte Darina endlich, „ich gehe hinaus und ihr haltet mir den Rücken frei. Sie werden mich schon nicht auffressen."

Widerstrebend gab Horus seine Genehmigung. Kaum hatte sie das Raumschiff verlassen, setzte er sich persönlich an die Computer zum Erzeugen aller möglichen Kraftfelder.

Darina ging zielstrebig, wenn auch sehr langsam, auf den Eingang der Wohnhöhle in der Ferne zu. Vielleicht fünfzig Meter davor sagte eine Stimme in scharfem Ton: „Keinen Schritt weiter!"

Darina blieb stehen. Ihr Erschrecken geschah nur innerlich. „Lass den Unsinn, Herakles!", gab sie gleichem Ton zurück.

„Du kennst mich?", fragte der Genannte und kam in voller Bewaffnung hinter einem Felsblock hervor.

„Sicher. Cheiron hat mir von dir erzählt. Wenn du hier Wache hältst, ist er auf der Jagd", sagte sie leichthin.

Herakles ging um die Frau herum, die sich nicht einmal umgewandt hatte. Mut hatte die Fremde offensichtlich.

„Was würde wohl passieren, wenn ich dich jetzt einfach mitnähme?", fragte er lauernd.

Zu seiner Verwunderung begann Darina herzhaft zu lachen. „Dann würde dir Horus derartig Feuer unter dem Hintern machen, dass dir die Lust an solchen Spielchen für lange Zeit verginge."

„Horus?", fragte Herakles und spähte nach dem Raumschiff.

„Und Cheiron etwas später sicher auch", fügte sie schmunzelnd hinzu. „Egal. Du bist jedenfalls der beste Wächter, den sich Danaë wünschen kann. Wir waren schon in Sorge, dass ihr etwas zugestoßen sein könne, während Cheiron bei uns war."

Endlich senkte Herakles seine Waffen. „Das überzeugt mich", sagte er. „Niemand hier weiß von ihr. Da du sogar ihren Namen kennst, musst du Cheiron sehr vertraut sein."

„Wann kommt er wieder?", fragte Darina und setzte sich auf einen Felsbrocken.

„Er sollte eigentlich schon da sein. Vielleicht hat ihn der Anblick eures Raumschiffes bewogen, im Verborgenen zu bleiben."

„Versteh ich nicht", murmelte Darina. „Er kennt doch Horus' Gleiter."

„Ich kenne ihn schon, konnte es aber nicht glauben, dass ihr tatsächlich schon da seid." Cheiron kam zwischen den Felsen hervor. Auf seiner Schulter trug er ein frisch erlegtes Reh. Rasch lud er es ab und schloss Darina in die Arme. „Schön, dich zu sehen."

„Die Freude ist ganz meinerseits", strahlte sie ihn an.

„Wo steckt Horus?", fragte Cheiron, sich nach dem Raumschiff umschauend.

Sofort begann die Luft zu flimmern. Horus materialisierte sich.

Cheiron zog ihn an seine Brust. „Und? Was ist es?", fragte er übergangslos.

„Wieder ein Junge", schmunzelte Horus.

„Mach dir nix draus. Es heißt ja auch Horus-Söhne und nicht Horus-Töchter", kicherte Cheiron.

„Da wollen wir aber mal hoffen, dass du es besser kannst", konterte Horus.

Dann begrüßte er endlich Herakles, den er schon eine halbe Ewigkeit nicht mehr gesehen hatte. Gemeinsam gingen sie zu Cheirons Höhle.

„Danaë! Alles in Ordnung, ich habe Gäste mitgebracht", rief er am Eingang. Aus einem engen, kaum sichtbaren Seitenstollen tauchte ein schmales Gesicht auf.

Sie ist ja fast noch ein Kind, sagte Darina telepathisch zu Horus, der wohl soeben das Gleiche gedacht hatte. Sein Blick zu Darina ließ es stark vermuten. Schüchtern begrüßte Danaë die Tarronn und auch Herakles, den sie wohl bisher auch nur aus der Ferne gesehen hatte.

„Mit wie vielen Leuten seid ihr da?", fragte Cheiron, während er das Reh fachmännisch zerlegte und die Stücke an den Bratspieß steckte.

„Mit den Vieren, mit denen ich immer fliege", gab Horus Auskunft.

„Hol sie rüber. Es ist genug für alle da", ermunterte ihn Cheiron.

Horus teleportierte sich zu seinen Leuten, die die Einladung des Zentauren dankend annahmen.

Gemeinsam sicherten sie den Gleiter gegen jeglichen unbefugten Zugriff.

„Konntest du wenigstens deinen Schatz endlich zu deiner Gefährtin machen?", fragte Cheiron Tamu.

Bekümmert schüttelte der Tarronn den Kopf. „Die Natur lässt sich Zeit. Aber wenn ich die Lage richtig einschätze, dann geht es dir ähnlich." Tamu sprach aus, was alle dachten.

„Das ist wohl nicht zu übersehen", entgegnete Cheiron, dabei streichelte er zärtlich Danaës Hand. „Mein einziger Vorteil dir gegenüber ist, dass ich es tun könnte, wenn ich wollte. Nur würde ich mich dabei ziemlich mies fühlen."

Obwohl sich die beiden Männer sehr leise miteinander unterhielten, hatte Danae alles verstanden. Sie wurde flammendrot. Sie war es nicht gewöhnt, dass offen über diese Dinge gesprochen wurde.

Herakles verließ mehrmals die Höhle und lauschte in die Nacht.

„Was hast du?", fragte Cheiron schließlich besorgt.

Herakles wiegte den Kopf. „Es wäre besser, wenn ihr noch vor dem Morgengrauen dieses Gebiet verlasst. Es riecht verdächtig nach Ärger. Die Zentauren scheinen Horus' Gefährtin meilenweit zu wittern."

Horus nickte. „Wir werden deinen Rat beherzigen."

Danaë sah aus, als ob sie sich wieder verstecken wolle. Darina nahm ihre Hand und drückte sie ganz fest. „Im Notfall werden wir auch mit ein paar wild gewordenen Zentauren fertig."

Als das Fleisch verspeist war, griff Cheiron seinen Reisesack.

„Dann folgen wir also der Stimme der Vernunft. Herakles, ich danke dir für deine Hilfe. Bis irgendwann."

„Viel Glück." Zeus' Sohn begleitete sie zum Startplatz. Er war erst wirklich beruhigt, als sie abhoben und lautlos zwischen den Sternen am samtschwarzen Himmel verschwanden.

Am ganzen Körper zitternd, betrat Danaë das Raumschiff. Zu gut war ihr noch der Tag in Erinnerung, als man sie von der Erde nach Helion gebracht hatte. Nach ein paar Schritten auf dem Gang knickten ihr einfach die Beine weg.

Jako konnte sie gerade noch auffangen. Cheiron nahm sie ihm ab. Mit besorgtem Blick folgte er Horus und Darina. Horus öffnete die Tür. Er ließ Cheiron den Vortritt.

„Ich hoffe, dass ihr es hier einigermaßen aushaltet bis Tarronn", sagte er, als Cheiron die ohnmächtige Danaë auf das Bett getragen hatte.

„Ihr habt extra wegen mir das halbe Raumschiff zerlegt?", fragte der Zentaur ungläubig.

„Warum nicht?", stellte Horus die Gegenfrage. „Sollten wir dich etwa in den Packraum sperren? Wie haben es denn die Helion hinbekommen?"

Cheiron winkte ab.

„Sieht nach Packraum aus", mutmaßte Darina.

Der Zentaur nickte.

„Das ist eben der Unterschied, ob man mit Freunden unterwegs ist, oder mit Leuten, bei denen man nur geduldet ist", murmelte Horus. „Aber nun zu ihr: Sie macht mir nicht den Eindruck, als ob sie zu den Ausgestoßenen gehören würde."

Cheiron schüttelte den Kopf. „Schlimmer."

„Geht es noch schlimmer?", fragte Darina.

Cheiron hob den Kopf. „Ja. Es geht schlimmer. Sie war ein Menschenopfer."

Darina legte eine Hand auf den Mund, um einen Aufschrei zu unterdrücken. Horus fuhr herum und starrte Cheiron ungläubig an.

„Sie war eine jener Jungfrauen, die Poseidon geopfert wurden. Man hat ihr die Hände auf dem Rücken zusammengebunden und sie von einer Klippe ins Meer gestoßen", erzählte Cheiron leise. Dabei streichelte er liebevoll Danaës blasses Gesicht.

„Und wie kam sie zu dir?", fragte Darina.

„Poseidon fischte sie, mehr tot als lebendig, aus dem Wasser. Wäre sie auf der Erde geblieben, hätte man sie trotzdem getötet. Er wusste sich keinen anderen Rat, als sie mitzunehmen. Die Olympier wollten sie aber auch nicht bei sich haben. Schließlich bekam ich sie von Zeus als Geschenk, das ich dankend angenommen habe."

„Und seitdem versteckst du sie." Horus schaute Cheiron fast bewundernd an.

„Ja. Es sind nun bestimmt bald zwei Jahre, wenn ich es mir genau überlege", entgegnete der Zentaur.

„Wie alt ist sie?", wollte Darina wissen.

„Das weiß keiner", antwortete Cheiron. Bedauernd hob er die Hände. „Was ich ziemlich sicher weiß, sie muss aus reichem Hause stammen. Andere Mädchen in ihrem Alter müssen auf der Erde schwer arbeiten, damit die Familie existieren kann, sie weiß von alledem nichts. Möglicherweise hat man sie ganz bewusst als Opfer erzogen."

Darina schüttelte fassungslos den Kopf.

„Dann steckt man sie ausgerechnet zu den Zentauren, über die sie die furchtbarsten Geschichten gehört hat", sprach Cheiron weiter. „Die dummerweise auch noch zum größten Teil wahr sind."

„Und du willst wirklich wieder nach Helion zurück?", fragte Darina zweifelnd.

„Ich werde müssen", murmelte Cheiron traurig.

Langsam regte sich in Danaë wieder Leben. Cheiron beugte sich über sie. Er küsste ihre Stirn. „Wie geht es dir?", fragte er besorgt.

„Nicht besonders", antwortete sie. „Ich habe furchtbare Angst."

„Die musst du nicht haben. Wenn du wüsstest, was dich am Ziel erwartet, du würdest es kaum erwarten können, dort anzukommen", sagte Cheiron.

Danaë schlang ihre Arme um seinen Hals. Sie ließ sich von ihm zum Sessel tragen.

„Wie kommt es eigentlich, dass deine Leute Danaë noch nicht gefunden haben?", fragte Horus. „Das kann ja nicht nur an Herakles' Präsenz liegen." Cheiron deutete kommentarlos auf seine Nase. Horus begriff. Die Zentauren würden sie erst wahrnehmen, wenn sie zur Frau herangereift wäre. Im Augenblick war sie in Sicherheit.

Horus blieb noch einen vollen Tag in der Umlaufbahn des Planeten. Wie versprochen, meldete er sich bei Zeus, um die Nachricht von der Geburt seines Sohnes zu überbringen.

Helions König antwortete darauf mit fast den gleichen Worten wie Cheiron.

„Jedenfalls bist du zu beneiden", sagte er noch. „Dein Sohn wird auch von Imset und Darina geliebt."

„Die Vorzeichen für seine Zeugung waren aber auch völlig andere, als bei deinen vielen Nachkommen", gab Horus zu bedenken. „Unter deinen Bedingungen bräuchte ich mich bei den Atlan nie wieder blicken lassen.

Außerdem könnte es durchaus tödlich enden, bei einem Drakonat zu wildern."

Zeus lachte. „Trotzdem werde ich meine Finger nicht ganz von anderen Frauen lassen. Du weißt ja, die Katze lässt das Mausen nicht."

Horus verzog amüsiert das Gesicht. „Dann viel Spaß. Hauptsache, du gerätst nicht mal an eine, deren Gatte unbekannterweise am längeren Hebel sitzt."

„Solange es mir nicht wie Osiris ergeht …".

Zeus maß Horus' Worten wohl doch eine größere Bedeutung bei.

„Mein Lieber – und der war völlig unschuldig", murmelte Horus.

„Ihr habt jetzt also Danaë und Cheiron schon an Bord?", wollte Zeus wissen.

„Ja, frisch abgeholt. Am liebsten würde ich die beiden auf Tarronn behalten", erklärte Horus ernst.

Zeus nickte wissend. „Ich werde euch keine Steine in den Weg legen. Wenn Cheiron bleiben will, dann kann er es von mir aus tun. Er hat sich auf Helion nie wirklich wohlgefühlt."

„Wir werden sehen", sagte Horus, bevor er sich herzlich von Zeus verabschiedete.

„Grüß die anderen von uns!"

„Mach ich glatt. Vor allem Athene wird sich freuen." Zeus beendete den Kontakt.

Horus atmete tief durch. „So Leute! Ab nach Hause!"

„Das höre ich gern." Tamu steuerte das Raumschiff aus der Umlaufbahn.

Horus änderte noch einmal die Dienstpläne. Er hielt es, in Rücksprache mit seiner Besatzung, für angemessen, dass sich Darina fast ausschließlich um die völlig verschüchterte Danaë kümmern solle. Cheiron war ihm wirklich dankbar dafür.

„Von Frau zu Frau lassen sich viele Probleme einfacher lösen, die sie mit mir möglicherweise nie bespräche", sagte er erfreut.

Cheiron sollte recht behalten. Nach ein paar Tagen begann Danaë allmählich, ihre übergroße Scheu abzulegen. Während sie bisher immer sofort aufgesprungen war, um ihm zu folgen, wenn er den Gemeinschaftsraum verließ, blieb sie nun öfter in der Gesellschaft der anderen zurück. Langsam begann sie ihnen, auch von sich aus, Fragen zu stellen, welche die Tarronn gern und detailliert beantworteten. Natürlich verfügte das Raumschiff über den vollen Zugriff auf alle Daten in den großen Bibliotheken des Planeten. Darina saß oft stundenlang mit ihr vor den Monitoren, rief Bilder zu allen Themen auf, die Danaë interessierten, übersetzte ihr die Hieroglyphentexte der Tarronn. Endlich begriff sie auch wirklich, was es bedeutete, eines Tages die Gefährtin von Cheiron zu werden und ihm die lang ersehnte Tochter zu schenken. Die Tarronn, aber auch Cheiron, hatten ihr reinen Wein eingeschenkt, was damit verbunden war. Lange saß sie schweigend neben Darina. Schließlich hob sie den Kopf. „Jetzt verstehe ich, warum ihr uns nach Dafa zu den Atlan bringt", sagte sie leise. „Cheiron war der erste Me …, der Erste", verbesserte sie lächelnd, „der mich immer gut behandelt hat. Ich will versuchen, ihm das dafür zu geben, was er sich so sehnlich wünscht." Dann legte sie den Kopf an seine Schulter. „Vielleicht ist das, was ich für ihn empfinde, sogar Liebe."

Cheiron nahm sie in die Arme. Glücklich schloss er die Augen.

„Ich glaube, unter diesen Voraussetzungen wird wirklich alles gut", seufzte Darina erleichtert.

Auf Dafa blieben die Atlan auch nicht müßig. Sie bauten eines der Besucherhäuschen für die erwarteten Dauergäste um.

„Nehmt das, wo man einen besonders großen Garten anlegen kann", riet Imset.

„Vorahnungen?", fragte Safi schmunzelnd.

„Ja, so ähnlich", gab Imset zurück.

„Sollte mich freuen", murmelte Maris, während er einen neuen Stützbalken konstruierte. Nach einer Viertelstunde schüttelte er unwillig den Kopf. „Wird alles nichts. Anbauen!"

„Dann mal los." Solon rieb sich die Hände. „Wenn wir schon drüber sind, können wir auch gleich noch den Pferdestall für Merit bauen."

„Passt doch zum Thema", grinste er breit, als er die fragenden Blicke seiner Freunde sah.

„Unmöglicher Kerl", schimpfte Talos. „Auch wenn du recht hast."

Arko kam mit zwei frisch geschärften Sägen, die er den beiden Magiern reichte.

„Was hat eigentlich dein Schatz zu ihrer Statue gesagt? Darüber ist noch kein Wort gefallen", fragte Talos Arko.

Der zuckte die Schultern. „Nichts. Seit jenem Tag ist die Statue spurlos verschwunden. Die war übrigens schon weg, als ich mit Kira nachts nach Hause kam."

„Seltsam!"

„Ich habe auch keine Lust, mir darüber Gedanken zu machen, wo sie hin sein könnte. Das Original ist mir unendlich lieber", schmunzelte der Meister. „Warm, anschmiegsam und kuschelig."

„Das ist zumindest ein tröstendes Argument." Safi klopfte Arko auf die Schulter.

„Genau so tröstend ist, dass die Statue irgendjemandem gefallen haben muss", grinste Arko breit. „Dann war die Arbeit wirklich gut."

„Du brauchst dein Licht nun wirklich nicht unter den Scheffel stellen", rief Aron. „Die Asen sind ja ganz aus dem Häuschen gewesen, als sie aus deiner Werkstatt kamen."

„Ich hoffe nur, dass es für feste Handelsbeziehungen reicht", sagte Arko.

„Auf alle Fälle werden sie jetzt wohl in regelmäßigen Abständen hier einreffen, weil sie echtes Interesse an unseren Schafen haben", erklärte Imset. „Deshalb haben wir ihnen die Tiere, die sie sich ausgesucht haben, auch gleich mitgegeben. Nicht zu vergessen, dass sie auch an den Stoffen unserer Frauen großen Gefallen fanden."

„Hat mir auch eine Menge Arbeit eingebracht", warf Arko ein. „Ich baue gerade einen neuen Webrahmen."

Sobek nickte. „Zaid freut sich schon darauf, mit Mira und Luna gemeinsam zu arbeiten."

„Dafür wollen Kira und Jani Spindeln haben", erzählte Arko. „Wäre ja nicht schlecht, wenn unsere eingelagerte Schafwolle auch endlich verarbeitet werden könnte."

„Vielleicht solltest du noch ein paar Männer als Handwerker ausbilden", schlug Talos vor.

„Wird nicht ganz ausbleiben", lachte Arko. „Ich besitze ja nur zwei Arme. Nachts habe ich ganz andere Sachen vor, als in der Werkstatt zu stehen."

„Was ist denn jetzt los?" Aron tippte Solon an, dann deutete er auf die beiden Drakonat.

Sie hatten sich die Hände auf die Schultern gelegt und die Augen geschlossen.

„Nicht stören", flüsterte Solon. „Sie haben Kontakt zu jemandem außerhalb unseres Planeten."

Einige Augenblicke später lösten sich die beiden voneinander.

„Unsere Gäste werden in drei Tagen hier sein!", rief Imset.

„Oh, ha, schnell an die Arbeit!" Talos griff nach seinem Werkzeug.

„Und das Zauberwort mit den zwei T?", fragte Arko.

„Aber flott!", kicherte Talos.

„Na gut – überzeugt", Arko trug mit Aron ein paar dicke Holzbohlen zum Haus.

Einige Zeit später schlossen sie die groben Arbeiten ab.

„Morgen noch ein paar Stunden, dann haben wir es geschafft", stellte Talos zufrieden fest.

Am Tag der Landung war wieder einmal ganz Atla auf den Beinen. Alle, die nicht am Bau des Häuschens und des Stalles teilgenommen hatten, waren damit beschäftigt, die Festwiese herzurichten. Die Drakon brachten aus dem Urwald Bruchholz. Sie schichteten es an den üblichen Stellen zu vier großen Haufen auf. Immer wieder huschten erwartungsvolle Blicke zum Himmel.

Dann plötzlich flogen die beiden magischen Wächter pfeilschnell davon. Sie mussten die Ankunft des Raumschiffes gespürt haben. Einen Lidschlag später eskortierten sie es bereits zum Landeplatz.

Horus und Darina verließen als Erste den Gleiter. Ihnen folgten Cheiron und Danaë, die sich ängstlich an seinem Arm festklammerte. Sie hatte nicht erwartet, dass ein ganzes Volk kommen werde, um ihre Ankunft zu erleben. Trotz aller Angst war sie fasziniert von den vielen, strahlend weiß gekleideten Leuten, die ihnen fröhlich zuwinkten.

Horus und seine Gefährtin eilten sofort zu Neri, um den kleinen Ihi zu sehen. Als sich Horus' und Neris Fingerspitzen berührten, wurden beider Flügel sichtbar. Danaë glaubte, zu träumen. Die Magier schritten auf die Gäste zu. Solon umarmte Cheiron herzlich, reichte Danaë die Hände und stellte alle einander vor.

Hatte sich das Menschenmädchen schon über Neris und Horus' plötzliche Verwandlung erstaunt, so konnte sie die von Imset und Sobek gar nicht fassen. Als sich dann auch noch die beiden Drakon zu ihr hinunterbeugten, erstarrte sie fast.

„Keine Angst", sprach Siri mit beruhigender Stimme zu Danaë. „Bei uns bist du in völliger Sicherheit."

Horus war noch immer dabei, Hände zu schütteln und Umarmungen zu erwidern. Dann führten die Magier ihre lang erwarteten Gäste zum Festplatz.

„Wann war die große Feier?", fragte Horus plötzlich quer über den Tisch.

Alle sahen ihn verwundert an. Nicht alle – Solon und Mira lächelten glücklich.

„Noch gar nicht. Wir können es noch immer nicht glauben", strahlte der Magier Horus an.

Wieder war es Safi, der zuerst begriff. „Klingt ganz danach, als ob die beiden heimlich *brüten*."

Mira lachte fröhlich. „Ich glaube, das ist eine treffende Umschreibung."

„Die Nacht der magischen Monde?" Horus blinzelte Mira zu.

Sie nickte lächelnd.

Einzig Danaë schaute etwas verständnislos die Atlan und Tarronn an. Cheiron erklärte ihr leise den Grund der plötzlichen Freude aller. Danaë errötete. Sie hatte nicht geahnt, dass hier alle so offen miteinander umgingen.

Tamu saß neben Talos. Er sah sehnsüchtig zu Sara hinüber. Nur war der Knoten ihres Gürtels noch immer an der gleichen Stelle. Also blieb ihm auch weiterhin nur, sie anzuschauen. Danaë beobachtete die beiden Verliebten interessiert. Tamu hatte ihr auf der Reise nach Tarronn viel über seine große Liebe erzählt.

So ähnlich wie er, musste sich wohl auch Cheiron fühlen. Die Atlan und Tarronn beobachteten ihrerseits Danaë, die völlig anders war, als in ihren Vorstellungen. Horus schaffte es in einem ruhigen Moment, die Magier und deren Gefährtinnen telepathisch über das Mädchen zu informieren.

Erfreut stellte Cheiron fest, dass sich Sara und Danaë vom ersten Moment an gut verstanden. Darina nickte ihm zu.

Als der Abend kam, bat Cheiron Imset, für Danaë noch einmal den wundervollen Feuerzauber zu zeigen. Schnell nahmen die vier Akteure ihre Plätze ein. Atemlos schaute das Mädchen den Drachenwesen zu. Die wirbelnde Spirale aus verschiedenfarbigem Feuer faszinierte sie.

Am Ende wandten sich die vier ihrem jeweiligen rechten Nachbarn zu und schickten gleichzeitig ihre sengenden Flammen kurz über dem Boden zu dessen Holzstapel. Einen Moment lang waren die Feiernden in einem Karree aus Flammen eingeschlossen, ehe sich das Holz rasch entzündete und hell aufloderte. Alle applaudierten. Die letzte Vorführung war völlig neu gewesen.

Ehrfürchtig blickte Danaë zu Imset und Sobek hinüber, die auf der anderen Seite des Tisches saßen. Cheiron hatte wahrlich ungewöhnliche Freunde. Zu vorgerückter Stunde brachten Imset und Neri die beiden Gäste zu dem frisch umgebauten Häuschen. Horus genoss es inzwischen ausgiebig, sein Söhnchen zu betreuen.

Cheiron steckte neugierig den Kopf durch die Türen der einzelnen Zimmer. „Ich glaube, ich träume! Ihr habt doch nicht etwa wirklich das Haus umgebaut?"

„Aber sicher haben wir das getan." Imset schaute den Zentauren belustigt an. „Schließlich sollt ihr euch bei uns wohlfühlen. Nur gibt es nicht solchen Komfort, wie in Horus' Raumschiff."

„Damit haben wir ja nun wirklich kein Problem. Bei uns ist im Winter das Wasser aus der Quelle eisig", entgegnete Cheiron.

„Möchtet ihr morgen früh das Training sehen?", fragte Neri.

„Das wäre toll. Ich habe es ja auch noch nicht besucht", freute sich der Zentaur.

„Schön, dann holen euch die Drakon mit dem Sonnenaufgang ab. Danach geht es zum Frühstück zu uns und anschließend zeigen wir Danaë, wie schön das Meer sein kann, wenn Freunde gut auf sie aufpassen", erklärte Imset. „Schlaft gut."

„Danke. Das werden wir ganz bestimmt, weil wir hier nicht mit Überfällen durch liebestolle Zentauren rechnen müssen", sagte Cheiron im Ton tiefster Zufriedenheit.

Als die beiden Atlan gegangen waren, kuschelte sich Danaë fest an Cheiron und schlief im selben Moment ein. Der Zentaur deckte sie zu, legte ihr seinen Arm um die Taille, um endlich wieder einmal eine Nacht auf festem Boden, in völliger Sicherheit zu verbringen.

Vor dem ersten Hahnenschrei weckte er Danaë. Die Zeit reichte gerade noch, sich den Schlaf aus dem Gesicht zu waschen, da landeten auch schon die Drakon. Siri nahm die ängstliche Danaë vorsichtig in die Klaue, Drakos trug Cheiron.

Der Tau glitzerte auf den blauen Wiesen, die das Mädchen erst heute wahrnahm. Kopfschüttelnd betrachtete sie die ungewöhnliche Farbverteilung. Ein grüner Himmel, blaues Gras und eine orangefarbene Sonne.

„Du kannst ruhig glauben, was du wahrnimmst", sagte Siri. „Das ist Tarronn. Wir haben ja auch fünf Monde, die du gestern nur nicht sehen konntest, weil für alle gerade Neumond ist."

„Das ist wie ein wunderschöner Traum für mich", flüsterte Danaë. „Und ihr seid so freundlich zu uns."

Sanft setzten die beiden Riesen ihre Gäste auf dem Kraterrand ab.

„Wir werden bei euch bleiben. Denn was jetzt gleich geschieht, kann schlimm ausgehen, wenn man sich nicht schützen kann. Dabei bedenkt immer, es ist nur Training, niemals Ernst", sprach Drakos.

In diesem Augenblick kündigte die flimmernde Luft bereits die Ankunft der Magier an. Erstaunt erkannten die beiden Helion, dass auch Horus und Tamu anwesend waren, nur nicht als Gäste wie sie. Kaum war der Letzte eingetroffen, als es auch schon recht heftig zur Sache ging.

An mehreren Stellen stoben die Funken, wenn sich die Energieentladungen zweier Magier trafen. Die beiden Helion erkannten schnell, dass alle gegen zwei, nämlich Imset und Sobek kämpften. Ziemlich unfair, wie Danaë zunächst fand. Sekunden später revidierte sie ihre Meinung gründlich. Die beiden Gehetzten schlugen so erbarmungslos zurück, dass der Geruch versengter Haut bis an den Kraterrand getrieben wurde, dabei hatten sich die Drakonat noch nicht einmal verwandelt. Schutzsuchend duckte sich Danaë hinter Siris Schwinge.

Manchmal hielt sie sich entsetzt die Augen zu. Was dort unten passierte, übertraf ihr Vorstellungsvermögen gewaltig. Nach einer Stunde kamen, mit

Ausnahme der beiden Drakonat, alle hinauf zu Danaë und Cheiron. Selbst dem Zentauren kam das Frösteln an, als er die tiefen Brandwunden sah. Neugierig beobachtete er, wie Maris die schlimmsten Verletzungen schloss und dem jeweiligen *Opfer* die Restheilung selbst überließ. Auf dem Grunde des Kraters warteten die Drakonat, um Cheiron genügend Zeit zur Beobachtung zu lassen.

„Wollen die beiden nicht heraufkommen?", fragte der Zentaur erstaunt.

Solon schüttelte den Kopf. „Nein, denn jetzt beginnt erst der wirklich interessante Teil des Trainings. Geht am besten bei den Drakon in Deckung. Die sind in der Lage, die Querschläger zu entschärfen."

Die erste Druckwelle ließ Solon schnell hinter einem Felsblock verschwinden. Blitze zuckten im Krater, gleißende Lichtkugeln, die kleinen Sonnen ähnelten, explodierten fast lautlos, rissen aber die Beobachter von den Füßen, so dass sie den steilen Außenhang hinunterrollten.

„Nicht schon wieder!", stöhnte Kebechsenef, sich die Schulter haltend.

Maris renkte ihm den Arm wieder ein. Tamu war mit dem nackten Rücken an einem messerscharfen Felsgrat entlang geschrammt. Die klaffende Wunde blutete stark. Solon presste die Wundränder zusammen, damit Maris seine Energie besser konzentrieren konnte.

Einen Augenblick später verschwand der tiefe Riss restlos unter Danaës ungläubigem Blick. Der Schweiß brach ihr aus allen Poren. Es dauerte es eine Weile, bis sie merkte, dass es nicht vor Aufregung war.

Der Krater glühte bereits rot und die mörderische Hitze drang über die Ränder. Die Magier brachten sich augenblicklich in Sicherheit, die Drakon schirmten Cheiron und Danaë gegen die Glut mit ihren Schwingen ab. Dann wurde es selbst ihnen zuviel.

Mit schnellen Flügelschlägen trugen sie ihre Gäste auf kühleren Boden. Wenig später tauchten die beiden Drakonat auf. Erst am Fuße des Außenhanges verwandelten sie sich zurück, gut gelaunt und unversehrt.

„Und das macht ihr jeden Morgen?", fragte Cheiron kopfschüttelnd.

Safi nickte. „Manchmal treiben sie es noch schlimmer. Die beiden prügeln sich und wir anderen werden von umherfliegenden Splittern verletzt."

„Kannst ja mit in den Krater kommen. Da ist es kuschelig warm", kicherte Sobek.

„Ich bin doch nicht verrückt! Ihr kocht einen doch im eigenen Saft, wenn man nicht bei drei die Flucht ergreift", entgegnete Safi. „Ist schon ein Wunder, dass ihr das heil übersteht."

Sobek hielt Cheiron die Hand hin. Ganz vorsichtig, eine kleine Gemeinheit witternd, fasste der Zentaur zu. Augenblicklich zuckte er mit einem Schreckenslaut zurück. „Damit kannst du glatt einen Topf Wasser zum Kochen bringen!", rief er entsetzt.

„Ist nur äußerlich", schmunzelte Sobek. „Kostet ein bisschen Kraft, aber der Drakonat freut sich."

„Du wunderst dich bestimmt, was Cheiron für Chaoten kennt." Safi lächelte schelmisch Danaë an, die nicht wusste, ob sie als Antwort nicken oder lieber mit dem Kopf schütteln sollte. Ihr Weltgefüge war ziemlich durcheinandergeraten.

„Jetzt weiß ich endlich, was Darina meinte, als sie zu mir sagte, dass ihr auch mit ein paar wild gewordenen Zentauren fertig werden würdet", sagte Danaë bewundernd zu Tamu. „Ich wusste nicht, dass Atlan und Tarronn derartige Kämpfer haben."

„Das wissen nur wenige", winkte Tamu lachend ab. „Und von unserer Crew bin ich der Einzige, der mit Horus halbwegs mithalten kann."

„Sara ist sicher sehr stolz auf dich", sagte Danaë.

Tamu lächelte melancholisch. „Ich hoffe es."

Erstaunt beobachtete Cheiron, wie die Drachen davonflogen, die Magier einer nach dem anderen verschwanden, bis Horus und Imset allein bei ihnen blieben. „Wie finden wir denn wieder zurück?", fragte er schließlich.

„Kleine Teleportation gefällig?", stellte Imset die Gegenfrage.

„Mit uns? Geht denn das?" Der Zentaur sah ihn ungläubig an.

Horus reichte Danaë lächelnd beide Hände. Im selben Moment war die Stelle leer, an der sie soeben noch gestanden hatten. Cheiron schüttelte den Kopf. „Sachen gibt es!", rief er.

Imset legte ihm alle zehn Finger auf den Pferderücken. Ehe der Zentaur überhaupt erschrecken konnte, stand er neben Danaë in Imsets Garten.

„Noch Zweifel?", kicherte Imset.

„Ganz bestimmt nicht", schmunzelte Cheiron. „Diese Art der Fortbewegung ist ja noch genialer als Fliegen."

„Kostet aber auch sicher viel mehr Kraft", erklärte Horus.

Kaum hatten sich die Kämpfer frisch gewaschen und umgezogen, machten sich alle über das liebevoll zubereitete Frühstück her. Cheiron verdrehte selig die Augen, als ihm Neri den Honigtopf direkt vor die Nase schob. Nebenbei hatte er unzählige Fragen zu den Kampftechniken, die Imset ganz ausführlich beantwortete.

Danaë beteiligte sich schon eine ganze Weile nicht mehr an der Unterhaltung. Sie vergrub sich förmlich in die Leckereien auf ihrem Teller. Cheiron warf ihr einen besorgten Blick zu, der auch den beiden Frauen nicht verborgen blieb.

Ich glaube, sie hat panische Angst vor dem, was nach dem Essen geplant ist, sagte Darina telepathisch zu den anderen.

Imset nickte unmerklich, dann wandte er sich an das Mädchen. „Glaubst du wirklich, dass einer von denen, die heute früh gekämpft haben, zulässt, dass dir am Meer irgendetwas passiert?"

Danaë wurde rot. Verlegen klammerte sie sich an Cheirons Arm. „Ihr könnt Gedanken lesen?", flüsterte sie verstört.

„Hmm, hmm", machte Imset, dabei hob er entschuldigend die Schultern.

„Deshalb sprecht ihr wohl über alles ganz offen, weil es ja doch jeder hören kann?", fragte sie plötzlich.

Imset lachte herzlich. „Ganz so ist es nicht. Wir können unsere Gedanken, auch gegen fremdes Mithören abschirmen. Aber du bist eine gute Beobachterin."

„Es ist schwer, eure Welt zu begreifen", seufzte Danaë. „Ich bin doch nur ein Mensch", setzte sie traurig hinzu.

Imset nahm ihre Hand. „Aber dafür ein ganz besonderer Mensch, denn du darfst Dinge erleben, die allen anderen Menschen verwehrt sind."

Danaë hob den Kopf „Kennst du die Menschen?", fragte sie.

Imset nickte. „Ja, die kenne ich. Alle hier kennen die Menschen, aber Neri, Merit-Amun, Kira, Safi, und ich waren ein halbes Menschenleben lang bei ihnen."

„Erzählst du mir davon?", bat Danaë.

„Das mache ich gern, aber erst unten am Strand. Dann erzähle ich dir und allen, die es noch hören wollen, die Geschichte einer großen Liebe, die ganze Zeitalter überdauert hat", versprach Imset.

Danaë seufzte noch einmal. „Dann muss ich wohl doch mitkommen."

„Aber natürlich, denn sonst entgeht dir die Geschichte", schmunzelte Imset.

Cheiron warf ihm einen dankbaren Blick zu. Er hatte genau die richtige Methode gefunden, um Danaës Neugier zu wecken.

„Du wirst sicher Strandkleidung brauchen", murmelte Neri, als ihr Danaë half, den Tisch abzuräumen.

„Ich weiß nicht, was man dazu braucht." Danaë sah Neri völlig hilflos an.

„Komm mit. Wir beide finden schon das Richtige." Mit ein paar gezielten Griffen holte Neri die obligatorischen Tücher aus einer Truhe. „Mach es einfach nach", ermunterte sie Danaë, dann legte sie ihr Gewand ab. Zuerst knotete sie das kurze Hüfttuch locker um. Danaë tat das Gleiche.

„Warte", bat Neri, „hier machen wir einen richtig hübschen Knoten." Sie legte selber Hand an. Der neue Knoten hatte eine glatte Mitte, aus der die beiden Zipfel gleichmäßig herausschauten.

„Kannst du mir das noch einmal zeigen?", fragte Danaë, die bisher einfach einen schnellen Knoten gezogen hatte, Hauptsache er hielt.

„Aber ja. Machen wir es gemeinsam", schlug die Seherin vor.

Schon beim zweiten Versuch war sie mit Danaës Werk sehr zufrieden. „Jetzt kommen die beiden Tücher für das Oberteil. Das eine legst du dir um, knotest es auf dem Rücken …"

Auf den fragenden Blick des Mädchens lachte sie. „Du kannst es ja auch vorn knoten und dann nach hinten schieben."

„Ich glaube, das gelingt mir eher", sagte Danaë erleichtert.

„Das letzte Tuch schlingst du vor der Brust um das andere, ziehst es fest, dann legst du es um den Hals, machst hinten eine Schleife, schon hast du einen echten Hingucker an", erklärte Neri weiter. Dabei legte sie extra langsam ihre Tücher an, damit Danaë in Ruhe probieren konnte.

„Etwas ungewohnt, so halb nackt", murmelte Danaë und betrachtete sich kopfschüttelnd.

„Aber luftig und genau richtig für einen Tag voller Abenteuer im heißen Sand", tröstete Neri. „Bis zum Strand ziehen wir unsere andere Kleidung wieder darüber."

„Kann es losgehen?", Horus wandte sich neugierig um, als die beiden wieder im Garten erschienen.

„Von uns aus gern", entgegnete Neri. Cheiron und Imset trugen die beiden großen Picknickkörbe, Horus sein Söhnchen Ihi, während die Frauen mit Danaë hinterherliefen. Unterwegs erklärte Neri Besonderheiten der Tarronn-Pflanzen, mit der für das Mädchen ungewöhnlichen blauen Farbe.

Das interessante Zusammenspiel der grünen und blauen Farbtöne hatte ihr schon am vergangenen Tag sehr gefallen. Endlich erreichten sie den Pfad, der zum Strand hinunterführte. Nur sehr zögerlich folgte Danaë den neuen Freunden.

In einer Mischung aus Furcht und Neugier betrachtete sie die unendlich erscheinende Wasserfläche. Das lavendelfarbene Meer zeigte kaum eine Bewegung. Selbst die Gezeitenzone wirkte wie eingefroren.

„Hast du schon einmal solch ein friedliches, stilles Meer gesehen?", fragte Imset.

Danaë schüttelte den Kopf. „Bei uns brachen sich immer riesige Wellen an den Felsen der Küste. Unzählige Fischerboote, aber auch Schiffe wurden einfach verschlungen. Deshalb haben sie mich ja …" Danaë schluckte.

„Das ist vorbei, ein für alle Mal", sagte Cheiron leise, sie liebevoll in die Arme schließend. „Ich werde dich auch nicht opfern, nur weil ich meinen sehnlichsten Wunsch erfüllen will. Wenn Maris sagen sollte, dass es nicht geht, dann geht es nicht."

Danaë barg ihr Gesicht an seiner Brust. Seit sie auf Tarronn waren, hätte sie Cheiron gern jeden Wunsch erfüllt, wenn sie nur gekonnt hätte.

„Alles in Ordnung?", fragte eine leise Stimme hinter ihnen.

Danaë wandte sie sich um. Sara war ihnen mit Tamu zum Strand gefolgt.

„Doch, doch, es ist schon alles in Ordnung. Es sind nur die Erinnerungen, wisst ihr."

„Dann komm schnell mit und sammle ein paar gute Erfahrungen!", rief Sara fröhlich.

„Sie kann es kaum erwarten, ins Wasser zu kommen", erklärte Tamu. „Heute fordert sie nämlich noch einmal die Männer zum Wettkampf heraus. Wenn es nach ihr ginge, dann müsste sich Sobek täglich zwei Stunden Kampftraining für sie ausdenken."

Die vier Nachzügler erreichten endlich auch den Strandabschnitt, wo Neri und die anderen warteten. Die Mädchen legten ihre Gewänder ab, wobei sie unmerklich, aber neugierig von den Männern beobachtet und verglichen wurden.

Danaë, etwas größer als Sara, konnte allerdings mit den gleichen, schon sehr fraulichen Formen aufwarten, wie Cheiron nicht ohne Stolz feststellte. Nie zuvor hatte sie sich ihm so leicht bekleidet gezeigt. Die anfängliche Scheu war schnell verflogen. Danaë ließ den feinen weißen Sand durch die Finger rinnen. Sie freute sich, dass schon der leiseste Lufthauch die winzigen Körnchen davontrug.

Imset blinzelte dem Zentauren zu, ehe er laut sagte: „Dann werde ich wohl jetzt mein Versprechen einlösen müssen."

„Oh bitte!", Danaë ließ schnell den restlichen Sand fallen. Sie rückte näher zu Imset heran, damit ihr ja kein einziges Wort entginge.

Von irgendwoher fanden sich auch noch Zaid, Jani und die Männer aus Horus' Crew ein. Imset schüttelte lächelnd den Kopf. Er hatte nicht geahnt, vor großem Publikum, erzählen zu müssen.

Fast drei Stunden berichtete er über seine Kindheit bei den Menschen, wie er zu Pepi in den Außenposten der Wüste kam, Neri, Safi und die anderen kennenlernte, mit ihnen gemeinsam an Ramses' Hof ging.

Natürlich standen die Geschichten um Safi und Merit-Amun ganz im Mittelpunkt. Er beendete seine Erzählung mit dem Tag, als er glücklich die Atla-Insel erreichte.

Selbst Horus, der schon einen großen Teil jener Begebenheiten kannte, hatte atemlos zugehört. Imset und seine Atlan hatten nie viel über sich erzählt.

Danaë schaute Imset aus großen Augen an. „Wenn das die Zukunft ist, dann heißt das wohl, die Menschen werden sich niemals ändern."

„Jedenfalls nicht so schnell", entgegnete er mit einem Schulterzucken.

Danaë zog die Augenbrauen zusammen. „Dann bin ich sehr dankbar, dass mich die Olympier Cheiron geschenkt und nicht als Sklavin behalten haben. Sie wollten sicher eine unselige Last schnell wieder loswerden."

„Du meinst, Cheiron fühlt sich auf Helion wohl?", fragte Imset leise.

Danaë sah ihn überrascht an. „Er hat nie darüber gesprochen", murmelte sie.

„Imset hat recht. Wir sind auf Helion nur geduldet. Was richtige Freunde sind, das siehst du hier auf Dafa", erwiderte Cheiron leise.

„Und Herakles?" Sie sah ihn fragend an.

„Der ist wirklich ein Freund", erklärte der Zentaur. „Dabei hat ihm Hera das Leben zwischendurch schon fast vergällt gehabt. Eigentlich wollte er für immer auf der Erde bleiben. Aber einer unserer Zentauren hat ihm übel mitgespielt.

Um seinem Sohn das Leben zu retten, hat ihn Zeus schließlich nach Helion geholt. Herakles ist ganz einfach anders als der Rest der Olympier. Seine Mutter war übrigens auch eine Menschenfrau."

„Aber weshalb hilft er uns, wenn ein Zentaur sein Feind war?" Danaë schüttelte ungläubig den Kopf.

„Weil er, genau wie die Atlan, jedes Wesen einzeln betrachtet. Ich habe ihm nichts getan und du hast ihm nichts getan. Weshalb sollte er uns beide hassen?", fragte Cheiron mit einem verzeihenden Lächeln. „Es waren auch andere Menschen, die Imset in seiner Kinderzeit auf der Erde im Stich gelassen haben, warum sollte er wütend auf dich sein?"

„Wusstest du eigentlich, dass Cheiron der Lehrer vieler großer Helden der Menschen war?", wandte sich Horus an Danaë.

Sie schüttelte den Kopf. Dann huschte ein Lächeln über ihr Gesicht. „Ich kann es mir aber sehr gut vorstellen. Er hat unendlich viel Geduld, erklärt alles in einfachen und verständlichen Worten und gewinnt in kürzester Zeit das Vertrauen seiner Gesprächspartner."

„Das ist ja schon fast eine kleine Liebeserklärung", schmunzelte Imset, Danaë mit einem Auge zublinzelnd.

„Vielleicht ist es auch das", entgegnete sie. „Auf alle Fälle ist es die Wahrheit, die ich am eigenen Leibe erfahren habe und immer wieder erfahre. Schon allein seine verständnisvolle Art wäre es wert, ihn dafür zu lieben." Sie nahm Cheirons Hand.

Beifällig nickten Atlan und Tarronn.

„Also doch eine Liebeserklärung", seufzte Sara ergriffen. „Noch dazu eine ganz Wundervolle."

Sie ist in den letzten anderthalb Tagen regelrecht aufgeblüht, sagte Darina telepathisch zu Horus, aber so, dass es die anderen mithören konnten. *Ruhe und Sicherheit auf Dafa bekommen ihr offensichtlich ausgezeichnet.*

Nicht zu vergessen, dass sie hier den ganzen Tag Gesellschaft haben kann, während sie auf Helion voller Angst allein in ihrer Felsspalte hockt, um auf Cheiron zu warten, entgegnete Horus in gleicher Weise.

„Willst du nicht irgendetwas unternehmen, um die beiden hierzubehalten?" Imset warf Horus einen schnellen Blick zu.

„Lass es herankommen", gab Horus kurz zurück. „Das wird ihre Entscheidung sein."

„Sag mal, Sobek, hast du nicht auch Lust, ein Versprechen einzulösen?", fragte Sara. „Ich fordere hiermit Safi, Solon und Aron zum Schwimmwettkampf heraus."

Die drei Männer sahen Sara amüsiert an. „Glaubst du wirklich, uns schlagen zu können?"

„Einen Versuch ist es allemal wert", lachte das Mädchen fröhlich. „Vorausgesetzt, ihr bleibt bei Muskelkraft und verzichtet auf alle Tricks."

„Versprochen." Safi erhob sich als Erster. Die beiden anderen Magier folgten ihm.

„Über welche Distanz willst du schwimmen?", fragte Horus.

„Bis zu dem Felsfinger, der da drüben aus dem Wasser ragt und zurück", antwortete Sara.

„Na gut, du hast es dir diese lange Strecke selbst herausgesucht." Horus nahm am Start- und Zielpunkt Aufstellung, kurz darauf gab er das Zeichen.

Nach wenigen Metern schien es bereits, als würde Sara zurückfallen. Danaë drückte ihr so fest die Daumen, dass es knackte. Sie hielt die Fäuste an die Wangen gepresst. Am Wendepunkt lag Sara deutlich zurück.

Auf halber Strecke zum Ziel gab sie plötzlich alles. Die drei Männer konnten nur noch hinterher schauen, wie sie an ihnen vorbei zog und am Ziel triumphierend winkte. Neidlos erkannten die Magier Sara als Siegerin an.

„Ich ergebe mich!", rief ihr Sobek schon von Weitem lachend entgegen. „Ich hätte es eigentlich wissen müssen, nachdem du alle Rennen gegen die Tarronn gewonnen hattest! Wann soll es losgehen?"

„Am besten sofort." Sara schaute Sobek bittend an.

Er zuckte die Schultern, verständigte sich telepathisch kurz mit Tamu und Maris, nahm ihre Hand, dann verschwanden beide von einem Augenblick zum anderen.

„Was passiert jetzt?", flüsterte Danaë voll Entsetzen. Sie hatte noch deutlich die Kampfszenen aus dem Krater vor Augen.

Imset beruhigte sie. „Keine Bange, Sobek bringt sie in einem Stück wieder zurück. Für den Notfall hält sich Maris bereit. Sie weiß übrigens sehr genau, was auf sie zukommt. Schließlich hat sie sich seit fast drei Jahren sehr intensiv auf genau diesen Tag vorbereitet. Ich weiß, dass Mara ebenfalls eine sehr gute Lehrerin ist. Was glaubst du wohl, wer ihr beigebracht hat, so zu schwimmen?"

„Wie wäre es, wenn wir Danaë eine kleine Kostprobe, nur mit Muskelkraft, geben?", fragte Mara.

„Du trainierst wieder?" Imset schüttelte ungläubig den Kopf.

„Natürlich. Hast du gedacht, ich bleibe zu Hause und drehe Däumchen, wenn ihr euch amüsiert? In ein paar Wochen bin ich wieder voll dabei, egal ob es euch passt oder nicht", antwortete die Kriegerin, der die Babypause schon viel zu lange dauerte.

„Such dir schon ein Opfer aus", gaben die Magier klein bei.

„Wie wäre es mit Talos?" Mara hielt ihm die Hand hin. „Denk daran, Muskelkraft und Teleportation, wir wollen schließlich niemanden verletzen."

„Dein Wunsch ist mir Befehl", schmunzelte der Magier, als er mit ihr ein paar Meter in Richtung des Wassers ging.

Er war weit davon entfernt, diesen kleinen Wettstreit auf die leichte Schulter zu nehmen. Mara konnte knallhart zuschlagen. Dazu war sie geschmeidig wie eine Katze.

Was die beiden boten, war wirklich sehenswert. Mara brachte sich mit wahrhaft akrobatischen Einlagen aus der Schlaglinie, um Talos hinterrücks anzugreifen. Im Gegensatz zu ihm, nutzte sie kaum die Teleportation.

Endlich bekam er sie am Knöchel zu fassen, um sie über den Kopf zu schwingen und auf den Boden zu schmettern. Mara fing den Fall mit beiden Händen ab, hatte noch soviel Schwung, Talos den Fuß unter das Kinn zu dreschen und ihn für den Bruchteil einer Sekunde zu verwirren.

Diese kurze Spanne genügte ihr, ihm den Arm auf den Rücken zu drehen. Talos war mattgesetzt.

„Meine Hochachtung", sagte er, als sie gemeinsam zu ihren Freunden zurückkehrten.

„Heute ist eindeutig der Tag der Frauen." Safi klopfte ihm auf die Schulter.

„Da hast wieder zwei Beispiele gesehen, dass die Atlan nicht reden, sondern handeln", erklärte Horus dem erstaunten Cheiron.

Der Zentaur nickte. „Setz sie auf ein Pferd, gib ihr ein Schwert und sie schlägt ganze Amazonenhorden in die Flucht. Wobei ... Ich glaube, das packt sie auch ohne Schwert."

Mara lachte. „Lass den Ernstfall lieber weg. Ich bin nicht wild darauf, mich an viel schwächeren Gegnern zu vergreifen. Einzig ihre Waffen könnten ein Problem sein. Wenn ich weiß, dass ich in Gefahr bin, dann kann ich mich davor schützen. Käme ein Pfeil aus dem Hinterhalt, dann müsste ich wohl bei Anubis um Asyl suchen", setzte sie auf Danaës fragenden Blick hinzu. „Solche Attacken überstehen nur die harten Panzer unserer Drakonat."

Tamu wurde langsam unruhig. Immerhin waren Sara und Sobek schon vor über einer halben Stunde verschwunden. Einzig, dass Maris völlig entspannt im Sand lag, beruhigte ihn etwas. Als hätte er seine Gedanken gelesen, flimmerte plötzlich die Luft und Sobek brachte Sara zurück. Beiden klebte zäher schwarzer Schlamm bis in die Haarspitzen.

„Wie seht ihr denn aus?!", rief Lara, erschrocken aufspringend.

Sobek begann zu lachen. „Ihr Element ist das Wasser. Ich hätte nie gedacht, dass sie mir dort solche Schwierigkeiten machen könnte. Bei einem anderen Gegner hätte ich das Wasser stark erhitzt, um ihn herauszutreiben. Sie ist tatsächlich verdammt schnell. Es wäre unfair von mir gewesen, in diesem Element Energieimpulse einzusetzen."

„Dann hast ihr also die Auswahl des Kampfgebietes überlassen?", wollte Talos wissen.

„So ist es. Beim nächsten Mal wird sie sich allerdings auf mich einstellen müssen", entgegnete Sobek. „Dann wird es auch nicht ganz ohne Brandwunden abgehen."

Danaë zuckte zusammen, Sara nur die Schultern.

Neue Mitbürger

„Wie wäre es, wenn du mir hilfst, die Schlammpackung wieder abzuwaschen?", fragte sie leichthin Danaë.

Cheiron hielt den Atem an.

„Dort???" Danaë zeigte auf das Wasser.

Sara nickte.

„Ich werde es versuchen", murmelte Danaë und fasste nach der hingestreckten Hand Saras.

Die Atlan suchte eine Stelle aus, an der das Wasser besonders flach war. Sanft, kaum merklich, fiel der Strand zum Meer hin ab. Zögernd folgte ihr das Menschenmädchen. Als die erste winzige Welle ihre Füße benetzte, zuckte sie zurück. Dann überwand sie sich. Gemeinsam mit Sara ging sie ins wadentiefe Wasser.

„Warte." Sara legte sich ins Wasser.

Danaë begann Saras Haar vorsichtig zu spülen.

„Ich glaube, jetzt hat sie die richtige Partnerin, um endlich das Meer nicht mehr nur als Feind zu betrachten", sagte Cheiron erleichtert. Er ließ trotzdem kein Auge von den beiden Mädchen.

Sara drehte sich gerade auf den Bauch. „Oh, schau mal! Hier unten liegt eine wundervolle Muschelschale."

Danaë beugte sich tief hinunter. „Kann man die mit an Land nehmen?", fragte sie.

„Aber ja. Wenn es dir gelingt, sie aus dem Sand zu holen", entgegnete Sara.

Danaë versuchte es. Nur wirkte die Muschel von oben, durch das Wasser betrachtet, näher, als sie wirklich war. Der Wunsch, dieses Kleinod zu besitzen, ließ Danaë alles vergessen. Vorsichtig kniete sie sich ins Wasser und tastete solange herum, bis sie endlich das Objekt ihrer Begierde in der Hand hielt.

„Ich habe sie! Ich habe sie!", rief sie erfreut, die Muschelschale in der Luft schwenkend. So schnell sie ihre Beine trugen, rannte sie durch das aufspritzende Wasser zu Cheiron, um ihm ihre Beute zu bringen.

„Nun, wie war das erste Bad im Meer?", fragte der Zentaur, als er Danaë auffing und im Kreis schwenkte.

„Bad?" Erst jetzt merkte sie, wie nass sie eigentlich bis an die Schultern geworden war.

Die feuchten Tücher klebten an ihrem Körper. Sie modellierten die durchaus sehenswerten Rundungen nach. Cheiron bemerkte das nicht ohne

Wohlgefallen. Er und Tamu tauschten bedauernde Blicke, die soviel sagten wie: So viel schöne Sachen, aber leider noch nicht zu haben.

„Hier sind noch größere Muscheln!", rief Sara zum Strand, in etwas tieferes Wasser zeigend.

Danaë hob den Kopf, sehnsüchtig zu Sara hinüberschauend. Dann bettelte sie Cheiron: „Kommst du mit? Bitte, bitte!"

Der Zentaur lachte. „Diesem Blick kann ich ja doch nicht widerstehen." Er ließ sich von Danaë ans Wasser führen. Ohne zu zögern, ging sie hinein. Cheiron folgte ihr.

„Was ist denn jetzt los?", rief sie plötzlich, weil sie den Boden unter den Füßen verlor. Sie klammerte sich an Cheiron Hand.

„Das ist Auftrieb vom salzhaltigen Wasser", antwortete Sara fröhlich. „Schau mal!" Sie legte sich rücklings ins Wasser und ließ sich treiben. „Diesmal wirst du wohl nicht allein an die hübschen Schalen kommen."

Sara tauchte, um mehrere der pastellfarbenen Kalkschalen aus dem Wasser zu fischen. Cheiron nahm sie ihr ab, weil sich Danaë mit beiden Händen an ihn klammerte. Nicht etwa aus übergroßer Angst.

Das Phänomen des Auftriebs nahm sie gefangen. Sara zwinkerte dem Zentauren zu, genau das hatte sie erreichen wollen. Große, schöne Muscheln gab es auch in flacherem Wasser. Cheiron zog Danaë, die instinktiv mit den Füßen paddelte, durch das Wasser.

„Würde mich nicht wundern, wenn sie in ein paar Tagen schwimmen kann", sagte Darina zu den anderen, die interessiert beobachteten, wie sich Danaë langsam mit dem Meer anfreundete.

„Was haltet ihr davon, wenn wir uns in den nächsten Tagen auch mit Osiris' Problem befassen. Cheiron verfügt über enormes Wissen. Sein Rat könnte durchaus hilfreich sein", sprach Imset.

„Ich bin dafür", antworteten fast alle gleichzeitig.

„Sehr gut." Imset war zufrieden. „Dann werde ich noch heute Abend zu Isis Kontakt aufnehmen, um unseren Besuch anzukündigen."

Kebechsenef sah Horus kurz an. Ihr Jüngster schien seinen Groll restlos überwunden zu haben.

„Grüße sie von mir", bat Neri leise. „Ihr verdanke ich schließlich das Wissen darum, wer ich wirklich bin."

„Wo steckt denn eigentlich Maris?", fragte Imset. „Vor einer halben Stunde war er doch noch da."

„Er ist im Gleiter, um medizinische und ethnologische Dateien zu durchwühlen", erklärte Horus.

„Wegen Danaë?"

Horus nickte. „Bei den Menschen ist das Thema Fruchtbarkeit ziemlich kompliziert."

„Ich kenne sein Gespür für Ereignisse, die sich für andere unmerklich ankündigen", warf Sobek ein. „Er wird es sicher nicht ohne Grund ausgerechnet jetzt tun."

Noch bevor Cheiron mit den beiden Mädchen aus dem Wasser kam, war Maris wieder da.

„Fündig geworden?", fragte Horus.

Maris nickte. „Die Menschenfrauen können einem ja richtig leidtun", erklärte er. „Das Ereignis, das bei Atlan und Tarronn einmalig die Geschlechtsreife anzeigt, findet bei ihnen, ab diesem Tag, alle vier Wochen statt."

„Ehrlich?", die Frauen der Magier sahen sich entsetzt an. „Und das, wo sie sowieso schon nur so ein kurzes Leben haben?"

„Ich habe alle Aufzeichnungen verglichen, die ich finden konnte", erklärte der Heiler. „Irrtum ausgeschlossen."

„Ob Cheiron schon mir ihr darüber gesprochen hat?", fragte Neri.

„Keine Ahnung", Darina und Horus zuckten gleichzeitig mit den Schultern.

„Ich denke: eher nicht." Darina zog die Augenbrauen zusammen.

„Dann warten wir einfach ab, was passiert. Reagieren müssen wir dann so oder so", schlug Maris vor.

Cheiron begleitete die beiden Mädchen an den Strand zurück. Er hatte die Hände voller Muschelschalen. Lächelnd legte er sie vorsichtig in den heißen Sand. Danaë suchte sich die größte und zwei ganz kleine Muscheln aus.

Dann winkte sie die Kinder heran, die sehnsüchtig, mit großen Augen die begehrten Spielsachen betrachteten. Dankbar nahmen die Kleinen das Geschenk an. Gleich begannen sie die Schalen zu sortieren und gemeinsam Muster zu legen.

Neugierig sah Danaë besonders den Zwillingen zu, die sich entweder wortlos verstanden oder schon intensiven telepathischen Kontakt pflegten. Laura nahm sich die hellen, Leon die dunklen Exemplare, dann legten sie die schönsten Bilder.

„Du solltest Arko fragen", riet Solon Danaë, ohne dass sie eine Frage gestellt hätte.

Danaë errötete. „Ich hatte es schon wieder vergessen, dass ihr Gedanken lesen könnt."

„So eine Kette sieht bestimmt gut aus", sagte Zaid. „Arko wird sicher auch Freude daran haben, besonders wenn er deinen Wunsch erfüllen kann."

„Wunsch erfüllen?", fragte eine Stimme hinter dem Sonnensegel.

„Ah, da ist ja der Meister!", rief Zaid. „Hast du nicht Lust, Danaë eine kleine Freude zu machen?"

„Aber immer. Worum geht es denn?", fragte Arko. Er schaute Danaë aufmunternd an.

„Kannst du mir bitte zwei Löcher ganz oben am Rand von jeder Muschel machen? Ich möchte sie als Kette auffädeln", erklärte Danaë.

„Mach ich gern. Was hältst du davon, wenn wir die drei Muscheln mit Metallringen verbinden und eine Kette aus kleinen, flachen Gliedern für den Hals nehmen?", wollte Arko wissen.

„Das wäre wirklich schön, nur weiß ich nicht, was ich dir dafür geben könnte", sagte Danaë traurig.

Arko winkte lächelnd ab. „Wer hat denn gesagt, dass ich etwas dafür haben will? Mein Häuschen steht gleich hinter den Dünen. Wenn du Lust hast, komm heute Nachmittag mit Cheiron einfach vorbei. Wir freuen uns immer auf Besuch. Dann suchen wir beide gemeinsam die Teile für die Kette aus."

„Danke für die Einladung. Auf deine Werkstatt freue ich mich ganz besonders", sagte Cheiron. „Die Asen waren ja völlig aus dem Häuschen."

Arko lachte. „Hoffentlich kann ich dich genau so begeistern."

„Ich bin sicher, das fällt dir nicht schwer", schmunzelte Cheiron.

„Ist Kira zu Hause?", fragte Neri, weil die Hüterin nirgends zu sehen war.

Arko schüttelte den Kopf. „Sie ist mit ein paar anderen Frauen in den Wald gezogen, um Kräuter zu sammeln. Die Drakon haben wachsame Augen auf die vier, damit sie sich nicht verlaufen. Vielleicht sind sie sogar schon wieder zurück.

Ich bin nämlich von der Schafweide direkt hierher gekommen. Die beiden dunklen Böcke müssen unbedingt so schnell es geht aus der Herde, ehe es noch mehr verletzte Schafe gibt."

„Aber wohin? Auf Tarronn braucht sie keiner, die anderen Interessenten wohnen zu weit weg", sagte Neri.

„Dann müsst ihr sie wohl schlachten", schlug Cheiron vor.

„Wir essen doch kein Fleisch von Säugetieren", warf Solon ein. Plötzlich begann er zu lachen. „Ich hatte doch ganz vergessen, dass wir auch Tarronn, einen Zentauren und ein Menschenmädchen unter uns haben, die sehr wohl das Fleisch essen. Da du ja der Fachmann im waidgerechten Zerlegen bist, würde ich sagen, dass ihr die beiden Delinquenten verwertet."

Alle nickten zustimmend.

„Gut. Dann zeige ich euch, wie man mit einfachen Mitteln das Leder gerben, die Därme nutzen und sogar die Knochen verwenden kann. Arko wird begeistert sein", antwortete Cheiron. „Es ist aber teilweise am Anfang eine übel riechende Angelegenheit."

„Därme?", fragte Neri. Dabei schien sie angestrengt zu überlegen. „Klingt nach Musikinstrumenten."

„Genau so. Denn Bogensehnen braucht bei euch keiner", gab Cheiron zufrieden zurück. „Ich denke da an eine Kithara mit Schlagplättchen aus den Knochen des Widders. Denn mit dem Finger zupfen ist ziemlich mühselig."

„Kannst du sie auch spielen?", fragte Neri sofort.

„So leidlich. Ich kenne mich eher mit den Bogensehnen aus", antwortete der Zentaur lächelnd.

„Wir haben schon so lange nicht mehr musiziert", murmelte Merit-Amun. „Ich würde mir eine neue Doppelflöte wünschen."

„Darf es auch eine Panflöte sein?", wollte Cheiron wissen.

„Damit kenne ich mich überhaupt nicht aus", entgegnete sie.

„Auch nicht schlimm. Das lernst du schnell. Mal sehen, ob ich die passenden Hölzer finde", erklärte Cheiron. „Wäre doch gelacht, wenn wir nicht ein bisschen Spaß nebenbei haben könnten. Mit einem Sistrum könnte ich dich sicher nicht begeistern."

Neri hob den Kopf und musterte den Zentauren neugierig. „Du kennst dich verdammt gut aus", sagte sie schließlich. „Wenn es jemand richtig benutzt, dann kann auch dieses Rasseln jede musikalische Darbietung bereichern."

„Ihis Rassel ist aber auch nicht schlecht", stellte Cheiron fest.

Neri lachte. „Dabei ist das was ganz Einfaches. Ein kleiner ausgehöhlter trockener Kürbis, in den wir einige ebenfalls getrocknete Apfelkernen gefüllt haben. Kurzer, glatter Holzstiel mit pflanzlichem Kleber eingepasst und los geht der Spaß."

„Hier ist alles so einfach und unkompliziert", seufzte Danaë. „Ich wünschte, so wäre es auf Helion."

Cheiron nickte kaum merklich.

Kurz bevor die Sonne im Zenit stand, um die Mittagsstunde anzukündigen, wateten Imset und Sobek mit einem Fischnetz ins Wasser. Gemächlich schwammen sie hinaus, bis die anderen sie kaum noch erkennen konnten. Solon, Talos und Aron holten Holz.

Sie brauchten keine weiten Wege gehen. Praktischerweise hatten alle gemeinsam ein kleines Depot angelegt, das sie immer wieder auffüllten, sobald Äste entnommen wurden. Bruchholz gab es im Urwald reichlich. Die Drakon brachten ab und zu ganze Baumstämme mit.

Bei der Sparsamkeit der Bewohner von Dafa blieb genug faules Holz im Wald, das Insekten und andere Lebewesen ernährte oder ihnen einen Unterschlupf bot.

Die Grillspieße hatten die Strandbesucher selbst mitgebracht. Die beiden Drakonat kamen nach ein paar Minuten mit reicher Beute zurück. Wie auf Kommando fanden sich die Hunde ein.

Der Geruch der ausgenommenen Fische hatte sie angelockt. Vollgefressen mit Fischresten schlugen sie sich schließlich in die Büsche. Ein Schläfchen im Schatten konnte nicht schaden.

„Das nenne ich schnelle Resteverwertung", lachte Cheiron. „So rund, wie sich die vier gefressen haben, werden sie kaum noch am Strand nach Futter suchen."

Es dauerte nicht lange, da duftete es nach gegrilltem Fisch.

„Diese Fische schmecken besonders lecker", lobte Danaë.

„Auch das ist ein Werk des Salzwassers. Meeresfische sind einfach würziger", erklärte Sara zwischen zwei Bissen. „Und weil sie ganz fangfrisch an den Spieß kommen kristallisiert immer ein Salzrest auf der Haut mit aus. Weißt du, was auch lecker schmeckt? Muscheln. Nur sitzen die so tief unten, dass die beiden Drakonat auf die Suche gehen müssen. Niemand von uns kann so lange tauchen."

Danaë ließ die Finger über die gerippte Oberfläche ihrer drei Muschelschalen gleiten. Meeresfrüchte musste sie wohl schon auf der Erde gegessen haben, nur konnte sie sich an den Geschmack überhaupt nicht mehr erinnern.

Überhaupt war die Erde nur noch eine ganz ferne Erinnerung. Nur ein einziger Tag hatte sich ganz fest in ihr Gedächtnis gebrannt. Als man sie schließlich zu Cheiron brachte, hatte sie nur geantwortet, wenn sie gefragt worden war.

Zu groß war die Ehrfurcht vor dem Unsterblichen gewesen. Aber hier saß sie mitten unter den Göttern zweier Welten und wurde genau wie alle anderen behandelt.

„Danaë? Danaë, dein Fisch wird kalt."

„Wa – wa – was?", sie schreckte zusammen.

„Du träumst mit offenen Augen", stellte Jani lächelnd fest.

Danaë nickte. „Schade, dass dieser Traum eines Tages zu Ende ist", sagte sie tieftraurig.

Horus hob den Kopf. Als er Cheirons Blick begegnete, glaubte er die unausgesprochene Bitte, bleiben zu dürfen, gesehen zu haben.

Im gleichen Augenblick sagte Imset: „Wenn es nach uns ginge, würden wir euch nicht wieder weg lassen. Aber nach uns geht es nicht. Diese Entscheidung liegt ganz allein bei Cheiron."

Der Zentaur sprang überrascht auf. „Hierbleiben? Für immer? Einfach so? Und niemanden würde es stören?" Vor Aufregung tänzelte er auf der Stelle.

„Bitte, bitte, bitte", hauchte Danaë mit flehendem Blick.

„Aber wie soll ich es Zeus beibringen?", fragte Cheiron verzweifelt.

„Gar nicht", entgegnete Horus. „Pass auf!" Er rief die Erinnerung an das Gespräch mit Zeus als bewegtes Hologramm auf.

Der Zentaur wurde abwechselnd rot und blass. Dann riss er Horus in seine Arme.

Danaë zupfte Cheiron am Arm. „Bleiben wir jetzt für immer hier?", fragte sie ganz leise.

Der Zentaur nickte nur. Ihm saß ein dicker Kloß im Hals. Mit einem Jubelschrei schlang ihm Danaë die Arme um den Hals. „Danke, danke, danke! Ich bin ja so glücklich!"

„Ich glaube, die Frage, ob sich die beiden freuen, erübrigt sich völlig", schmunzelte Imset. Er ließ sich zufrieden rücklings in den Sand sinken. „Wieder eine Sorge weniger."

„Na dann, herzlich willkommen als neue Bürger von Dafa!", rief Solon unter dem Beifall der Atlan und Tarronn.

Zwei große Schatten huschten über den Strand. „Haben wir was verpasst?", hörten sie Drakos fragen.

„Im Gegenteil, ihr kommt gerade recht, um unsere beiden neuen Mitbürger zu begrüßen", rief ihm Talos zu.

Rasch landeten die Drakon. „Dann haben sie euch wirklich überzeugt, zu bleiben?", wandte er sich an Cheiron.

Der Zentaur kraulte die beiden Drachen zwischen den Hörnern. „Überzeugt?", fragte er. „Wir dürfen bleiben."

Siri lachte. „Du hast ja keine Ahnung, wie sehr sich alle gewünscht haben, dass ihr nie wieder fortgeht. Sogar Athene hat zu Zeus gesagt, dass sie dich hier zum ersten Mal wirklich glücklich gesehen hat."

Cheiron sah Horus mit einem unbeschreiblichen Blick an. „Jetzt begreife ich endlich, warum ihr so schnell nach Helion gekommen seid. Ich hoffe, dass ich mich wirklich würdig erweisen kann, zu euch gehören zu dürfen."

„In ein paar Tagen werden wir sicher schon dringend deine Hilfe brauchen. Wie du ja weißt, wollen wir versuchen, Osiris wieder zu einem lebenswerten Dasein zu verhelfen", erklärte Imset.

„Ihr werdet mich immer finden, wenn ihr mich braucht", versprach Cheiron mit einer Hand auf seinem Herzen.

Danaë kniete im Sand bei Neri und Darina. „Bringt ihr mir bitte alles bei, was eine Frau auf Dafa wissen muss? Ich kann ja noch nicht einmal für Cheiron richtig kochen."

„Aber sicher. Wenn Cheiron mit den Männern für Osiris sorgt, dann haben wir genügend Zeit, um alles andere gemeinsam zu machen", versprachen ihr die beiden Frauen.

Danaë bekam vor Freude rote Ohren. Sara kam zu ihr, drückte sie ganz fest. „Endlich habe ich jemanden in meinem Alter, mit dem ich meine kleinen Probleme besprechen kann", freute sie sich.

„Ich befürchte nur, dass ich dir nicht helfen kann", entgegnete Danaë unsicher.

„Helfen vielleicht nicht, aber trösten", erklärte Sara.

Cheiron wandte sich leise an Horus. „Nun wird Danaë wenigstens eine schöne Jugend haben, wenn man schon versucht hat, ihr in der Kindheit das Leben zu nehmen."

Horus nickte. Imset hatte sich zu ihnen gesellt. „Wenn ihr noch irgendetwas für euer Häuschen benötigt, dann sagt Bescheid."

Cheiron wiegte den Kopf. „Ich habe noch nie mit solchem Komfort gelebt, Horus' Raumschiff einmal ausgeklammert. Wir haben alles, um glücklich zu sein. Eine kleine Bitte hätte ich, die aber nicht das Häuschen betrifft. Danaë besitzt buchstäblich nur das eine Kleid, was sie am Leibe trägt …"

„Dafür bin ich zuständig", sagte Mira aus dem Hintergrund. „Ich bringe ihr noch heute zwei Gewänder und einen Umhang, wenn es doch mal kühler ist."

„Das ist lieb von dir." Cheiron drückte dankbar ihre Hand.

„Schön, dann wäre das also auch geklärt", freute sich Imset. „Nun kann ich mich wirklich ganz auf Osiris konzentrieren."

Langsam leerte sich der Strand. Danaë und Cheiron schlenderten zu Arkos Häuschen hinüber. Vor der Tür blieben sie stehen, um noch einmal hinüber zum Meer zu schauen.

„Ist das ein wundervoller Anblick. Ich hätte nie gedacht, dass ein Ozean so herrlich aussehen kann." Danaë lehnte sich an Cheirons Schulter. Im leicht auffrischenden Wind trieben glitzernde Wellen an den Strand.

„Jetzt kommt die Flut, dann ist der halbe Strand im Wasser verschwunden. Wenn sie wieder geht, bleiben unzählige Schalen von Meerestieren zurück." Arko war aus der Tür getreten. „Nachts steigt das Plankton an die Oberfläche. Sein Leuchten taucht das Meer in ein geheimnisvolles, fahles Licht. Zur Zeit der magischen Monde schimmert die ganze Oberfläche grün."

„Du liebst das Meer bestimmt sehr", sagte Danaë.

„Ja, ich liebe es." Arko nickte versonnen. „Aber kommt herein, ihr seid ja nicht hier, damit ich euch vom Meer erzähle."

Vorsichtig setzte Cheiron einen Huf vor den anderen. Schon hinter der Tür standen zahlreiche Skulpturen, die er staunend bewunderte.

Arko flüsterte ihnen zu: „Kira weiß noch gar nicht, wer zu Besuch kommt. Ich freue mich auf ihr Gesicht." Dann rief er in Richtung Wohnräume: „Schatz, wir haben Gäste!"

„Ich komme schon." Kira eilte herbei. Sie stutzte einen Moment, weil sie zuerst nur Cheirons Hinterteil mit dem prächtigen Schweif im Blickfeld hatte. Plötzlich begriff sie. Cheiron hatte sich vorsichtig umgedreht.

Kira begann zu lachen. „Jetzt hätte ich fast gesagt, da steht ein Pferd auf dem Flur."

„Aber der Spruch würde besser zu Safi passen", feixte Arko.

Kira streckte ihnen beide Hände hin. „Schön, dass ihr gekommen seid. Du nimmst es mir doch hoffentlich nicht übel mit dem *Pferd*?", fragte sie Cheiron.

„Solange du mir kein Heu auf den Teller legst, kann ich damit leben", schmunzelte der Zentaur.

Mit unverhohlener Neugier betrachtete Kira den Pferdemann, der seinerseits die Hüterin musterte, die so lange im Zwischenreich verschollen war.

„Ihr wollt sicher erst einmal Arkos Werkstatt sehen. Ich warte im Garten auf euch, dort können wir uns in Ruhe unterhalten." Kira war die Freude über die ungewöhnlichen Gäste deutlich anzumerken.

Cheiron und Danaë folgten Arko. Schon an der Tür gingen dem Zentauren fast die Augen über. In den Regalen standen angefangene Skulpturen, Spielzeug, zugeschnittene Einzelteile für die vielfältigsten Dinge. Der Geruch von frischem Holz, von Wachs, Harz und Pflanzenölen lag in der Luft.

Fast andächtig näherte sich Cheiron der Werkbank vor dem Fenster. Dünne Holzplättchen verschiedener Tönung und Maserung lagen bereit. Danaës fragenden Blick beantwortete der Meister mit: „Ich bin gerade dabei für Kira ein Armband zu fädeln."

Cheiron konnte sich erinnern. „Ach, so wie dein Stirnband ist?", fragte er.

„Hmm, hmm." Arko nickte, während er aus einem kleinen Sortierkasten silberne Verbindungsringe zusammensuchte. Endlich hatte er gefunden, was er brauchte.

Danaë legte ihre drei Muschelschalen auf den Tisch. Neugierig beobachtete sie, wie Arko mit einem einfachen Bohrer, den er mit einer Art Bogen antrieb, zwei Löcher in den glatten Rand jeder Kalkschale trieb. Mit einer Zange öffnete er die Verbindungsringe. Links und rechts an der großen Muschel brachte er je einen Ring mit einer kleinen Muschel an. In die freien Löcher der kleinen Muscheln zog er zwei kleinere Verbindungsringe, an denen er schließlich eine schmale silberne Kette mit je einem waagerecht liegenden Knebelstab befestigte. Mit ein wenig Geschick ließ sich die Kette links oder rechts an den Ringen der Muscheln öffnen. Er legte der aufgeregten Danaë das Schmuckstück um. Dann hielt er ihr einen Spiegel hin.

„Ist die schön geworden", flüsterte das Mädchen. „Vielen, vielen Dank."

„Du musst sie nur abends immer abnehmen, damit die empfindlichen Muscheln nicht zerbrechen", riet Arko. „Das Metall ist richtiges Silber, wenn es mit der Zeit schwarz wird, kannst du es mit einem Tuch wieder blank polieren."

„Ich werde ganz sicher daran denken", Danaë nickte heftig.

Cheirons Lächeln sprach ganze Bände. Nie zuvor hatte sie überhaupt persönliche Wünsche geäußert, geschweige denn, sich geschmückt. Diese Muschelkette war jetzt ihr wertvollster Besitz und sie würde mit Argusaugen darüber wachen, dass diesem Kleinod nichts zustieß. Danaë war selig.

Arko begann, seine Kollektion Gewandspangen auszubreiten. Der Zentaur staunte, welch wundervolle Ideen Arko umgesetzt hatte.

Der Atlan schaute plötzlich Cheiron groß an. „Wenn ich es recht verstanden habe, bekommt Danaë Faltengewänder – sie wird die dazugehörigen Spangen brauchen."

„Stimmt. Daran habe ich gar nicht gedacht", sagte der Zentaur. Er bedachte Arko mit einem hilflosen Blick.

Arko schmunzelte. „Dann solltest du dir ganz schnell ein Paar aussuchen, Danaë."

„Ganz egal welches Paar?", fragte sie erstaunt.

„Ganz egal", bestätigte Arko.

„Das wird schwer", seufzte sie. „Die sind ja alle so wundervoll." Noch einmal betrachtete sie jedes einzelne Motiv. „Dann nehme ich die mit den Meereswogen", entschied sie sich.

„Was??", beide Männer hoben völlig überrascht den Kopf. Damit hätte nun wirklich keiner gerechnet.

Danaë streichelte mit dem Finger die brechenden Wellen, aus denen sogar ein Delfin hervorsah. „Irgendwie bin ich dem Meer dankbar", sagte sie versonnen. „Ohne es wäre ich heute nicht bei euch."

„Das ist natürlich auch eine Philosophie", sagte Arko.

„Und sicher eine gute Methode, um Frieden mit einem alten Feind zu schließen", fügte Cheiron an.

„Wenn du möchtest, geh schon zu Kira in den Garten. Wir beide wollen noch etwas über die Werkzeuge plaudern", schlug Arko vor.

Danaë nickte. Dankbar nahm sie das kleine Päckchen mit den ersten Gewandspangen ihres Lebens mit hinaus. Kira empfing sie mit frischem Gebäck, Fruchtsaft und einer Schale voll Obst.

Bald unterhielten sich die beiden ganz angeregt. Kira machte keinen Hehl daraus, dass sie auch noch viel über Tarronn zu lernen hatte.

„Weißt du, es hat sich ziemlich viel verändert, in den Jahren, in denen ich nicht bei meinem Volk war", erklärte sie. „Der Umgang zwischen den Magiern ist lockerer, fast alle haben inzwischen Familie. Die meisten Frauen der Magier hatte ich nie zuvor gesehen. Für mich war fast alles neu.

Ich bin dankbar, dass mir niemand Vorwürfe macht, weil ich doch eigentlich die Schuld an allem Unglück trage, das die Atlan in der Zwischenzeit getroffen hat."

Danaë sah sie lange an. „Ich kenne die Atlan ja erst seit gestern und die Tarronn seit ein paar Wochen. Aber ich glaube nicht, dass sie so viel Kraft und Liebe in die Suche nach dir gesteckt hätten, um dir dann Vorwürfe zu machen."

Kira umarmte das Menschenmädchen. „Danke. So viel Trost tut gut."

Am späten Abend, als Ihi schon schlief, die beiden Frauen mit Horus noch im Garten saßen, begab sich Imset in Neris magischen Raum, um Isis zu kontaktieren.

„Imset?", fragte Isis ungläubig überrascht, als sie seinen telepathischen Ruf empfing."

„Jawohl, genau der", gab er zurück. „Wir werden in drei Tagen zu euch kommen, und sehen, was wir für Osiris tun können. Kannst du es ermöglichen, dass man uns zu ihm bringt?"

Einen Augenblick schien es, als ob Isis den Kontakt unterbrochen habe. Dann auf einmal kam die Antwort: „Ich werde euch persönlich empfangen und geleiten. Ich freue mich auf euch."

„Danke. Bis bald", sagte Imset.

„Bis bald, Imset …", antwortete die Göttin und ihm schien es, als ob sie noch etwas hatte sagen wollen.

„Und???" In diesem gefragten Wort steckten alle Zweifel, die Horus plagten.

„In drei Tagen verschwinden wir, gleich nach dem Frühstück. Isis erwartet uns persönlich", erklärte Imset.

Horus blies die Luft geräuschvoll aus. „Dem Himmel sei Dank! Ohne ihre Kooperation wären wir völlig aufgeschmissen. Wen nehmen wir mit?", hakte er sofort ein.

Imset überlegte nur kurz. „Maris, Sobek, Kebechsenef, Talos, Solon – das dürfte genügen. Wir wollen uns im Grunde genommen erst einmal nur ein grobes Bild schaffen. Was daraus wird, entscheiden wir vor Ort."

Horus übernahm es, die gewünschten Magier in Kenntnis zu setzen.

„Ich kann Maris nicht erreichen", sagte er nach einer Weile.

„Dann wird er wohl bei einem Notfall sein", vermutete Imset. „Probier es einfach später noch mal."

„Es wird doch wohl niemand krank geworden sein?", fragte Neri beunruhigt.

„Wer weiß?", Darina zuckte mit den Schultern.

Maris war tatsächlich in seiner Eigenschaft als Heiler unterwegs. Cheiron hatte ihn gerufen. Danaë saß wie ein Häufchen Elend in der Ecke, presste beide Hände auf ihren Bauch. Ab und zu wischte sie eine Träne weg.

„Ich habe wirklich keine Ahnung, was mit ihr sein könnte", sagte Cheiron kopfschüttelnd. „So, wie sie die Schmerzen beschreibt, können es auch keine Darmkrämpfe sein."

Maris bat Danaë, sich auf den Rücken zu legen. Mit geschlossenen Augen überprüfte er den Fluss ihrer Energien. In einigen Zentimetern Entfernung ließ er seine Fingerspitzen über ihren Körper gleiten.

„Kannst du ihr helfen?", fragte der Zentaur.

„Ich kann die Beschwerden etwas lindern. Weggehen müssen sie von ganz allein", erklärte Maris mit hintergründigem Lächeln.

„Was ist es denn?", wollte Cheiron wissen.

„Nuuun", Maris dehnte das Wort in die Länge, „ein eigentlich von euch sehnsüchtig erwartetes Ereignis. Sie kann mit Sicherheit ab morgen den Knoten ihres Gürtel gleich vorn binden."

„Oh." Danaë errötete, Cheiron fehlten die Worte.

„Dabei hatte man mich gewarnt, dass sich bei euch die Ereignisse immer überschlagen, jetzt bin ich trotzdem ziemlich überrascht worden", sagte er schließlich.

„Kennst du dich aus, mit dem, was auf Danaë zukommt?", fragte Maris telepathisch.

Der Zentaur schüttelte den Kopf.

„Ich habe es befürchtet." Maris seufzte tief. Dann setzte er sich zu Danaë auf die Bettkante, um im wahrsten Sinne des Wortes Aufklärungsarbeit zu leisten.

Nach einer Stunde verließ er Cheiron und Danaë, die nicht wusste, ob sie sich lieber freuen oder bitterlich weinen sollte.

„Wenn sich vielleicht noch jemand bei Menschenfrauen auskennt, dann Kira. Fragt sie einfach, wenn ihr gar nicht weiter wisst. Ich kann auch nur sagen, was ich in den Bibliotheken gefunden habe", betonte Maris zum Abschied.

Cheiron brühte gleich einen großen Topf Kräutertee, genau nach Maris' Anweisungen. Danaë trank tapfer das bittere Gebräu, dessen Wirkung nach wenigen Augenblicken einsetzte. Der Zentaur ließ sich neben Danaës Bett nieder. Vorsichtig streichelte er ihren Bauch.

Die Wärme seiner Hand tat ihr gut, also hielt sie sie fest und presste sie auf die schmerzende Stelle. Noch bevor Cheiron eine Frage stellen konnte, war Danaë eingeschlafen. Mit der anderen Hand deckte er sie zu, legte seinen Kopf an ihre Wange und bald war auch er im Land der Träume.

„Gibt es Probleme?", fragte Horus, als er Maris endlich erreichte.

„Eher nicht. Meine Vorahnungen haben sich nur wieder einmal bestätigt", gab Maris zurück.

„Danaë?", fragte Horus kurz.

„Ja. Die beiden wären ohne mich völlig hilflos gewesen. Irgendwo tut sie mir auch leid. Aber das ist nun mal das Schicksal der Menschen", antwortete Maris.

„Weil du gerade Schicksal sagtest: In drei Tagen, gleich nach dem Frühstück, fliegen wir zu Osiris", erklärte Horus kurz.

„Geht klar. Hoffentlich können wir helfen." Maris unterbrach den Kontakt.

Tamu hatte die vergangene Nacht bereits an Bord verbracht und am zeitigen Morgen mit Ron alle Systeme des Gleiters gecheckt. Kaum war hinter den Magiern die Luke mit einem saugenden Geräusch zugefallen, als das Fluggerät auch schon lautlos abhob. Die Drakon flogen nur wenige Hundert Meter mit, dann drehten sie zu ihren Fischgründen ab. Die Männer betrachteten das weite Meer unter sich.

Horus hatte Normalflugmodus befohlen, um den Atlan etwas mehr von Tarronn zeigen zu können. Riesige Golddorsch-Schwärme zogen unbehelligt ihre Bahn, die ab und zu von einer einsamen Panzerechse gekreuzt wurde. Nicht überall war das Meer so friedlich wie vor Dafa.

An drei Stellen erspähten sie gigantische Strudel, die alles in ihren Sog rissen, was nicht schnell genug die Flucht ergreifen konnte. Bleigrau erschien das Wasser und Gischt spritzte meterhoch.

„Hier möchte ich aber auch nicht hineingeraten", murmelte Solon.

„Normalerweise wird dieses Gebiet gemieden", erklärte Horus. „Ich wollte euch nur zeigen, dass Tarronn auch weniger gemütliche Gegenden hat. Ich traue mich hier nur hin, weil wir zwei Drakonat an Bord haben, ansonsten ist dieses Areal für mich ebenfalls Todeszone."

Selbst aus der Ferne konnten die Magier noch das kochende Wasser zwischen den Strudeln erkennen. Nach einer Stunde tauchten langsam die ersten vorgelagerten Inseln des Kontinents Kantar auf.

„Im Moment haben wir hier gerade Hochsommer", sagte Horus. „Die Tagestemperaturen können durchaus vierzig Grad und mehr erreichen."

Alba streiften sie nur am Rande. Weit außerhalb der Hauptstadt, auf einem malerischen Hügel, lag das Ziel ihrer Reise – der schneeweiße Marmorpalast von Osiris und Isis. Vor den weitläufigen Außenanlagen war ein komfortabler Landeplatz für mehrere Großgleiter in den Hang gebaut worden.

Nur ein winziger Bruchteil war von außen sichtbar. Wenige Zentimeter über dem Boden schwebte das wendige Gefährt Horus' in den Hangar ein. Nur Horus, Imset und Maris verließen den Gleiter, um den ersten Kontakt zu Osiris herzustellen.

Ein blonder Hüne in einem weißen Overall begrüßte die Ankömmlinge. Er führte sie hinüber in den Haupttrakt, der durch einen Lift mit dem Palast verbunden war. Die letzte Schleuse gab den Blick in eine weite gläserne Halle frei, in deren Zentrum Palmen und blühende Sträucher fast die gemütliche Sitzecke verbargen, aus der sich soeben Isis erhob.

Sie kam ihnen ein paar Schritte entgegen. „Danke, Jamal, du kannst gehen. Ich führe unsere Gäste persönlich weiter."

Jamal deutete eine Verbeugung an, ehe er die Magier Isis überließ.

Sie lächelte. „Ich freue mich, dass ihr gekommen seid", sagte sie mit belegter Stimme, als sie den drei Männern die Hände reichte. Imset schaute sie lange in die gelben Echsenaugen, die sie zu faszinieren schienen.

„Folgt mir bitte." Sie drehte sich um und schritt auf das Mittlere der drei gläsernen Portale zu. Sie wählte den Weg durch den Blumengarten, auf dem sie direkt in die herrliche Eingangshalle des Hauptpalastes gelangten. Horus, Imset und Maris folgten Isis durch die luftige, sonnendurchflutete Halle.

Unbemerkt schaute sich Horus um. Es hatte sich in den vielen Jahrtausenden, die er nicht mehr hier gewesen war, kaum etwas verändert. Hier hatte er seine Kindheit mit Anubis verbracht, wohl behütet von ihrer Mutter Isis. Ihm fielen die Geschichten um Osiris ein, die auf der Erde kursierten.

Im Großen und Ganzen entsprachen sie schon der Wahrheit, nur hatten die Menschen offensichtlich Probleme in zig Jahrtausenden zu denken.

Jahrhunderte nach dem Mordversuch an Osiris, und der immer wieder vergeblichen Heilung, hatte sich Isis ihn als Gefährten erwählt ...

Inzwischen erreichten sie die letzte Tür, die zu Osiris privaten Gemächern führte. Mit gemischten Gefühlen trat Horus ein.

Der Zustand seines Vaters war unverändert. Er hatte darauf bestanden, aufrecht seine Gästen zu empfangen. Nur die Muskeln seines Gesichtes konnte er bewegen, der restliche Körper existierte wie ein Gegenstand, den er nicht einmal mehr fühlen konnte. In immer kürzeren Abständen mussten die Bandagen erneuert werden, die den Leib vor dem Verfall schützten.

Die drei Männer traten ihm gegenüber und grüßten durch eine angedeutete Verbeugung. Isis hielt sich im Hintergrund.

Osiris ließ seinen Blick über ihre Gesichter gleiten. „Ihr seid gekommen", flüsterte er, weil ihm die Stimme versagte.

„Wir haben es versprochen und wir werden alles tun, um dir zu helfen", antwortete Imset.

„Ich habe nicht zu hoffen gewagt, dass ich dich jemals sehen kann, Imset, Drakonat, mein Enkel", sagte Osiris leise. „Falls ihr mir nicht helfen könnt, dann habe ich wenigstens mit eigenen Augen gesehen, dass sich meine Linie für die Ewigkeit fortsetzen wird." Er schaute Horus an und zuckte mit dem Augenlid. „Tragt mich zurück auf mein Lager und beginnt", bat er dann.

„Wir fangen mit dem Replikator an", erklärte Horus. „Imset wird dir während dieser Zeit die nötige Lebensenergie zuführen."

Imset verwandelte sich in einen Drakonat. Bevor Horus die Kette des Replikators über Osiris Kopf streifte, rief Maris: „Halt! Holt sofort Sobek dazu. Es ist jetzt schon zu fühlen, dass Osiris viel mehr Energie braucht."

Isis eilte davon, um den Wunsch zu erfüllen. Sie rannte wie gehetzt durch den Geheimgang unterhalb dieses Wohntraktes. In ihrer übergroßen Aufregung war sie nicht einmal in der Lage, sich zu teleportieren.

Zum ersten Mal seit Tausenden von Jahren bestand für Osiris tatsächlich eine winzige Hoffnung auf Heilung und ausgerechnet ihr verstoßener Sohn brachte diese Hoffnung in ihr Haus. Isis konnte kaum einen klaren Gedanken fassen.

Drei Minuten später flimmerte die Luft. Sobek hatte sich umgehend zu den Magiern teleportiert. Auch er grüßte Osiris durch ein freundliches Nicken. Ohne zu zögern, verwandelte er sich. Beide Drakonat legten ihre Hände flach auf den bandagierten Körper.

Ein blaues Leuchten zeigte an, dass der Energietransfer begonnen hatte. Bald pulsierten kräftige Spiralen über den Liegenden und gaben ihm Kraft. Soweit es sein Zustand zuließ, beobachtete Osiris fasziniert die beiden

Drachenmänner. Erst jetzt nahm ihm Horus den defekten Lebensschlüssel ab.

Maris sichtete in der Zwischenzeit das Hologramm des letzten Bandagenwechsels, der erst ein halbes Jahr zurücklag. Die Verstümmelungen Osiris' Körper waren einfach grauenhaft. Die losen Fleischfetzen und Körperteile wurden tatsächlich nur mit Magie am Leben gehalten und hatten keinerlei Verbindung mehr untereinander.

Er wandte sich seinem Patienten zu. „Hier kann ich dir unmöglich helfen. Wir müssten dich für mehrere Tage in den Strom der Quelle bringen, dann kann ich Stück für Stück deine Körperteile miteinander verbinden und ihnen neues Leben einflößen. Horus muss in der Zwischenzeit einen neuen Lebensschlüssel erschaffen, der in Zukunft auch wirklich wieder einer ist."

„Dann tut, was getan werden muss", sprach Osiris mit fester Stimme. „Ich lasse euch völlig freie Hand. Lieber gar kein Leben, als für die Ewigkeit ein solches."

Maris fühlte eine leichte Berührung an der Schulter. Er wandte sich um. Hinter ihm stand Isis mit flehendem Blick. Fragend schaute er sie an.

„Du hast sicher gesehen, dass ein Teil seines Körpers völlig fehlt", flüsterte sie. „Kannst du es ihm wiedergeben?"

Maris überlegte. „Wenn es mir gelingt, den Körper neu zu erschaffen, dann könnte es auch gehen, das fehlende Teil zu ersetzen. Arko müsste es modellieren und ich wandele Stück für Stück die Materie in lebendes Gewebe."

Isis ergriff seine Hände. „Danke."

„Langsam, langsam", dämpfte Maris ihre Freude. „Das war soeben die Theorie. Was die Praxis dazu sagt, werden wir erst noch sehen."

Horus war noch immer dabei, den Replikator zu prüfen. Seine Miene verfinsterte sich zusehends. „Es sieht nicht gut aus", sagte er schließlich. „Eine Reparatur ist tatsächlich völlig ausgeschlossen. Ich werde mehrere Tage brauchen, um ein völlig neues Gerät zu bauen."

Isis wurde blass. „Aber wie soll er das überleben?" Sie streichelte Osiris' Gesicht.

„Wir müssen die Quelle bitten, uns zu helfen. Anders haben wir keine Chance", erklärte Maris noch einmal.

„Nehmt mich bitte sofort mit. Lieber ein Ende mit Schrecken, als ein Schrecken ohne Ende." Osiris hatte sich endgültig entschieden. Er nahm Abschied von Isis, in der Hoffnung, sie eines Tages wiederzusehen.

Horus hängte ihm vorsichtig den zerstörten Lebensschlüssel wieder um, dann fuhren die Drakonat langsam die Energie zurück, bis sie sicher waren, dass Osiris weiterleben werde. Mit klopfendem Herzen sah ihnen Isis dabei zu.

Ohne sich zurückzuverwandeln, hoben sie Osiris von seinem Lager und trugen ihn zum Raumgleiter. Tamu ließ die Rampe herunter. Isis war ihnen zum Hangar gefolgt. Sie blieb hinter der Panzerglasscheibe der Startrampe zurück.

Kaum waren alle an Bord, gab Horus den Startbefehl. Er ordnete zusätzlich Höchstgeschwindigkeit an. Imset unterrichtete telepathisch die Drakon, die diesmal nicht dem Shuttle entgegen flogen, sondern am Landeplatz warteten.

„Ich habe die Drakon zu uns gebeten, weil ich dich nicht dem Risiko einer Teleportation aussetzen möchte", informierte Imset auch Osiris. Der große Wächter wird dich sofort zur Quelle bringen, wo wir alle Magier zusammenrufen werden, um Maris zu unterstützen.

Außerdem haben wir seit Kurzem einen Spezialisten für schwerste Verletzungen in unseren Reihen. Auch er wird ganz zu deiner Verfügung stehen."

Osiris' Augen leuchteten. „Vielleicht kann ich es euch eines Tages wirklich danken."

Der Gleiter setzte auf. Die beiden Drakonat trugen vorsichtig Osiris hinaus, der staunend die beiden riesigen Wächterdrachen beobachtete.

„Sei überaus behutsam", bat Imset Drakos. „Sein Körper ist zerbrechlicher als dünnes Eis." Dann betteten die Drakonat Osiris in Drakos geöffnete Klauen.

Imset nahm im Nacken des Drachen Platz. Sanft hob der Riese ab. Er glitt fast lautlos auf die Pyramide zu. Geschickt landete er auf den Hinterbeinen, um seine Last unversehrt an Imset und Sobek zu übergeben, die ohne zu zögern den Tempel betraten.

Osiris betrachtete mit großen Augen das gewaltige Bauwerk, dessen Innenwände in Hieroglyphenschrift die Geschichte der Atlan erzählten. Vor der pulsierenden Energie blieben Imset und Sobek stehen.

„Ich bitte dich, Quelle aller Magie, gewähre uns deinen Schutz und deine Hilfe. Erlaube uns, im Strom deiner Energie, Osiris zu heilen", sprach Imset leise.

„So tretet ein und tut, was getan werden muss", wisperte die Quelle. „Jeder, der ihm mit ehrlichem Herzen helfen möchte, ist mir willkommen."

„Danke." Die Drakonat passierten den Vorhang aus blauem Licht. Wenig später fanden sich alle Magier ein und auch Cheiron war dem Ruf nach Hilfe gefolgt.

Sein leiser Hufschlag hallte durch die Pyramide, die er heute zum ersten Mal betrat. Vor der Quelle blieb er mit bittend erhobenen Händen stehen.

„Verwehre mir den Zugang nicht", bat er. „Auch ich möchte Osiris helfen, obwohl ich nur ein Zentaur bin."

„Ich kenne dich", wisperte die Quelle. „Du bist Cheiron. Komm herein und hilf."

Der Pferdemann schlüpfte in den Zylinder aus blauer Energie.

„Ein Zentaur!", rief Osiris überrascht. „Du kannst nur Cheiron sein."

„Ich bin tatsächlich Cheiron, und wenn du erlaubst, werde ich mit den Atlan und Tarronn gemeinsam arbeiten."

„Aber gern. Ich bin für jede Hilfe dankbar", sagte Osiris erfreut.

Horus und Arko hatten sich in die Laboratorien des Raumgleiters zurückgezogen. Zusammen werkelten sie an einem neuen Lebensschlüssel.

Die Magier trugen den schweren Drachenaltar in das Zentrum der Magie. Er sollte den Heilern als Operationstisch dienen. Osiris wirkte sehr gefasst, als Maris und Cheiron die Bandagen zu lösen begannen.

Die beiden Heiler hatten abgesprochen, Stück für Stück die Teile zusammenzufügen und nicht sofort den ganzen Körper auszuwickeln. Sie fingen am linken Arm an, der, als ihn die Bandage nicht mehr hielt, in fünf Stücke zerfiel.

Maris schloss entsetzt die Augen. Cheiron legte ihm die Hand auf die Schulter. „Bleib ganz ruhig. Das schaffen wir schon. Ich bin solche Anblicke gewöhnt."

„Auf uns kannst du auch zählen." Imset und Safi kamen hinzu, die aus Ramses' Schlachten solche Gräuel gewohnt waren.

Cheiron fügte die ersten beiden Stücke nahtlos aneinander. Maris legte seine Hände, so gut es ging, um die Trennlinie und sandte heilende Energie hinein. Nach bangen Minuten verbanden sich die beiden Teile endlich.

„Ich glaube, es funktioniert", murmelte Maris zufrieden.

„Darf ich es sehen?", fragte Osiris.

„Aber natürlich." Imset zeigte ihm das Werk der Heiler, die schon zwei andere Teile miteinander verbanden.

„Es tröstet mich etwas, dass Seth ein scharfes Schwert genommen hat. Dann sind eure Chancen etwas höher", kommentierte Osiris die wirklich gute Arbeit von Maris und Cheiron.

„Wenigstens hast du deinen Humor nicht verloren", schmunzelte Imset. „Auch das kann die Heilung sehr unterstützen."

„Auch Galgenhumor?", fragte Osiris.

„Auch der. Frag Safi, der hat einen ganzen Sack davon auf Lager", lachte Imset.

Die beiden Chirurgen waren so konzentriert bei der Arbeit, dass sie das kleine Wortgeplänkel nur ganz am Rande mitbekamen.

„Wie fühlst du dich?", fragte Sobek nach einer Weile Osiris.

„Körperlich wie immer, nur mental bin ich richtig euphorisch. Ihr gebt mir so viel Hoffnung", seufzte Osiris ehrlich ergriffen.

„Vielleicht sollten wir die regenerierten Teile nicht mehr bandagieren", überlegte Maris.

„Was hältst du von einer Kräuterpackung?", fragte Cheiron.

„Ja, das ist es! Die Rinden und Wurzeln, die du uns gezeigt hast!", rief Maris. Er wandte sich an Talos und Solon.

„Bitte holt Jaka-Rinde und Tuul-Wurzeln für heilende Umschläge. Für zwei kräftige Männerarme. Mehr können wir heute nicht schaffen."

Die beiden Magier beeilten sich, das Gewünschte zu bringen. Neben dem Altar begannen sie, die Rinde und die Wurzeln zu zerkleinern. In einem Mörser zerquetschten sie die Stückchen zu einem wohlriechenden Brei, den sie schließlich auf den beiden neu geschaffenen Armen verteilten. Zuletzt drückte Maris die Arme an die Schulterbandagen, um sie bis zum nächsten Tag zu sichern.

„Nun werden wir dich verlassen", sprach er zu Osiris. „Morgen früh kommen wir wieder und nehmen die Beine in Angriff. Versuche bis dahin etwas zu ruhen. Die Quelle wird dich beschützen."

„Habt Dank." Osiris lächelte. „Ich freue mich auf morgen."

Als die Magier die Quelle verließen, schloss er glücklich die Augen. Vielleicht hatten die Atlan ja tatsächlich Erfolg.

Die Wunder der Magie

Die Frauen hatten sich bei Neri versammelt. Sie warteten zusammen mit den Kindern auf die Rückkehr ihrer Gefährten.

Fast zeitgleich mit den anderen, beendeten Horus und Arko ihre Arbeit. Gemeinsam schlenderten sie zu Imsets Häuschen. Die Frauen waren gerade dabei den Abendbrottisch zu decken. Horus' erster Weg führte zu Ihi.

Der Kleine war noch wach und schaute ihn aus großen braunen Kulleraugen an. Horus nahm seinen Sohn auf den Arm, streichelte sein Gesicht und drückte ihn vorsichtig an sich. Dann reichte er ihn an Imset weiter, dessen erster Weg zum selben Ziel geführt hatte.

Nach der Begrüßung wanderte Ihi wieder auf Papas Arm zurück, um von dort aus die vielen Leute zu beobachten. Lächelnd schaute Darina zu, wie der Kleine seine beiden *Väter* gleichermaßen mit strahlenden Augen begrüßte. Horus werde es sicher sehr schwer fallen, eines Tages ohne Ihi nach Taris gehen zu müssen.

Dabei wusste er genau, dass es für seinen Sohn besser war, auf Dafa bei Mutter zu bleiben. Hier hatte er die wundervolle Natur, viele Freunde, in seinem Alter, und ausgezeichnete Lehrer. Imset würde ihm alles beibringen, was ein Mitglied des Clans wissen musste, besonders jetzt, wo ein Funken Hoffnung da war, den Fluch aus der Vergangenheit endlich loszuwerden.

Der Abend endete diesmal zeitiger als sonst. Der Tag war sehr anstrengend gewesen. Nur hatte das lange Verweilen in der Quelle ungeahnte Folgen – an Schlafen war nicht zu denken. Die Gefährtinnen der Magier nahmen diese Art Energieüberschuss dankend an.

Auch Cheiron fühlte dieses unbändige Verlangen nach Danaë in sich aufsteigen. Jetzt, wo er sich ihr endlich mit ruhigem Gewissen nähern konnte, kämpfte er auch nicht dagegen an. Sich an den Händen haltend liefen sie zu ihrem Häuschen.

Kaum hatten sie die Tür geschlossen, zog Cheiron Danaë in seine Arme. Er begann ihren Hals und ihre Schultern zu küssen. Fast unbemerkt streifte er ihr das Kleid von den Schultern. Langsam glitt es zu Boden. Zweifellos hatte dieser Tag nur im Kreise der Frauen bei Danaë wahre Wunder bewirkt.

Cheiron genoss diesen herrlichen Körper, der noch nie hüllenlos neben ihm gelegen hatte. Er verwöhnte sie die ganze Nacht lang, wie er nie zuvor eine Frau verwöhnt hatte.

Nur die vier Vollmonde, die mit der Sichel des fünften Mondes am Himmel standen, sahen zu, wie sie im Vollrausch der Gefühle, auch noch den allerletzten Schritt gingen.

Arko saß mit Kira lange auf der Bank vor seinem Haus. Jetzt wo die Zeit der magischen Monde immer näher kam, stieg Nacht für Nacht leuchtendes Plankton aus der Tiefe des Meeres und verwandelte alles, so weit das Auge reichte, in eine geheimnisvolle Zauberwelt.

Näherten sich Fischschwärme, so verlosch das Leuchten, um an anderer Stelle, noch intensiver, wieder aufzuflammen. Selbstvergessen beobachteten die beiden Atlan dieses grandiose Schauspiel.

Irgendwann schlief Kira an Arkos Schulter gelehnt ein. Milde lächelnd trug er sie ins Bett und deckte sie liebevoll zu.

Arko!

Der Atlan fuhr herum. Isis!

Arko!

Endlich begriff er, dass die Stimme nur in seinen Gedanken zu hören war. Noch einmal rief die Stimme seinen Namen.

Ich höre dich, versuchte er, telepathisch zu antworten.

Ich habe einen Wunsch, hallte es in seinem Kopf. *In den nächsten Tagen wirst du von Maris einen Auftrag für Osiris erhalten. Ich hoffe, dass du dann wissen wirst, was du für mich tun sollst.*

Isis unterbrach den Kontakt.

Arko schüttelte den Kopf. Immer diese Rätsel! Aber wenn Isis ihn auf diese Weise ansprach, musste es wohl recht delikat sein, was man ihm auftragen würde. Für heute hatte Arko schon genug gegrübelt. Er nahm Kira in den Arm und schlief ein.

Am nächsten Morgen trafen sich die Arbeitsgruppen, um dort weiter zu machen, wo sie am Vortag unterbrochen hatten.

Arko hatte seine letzten Goldreserven zusammengesucht und goss die neue Grobform für einen Lebensschlüssel. Dann begann er, nach Horus' Zeichnung, das Innere zu bearbeiten, welches einmal die komplizierte Technik des Replikators beherbergen sollte. Horus hatte sich mit dem Genmaterial Osiris' ins Labor zurückgezogen. Er schrieb die neuen Programme für das Gerät.

Ein strahlendes Lächeln ging über Osiris' Gesichtszüge, als die Magier endlich erschienen.

„Schön, dass es dir gut geht", sagte Imset zufrieden.

„Schön, euch zu sehen", schmunzelte Osiris. „Das war meine beste Nacht seit vielen Tausend Jahren."

„Meine auch", rutschte es Cheiron heraus.

Osiris' Augen leuchteten. „Wäre doch schön, wenn sich für jeden von uns ein großer Wunsch erfüllen würde. So weit ich weiß, hast du auch schon ziemlich lange allein gelebt."

„Das ist wohl war", sagte Cheiron „Und jetzt hoffe ich auf ein kleines Wunder."

„Nun – vier Monde sind doch schon voll …", murmelte Solon. „In der Nacht des Fünften ist ein guter Zeitpunkt für Wunder."

„Ich werde daran denken", schmunzelte der Zentaur.

Osiris blinzelte ihm kaum merklich zu.

Während Imset und Safi die Arme Osiris' untersuchten, wickelten Maris und Cheiron eines seiner Beine aus.

„Ach du großer Gott!", rief Maris. „Hier ist ja gar nichts an der Stelle, wo es hingehört! Das wird ein Geduldsspiel."

Nach vier Stunden hatten sie wenigstens einen kompletten Unterschenkel rekonstruiert. Für eine kurze Pause verließen sie die Pyramide.

„Hast du Hoffnung, dass wir die Organe wieder an ihren Platz bekommen?", fragte Maris ganz verzagt Cheiron.

„Ich denke schon", antwortete der Zentaur. „Ich habe diesbezüglich auch noch einige Jagderfahrungen, die dir gänzlich fehlen. Wir kriegen das schon hin."

„Ich bin froh, dass du da bist", sagte Maris und drückte Cheirons Arm. „Nur anhand von Hologrammen und Bildern zu arbeiten, wäre echt nicht leicht."

„Da sind wir wieder." Maris machte sich über die nächsten losen Fleischbrocken her.

Sie hatten ihren Patienten inzwischen leicht schräg gelagert, um es ihm zu ermöglichen, die Fortschritte seiner Genesung mit eigenen Augen zu verfolgen.

Nach fast fünf Tagen waren beide Beine komplett. Mit gemischten Gefühlen machten sich die Heiler nun über den Rumpf Osiris' her. Mit Wickeln war hier nichts zu machen. Maris schnitt vorsichtig die Bandage an der Bauchseite auf. Er schlug die Hände vor das Gesicht.

„Oh!", selbst Osiris fehlten die Worte. Verzweifelt schaute er die beiden Heiler an.

Cheiron zog die Stirn kraus. „Das sieht schlimmer aus, als beim Schlachten."

„Ich muss dringend mit Arko reden", murmelte Maris. „Jetzt sind seine Künste gefragt."

„Dann mal los", ermunterte Cheiron Maris. Beherzt griff er sich ein paar Rippenstücke und versuchte die passenden Bruchlinien zu finden. Imset und Safi sortierten die inneren Organe.

„Seth muss doch völlig im Blutrausch gewesen sein", sagte Safi erschüttert zu Imset.

„Das kann ich bestätigen", antwortete an seiner Stelle Osiris.

„Und was ist die Geschichte dahinter?", fragte Safi ungeniert.

„Eine ziemlich gemeine Verwechslungskomödie", entgegnete Osiris und begann zu erzählen: *Eines Tages hatte sich Nephtys, die Zwillingsschwester von Isis, als Isis ausgegeben. Sie spielte diese Rolle so perfekt, dass ich nicht misstrauisch geworden bin. Die Nacht blieb nicht ohne Folgen.*

Ihr Gatte, Seth, bekam erst einmal von der Sache nichts mit. Er war zu diesem Zeitpunkt mit den Helion unterwegs und mit seinem plötzlichen Auftauchen war auch nicht zu rechnen. Nephtys gebar unser Kind heimlich und setzte es in der Wildnis aus.

Isis erfuhr es zufällig von einer Dienerin. Sofort machte sie sich auf die Suche nach dem Neugeborenen. Einer ihrer Hunde fand das Baby schließlich lebend und brachte es zu ihr. Isis zog es gemeinsam mit unserem Sohn Horus auf.

Irgendwie muss Seth doch erfahren haben, was passiert war. Statt Nephtys zur Rechenschaft zu ziehen, brütete er einen finsteren Racheplan gegen mich aus.

Nach einer Zusammenkunft mit den Asen, wo, wie ihr ja auch alle wisst, immer reichlich Wein fließt, fiel er wie ein Tier über mich her.

Das Nächste, woran ich mich erinnern kann, ist, dass ich in jenem Zustand wieder zu mir kam, in dem ihr mich vor ein paar Tagen gesehen habt. Isis hatte die verstreuten Leichenteile eingesammelt und versucht, mich mit Horus und Anubis wiederzubeleben. Sie konnten nicht ahnen, dass Seth meinen Replikator zerstört hatte.

Auch wenn das Ganze zuerst wie ein Unfall ausgesehen hatte, schnell war klar, dass Seth der Mörder war. Er war der Einzige, mit dem ich an jenem Abend unterwegs war. Dann kam der Tag, an dem Horus Seth zwischen die Finger bekam und damit nahm das Schicksal seinen Lauf.

„Jetzt verstehe ich endlich, warum Anubis einen schwarzen Hund als Namenshieroglyphe hat", sagte Safi leise. „Deshalb hat er Luna auch versprochen die Seele ihrer Nubi zu sich zu holen, wenn es mal so weit sein sollte."

„Und damit schließt sich auch der Kreis, weshalb Seth Horus gezwungen hat, Neri zu schwängern", murmelte Imset. „Die *Geschichte dahinter* bringt ziemlich viel Licht ins Dunkel.

Dass du Seth dem Befehl Horus' unterstellt hattest, war also nur der Tropfen, der das Fass des Hasses zum Überlaufen brachte."

„So ist es." Osiris sah Imset an. „Ich bin unendlich dankbar dafür, dass ihr euch seinetwegen nicht entzweit habt."

Imset erwiderte den Blick. „Horus ist der Mann, der mir alles beigebracht hat, was man für das Leben wissen muss. Er ist der beste Vater, den es geben kann und wir sind es gewohnt, über alles zu reden und gemeinsam eine Lösung zu suchen."

„Ich sehe dir deine Frage an", sagte Osiris. „Nur beantworten kann ich sie dir nicht. Ich weiß nicht, warum dich Isis deinem Schicksal überlassen hat, zumal sie ja Anubis einst als Sohn angenommen hatte. Ich weiß nur, dass ich, egal was geschieht, den Kontakt zu euch nicht mehr abbrechen lassen möchte."

Imset nickte zustimmend. „Wenn du das hier alles gut überstanden hast, dann feiern wir auf atlanische Art, das wird dich ganz schnell wieder richtig auf die Beine bringen."

Cheiron gelang es schließlich, die Schulterblätter und die dazugehörigen Hautpartien zusammenzufügen. Maris verband sie nahtlos mit dem hinteren Teil des Halses. Endlich bekamen Kopf und Arme wieder festen Halt.

Für die Nacht deckten sie ein Tuch über Osiris' Körper, um ihm den ständigen unangenehmen Anblick zu ersparen. Dankbar wünschte er ihnen einen schönen Abend.

Maris setzte sich, wie er es sich vorgenommen hatte, sofort mit Arko in Verbindung.

„Wir brauchen deine Hilfe", sagte er, kaum dass er die Werkstatt betreten hatte.

„Ich höre." Arko spitzte die Ohren.

„Wir kommen mit dem Rumpf ganz gut voran. Nur, wie du ja weißt, waren Osiris' Geschlechtsteile nicht mehr auffindbar. Du müsstest also, in den nächsten beiden Tagen, einen Ersatz modellieren", bat Maris.

„Geht in Ordnung. Welches Material hättest du gern?", fragte Arko.

„Ist mir egal, Hauptsache die Proportionen stimmen." Maris klopfte Arko auf die Schulter und verschwand nach Hause.

Ein leichtes Lächeln nistete sich in Arkos Mundwinkeln ein. Das war also Isis' Anliegen. So befriedigt, wie sie ihn damals verlassen hatte, musste er sich um das passende Modell also keine Sorgen machen. Ohne zu zögern, machte sich der Schnitzkünstler auf die Suche nach einem passenden Stück Holz.

Der Horus-Clan verbrachte den Abend gemeinsam. Imset berichtete vom Fortgang der Körperrekonstruktion und darüber, was Osiris sich wünschte.

„Ich habe ganz und gar nichts, gegen bleibende Kontakte", freute sich Horus aufrichtig. „Da fällt mir übrigens ein, dass ich Anubis bitten muss, an der endgültigen Wiederbelebung des Körpers teilzunehmen. Ohne ihn sind die Chancen nur gering, dass alles wieder funktioniert."

„Und ich werde Isis bitten, zu uns zu kommen", erklärte Imset. „Es gibt da einige Körperfunktionen, die sie lieber selber testen sollte", fügte er mit breitem Grinsen an.

„Habt ihr ihm wenigstens gesagt, dass er trotzdem unfruchtbar bleiben wird?", fragte Horus.

„Das weiß er ganz allein, dass da nicht mal ein funktionierender Replikator helfen kann", murmelte Imset. „Ich hoffe nur, wir kriegen wenigstens die Grundfunktionen wieder hin."

„Jedenfalls wird er sich freuen, Anubis wiederzusehen", fügte er nach kurzer Pause an.

„Du sagst das so eigentümlich." Horus schaute Imset von der Seite an.

„Ich finde es gut, dass er es vorgemacht hat, wie schön es sein kann, ein geschenktes Kinderlachen im Haus zu haben." Imset klopfte Horus auf die Schulter.

„Er hat euch die ganze Geschichte um Anubis erzählt?"

„Na sicher. Irgendeinen handfesten Hintergrund musste es doch haben, dass ihn Seth so grausam zugerichtet hat", entgegnete Imset. „Und derselbe Seth glaubte, dass ich es mit dir genau so mache." Imset schüttelte den Kopf. „Armer Irrer."

„Jetzt sag bloß noch, er tut dir leid, nach dem, was du jetzt jeden Tag gesehen hast!", rief Horus ungläubig.

„Ganz im Gegenteil", beruhigte ihn Imset. Dabei lag ein gefährliches Funkeln in seinen gelben Echsenaugen.

Maris und Cheiron hatten es in den nächsten Tagen wirklich nicht leicht. Ihnen gelang es zwar, die Rückenpartie zusammen zu puzzlen und die Organe, die noch in großen Teilen waren, an ihren Platz zu bringen, dann verließ sie fast der Mut.

Um sich selbst etwas aufzubauen, rekonstruierten sie die Haut der gesamten Vorderseite. Sie hatten inzwischen aufgehört, die Tage zu zählen. Nur gut, dass Osiris völlig gelassen blieb. Selbst die große Vorfreude auf ein normales Leben ließ ihn nicht ungeduldig werden.

Manchmal streichelt Imset einfach seine Hand. Eine Berührung, die Osiris zwar noch nicht spüren, aber sehen konnte. Die Geschichten um die Atlan und die Drakonat waren wohl doch in allen Punkten wahr.

Weshalb sollte sich Isis' verstoßener Sohn sonst um ihn kümmern? Osiris war stolz auf diesen *Atlan*, der durch Horus auch sein Nachkomme war.

Zu viert ordneten die Männer endlich die letzten Därme. Maris bat Drakos, Arko zu ihm zu bringen.

Als der Atlan in den Kreis der Quelle trat, leuchteten Osiris Augen auf. „Dich kenne ich."

Arko nickte. „Ja, auch ich habe dich schon einmal hier im Strom der Energien gesehen. Endlich kann ich mich bei dir bedanken."

Ohne weitere Worte überreichte er Maris das fehlende Körperteil. Ungläubiges Staunen legte sich über Osiris' Züge. Offensichtlich hatten es die Atlan ernst gemeint, ihm die Attribute der Männlichkeit zurückzugeben.

„Perfekte Arbeit", nickte Maris anerkennend. Dann wandte er sich an Imset und Sobek. „Jetzt brauche ich auch noch eure Energie."

Die beiden verwandelten sich augenblicklich in Drakonat. Knisternde Energiespiralen hüllten ihre Körper ein, als sie Maris ihre Hände auf die Schultern und den Rücken legten. Der Heiler schloss die Augen und begann in seiner Vorstellung den hölzernen Penis zu Osiris' Körpergewebe zu wandeln.

Dann endlich, nach fast zwei Stunden, liefen die Energiewellen auch über seinen Körper, wanderten die Arme entlang, um schließlich seine Gedanken wahr werden zu lassen.

„Es ist vollbracht", flüsterte er, in sich zusammensinkend.

Sobek fing seinen Freund auf, um ihn vorsichtig auf den Boden gleiten zu lassen.

„Wie geht es ihm?", fragte Osiris leise.

„Der wird schon wieder", entgegnete Sobek. „Ein bisschen zusätzlich Energie nur für ihn und er ist wieder wie neu." Seinen Worten ließ er Taten folgen. Maris schlug die Augen auf. Er erhob sich ächzend.

„Wieder fit?", fragte Imset.

„Na logisch." Maris strahlte über das ganze Gesicht. „Sobek hat dich, wieder auf die Beine bekommen, da schafft er das bei mir mit links."

„So was wie euch hat Tarronn dringend gebraucht", stellte Osiris ergriffen fest. „Ich werde mich, so schnell es geht, darum kümmern, dass die Schicksalsgöttinnen Horus und euch endlich in Ruhe lassen."

„Das ist die wohl beste Nachricht seit langer Zeit!", rief Safi erfreut.

„Ich habe auch gute Nachrichten", hakte Drakos ein, der soeben die Pyramide betrat. „Isis und Anubis sind soeben eingetroffen."

„Dann wird es jetzt wohl ernst", sagte Osiris mit belegter Stimme. „Alles oder nichts."

Die Magier nickten.

Siri hatte ihnen in Windesseile die gewünschten Prunkgewänder gebracht, welche sie sofort anlegten. Schließlich nahmen sie am Portal der Pyramide Isis und Anubis in Empfang.

Die Göttin war ungewöhnlich blass. Langsam schritt sie die Reihe der Männer ab, die versuchten, Osiris zu retten. Jedes einzelne Gesicht prägte sie sich ein. Als sie zu Horus, Imset und Sobek kam, schien sie zu zögern.

Imset trat auf sie zu und bot ihr seinen Arm. „Komm, Osiris erwartet dich."

Sie hängte sich bei ihm ein, um mit ihm gemeinsam in das Zentrum der Quelle zu gehen. Als sie ihren Gefährten auf dem Altar liegen sah, löste sie sich von Imset.

„Osiris", hauchte sie und streichelte sein Gesicht. Sein Körper war von einem weißen Tuch bedeckt, das nicht erkennen ließ, ob die Magier wirklich erfolgreich gewesen waren.

„Schön, dass du gekommen bist", antwortete er ihr.

Imset winkte die anderen heran. Sie bildeten einen engen Kreis um den Liegenden. Schließlich zog er das Tuch fort und kündigte damit den Beginn des Rituals an, das Osiris wieder körperlich in den Kreis der Lebenden holen sollte.

Isis presste ihm von hinten beide Hände an die Schläfen, während Anubis seine linke Hand auf Osiris Herzgegend legte. Imset und Sobek verwandelten sich, um den noch leblosen Körper mit Energie zu versorgen.

Anubis begann die geheimen Worte zu murmeln, die nur er kannte. Er vertrieb die Eiseskälte des Todes aus Osiris' Körper, der langsam einen rosigen Schimmer zeigte. Dann trat Horus hinzu, der seine rechte Hand auf die rechte Brust Osiris' legte und mit der Linken die freie Hand Anubis' fasste. Ein Zittern lief durch Osiris' Gestalt – nun gaben die Drakonat ihre Energie.

Dann stieß Osiris einen markerschütternden Schrei aus. Sein Herz hatte soeben zu schlagen begonnen und das Gefühl kehrte in seinen Körper zurück. Noch einmal musste er, für den Bruchteil einer Sekunde, die gleichen Schmerzen erdulden, wie an jenem Tag, als ihn Seths Klinge traf.

Langsam bewegte er seine Finger. Atemlos sahen Isis und die Männer zu, wie er seinen Oberkörper aufrichtete, bereit, sich endgültig zu erheben. Der Jubel, mit dem sie ihn begrüßten, war unbeschreiblich.

Die ersten, noch ungelenken Schritte brachten ihn zu Cheiron und Maris, denen er mit Tränen in den Augen dankte, genau wie den anderen Männern, die so viel für ihn getan hatten. Imset zog er an seine Brust, was mehr sagte als tausend Worte.

Endlich wandte er sich Isis zu, die ihm voller Sehnsucht die Arme entgegenstreckte. Leicht errötend stellte Osiris fest, dass sich gerade dort, wo er es für ausgeschlossen gehalten hatte, ein sehr heftiges Gefühl regte. Still verließen die Magier die Quelle, um das neue Glück nicht zu stören.

„Gute Arbeit", sagte Anubis, als sie sich vor der Pyramide auf eine kleine Mauer setzten. „Ich hätte es nie für möglich gehalten, dass man aus so viel zerhacktem Fleisch, wieder etwas machen kann."

„Wir auch nicht", gab Maris ehrlich zu. „Dabei hätten wir ohne Cheiron ganz schön alt ausgesehen."

„So wie es sich anhört, funktioniert alles wieder", schmunzelte Sobek, der als Letzter herausgekommen war.

„Wenn sie es jetzt noch so machen wie Arko und Kira, sehen wir sie vor morgen früh nicht wieder", witzelte Safi.

„Würde mich nicht wundern", warf Imset ein. „Was denkst du wohl, wo Arko Maß genommen hat?"

„Du bist so still", sagte Horus zu Anubis, der vor sich auf den Boden starrte.

Anubis hob den Kopf. „Ich weiß nicht, wie ich es ausdrücken soll. Mir ist einfach eine riesige Last abgefallen, jetzt, wo Vater endlich wieder richtig lebt."

„Schuldgefühle?"

„Die ganzen vielen Jahrtausende lang", gab Anubis zum ersten Mal zu.

„Du konntest doch nichts dafür." Horus schüttelte ungläubig den Kopf.

„Eigentlich nicht. Aber hätte es mich nicht gegeben, dann wäre das alles nicht passiert", erklärte der Herr der Unterwelt seufzend.

„Und ich bin glücklich, dass es dich gibt", sagte eine Stimme hinter ihm. Osiris war, von allen unbemerkt, mit Isis aus der Pyramide gekommen. Er schloss seinen Adoptivsohn dankbar in die Arme.

Isis wandte sich Imset zu. Sie drückte ihn an sich, als wolle sie ihn nie mehr loslassen. „Es tut mir alles so furchtbar leid", flüsterte sie. „Ich bin so stolz auf dich, mein Sohn."

Imset sah ihr lange in die Augen, in denen die inständige Bitte um Vergebung, zu lesen war. Lächelnd küsste er sie auf die Stirn. „Ich hoffe, dass du nun endlich wieder richtig glücklich werden wirst, Mutter."

„Du verzeihst mir wirklich?", fragte sie mit erstickter Stimme, als er *Mutter* zu ihr sagte.

Imset nickte. „Ich hatte dir schon verziehen, als wir noch auf der Erde gelebt haben."

Horus nickte bestätigend. „Ja, das hat er", murmelte er mehr für sich.

Über der Pyramide kreisten die beiden Drakon, die auf Imsets Wink hin landeten. Osiris ließ es sich nicht nehmen, zu ihnen zu gehen. Seine Hände glitten über die harten Panzer der beiden Wächter. Ein glückliches Lächeln umspielte seine Lippen.

„Ich hätte nie geglaubt, auf Tarronn noch einmal solch wundervollen Wesen wie euch begegnen zu können. Drakos von Tarronn und Siri von Atla, die Erde hat wohl unser aller Schicksal geprägt." Osiris legte seinen Kopf an Drakos Brust. Der kräftige Herzschlag des Drachen gab ihm Zuversicht.

„Wie geht es dir?", fragte Siri. Sie schaute Osiris mit ihren seegrünen Augen mitfühlend an.

„Wunderbar", flüsterte er. „Einfach wunderbar."

„Darf ich dich in die Siedlung tragen?" Siri faltete sogar bittend die Vorderklauen.

„Du bist die wohl ungewöhnlichste Drakon, die ich je erlebt habe", schmunzelte Osiris. „Es ist mir eine Ehre, wenn du mich trägst."

Alle warten schon auf dem Festplatz auf euch, flüsterte Drakos inzwischen Imset telepathisch zu. Laut sagte er. „Dann lasst mir die Ehre zuteilwerden, Isis zu tragen."

Während sich die Drakon gemächlich mit dem Götterpaar auf den Weg machten, teleportierten sich Anubis und die Magier mit Cheiron auf den Festplatz. Marty und Arko waren soeben dabei, ihre besten Weinkreationen als Begrüßungstrunk bereitzustellen. Sofort griff Cheiron zu seiner Nasentinktur.

Danaë blinzelte ihm zu. Sie hatte vorsichtshalber ein Fläschchen in die Falten ihres Gewandes gesteckt. Der Zentaur streichelte im Vorbeigehen liebevoll ihre Hand. Danaë war in den vergangenen Tagen nicht nur körperlich zu einer Frau herangereift.

„Manchmal erinnert sie mich Zaid", hatte Neri zu Darina gesagt.

Danaë war genau so wissbegierig und sie gab sich die gleiche Mühe wie Sobeks Gefährtin, um möglichst schnell die Gepflogenheiten der Gemeinschaft zu erlernen. Die Achtung, die die einfachen Atlan Cheiron entgegenbrachten, zollten sie auch ihr.

Für Danaë eine völlig neue Erfahrung. Danaë war zu recht stolz auf ihren ungewöhnlichen Gefährten, der auch im Kreise der Magier große Wertschätzung genoss.

Cheiron stand mit Sobek am Feuer. Sie halfen rasch, die ausgenommenen Fische an die Grillspieße zu stecken. In der Ferne tauchten bereits die beiden Drakon auf, die mit Isis und Osiris einen kleinen Rundflug gemacht hatten. Punktgenau landeten die Riesen mitten auf der Festwiese.

Augenblicklich wurden sie von Atlan und Tarronn umringt, die jubelnd Osiris und seine Gefährtin begrüßten. Arko reichte den beiden den Begrüßungstrunk. Ehe er sich versah, hatte ihn Isis auf die Wange geküsst, während ihm Osiris dankbar die Hand drückte.

„Das hat er sich wahrlich verdient", lautete Maris' Kommentar.

„Da gebe ich dir in allen Punkten recht", pflichtete Horus bei. „Denn ohne Arko hätte ich Mühe gehabt, dies hier zu schaffen." Er hielt den goldschimmernden Lebensschlüssel hoch.

Osiris zuckte überrascht zusammen. „Es ist euch wirklich gelungen?"

„Hmm, hmm." Horus legte Osiris den neuen Replikator um. „Ich habe dir den alten genommen und so übergebe ich dir auch den neuen Lebensschlüssel, in der Hoffnung, dass er niemals zeigen muss, was alles in ihm steckt."

„Er fühlt sich so anders an … so liebevoll", murmelte Osiris, als das Metall seine Brust berührte.

„Alle unsere guten Wünsche sind in ihn eingeflossen", erklärte Horus. „Er enthält die Energien aller Bewohner von Dafa – die der Atlan, der Drakon, des Zentauren, die menschlichen und die der Tarronn."

„Menschliche?", fragte Osiris erstaunt.

„Ja, auch menschliche, denn Cheirons Gefährtin ist ein Mensch", entgegnete Horus.

„Das habe ich nicht gewusst." Osiris schaute neugierig zu Danaë hinüber. *Dann ist sie also sterblich*, stellte er telepathisch fest.

Horus nickte bekümmert. „Das ist das eine. Das andere ist, ihr Leben wird vielleicht nur neunzig Jahre dauern und das inmitten von Unsterblichen, die nicht einmal einem Alterungsprozess unterworfen sind."

Isis begann leise zu lachen. „Horus, Horus, du hattest schon immer die Gabe, jemanden in genau die richtige Richtung zu dirigieren."

Horus zuckte amüsiert mit den Schultern. „Wenn es nicht so wäre, hätte mich Osiris kaum zum Oberbefehlshaber gemacht."

Isis beobachtete nun ebenfalls unauffällig das ungleiche Paar am anderen Ende des Tisches. Cheiron hatte sich halb neben Danaë niedergelassen, die ihren Kopf an seine Schulter lehnte. Sie schauten den Kindern zu, die mitten auf der Wiese saßen und aus hölzernen Bausteinen einen großen Turm aufschichteten.

Horus erzählte leise die Geschichte der beiden. Auch Anubis hörte interessiert zu.

„Irgendwie scheint hier alles auf Fortpflanzung eingerichtet zu sein", stellte Anubis nach einer Weile fest.

„Was erwartest du von einem Volk, das gerade in den allerersten Anfängen steckt, sich zu regenerieren?", fragte Horus Schulter zuckend. „Die nächste Generation kommt planmäßig erst in rund Zweihundert Jahren – wobei die Atlan eher mit ungewöhnlichen Überraschungen aufwarten. Sonst hätten dir Sobek und Zaid auch nicht Zwillinge als Ur-Ur-Enkel beschert", sagte Horus zu Osiris.

„Ihr müsst uns überhaupt einmal darüber aufklären, wer inzwischen alles zur Familie gehört", bat Isis.

„Das wird langsam kompliziert", lachte Imset. „Ich rufe sie am besten alle zusammen und dann stelle ich sie euch vor."

Das Götterpaar bekam große Augen, als sich eine ziemlich ansehnliche Gruppe Atlan und Tarronn zusammenfand.

„Fangen wir bei Kebechsenef an: Seine Gefährtin Luna mit Tochter Lilly. Lunas Mutter Mira ist die Gefährtin von Solon", erklärte Imset.

„Und bald sind sie zu dritt, wenn ich mich nicht irre", schmunzelte Osiris.

„Stimmt auffallend", nickte Imset. „Dann wird es jetzt etwas komplizierter: Meine Gefährtin Neri mit ihrem Sohn Ihi. Der Vater ist Horus, also ist Ihi mein Bruder, aber auch der Bruder meines Sohnes und von Merit-Amun. Sie ist Neris älteste Tochter aus der Verbindung mit Ramses. Ihr Gefährte ist Safi und Tanit ist ihre Tochter. Mein Sohn Sobek, mit Gefährtin Zaid und den beiden Kindern Laura und Leon. Anubis nicht zu vergessen. Außerdem hätten wir da noch meinen, Sobeks und Neris Blutsbruder Drakos mit Gefährtin Siri. Aber es geht noch weiter – Horus Gefährtin ist Darina, die hier neben mir steht. Wie ihr seht, der Clan wächst und gedeiht, auch wenn es immer wieder Leute gibt, die ihn am liebsten ausrotten würden. Beinahe jedem von uns ist in seinem Leben großes Leid widerfahren, was uns noch enger zusammengeschweißt hat."

Imset ließ seinen Blick über die Versammelten schweifen. „Leider konnte ich Duamutef und Hapi nicht erreichen. Dann wären wir wirklich alle auf einem Fleck versammelt."

„Nicht ganz", sagte Neri mit einem Augenzwinkern. „Schep fehlt noch."

„Ach du lieber Himmel!", rief Imset. „Anubis, kannst du mir ausnahmsweise noch mal verzeihen? Ich muss wohl wirklich langsam Buch über die Familienmitglieder führen."

Isis hob überrascht den Kopf. Anubis hatte nie über eine Gefährtin erzählt. Die Atlan hingegen, schienen bestens informiert zu sein.

„Ist sie mit?", fragte Neri soeben.

Anubis nickte.

„Dann hol sie endlich!", forderte ihn Imset auf. „Wir werden schon nicht erschrecken."

„Erschrecken?", fragte Isis erstaunt. „Weshalb denn? Ist sie so hässlich?"

Die Mitglieder des Clans brachen in Gelächter aus.

„I wo!", kicherte Neri. „Schep ist in unserer Welt körperlos." Sie berichtete in wenigen Sätzen, was sie über Anubis Gefährtin wusste, als der Herr der Unterwelt auch schon wiederkam.

„Einen kleinen Moment", sagte Imset. Er schloss eine imaginäre Person in die Arme, die einen leisen Schreckenslaut von sich gab. Seine Aura begann grün zu leuchten. Dann überzog das Leuchten langsam einen zierlichen Frauenkörper, der in seinen Armen sichtbar wurde. Er ließ sie wieder los.

Sein Werk zufrieden betrachtend, sagte er: „So, nun weiß man wenigstes, wie hübsch du wirklich bist. Herzlich willkommen auf Dafa, Schep-en-Hor."

Die Frau lachte leise. „Man hat mich vor deinen Einfällen gewarnt, Imset – aber ich muss zugeben, dass sie genial sind." Sie betrachtete ihre durchsichtigen leuchtenden Arme. Dann wandte sie sich Isis und Osiris zu, vor denen sie sich, mit bittend erhobenen Händen, tief verbeugte.

Schließlich schwebte sie zu Horus. Sie reichte ihm beide Hände, schaute ihm unendlich lange tief in die Augen. „Bist du, der große Horus, wirklich mein Ahnherr?", fragte sie zweifelnd.

„Ja, der bin ich wirklich und du bist genau so wunderschön wie deine Ahnfrau Fatma", antwortete Horus mit einem anerkennenden Nicken.

„Das heißt also, Anubis' Gefährtin ist auch ein Mensch", seufzte Isis. „Probleme, Probleme. Denn solange ihr alter Körper existiert, kann sie keinen neuen bekommen. Wenn ich es vorhin richtig verstanden habe, können wir ihren Körper aber nicht mehr zu uns holen."

„Bist du nicht die Zauberreiche?", blinzelte Osiris seiner Gefährtin zu. „Tu dich mit Maris zusammen und zeigt, was ihr gemeinsam drauf habt. Ich weiß, dass er es schaffen kann."

„Ich hätte auch schon eine Idee", sagte Maris. „Einziger Haken an der Sache, der Körper bliebe unfruchtbar."

Anubis horchte auf. „Wäre für mich nicht das Problem, da genetisch die Verbindung Tarronn-Mensch von vornherein völlig unmöglich ist."

Gemeinsam mit Schep setzte er sich zu Isis, Osiris und Maris.

„Kannst du mir wirklich einen Körper geben?", fragte Schep ungläubig.

„Vielleicht. Ich denke mir die Sache so: Arko schnitzt einen Körper, den ich mit der Hilfe meiner Freunde umwandle. Dann kommen Isis, als Herrin des Lebens ins Spiel und Anubis, der das Totenritual auch umkehren kann", erklärte Maris.

„Wie lange braucht ihr?", fragte Osiris kurz.

„Kommt darauf an, wie schnell Arko schnitzen kann", schmunzelte Maris.

Isis winkte Arko heran. „Wie lange bräuchtest du, um die Statue von Kira auf Schep umzuarbeiten?"

Arko betrachtete nachdenklich das Geistwesen, das ihn flehend ansah. „Vielleicht zwei Tage? Mehr auf keinen Fall. Nur – die Statue ist weg, einfach weg."

„Ich weiß." Isis lächelte hintergründig. „Morgen früh wird Anubis mit Schep zu dir kommen, dann wird auch die Statue in deiner Werkstatt sein."

Für mich bist du sowieso der größte Künstler aller Zeiten, setzte sie für ihn telepathisch hinzu.

Den kleinen Anflug von Röte gewahrte im Gegenzug auch nur Isis.

„Gut", sagte Maris. „Ich bräuchte auch mehrere Stunden für die Umwandlung. Sagen wir also: alles in allem etwa drei Tage."

„Geht ihr in die Quelle?", fragte Osiris weiter.

Maris verzog das Gesicht. „Lieber nicht. Ich weiß nicht, wie sie auf Menschen reagiert. Ich werde Neri fragen, ob sie uns ihr kleines Privatheiligtum zur Verfügung stellt."

„Kein Problem." Neri nickte zustimmend.

Zaid und Darina hatten Sobek gebeten, die große Tonschüssel mit dem Deckel zu holen. Sekunden später war der Drakonat mit dem gewünschten Utensil zur Stelle. Die beiden Frauen stellten die Schüssel genau vor Osiris und Isis auf den Tisch, ehe sie den Deckel abnahmen.

Sofort hob Osiris die Nase. „Honig?" Er zog die Schüssel etwas näher. „Sonnengebäck! Richtiges Sonnengebäck! Ich fasse es nicht!"

„Es gibt tatsächlich noch Tarronn, die die uralten Bräuche pflegen", freute er sich, als er den ersten Sonnentaler verspeist hatte. „Wo bekommt ihr denn den Honig her?"

„Aus dem Urwald. Die Drakon sind so lieb, uns ab und zu eine Nistkugel mitzubringen", erklärte Zaid. „Inzwischen haben wir begonnen, die fleißigen Honig-Springer in unseren Obsthainen anzusiedeln. Wir wissen nur noch nicht, ob sie sich hier auch wirklich vermehren."

„Übrigens habe ich vorhin ganz vergessen, zu erwähnen, dass Darina die Großmutter von Zaid ist", rief Imset unter dem Gelächter der Freunde quer über den Tisch.

Auch Isis lachte. „Am Aussehen habe ich schon fast mit ähnlichem Ursprung gerechnet. Außerdem glaube ich, dass die beiden keine gebürtigen Atlan sind."

„Ach ja", schmunzelte Imset. „Da wir uns inzwischen schon alle als Atlaronn bezeichnen, ist es mir gar nicht eingefallen, die Volkszugehörigkeit unserer Clan-Mitglieder aufzuzählen.

Jedenfalls hast du recht, die beiden sind Tarronn. Die Kinder sind fast alle Atlaronn, außer Tanit und Solons zukünftiger Nachwuchs. Sobek war der erste waschechte Atlaronn. Ich muss eben doch Buch führen", setzte er mit breitem Grinsen hinzu.

Inzwischen war die Sonne endgültig untergegangen.

„Zeigt ihr euren Feuerzauber?", riefen mehrere Frauen, als sich die Drakon zu den Holzhaufen begaben.

„Warum nicht?" Imset und Sobek gingen sofort auf Position.

Neugierig beobachteten die Gäste, wie sich die beiden Männer in Drakonat verwandelten und gigantische Flammen mit den Drakon um die Wette lodern ließen. Der Feuerwall bildete den Abschluss der Vorführung.

Der Schein der entzündeten Holzhaufen erhellte den Festplatz, zusätzlich gab es angenehme Wärme. Die beiden Männer setzten sich wieder an den Tisch.

„Es ist lange her, als ich zum letzten Mal Drachenflammen gesehen habe", sagte Osiris. „Die Flammen der Drakonat habe ich sogar heute zum allerersten Mal gesehen. Eure Vorgänger waren nicht gerade gesellige Wesen."

Isis warf Imset verstohlene Blicke zu. Sie konnte es mit jedem Kontakt weniger begreifen, warum sie ihren Sohn verstoßen hatte. Wie gern hätte sie die Zeit einfach zurückgedreht.

Wer weiß, wozu alles gut war, hörte sie ihn telepathisch sagen. *Ich habe für meinen Teil das Beste daraus gemacht.*

Das macht mich auch so unendlich stolz auf dich, gab sie ebenso zurück.

„Du solltest dir morgen früh die Kämpfe der Magier und der Drakonat ansehen", riet Neri Osiris.

„Kämpfe? Ich glaube, ich muss mich, was euch betrifft, komplett neu orientieren. Ich dachte immer, Atlan wären friedlich", sagte Osiris.

„Sind wir auch – bis man uns auf die Zehen tritt. Das Echo könnte einen ordentlichen Nachhall haben", amüsierte sich Safi. „Du hast ja unsere vier *Geheimwaffen* gesehen. Ein Handlanger Seths hatte versucht, Zaid umzubringen, seine Asche ist jetzt in der ganzen ägyptischen Wüste verstreut."

„Dann ist es also wahr, was man sich erzählt", murmelte Osiris. „Maris' Künste habe ich ja am eigenen Leibe erfahren und Sobeks Flamme ist tatsächlich eine gefährliche Waffe." Osiris sah Horus nachdenklich an. „Der Angreifer soll ein Atlan gewesen sein."

Horus nickte. „Denk nur nicht darüber nach. Wir haben ziemlich lange gebraucht, um Sobek wieder seelisch aufzurichten. Dabei gab es nur die Wahl zwischen: Den Tod für Tobi oder für uns."

„Meint ihr nicht, dass dieser Abend viel zu schön für trübe Gedanken ist?", fragte Neri, die mit Ihi zu den Männern gekommen war. Der Kleine streckte Osiris lächelnd die Ärmchen entgegen, der seinen Enkel nur zu gern in die Arme schloss.

Osiris fiel die Melodie eines Kinderliedes ein. Er begann sie leise zu summen. Wenige Augenblicke später sangen alle Tarronn das Liedchen mit. Ihi bewegte seine Rassel im Takt. Erwartungsvoll schaute er die Erwachsenen an, als das Lied zu Ende war.

Neri stimmte ein atlanisches Lied an und die Atlan sangen mit. Wieder hielt Ihi wie ein Uhrwerk den Takt.

„Das bringt mich auf eine Idee", murmelte Cheiron. Schnell trabte er nach Hause. Als er wiederkam, brachte er eine Panflöte mit. Er blies ein paar Töne an. Ihi fuhr herum und lauschte.

Mit großen Augen betrachtete er das komische Ding. Langsam streckte er Cheiron die Hand hin. Der Zentaur gab ihm die Flöte. Gespannt beobachteten alle Neris Sohn, der interessiert das Instrument untersuchte.

Unschlüssig betrachtete er die vielen Löcher. Cheiron half ihm, das Instrument an die Lippen zu setzen. Ihi schaute ihn fragend an. Cheiron deutete mit den Lippen an, Luft hineinzublasen. Ihi machte es nach. Ein schriller Pfiff erklang. Erschrocken zuckte der Kleine zusammen.

Noch einmal probierte er sein Glück. Diesmal war er auf den Ton gefasst. Mit Hingabe entlockte er den verschiedenen Pfeifen einzelne zarte Töne. Während sich die Großen unterhielten, saß er auf Osiris' Schoß, hielt sein neues Spielzeug fest umklammert und lauschte den verschiedenen Tönen, die er damit erzeugen konnte.

„Ich glaube, jetzt hast du ihn richtig glücklich gemacht", sagte Neri dankbar zu Cheiron. „Er macht mit allem Musik, was er zwischen die Finger bekommt. Mal sind es Steinchen oder Muschelschalen, die er aneinanderschlägt, mal schlägt der Löffel auf dem Teller den Rhythmus und den Vögeln lauscht er stundenlang."

Schließlich schlief Ihi mit seiner Flöte einfach ein. Liebevoll betrachtete Isis ihren kleinen Enkel, wie er sich auf Großvaters Schoß einfach zusammenrollte. Sie deckte ihn vorsichtig mit ihrem Umhang zu. Siris fragenden Blick beantwortete Osiris mit einem Kopfschütteln.

Um nichts in der Welt hätte er jetzt den kleinen süßen Fratz hergegeben, der selbst im Schlaf noch lächelte. Die Zwillinge saßen auf Sobeks Oberschenkeln, um richtig an den Tisch heranzukommen. Sie hatten ihre Beutel mit Muschelschalen dabei.

Wie immer, legten sie gemeinsam Muster und Bilder. Anubis und Schep setzten sich zu ihnen. Sobek hatte den beiden Kleinen erzählt, warum Schep so seltsam aussah. Sie schauten nur einmal kurz auf, fanden aber nichts bemerkenswert Ungewöhnliches an ihr – und spielten seelenruhig weiter.

„Könnt ihr auch einen Hund legen?", fragte Anubis.

Leon nickte. „Nubi?", fragte er kurz zurück.

„Ja. Das wäre schön", schmunzelte Anubis.

Die Kinder leerten beide Beutel vollständig aus. Gewissenhaft suchten sie schwarze und dunkelbraune Muscheln zusammen. Nach ein paar Minuten nahm Anubis' Namenshieroglyphe Gestalt an. Isis beugte sich verblüfft über den Tisch.

„Kann man das nicht irgendwie für die Ewigkeit erhalten?", fragte sie.

„Kann man." Leon nickte wieder.

Im nächsten Augenblick kam Arko an den Tisch. „Du hast einen Wunsch, Leon?"

Noch einmal nickte der Kleine. „Würdest du das Bild bitte so aufkleben? Isis gefällt es ganz sehr."

„Geht in Ordnung. Ich bin gleich mit dem nötigen Material zurück", erklärte Arko.

„Du verstehst dich wortlos mit deiner Schwester?" Isis schaute Leon neugierig an, der wieder nur nickte.

„Daten lassen sich präziser telepathisch übermitteln", antwortete, statt seiner, Laura, die bisher nicht einen Laut von sich gegeben hatte.

Osiris schüttelte amüsiert den Kopf. „Die beiden sind herrlich – können kaum über die Tischkante gucken, zeigen uns Großen aber ordentlich, wo der Drache die Zähne hat."

„Der ganze Papa", sagte Zaid mit sichtlichem Stolz.

Arko kam mit einem Topf Kleber und einem flachen Teller zurück. Unter den kritischen Blicken der beiden Kinder begann er, die Muschelschalen Stück für Stück auf den Teller zu kleben. „Zufrieden?", fragte er schließlich seinen kleinen Auftraggeber.

„Zufrieden", strahlte Leon.

„Wann ist es trocken?", wollte Laura wissen.

„In einer halben Stunde", schmunzelte Arko. „Moment." Er zog eine Metall-Öse hervor, die er am oberen Rand von hinten an den Teller klebte. „So, nun kann man es an die Wand hängen."

„Gute Arbeit", lobten die Kinder synchron.

„Da fällt mir aber ein Stein vom Herzen", lachte Arko.

Die Zwillinge hatten keine Lust, sich weiter ausfragen zu lassen, so sprangen sie von Vaters Knien und liefen hinüber zu den Drakon, um Rutschbahn auf den glatten Schwingen zu spielen. Ihr fröhliches Lachen lockte auch die anderen Kinder herbei.

„Bei den Drakon sind sie so sicher, wie nirgends sonst", erklärte Zaid, als sie die besorgten Blicke Isis' sah. „Selbst die Neugeborenen vertrauen wir ihnen an. Auf die ganz Kleinen, die noch im Körbchen liegen, passen auch unsere vier Hunde auf. Sie scharen sich um das Körbchen und lassen nicht einmal einen Käfer in die Nähe."

„Ich liebe Hunde", sagte Isis leise und warf Anubis einen tiefen Blick zu.

77

Osiris zog sie in seine Arme. „Ich habe ihnen die Geschichte um Anubis erzählt."

„Danke", murmelte sie.

Imset stieß einen schrillen Pfiff aus. Ein kurzes Jaulen antwortete aus der Ferne, dann kamen auch schon die Hunde mit fliegenden Pfoten angerannt. Kebechsenef hatte sich schon mit Fischen bewaffnet, um die wilde Meute, wie er immer scherzhaft sagte, belohnen zu können.

Nubi, die sowieso warten musste, bis ihre Mutter Nala gefressen hatte, erschnüffelte augenblicklich Anubis. Winselnd legte sie sich ihm zu Füßen. Dabei drehte sie den Bauch nach oben. Sie wartete darauf, gestreichelt zu werden.

„Na, komm hoch", forderte er sie auf und klopfte auf seine Oberschenkel. Mit einem Satz saß Nubi auf seinem Schoß, um wirklich hemmungslos mit ihm zu schmusen.

„Du guter Hund. Hast mich also nicht vergessen", raunte er ihr ins Ohr, während er ihr glänzend schwarzes Fell kraulte.

Isis lehnte noch immer an Osiris Schulter. „Ich meine, Nubi sieht fast wie der Hund aus, der Anubis damals gefunden hat, nur dass sie bestimmt zwei Drittel kleiner ist."

„Stimmt, die Ähnlichkeit ist wirklich verblüffend", pflichtete Osiris bei. „Wo stammen denn die Tiere her?"

Kebechsenef erzählte ihnen die Geschichte. „Unser Jüngster kann eben nicht wegsehen, wenn es jemandem richtig dreckig geht", sagte er abschließend, Imset brüderlich auf die Schulter klopfend.

„Zweitjüngster", verbesserte Imset trocken und zeigte auf den schlummernden Ihi.

Kebechsenef winkte schmunzelnd ab. „Du weißt schon, wer gemeint ist."

Darina stand mit Tamu und Sara neben einem der Feuer. Die beiden Tarronn diskutierten wohl über ein ernsthaftes Thema. Sara nickte kurz und blieb zurück, während die beiden anderen in Richtung des Landeplatzes liefen.

Sie schaute wehmütig in die flackernden Flammen. Alle um sie herum schmusten miteinander, nur sie musste noch immer zuschauen. Lara und Talos sahen mitleidig zu ihr hinüber, nur helfen konnten sie ihr nicht. Sogar Osiris war aufmerksam geworden, dass Sara unter all den fröhlich Feiernden, tieftraurig umherwandelte.

Er tippte Imset an. „Wer ist sie? Sie sieht den ganzen Abend schon so traurig aus."

Imset seufzte. „Das ist eine schwierige Sache." Er erzählte, was sich in den letzten fast vier Jahren ereignet hatte.

Isis drückte kurz Osiris' Arm, als sie sich erhob. Langsam wandelte sie hinüber zu Sara, die noch immer unverwandt in die Flammen starrte. Erstaunt drehte sich das junge Mädchen um, als ihr die Göttin den Arm um die Schulter legte.

„Du bist sicher, dass er den ganzen Kummer wert ist?", fragte Isis hintergründig.

„Nichts ist sicherer, als das", entgegnete Sara. Dabei sah sie ihr fest in die Augen. „Wir waren gemeinsam in der Quelle."

Jetzt war es an Isis, erstaunt zu sein.

„Außerdem hat er meinem Vater vor einiger Zeit das Leben gerettet", fügte Sara noch an. Sie wandte sich wieder dem Feuer zu und schwieg.

In der Dunkelheit waren die Stimmen von Darina und Tamu zu hören. Erfreut schaute sich Sara um. „Ihr hattet Erfolg?", fragte sie, kaum dass die beiden zurück waren.

„Doppelten", sagte Darina geheimnisvoll, bevor sie zu Horus hinüber ging.

Tamu schaute Isis fragend an.

„So wie es aussieht, ist sie bereit, für dich alles zu erdulden, wenn nur endlich das Warten ein Ende hat", stellte Isis zufrieden fest.

„Was ist eigentlich los?" Tamu konnte der Göttin nicht ganz folgen und auch Sara überlegte angestrengt, was Isis damit sagen wollte.

„Noch ist nichts los." Isis lächelte wissend. „Ich gebe euch beiden je einen guten Rat, den ihr wirklich beherzigen solltet. Du, Sara, solltest morgen sehr viel Ruhe haben." Mit diesen Worten berührte sie leicht und eher wie zufällig Saras Körper unterhalb des Gürtels. „Du, Tamu, solltest dich, sobald die Sonne gerade untergegangen ist, durch nichts und niemanden von ihr abhalten lassen. Hast du verstanden? Durch wirklich nichts und niemanden!" Isis nahm die jeweils linke Hand der beiden und drückte sie fest an ihr Herz. *Es liegt ganz bei euch, ob die guten Wünsche der Quelle auch wahr werden*, hörten sie Isis' Stimme in ihren Gedanken.

„Kannst du ihnen helfen?", fragte Osiris, als Isis wieder an den Tisch zurückkehrte.

„Wir werden sehen", gab sie zurück, dabei hob sie eigentümlich beide Augenbrauen. „Morgen ist schließlich die Nacht der magischen Vollmonde."

Osiris legte den Kopf in den Nacken, um die hellen Trabanten des Planeten zu betrachten. „Ich freue mich genau so darauf, wie alle anderen. Das Wunder, auf das ich immer gehofft habe, ist heute schon geschehen, nun will ich es einfach nur noch genießen."

„Dann sollten wir wohl langsam tun, was auch die meisten Atlan schon gemacht haben", schlug Isis lächelnd vor. Dabei zeigte sie auf den fast leeren Festplatz.

Imset brachte sie zu einem der Gästehäuschen. Als er ihnen eine gute Nacht wünschte, drückte ihn Osiris noch einmal fest an sich.

„Das wird die, mit Abstand, allerbeste Nacht in meinem ganzen Leben werden", sagte er glücklich. „Darauf kannst du wetten."

Trotzdem schafften es die beiden, am Morgen pünktlich bei Imset zu erscheinen, um das Training anzusehen.

„Ihr seht nicht aus, als ob ihr geschlafen hättet", stellte Imset amüsiert fest.

„Dazu hat die Zeit nicht gereicht", sagte Osiris mit todernster Miene, obwohl er sich kaum das Lachen verkneifen konnte. „Man muss ja mal Prioritäten setzen. Außerdem habe ich vor, heute mindestens, wenn ich nicht noch länger, am Strand zu bleiben. Es wird sich schon ein Plätzchen finden, um wenigstens für die nächste Nacht vorzuschlafen."

Isis hob lachend die Schultern. „Ich glaube, da schließe ich mich an."

„Da bekommt ihr jetzt erst einmal ein paar ganz ausgeschlafene Kerlchen zu sehen", schmunzelte Horus. Er teleportierte sich mit Osiris zum Krater. Imset folgte mit Isis.

Wie schon die Besucher vor ihnen, betasteten die beiden hohen Tarronn ungläubig den glasartigen Boden. Ebenso erstaunt, stellten sie fest, dass Horus, Kebechsenef und sogar Tamu als Kämpfer und nicht als Zuschauer gekommen waren. Drakos und Siri warteten am Kraterrand, um das Götterpaar zu schützen.

Inzwischen hatten sich die Kämpfer angewöhnt, sobald Gäste da waren, zwei bis drei perfekt abgesprochene, extrem gefährliche Szenen einzubauen. Reihum war dabei jeder einmal dran, die schmerzhaften Streifschüsse einzustecken. Heute war Tamu das Opfer.

Dank seiner Schnelligkeit erwischte es nur die Haut. Trotzdem sah die verkohlte Brandspur, die sich quer über die Schulterblätter zog, zum Fürchten aus. Isis hielt die Hand auf den Mund, um einen Schrei zu unterdrücken. Fast eine dreiviertel Stunde zeigten die Männer ihre Künste. Dann war Maris gefragt.

Er begutachtete Tamus Rücken. „Achtung!", rief er kurz, ehe er mit einem Ruck die verkohlte Spur abriss. Isis wandte sich entsetzt ab. Zwei Minuten später gab der Heiler Entwarnung. „So, nun ist Tamu wieder wie neu." Vorsichtig wagte es die Göttin, sich wieder umzudrehen. Tatsächlich war von einer Verletzung keine Spur mehr zu sehen.

„Und die beiden?", sie deutete in den Krater.

„Werden euch zeigen, warum das Gestein hier sogar Blasen wirft", sagte Talos. „Bringt euch hinter den Schwingen der Drakon in Sicherheit." Alle Magier gingen in Deckung. Im gleichen Moment tobte am Grunde des Kraters schon das Inferno. Schließlich mussten die Drachen ihre Gäste in Sicherheit bringen.

Die Gluthitze machte das Atmen zu einer Qual. Nach einer mörderischen Explosion trat Ruhe ein. Isis wollte zum Kraterrand stürzen, um nach den beiden Männern zu sehen.

Siri hielt sie mit sanfter Gewalt zurück. „Selbst wenn du wolltest, du könntest ihnen nicht helfen. Nicht einmal Drakos kann das."

Endlich tauchten die beiden Kämpen auf. Wie immer glänzend gelaunt, mit völlig zerfetzten und angekohlten Schurzen.

„Vorsicht! Nicht anfassen!", rief Sobek Isis entgegen, die noch einmal versuchte, sich aus Siris Schwinge zu befreien. Horus warf Sobek einen Ast zu, den der zwar geschickt auffing, aber nicht halten konnte, weil er augenblicklich zu Asche zerfiel.

„Großer Gott!", hauchte Isis. „Wie halten die beiden das aus?"

„Das weiß niemand", antwortete Drakos. „Sicher ist nur, sie haben das höchste Niveau erreicht, was ein Drakonat überhaupt erringen kann. Dabei haben sie noch niemals ihre vollen Kräfte gezeigt."

„Ich glaube, das möchte ich auch nicht erleben", sagte Osiris schwer beeindruckt. „Langsam komme ich zu der Überzeugung, dass Horus das Tribunal nur der Ordnung halber einberufen hat. Helfen können sie sich offensichtlich allein."

Das gefährliche Lodern in Imsets Augen ließ ihn verstummen. Imset drängte seinen Hass gegen Seth sofort wieder zurück. „Der Tag der Abrechnung wird kommen", sagte er mit ruhiger Stimme. „Aber anders, als ihr es euch vorstellt."

Inzwischen waren die Panzer der Drakonat abgekühlt und Imset reichte Isis lächelnd seinen Arm, um sie zu Anubis und den wartenden Frauen zu teleportieren.

Isis, Herrin des Lebens

Weniger ruhig, war die Nacht bei Sara verlaufen. Noch bevor die Sonne aufging, ahnte sie, dass Isis der Natur sanft etwas nachgeholfen hatte.

Sanft für die Natur, weniger sanft für Sara, die jetzt auch endlich Isis' Worte begriff. Jedenfalls schlug die Natur zurück. Krampfartige Schmerzen trieben Sara die Tränen in die Augen. Sie biss die Zähne zusammen.

Schließlich hatte sie es so gewollt und nun musste sie durch, egal ob es schmerzte, oder nicht. Als sie Zeit nahte, wo die Männer zurückkommen mussten, quälte sie sich aus dem Bett.

Trotzdem konnte sie sich eines triumphierenden Lächelns nicht erwehren, als sie den Knoten ihres Gürtels auf der Vorderseite band. Lara und die Männer hatten sich gerade zu Tisch gesetzt, als sie um die Hausecke bog. Tamu bemerkte sofort, wie blass sie aussah, aber im selben Moment auch den verräterischen Knoten.

Mit einem Laut des Erstaunens sprang er auf, ging ihr ein paar Schritte entgegen, um sie überaus zärtlich zu küssen. Talos schaute den beiden lächelnd zu, dann rutschte er auf die andere Seite des Tisches, um sie nebeneinandersitzen zu lassen.

„Isis' Hilfe scheint nicht ganz ohne Nebenwirkungen zu sein", stellte Lara fest.

Sara nickte. „Das hat sie mir aber vorher gesagt", stöhnte sie. „Nur gut, dass mir Danaë Maris' Rezept für den krampflösenden Tee gegeben hat."

„Was muss rein? Ich brüh dir welchen auf." Lara war sofort aufgestanden.

„Du solltest Isis' Rat wirklich befolgen", mahnte Tamu.

„Wir sollten ihre Ratschläge befolgen", verbesserte ihn Sara. „Vergiss nicht, was sie dir gesagt hat."

Tamu streichelte ihre Wange. „Wie könnte ich ausgerechnet das vergessen?", fragte er lächelnd.

Lara kam mit einem großen Krug Tee zurück. „Riecht ja furchtbar!", rief sie schon von Weitem.

„Egal – runter damit." Sara goss sich ihren Becher randvoll. Sie verzog nicht einmal das Gesicht, als sie das übel riechende, bittere Gebräu in einem Zug austrank. Zufällig schaute sie nach dem Stand der Sonne.

„Kann ich irgendwas für dich tun?", fragte Tamu soeben.

„Hmm, hmm, kannst du. Verpasse nicht die Zeit", antwortete sie lächelnd.

Tamu sprang auf. „Bin gleich wieder da!"

„Was ist denn nun los?", fragte Talos erstaunt, als sich Tamu einfach so davon teleportierte.

„Ihm und Darina ist es gestern Nacht gelungen, Kontakt zu Hapi und Duamutef zu bekommen. Die beiden müssten in genau diesem Moment landen", erklärte Sara. „Dann ist der Clan komplett und die Feier macht doppelt Spaß. Autsch. Ist mir elend."

„Dann leg dich doch einfach wieder hin", schlug Talos vor.

„Oh ja. Hinlegen. Gute Idee." Sara griff den Krug und ihren Becher, dann schlich sie ins Haus zurück.

Tamu kam gerade rechtzeitig, um die beiden Mini-Gleiter landen zu sehen. Die Drakon hatten sie sicher geleitet.

Bevor sich die Luken öffneten, hielt Tamu kurze Unterhaltung mit Siri. „Sag mal, kennst du einen Platz, an dem man auch nach Sonnenuntergang sicher und völlig ungestört ist?"

„Kenne ich. Möchtest du auch hin?", fragte sie lachend.

„Heute Abend, kurz bevor die Sonne untergeht?", fragte Tamu zurück.

„Abgemacht. Ich erwarte dich am Landeplatz", versprach Siri.

Die beiden Horus-Söhne verließen ihre Gleiter. Zuerst begrüßten sie sich gegenseitig.

„Du bist Tamu?", fragte Hapi schließlich.

„So ist es. Ich bringe euch jetzt zu Imset, wo ihr den Grund eures Hierseins erfahren werdet." Tamu reichte ihnen die Hände und teleportierte sie, ohne jegliche Erklärungen, zum Zielort.

„Ich bringe Gäste!", rief er fröhlich, bevor er einfach wieder verschwand.

„Hapi? Duamutef?" Horus war aufgesprungen. „Welcher Wind hat euch denn hergeweht?", rief er überglücklich.

„Nun, ein Wirbelwind namens Tamu", antwortete Hapi und deutete an die Stelle, auf der soeben Tamu wieder verschwunden war.

Duamutef fasste seinen Bruder wortlos an den Schultern. Er drehte ihn einfach in die gewünschte Richtung.

„Oi." Duamutef wischte mit der Hand über seine Augen. Unter dem riesigen uralten Baum saßen tatsächlich Isis und Osiris, Imset, Neri aber auch Anubis und zwei Frauen, die die Brüder noch nicht kannten.

„Wie?", fragte Hapi ungläubig.

Isis zeigte lächelnd auf Imset. „Er und seine Freunde."

„Aber jetzt mal im Ernst, woher wusstet ihr, dass wir alle hier sind?", fragte Horus.

„Wir wussten es gar nicht", antwortete Hapi. „Mich hat gestern Nacht Tamu kontaktiert und gesagt, dass ich mich sofort hier einfinden soll, es wäre äußerst dringend."

„Und bei mir war es eine Frau mit Namen Darina", erklärte Duamutef.

Horus schloss seine Gefährtin in die Arme. „Darina, ich liebe dich."

„Aha", schmunzelte Duamutef, „Das ist also die geheimnisvolle Schöne, die dich wieder aufgerichtet hat."

„Wirklich geheimnisvoll ist Anubis' Gefährtin", schmunzelte Horus, ehe er Darina einen endlosen Kuss gab.

„Wer macht denn hier solch wundervolle Musik?", fragte Hapi, sich neugierig umschauend.

„Euer jüngster Bruder." Neri deutete auf die andere Seite des dicken Baumstammes. Dort saß Ihi mit seiner Panflöte. Er spielte Nala melodische Tonfolgen vor.

„Daran müssen wir uns wohl auch erst noch gewöhnen, dass wir nicht mehr vier, sondern fünf Horus-Söhne sind", sagte Hapi lächelnd. Er wagte es nicht, den kleinen Musikanten zu stören.

„Seit ihm Cheiron die Flöte geschenkt hat, legt er sie kaum noch aus der Hand", erklärte Neri.

„Cheiron? Der Zentaur von Helion?" Duamutef konnte es kaum glauben.

„Sag einfach Cheiron von Dafa", schlug Osiris vor. „Der Zentaur, dem ich auf ewig dankbar sein werde."

„Er ist hier?", fragte Hapi.

„Ja. Wir konnten ihn wirklich überzeugen, bei uns zu bleiben", erklärte Imset.

„Ich freue mich darauf, ihn zu sehen", strahlte Hapi.

„In ein paar Minuten brechen wir zum Strand auf, dort werdet ihr alle treffen, die Osiris geholfen haben, ins körperliche Leben zurückzukehren", sagte Isis.

Tamu schaute kurz in den Garten zu Lara und Talos. „Wie geht es ihr?"

„Nicht besonders. Geh am besten zu ihr und tröste sie ein wenig", schlug Lara vor. „Ich bringe euch das Essen rein."

„Danke." Tamu eilte ins Haus. Er klopfte an Saras Tür.

„Ich will heute überhaupt niemanden sehen!", rief Sara.

„Mich auch nicht?", fragte Tamu, die Tür einen Spalt aufziehend. „Dann gehe ich wieder."

„Bloß nicht!", Sara fuhr empor. Sie griff nach Tamus Hand und zog ihn auf die Bettkante. Seine Handfläche presste sie an ihre heiße Wange.

„Du glühst ja", sagte Tamu erschrocken. „Soll ich Maris holen?"

„Lieber nicht. Sonst geht vielleicht mit Isis' Zauber etwas schief." Sara schüttelte entsetzt den Kopf. „Bleib einfach bei mir. Dann ist alles gleich viel erträglicher."

„Ich habe schon mit Siri gesprochen. Sie bringt uns heute Abend an einen Ort, wo uns niemand stören kann", erklärte Tamu.

Lara kam mit dem Essen. Sie stellte das Tablett leise auf den Tisch, zwinkerte Tamu kurz zu und ging wieder.

Die kleine Gruppe um Imset wanderte bereits durch die Siedlung. Imset, Horus und Anubis trugen die Körbe, Ihi thronte auf Osiris' Schultern. Isis hatte sich zwischen Duamutef und Hapi eingehakt, Schep bei Neri und Darina. Kurz bevor sie den Strand erreichten, übergab Anubis Duamutef seinen Korb.

Er zweigte mit Schep zu Arkos Haus ab. Der Meister erwartete sie bereits. Unbemerkt hatte sich auch die vermisste Statue wieder eingefunden. Sie stand neben dem Schnitztisch, als sei sie nie weg gewesen. Die geschärften Werkzeuge lagen schon bereit.

Scheps Wunsch, nach einem neuen Körper, war so groß, dass sie ohne zu zögern ihr Gewand ablegte. Überrascht sah Arko, wie der Stoff unsichtbar wurde, als er den Kontakt mit ihrem leuchtenden Körper verlor. Ein sehr sehenswerter Köper, was Arko auf den ersten Blick bemerkte.

Er fertigte mehrere Skizzen an, ehe er sein Modell bis zum späten Nachmittag verabschiedete. Es fiel ihm nicht schwer, Kiras Statue zu ändern. Das Original, mit der zarten, warmen Haut, war viel faszinierender.

Er rief sich ins Gedächtnis, was er von den Magiern über Schep-en-Hor gehört hatte. Ihr richtiger Körper war noch blutjung und genau so unberührt gewesen, wie Kira, als sie zu ihm kam.

Seine Gedanken flossen in seine Arbeit ein. Wenn es Maris tatsächlich gelänge, diesen Körper zu beleben, dann sollte Anubis ein Feuerwerk der Gefühle erleben. Immer wieder verglich Arko sein Werk mit den Skizzen.

Wo bei Kiras Statue das lange Haar die Nacktheit züchtig verbarg, arbeitete er mit Hingabe jedes winzige Detail aus. Schließlich sollte sich Schep in ihrem neuen Körper wohlfühlen. Ohne Pause arbeitete er bis zum Mittag durch. Kira lockte ihn mit dem Duft ihres Gemüseeintopfes aus der Werkstatt.

„Du siehst zufrieden aus", stellte sie lächelnd fest.

„Ich komme gut voran", erklärte Arko. „Es ist nicht ganz alltäglich, einen nackten Frauenkörper schnitzen zu dürfen. Es ist ja auch nicht einfach eine Statue, sondern ein Körper, mit dem sie wirklich leben muss."

„Ich weiß, dass du sowohl Schep, als auch Anubis zufriedenstellen wirst", bestärkte ihn Kira. „Bei Isis und Osiris hast du es ja auch geschafft."

„Da war es aber auch nur ein Körperteil", entgegnete Arko.

Kira lächelte. „Aber eines, mit dessen Qualitäten man eine Frau sehr glücklich oder sehr unglücklich machen kann." Sie strich mit dem Finger sanft über Arkos Arm.

„So ein Nachtisch wäre jetzt auch nicht schlecht." Er zog sie an sich. Bis zum späten Nachmittag war noch viel, viel Zeit.

Am Strand fanden sich nach und nach alle Magier mit ihren Familien ein. Auf dem sandigen Boden kündigte gedämpfter Hufschlag die Ankunft von Cheiron und Danaë an. Hapi und Duamutef liefen ihnen entgegen.

„Schau an, die fehlenden Horus-Söhne." Cheiron streckte ihnen die Hände entgegen.

„Hallo Cheiron, ewig nicht gesehen und trotzdem wiedererkannt", lachte Hapi.

„Darf ich euch meine Gefährtin Danaë vorstellen."

„Eine ungewöhnliche Verbindung", sagte Hapi erstaunt. „Ist sie eine Atlan?"

Danaë schüttelte den Kopf. „Ich bin ein Mensch."

„Auf dem Vielvölkerkontinent Dafa ist wohl nichts unmöglich. Atlan, Tarronn, Drakon, warum nicht auch Zentauren und Menschen?" Duamutef reichte der jungen Frau die Hände.

„Vergiss nicht, Anubis' Gefährtin ist auch ein Mensch", erinnerte ihn Hapi.

„Ist Sara gar nicht da?", fragte Danaë Talos, als sie ihre Freundin nirgends entdecken konnte.

„Es geht ihr heute nicht so besonders", antwortete Talos. „Das Problem mit dem ersten Knoten vorn."

„Na endlich", seufzte Danaë. „Sie war ja schon völlig verzweifelt. Tamu ist sicher bei ihr, um sie etwas zu trösten."

Talos nickte. Sara würde Danaë schon zeitig genug die Hintergründe erklären.

Osiris genoss seinen ersten Strandaufenthalt nach fast zehntausend Jahren. Isis nahm es ihm auch nicht übel, dass er bei den vielen gut gebauten Damen etwas genauer hinschaute. Besonders die drei Tarronn, Jani, Zaid und Darina, warteten mit sehr sehenswerten Reizen auf.

Die beiden Mütter spielten mit ihren Kindern im flachen Wasser. Die Zwillinge suchten nach schwarzen Muscheln, weil sie ja am vergangenen Abend alle für das Wandbild verarbeitet hatten. Osiris hielt es auch nicht mehr auf dem Trockenen aus. Imset begleitete ihn vorsichtshalber.

Auch wenn der Körper athletisch durchtrainiert aussah, mindestens siebzig Prozent davon waren der Magie zuzuschreiben. Osiris wusste das. Er war Imset dankbar für so viel Aufmerksamkeit. Als sie Zaid passierten, fiel auch Osiris die rote große Narbe auf ihrem Rücken auf.

Es musste ein schlimmer Kampf um ihr Leben gewesen sein, wenn es Maris nicht gelungen war, dieses furchtbare Andenken zu tilgen.

Osiris blieb für das Erste dort, wo ihm das Wasser nur bis an die Schultern ging. Er hielt lieber auch nach schwarzen Muscheln Ausschau, um den beiden Kleinen eine Freude machen zu können.

Isis kniete sich neben Lara und Talos in den Sand. „Wie geht es Sara?"

„Sicher schlechter, als sie zugibt", antwortete Lara. „Für Tamu würde sie wohl alles auf sich nehmen."

Isis nickte. „Wäre es nicht so, dann hätte ich ihr auch nicht helfen können. Ich weiß aber auch, dass sie stark genug ist, um durchzuhalten." Sie erhob sich wieder. Als sie schon drei Schritte gegangen war, drehte sie sich noch einmal um. „Ich mag ihn."

„Na, wenn das kein Lob ist, dann weiß ich auch nicht", murmelte Talos sichtlich stolz. Er schaute Isis hinterher, die sich nun zu Danaë und Schep setzte. Die drei Frauen hatten riesigen Spaß. Ihr helles Lachen drang bis zu Osiris und Imset hinaus.

„Sie ist wie umgewandelt", freute sich Osiris. „Ich kann mich schon fast nicht mehr daran erinnern, sie zuletzt so fröhlich gesehen zu haben."

„Das Gleiche wird sie wohl auch von dir behaupten", schmunzelte Imset.

„Weißt du, was ich morgen gern machen möchte?", Osiris schaute hinüber zum Gebirge. „Stundenlang durch den Urwald laufen und mich freuen, wie viele wundervolle Pflanzen es auf Dafa gibt."

„Dann nimm am besten Cheiron, Maris, Talos und Solon mit. Die können dir die wundersamsten Sachen über jedes Gewächs berichten", riet Imset.

„Das glaube ich unbesehen." Osiris betrachtete seine fast narbenlose Haut, die er den Kräuterpackungen der Heiler und Magier zu verdanken hatte.

Horus hatte inzwischen mitbekommen, weshalb Sara und Tamu nirgends zu sehen waren. Plötzlich sprang er auf. „Ach du Schreck! Fast hätte ich das Wichtigste vergessen! Ich bin in einer halben Stunde wieder zurück." Erstaunt schüttelten alle den Kopf, dass er es so eilig hatte, sich zu teleportieren. Er stob sogar im Schurz davon und vergaß völlig, sein Gewand anzulegen.

„Da muss es aber mehr als lebenswichtig sein", murmelte Darina kopfschüttelnd.

Sekunden später stand Horus vor Saras Zimmertür. Er klopfte. Tamu öffnete die Tür und hielt überrascht inne.

Horus grinste verlegen, als ihm auffiel, dass er in Badekleidung unterwegs war. „Tut mir leid, wenn ich störe, aber es ist zu wichtig, um zu warten." Er zog ein Etui mit einem Replikator hervor.

Tamu gab die Tür frei. Horus trat ein. Sara lag im Bett, bis an die Nasenspitze zugedeckt.

„Mal friert sie jämmerlich, Augenblicke später glüht ihr ganzes Gesicht", erklärte Tamu.

Horus legte Tamu beide Hände auf die Schultern. „Befolgt, um Himmels willen, jeden Rat, den euch Isis gegeben hat. Ihr Zauber ist nie frei von Nebenwirkungen, dafür aber umso garantierter. Deshalb bin ich auch sofort gekommen, als ich hörte, was mit Sara los ist."

Horus öffnete das Etui. Vorsichtig legte er Sara das goldene Kettchen um. „Jetzt ist mir wohler", sagte er aufatmend. „Nimm es niemals ab, solange du mit einem Tarronn zusammenlebst."

„Danke", flüsterte sie. „Ich werde es nicht vergessen."

Tamu begleitete Horus noch bis zur Tür.

„Meine guten Wünsche habt ihr jedenfalls", sagte Horus, bevor er sich zurück zu Darina teleportierte.

Isis sah ihn forschend an.

Ich habe Sara einen Replikator gebracht, erklärte ihr Horus telepathisch. *Schließlich kenne ich dich und deinen Zauber ziemlich genau.*

Erstaunlich, dass du immer noch an alles denkst, gab sie zurück.

Ich bin es den Atlan schuldig, sagte Horus. *Sie haben mir meinen Sohn wiedergegeben. Außerdem habe ich sie hierher gebracht, so bin ich auch dafür verantwortlich, dass ihnen kein Leid widerfährt, welches ich hätte verhindern können.*

Das liebe ich so an dir. Isis lächelte verständnisvoll.

Cheiron war mit Danaë zu Imset und Osiris ins Wasser gegangen. Während ihm die winzigen Wellen nur leicht die Schultern befeuchteten, musste Danaë schon schwimmen. Sara war eine gute Lehrerin gewesen. Der Zentaur hatte trotzdem ein wachsames Auge auf seine Gefährtin, die sich auch nur an seiner Seite richtig sicher fühlte.

Hapi und Duamutef folgten dem ungleichen Paar mit den Augen.

„Das war tatsächlich ernst gemeint, dass sie seine Gefährtin ist?", fragte Hapi Horus.

„Todernst. Irgendwie scheinen sie damit auch ganz gut klarzukommen", antwortete Horus. Er erzählte seinen Söhnen, was er über die beiden wusste. „Es ist auch nicht einfach nur Dankbarkeit, weil er sie immer gut behandelt hat. Sie liebt ihn wirklich, so wie er ist und er liest ihr, seit sie hier sind, jeden Wunsch von den Augen ab. Und wie steht es um euch beide?"

„Wir sind noch viel zu jung, um uns fest zu binden", kicherte Duamutef.

Horus lachte. „Drückeberger! Nehmt euch ein Beispiel an Imset. Durch ihn bin ich inzwischen zweifacher Urgroßvater. Selbst Kebechsenef, den ich immer für völlig beziehungsunfähig hielt, hat Gefährtin und Tochter."

Hapi schaute in die Runde. „Schau dich um! Die wirklich interessanten und hübschesten Frauen sind doch alle vergeben. Sogar von der Erde habt ihr euch schon die Sahnestückchen geholt."

Die Magier brachen in schallendes Gelächter aus. Anubis drückte Schep an sich. „Hört euch das Gewinsel an! Die beiden suchen sich garantiert erst eine Partnerin, wenn ihnen keine Ausreden mehr einfallen und das kann dauern!"

Aron, Mara und Kira kamen soeben den Weg zum Strand herunter. Sie brachten frische Salate und Fladenbrote mit.

Duamutef fiel sofort das goldblonde, fast wadenlange Haar von Kira ins Auge. Jetzt begann auch Isis herzhaft zu lachen.

„Dieses Sahnestückchen ist auch schon vergeben. Ihr Gefährte ist Arko, der Meister, der mit Maris, dem Heiler, Osiris wieder zu einem ganzen Mann gemacht hat."

„Und da soll man nicht jammern", schmunzelte Duamutef.

„Du kannst ja, in fünfzehn bis zwanzig Jahren, noch mal auf Brautschau kommen", kicherte Sobek. „Dann sind die vielen Kleinen im richtigen Alter – oder auch schon wieder vergeben. Tamu hat sich das Objekt seiner Begierde schon vor einigen Jahren reserviert und er würde euch ordentlich die Frontpartie verbeulen, wenn ihr es ihm abspenstig machen wolltet."

„Ich habe schon gehört, dass er ein gefürchteter Kämpfer geworden sein soll", sagte Hapi.

„Und das ist beileibe nicht übertrieben", ließ sich Isis vernehmen. „Er hat das Mädchen wirklich verdient."

Talos drückte heimlich Laras Hand. Wenn Isis so über einen einfachen Tarronn sprach, dann musste er sich ihre Achtung hart erarbeitet haben. Talos war stolz auf das zukünftige Familienmitglied – und nicht erst seit heute.

„Wo steckt er denn eigentlich?", fragte Duamutef. „Die drei anderen habe ich zumindest schon am Strand gesehen."

Talos räusperte sich. „Er kümmert sich um Sara. Ihr geht es heute ziemlich schlecht. Bei ihm ist sie in guten Händen."

„Dann ist also deine Tochter seine große Liebe. Der Glückliche!" Duamutef konnte sich gut an das kleine blonde Mädchen, das noch auf der Erde geboren war, erinnern.

Isis nickte kaum merklich. Sara war wirklich in den besten Händen.

Die Badenden kamen auch langsam an den Strand zurück. Danaë hatte sich von Imset auf Cheirons Rücken heben lassen, der gemächlich neben den beiden Männern durch das Wasser trabte. Sie hatten mehrere große, rabenschwarze Muschelschalen dabei, die sie den staunenden Kindern reichten.

Imset war in tiefere Regionen abgetaucht, um die begehrten Objekte zu suchen. Leon teilte die Muschelschalen gerecht mit Laura, Mona, Ariel und Lilly.

Osiris hob Danaë von Cheirons Rücken.

„Wieder ganz Kavalier", stellte Isis mit einem Augenzwinkern fest.

Osiris lachte herzlich. „Es ist wundervoll, endlich wieder den eigenen, aber auch andere Körper spüren zu können."

„Besonders wenn sie so hübsch sind", schmunzelte Hapi.

„Dann ganz besonders", gab Osiris freimütig zu.

Danaë bekam einen leichten Anflug von Röte, wie Cheiron amüsiert feststellte.

Schep kuschelte sich an Anubis. „Bald habe ich auch wieder einen Körper", flüsterte sie zuversichtlich.

„Ganz bestimmt", bestärkte sie Anubis in ihrer Annahme.

Ich wünsche es ihr so sehr, sagte Maris telepathisch zu Isis.

Maris und Sobek hatten in der vergangenen Stunde Hapi und Duamutef mittels Gedankenübertragung über die Details der Heilung Osiris' informiert.

„Ihr operiert inzwischen mit Werten, wo wir einfach nicht mehr mitreden können", stellten die beiden bewundernd fest. „Egal, wir sind sehr, sehr stolz auf euch. Eure Altvorderen schufen ihre Wunder mithilfe der Kristalltürme, ihr durch bloße Kraft der Gedanken."

„Und mithilfe der Quelle, der wir zutiefst zu Dank verpflichtet sind", erklärte Maris. „Vielleicht haben sie und die Kristalltürme die gleiche Funktion? Wer weiß das heute noch?"

„Glaubt ihr ernsthaft, für Schep einen neuen Körper schaffen zu können?", fragte Duamutef.

„Aber sicher. Sonst hätten wir ihr keine Hoffnung gemacht", entgegnete Maris mit fester Stimme und so, dass es alle hören konnten.

„Und du kennst dich mit menschlichen Körpern aus?", fragte Hapi neugierig.

„Nein. Das ist auch nicht erforderlich. Arko schafft einen atlanischen Körper, den ich mit Leben füllen werde. Die anatomischen Unterschiede, die du sicher meinst, sind nicht weiter von Belang. Sie wird sie möglicherweise selbst nicht einmal bemerken können", erklärte der junge Heiler.

„Arko arbeitet seit heute Morgen fast ununterbrochen", sagte Kira, die der Unterhaltung gefolgt war. „Als Perfektionist, der er nun mal ist, liegt ihm sehr viel an Scheps und Anubis' vollster Zufriedenheit. Außerdem macht ihm dieser Auftrag mehr Freude, als jeder andere zuvor."

„Du lässt ihn also still genießen", stelle Mara lachend fest.

„Warum nicht?", fragte Kira. „Schließlich ist er ein Mann. Deshalb werde ich mich auch nicht daneben stellen und ihm beim Schnitzen zuschauen.

Er kann nur wirklich perfekt arbeiten, wenn er auch die nötige Ruhe dazu hat. Schep soll immerhin den maximalen Spaß mit und an ihrem Körper haben, wie jede andere Frau hier auch."

Aber was machen wir mit Danaë?, fragte Isis Osiris telepathisch. Ich kann sie weder unsterblich machen noch ihr einen anderen Körper geben.

Ich werde, wenn wir wieder zu Hause sind, die geheimen Bücher der Schöpfung durcharbeiten. Irgendeine Lösung muss es doch geben, entgegnete er. Ich bin es Cheiron schuldig. Für sich selber würde er sich nie etwas wünschen. Alle anderen Probleme können die Atlan ja fast besser lösen als wir.

Als die Sonne langsam unterging, begaben sich Anubis und die völlig aufgeregte Schep hinüber zum Arkos Häuschen. Kiras Worte hatten sie sehr aufgewühlt. Obwohl noch nicht einmal völlig sicher war, dass Maris' Plan funktionieren würde, hätte sie die ganze Welt umarmen mögen.

Arko legte sein Werkzeug beiseite, als die beiden in die Werkstatt traten. Anubis blieb verblüfft stehen. Der hölzerne Körper stand dem Original in nichts nach. Arko hatte bereits begonnen, das Holz zu polieren. Schep war nahe an ihr Ebenbild herangetreten. Ungläubig, mit großen Augen, und unfähig etwas zu sagen, betrachtete sie das Meisterwerk.

„Gefällt es dir?", fragte Arko.

Schep-en-Hor nickte heftig. Hätte sie gekonnt, wäre sie zudem errötet, so wurde nur der grüne Schein, der das Geistwesen umgab, etwas intensiver.

Der Atlan atmete auf. „Übermorgen kann das Ritual der Umwandlung beginnen. Ich habe noch einige Feinarbeiten zu machen. Außerdem muss alles gut vorbereitet werden. Du weißt ja, was lange währt, wird richtig gut."

„Danke." Schep hauchte dem erfreuten Arko einen Kuss auf die Wange, ehe sie schnell zu Kira hinausschwebte.

Jetzt nahm sich auch Anubis die Zeit, Arkos Werk zu betrachten.

„Ich freue mich, nicht weniger als sie, auf den morgigen Tag", sagte er mit anerkennendem Lächeln. „Kira sprach von maximalem Spaß – ich glaube, den werden wir haben."

„Dann wäre die Arbeit wirklich perfekt", sagte Arko.

Fast zur selben Zeit landete Siri neben den Raumgleitern. Sie brauchte nicht einmal zu warten, denn augenblicklich flimmerte die Luft und Tamu erschien mit Sara.

„Schnell, ehe uns jemand lange aufhält", flüsterte er der Drakon zu. Er setzte sich auf ihren Rücken, hielt Sara fest im Arm und gab Siri das Startzeichen. Die Wächterin flog ein Stück die Küste entlang, am verbotenen Strand drehte sie ins Landesinnere ab. Parallel zum Gebirge glitt sie im Tiefflug über die Baumriesen.

Im letzten Licht des Tages ging sie mit rauschenden Schwingen am See vor dem Wasserfall nieder. Sara hatte, obwohl sie noch nie hier gewesen war, diesen magischen Ort sofort erkannt. „Das ist euer Refugium. Dürfen wir überhaupt hier sein?"

„Heute schon, wenn ich euch doch selber hergebracht habe", erklärte Siri. Dabei leuchteten ihre grünen Augen im Restlicht wie kleine Laternen. „Hier seid ihr absolut sicher. Wenn ihr mich braucht, dann ruft einfach." Sie stieß sich vom glatten Fels ab und segelte davon.

Tamu wandte sich Sara zu, die ihm voller Sehnsucht die Arme um den Hals schlang. Die Magie, die hier in jedem Stein und hinter jedem Busch lauerte, hatte die Fieberschauer aus ihrem Körper vertrieben. Die fünf Vollmonde tauchten den See und seine Umgebung in silbernes Licht. Die Gischt des Wasserfalles glitzerte wie Millionen Perlen.

Doch dafür hatte das eng umschlungene Pärchen keinen Blick, sie sahen nur sich. Als sie ins dichte blaue Gras sanken, wusste Sara, dass ihr Tamu, Buchstabe für Buchstabe, das Wort Verlangen erklären werde.

Siri war schnell nach Atla zurückgekehrt. Zufrieden stellte sie fest, dass sie niemand in der Zwischenzeit vermisst hatte. Nur Isis schaute die Wächterin ab und zu an, als ob sie eine Frage stellen wolle.

Wie zufällig kam die Göttin auf das Feuer zu, neben dem die Drakon hockte. Rote Reflexe huschten über den Schuppenpanzer. Sie ließen die Riesin fast mit der Umgebung verschmelzen.

„Wohin hast du sie gebracht?", fragte Isis leise.

„An einen fernen Ort voller Magie", antwortete Siri ausweichend, sah der Göttin aber fest in die Augen.

„Das genügt mir." Isis streichelte Siri zwischen den Hörnern. „Ja, das genügt mir völlig."

Lange vor Mitternacht leerte sich der Versammlungsplatz. Die fünf magischen Monde forderten ihr Recht. Zuerst waren Danaë und Cheiron verschwunden, denen ganz schnell Kira und Arko folgten. Selbst vor den beiden Horus-Söhnen Hapi und Duamutef machte die Magie nicht halt. Genau wie die drei Männer aus Horus' Crew, verschwanden sie nicht allein in ihren Gästehäuschen.

„Tja, sag niemals nie", schmunzelte Imset. „Vielleicht schlägt der Atla-Virus auch bei ihnen zu."

Würde mich nicht wundern, dachte Isis bei sich, die Atlan sind in jeder Hinsicht ein besonderes Volk.

Am Ende saßen nur noch Osiris, Anubis und Imset mit ihren Gefährtinnen am Feuer, um die wundervolle Nacht gemeinsam mit den Drakon zu genießen. Ihi kuschelte sich in Siris Schwinge. Osiris legte deckte ihn mit seinem Umhang zu.

„Erzählt ihr mir etwas über Re", bat Neri. „Ich weiß fast nichts über ihn."

Isis nickte, leise begann sie zu erzählen: *Re ist einer der Schöpfergötter in unserem Universum. Einst landete er, wegen eines technischen Defektes an seinem Gleiter, auf der unbewohnten und fast völlig mit Wasser bedeckten Erde.*

Der einzige Platz, der sich hierfür eignete, war eine winzige Insel, eher ein Hügelchen, inmitten der Wassermassen, im Gebiet des heutigen Ägypten. Zwei Tage und zwei Nächte versuchte er, erfolglos, seinen Gleiter zu reparieren.

Er hätte sechs Hände gebraucht, um gleichzeitig die Ersatzteile halten und sie montieren zu können. Am dritten Tag riss ihm der Geduldsfaden. Re nahm den feuchten Lehm des Hügels und formte zwei Körper. Einer ähnelte dem seinen, der andere glich einer der Urmütter.

Unter der sengenden Sonne trockneten sie rasch. Re gab ihnen einen Teil seiner unerschöpflichen Lebensenergie, aber auch seiner hohen Intelligenz ab. So kam das erste Menschenpaar auf die Erde.

Die beiden neuen Wesen gehorchtem ihrem Schöpfer. Rasch begriffen sie, was ihr Herr von ihnen verlangte. Innerhalb weniger Stunden stand der Gleiter abflugbereit.

Re brachte es nicht übers Herz, seine Schöpfungen einfach zu vernichten. Er hieß sie warten und fuhr mit seinem Gleiter auf dem Wasser davon, um trockenes Land für sie zu suchen.

So entstand der Mythos von Re in der Sonnenbarke, denn das Zentralgestirn des Planetensystems spiegelte sich im Metall des Gleiters. Ein Anblick, den die beiden Menschen nie mehr vergessen konnten.

Schließlich kehrte Re zu ihnen zurück. Er brachte sie an einen Ort, wo fruchtbarer Boden das Überleben garantierte. Mittels Gedankenübertragung gab er ihnen das nötige Wissen um Ackerbau und Viehzucht.

Bevor er seine Geschöpfe verließ, installierte er einen interstellaren Peilsender, um andere Schöpfer von diesem Teil der Erde fernzuhalten. Er offenbarte ihnen so seinen Anspruch auf dieses Gebiet, lieferte ihnen aber auch seine Kennung, um notfalls Hilfe für seine geschaffenen Wesen zu erbitten.

Die Form der Sendeanlage fand sich später als Obelisk zur Ehrung der Pharaonen wieder. Schließlich versuchten die Menschen alles zu tun, um ihrem Schöpfer zu gefallen.

Isis machte eine Pause. „Nun hat das alles noch nicht so viel mit dir zu tun gehabt, ich wollte nur, dass du die Vorgeschichte kennst", sagte sie, zu Neri gewandt.

Lange Zeit später weissagten die Schicksalsgöttinnen, dass die nächste Tochter, die Re geboren werden sollte, nicht nur sein Lieblingskind, sondern auch die Gefährtin des Falkengottes Horus werden sollte.

Sie ahnten allerdings nicht, dass er bereits wieder einmal unter seinen Schöpfungen auf der Erde wandelte und dort zwangsläufig auch den notgelandeten Atlan begegnet war. Überdies hatte er nicht nur ein Auge auf die äußerst anmutige Atlan Fabia geworfen, der er auf Schritt und Tritt folgte.

Es war ihm ein Leichtes, die Gene der Schönen an die seinen anzupassen. Bald war für jedermann offensichtlich, dass ihm dies vortrefflich gelungen war. Kurz bevor das kleine Mädchen zur Welt kommen sollte, wurde Re auf eine der Außenbasen von Tarronn gerufen.

Schweren Herzens ließ er Fabia zurück, die keinesfalls auf Tarronn, fernab von ihrem Volk, leben wollte. Fast zwei Jahre später konnte er erst wieder auf die Erde zurückkehren.

Für Re brach eine Welt zusammen. Fabia war kurz nach der Geburt ihrer Tochter gestorben und nach den Riten der Atlan bestattet worden. Das heißt, man hatte ihren Körper verbrannt, die Asche im Meer verstreut. Die Seele hatte ihren Weg in die Unterwelt gefunden.

Eine der älteren Frauen hatte sich des Kindes angenommen. Nicht ungewöhnlich, da, wie du ja selber weißt, in dieser Zeit viele Kinder der Atlan irgendjemandem auf die Schwelle gesetzt wurden. Re kehrte sofort und voller Trauer nach Tarronn zurück.

Nicht ohne, mehr als einmal, versucht zu haben, die Seele seiner Liebsten wiederzufinden. Verzweifelt bat er seine vier Söhne, Mi-Kel, Ga-Rel, Ur-Lel und Ra-El, auf seinen kleinen Sonnenschein zu achten, dem Fabia noch den Namen Neri gegeben hatte.

Isis schaute Imsets Gefährtin lächelnd an. „Und ich glaube, das ist ihnen, trotz allem, ganz gut gelungen."

„Ich sehe dir deine Fragen an der Nasenspitze an", schmunzelte sie. „Imset und auch Sobek könnten ihre Flügel zeigen, wenn sie wollten. Sie werden es aber nicht tun, weil sie sich dafür entschieden haben, Drakonat mit Leib und Seele zu sein.

Das ist viel, viel mehr, als für andere zu dokumentieren, dass sie Nachfahren Res sind. Dabei schlummern in ihnen viele der Kräfte, die auch Re besitzt."

Sie lachte. „Eigentlich ist schlummern nicht der richtige Ausdruck. Sie nutzen sie bereits und der entfesselte Rest wartet nur darauf, ans Tageslicht zu dringen."

„Werde ich eines Tages meine vier Beschützer wieder sehen?", fragte Neri.

„Das ist zu erwarten. Wenn du es dir wirklich wünschst, dann werden sie zu dir kommen. Ich glaube nicht, dass sie ihrem kleinen Schwesterchen für immer den Rücken gekehrt haben, nur weil es jetzt von zwei stärkeren Männern behütet wird", erklärte Isis zuversichtlich.

„Bald wird der Morgen grauen. Ich glaube, wir sollten noch die drei Stunden ruhen." Osiris erhob sich.

Imset löschte mit Drakos das Feuer.

Das erste Licht des neuen Tages weckte Tamu. Sara lag tief schlafend in seinen Armen. Ohne sie zu wecken, teleportierte er sich mit ihr in Talos' Haus, um sofort wieder zu verschwinden.

Fast im selben Augenblick wie Talos, kam er im Krater an. Auf dessen fragenden Blick sagte er: „Sie schläft noch. Es war eine wundervolle Nacht."

„Wann seid ihr zurückgekommen?"

„Vor wenigen Minuten", erwiderte Tamu. „Ich brachte es nicht übers Herz, sie zu wecken, bevor ich uns teleportiert habe."

Sara erwachte, als sie das Klappern der Teller in der Küche hörte. Ziemlich verstört setzte sie sich auf. So wie es aussah, war wohl alles nur ein Fiebertraum gewesen. Vom See und von Tamu weit und breit keine Spur. Traurig ließ sie sich zurück in die Kissen sinken.

Dann musste sie wieder fest eingeschlafen sein. Eine leichte Berührung an der Schulter weckte sie.

„Guten Morgen, mein Liebling", hörte sie Tamu sagen. Schlagartig war sie hellwach. Er stand neben ihrem Bett, hatte ein frisches Gewand in der Hand und schaute sie aufmunternd an.

Ihr Blick fiel auf den Stuhl, über dem zwei Gewänder mit Grasflecken hingen. Sara schloss die Augen. Es war also doch kein Traum gewesen. „Erst musst du mich wach küssen", seufzte sie wohlig.

Im nächsten Augenblick schlüpfte Tamu zu ihr unter die Decke. „Aber gern, du hast nur nicht gesagt wo überall."

Ihr nachhaltiges Magenknurren ließ Tamu nach ein paar Minuten innehalten. „Wie wäre es mit Frühstück und danach wieder unter die Decke?"

Sara lachte. „Das ist ein durchaus akzeptabler Vorschlag."

Lara und Talos hatten bereits ohne die beiden mit dem Frühstück begonnen.

„Na, hast du das Murmeltier wach bekommen?", schmunzelte Talos.

„Hellwach", antworteten beide, wie aus einem Mund.

„Ich könnte wieder Bäume ausreißen", sagte Sara. „Und wenn es nur so kleine sind." Sie deutete den Abstand zwischen Daumen und Zeigefinger an.

„Wie sieht eure Tagesplanung aus?", fragte Lara.

Sara wurde puterrot. Tamu grinste harmlos.

Talos brach in schallendes Gelächter aus. „Willst du auch noch Details wissen?"

Lara begann ebenfalls zu lachen. „Ach Quatsch! Es ist nur nicht ganz so einfach, sich daran zu gewöhnen, dass sie plötzlich einen Gefährten hat und ihren eigenen Weg geht."

„Dann werden sich die beiden also miteinander befassen, während ich mich der Gruppe anschließe, die mit Osiris in den Urwald zieht", stellte Talos fest.

„Und mache ich mich mit Kira am Strand breit", erklärte Lara zufrieden. „Mira wird ja sicher auch dort sein."

Eine halbe Stunde später trafen sich die Ausflügler auf dem großen Hauptweg vor Talos' Haus. Die Frauen begleiteten die Männer bis hierhin, um dann gemeinsam zum Strand zu gehen.

Auch Sara und Tamu wollten den Tag mit ihren Freunden am Strand verbringen. Als Maris Danaë begrüßte stutze er kurz, bei Sara ebenfalls, dann zog ein nachdenklicher Schatten über sein Gesicht.

Die fünf Männer wanderten gemächlich in Richtung des Urwaldes am Rande des Plateaus. Osiris hatte darauf bestanden, die ganze Strecke zu Fuß zu gehen, statt sich von den Drakon tragen oder den Magiern teleportieren zu lassen.

Ihm lag viel daran, ganz allmählich wieder zu vollen Kräften zu kommen. Ein paar Tage werde es schon noch dauern, ehe er wieder all die Wunder früherer Zeiten vollbringen könnte. Am Obsthain bat er Talos, ihm die Nistkugeln der neu angesiedelten Honig-Springer zu zeigen.

„Schau, da oben ist eine der Kugeln." Der Magier deutete in die Krone einer Dattelpalme.

„Das sind ja noch welche und da auch!", rief Osiris. „Warum habt ihr denn so viele an einer Stelle angebracht?"

„Das waren wir nicht. Die sind neu", freuten sich die Atlan. Sie sahen sich neugierig in der Obstpflanzung um.

Alle paar Meter wuchsen die Nistbauten der kleinen Insekten auf den Ästen, direkt am Stamm der Bäume. Einige waren erst faustgroß, andere wiederum sahen aus, wie mittelgroße Melonen.

„Das muss ich sofort Arko, Safi und Imset berichten." Solon schloss die Augen und übertrug einfach seine Gedankenbilder an die drei Männer.

Als er die Augen wieder aufschlug, schmunzelte er. „Arko jubelte: So viel schönes Wachs; Safi: Hilfe, ich brauche neue Amphoren für Honigwein; und Imset: Mir läuft jetzt schon das Wasser im Mund zusammen."

„Mir auch." Osiris schaute sehnsüchtig hinauf, zu den begehrten Leckerbissen.

Cheiron, der ebenfalls gern naschte, nahm einen Ast, band sein Messer daran und piekte ein kleines Loch in einer der Kugeln. Sofort tropfte goldgelber duftender Honig heraus.

„Osiris, rasch, halt die Hand darunter! Bevor die Tierchen die Lücke schließen", rief er.

Amüsiert schauten die Atlan zu, wie sich die beiden den Honig teilten, der langsam wieder aufhörte, zu tropfen.

„Versuch das mal auf Kantar", seufzte Osiris. „Da gibt es weder einen Obsthain noch Honig-Springer. Außerdem würde es schiefe Blicke geben, wenn ich mir mal etwas Spaß außer der Reihe gönnte.

Manchmal verstehe ich die jungen Leute, wenn sie sich darum reißen, in einer der Weltraumbasen unterzukommen. Dort findet man wenigstens noch das kleine Abenteuer, das in Alba zumindest ganz gestorben ist.

Ich werde wohl jedes Jahr ein paar Wochen Urlaub bei euch machen, um richtig frei zu sein."

„Das würde uns aufrichtig freuen", sagte Solon zufrieden. „Wir sind glücklich, wenn unsere Gäste immer wieder kommen, weil es ihnen hier gefällt."

Am Rande eines kleinen Weizenfeldes blieben die Wanderer erneut stehen. Cheiron beobachtete interessiert, wie mehrere Atlan die Halme schnitten und in Bündeln zum Trocknen aufstellten.

„Wie transportiert ihr das alles ab?", wollte Osiris wissen. „Ich habe keine Wagen bei euch gesehen."

„Unsere Frauen haben mehrere große Körbe geflochten, die, wenn sie voll sind, von den Drakon zu den Speichern getragen werden. Dort wird das Getreide auch gedroschen", erklärte Solon. „Aus dem Stroh entstehen dann die wundervollsten Sachen für den Alltag – Taschen, unsere Sonnenschutzmatten und eine Menge mehr nützliche Dinge.

In Zukunft müssen wir etwas für die Pferde zurückbehalten, die uns die Asen bringen wollen. Die meisten Strohreste haben wir in den letzten Jahren gehäckselt und mit untergepflügt. Das wiederum haben auch die Drakon für uns erledigt, mit ihren scharfen Krallen sind sie zigmal schneller, als wir, wenn wir Werkzeuge benutzen.

Sie bringen es auch nur so tief in den Boden, dass die vielen Mikroorganismen brauchbaren Dünger für uns herstellen können.

Immerhin haben wir hier drei Ernten im Jahr. Das ist auch der Grund, weshalb wir nur ganz kleine, überschaubare Felder angelegt haben. Nach jeder Ernte wird die Fruchtfolge sofort geändert, damit wir keine Schädlinge in die Pflanzungen bekommen."

„Man schmeckt es aber auch, dass jedes eurer Nahrungsmittel aus der Natur kommt und mit viel Liebe entstanden ist", lobte Osiris.

Die kleine Gruppe erreichte die ersten Bäume am Rande des Urwaldes. Feuchte Wärme schlug ihnen schon hier entgegen. Auf dem kleinen Trampelpfad, am Bach entlang, drangen sie in den Wald ein. Wie beim ersten Besuch musste Cheiron ab und zu ins Wasser ausweichen.

An einer flacheren Stelle blieb er abrupt stehen, gab ein Zeichen mit Hand, um sich blitzschnell zu bücken und zuzufassen. Er zog ein quiekendes, sie heftig wehrendes Etwas aus dem Wasser. „Was ist denn das?"

Die Männer umringten ihn.

„Keine Ahnung", die Atlan schüttelten ratlos die Köpfe.

Osiris überlegte angestrengt. „Wenn ich mich nicht irre, dann ist das ein Puurkii, ein Ufer-Beutler. Ein kleines Nagetier, welches sich seine Wohnhöhle direkt über der Wasserlinie ruhiger Gewässer in die Uferböschungen gräbt. Dieses kleine Säugetier hat Federn …"

„Stimmt", sagte Cheiron, der das rattengroße Tierchen im Nacken gepackt und vorsichtig untersucht hatte. „Es hat tatsächlich Federn, obwohl es ein Säuger ist. Sachen gibt es!"

„Hier sieht man sogar den kleinen Beutel auf der fast nackten Bauchseite", erklärte Osiris. „Darin transportiert es seine gesammelte Nahrung zu den Jungen."

„Lass es wieder laufen, das kleine Ding ist ja völlig verängstigt", riet Talos.

Kaum öffnete Cheiron die Hand, verschwand das Puurkii wie der Blitz im Wasser. „Ganz schön flott unterwegs, der Kleine", sagte er erstaunt.

„Ein Wunder, dass du ihn überhaupt fangen konntest." Osiris schüttelte fast ungläubig den Kopf. „Diese Säuger sollen übrigens auch ausgestorben sein."

„Dafür war er aber ziemlich munter", lachte Solon.

Auf der kleinen Lichtung, die sie schon kannten, rasteten sie. Und wie beim ersten Besuch fanden sie blaue Kürbisse. Maris machte sich mit Talos darüber her, eine Frucht zu zerteilen und die Kerne zu rösten.

„Sag mal, Maris, was ist heute mit dir los? Du ziehst ein Denkergesicht, dass einem richtig Angst werden kann. Außerdem haben wir auf der ganzen Strecke bis hierher nicht einen Ton von dir gehört", stellte Solon beunruhigt fest.

Maris schaute erschrocken auf. „Tut mir leid. Ich habe wohl irgendein Problem mit meiner Energiefühligkeit. Ich weiß nicht, was ich machen soll. Es wäre furchtbar, wenn mir deshalb morgen ein Fehler unterliefe."

„Was???", Talos fasste nach seinem Arm. „Seit wann ist das denn?"

„Seit wir uns von den anderen verabschiedet haben." Maris zog die Stirn kraus.

„Und wie äußert sich das?", bohrte Talos weiter.

Maris schaute in die Ferne. „Na, wenn es heute nach meinem Gefühl ginge, dann hätten wir wieder zwei schwangere Frauen."

„Wen meinst du?", wollte Solon wissen.

„Sara und Danaë", murmelte Maris verstört.

Cheiron und Talos zuckten zusammen.

„Bei Danaë wäre es nicht unmöglich", sagte Talos nach einigem Nachdenken. „Bei Sara schon. Tamu ist, dem Rang nach, nicht hoch genug, um Nachwuchs bekommen zu dürfen."

„Weiß jemand zufällig, was Isis zu ihnen gesagt hat?", fragte Osiris. „Denn eigentlich ist es wirklich unmöglich. Vier der Urmütter müssten in seinem Fall ihre Zustimmung geben. Bei Zaid und Jani waren es ja Iduns Zauberäpfel, die die Macht der Urmütter aufgehoben haben."

Alle schüttelten die Köpfe.

„Lass am besten Horus die Gegenprobe machen", schlug Solon vor. „Kommt er zum selben Ergebnis, ist alles klar."

„Ich glaube nicht daran", seufzte Cheiron.

„Ich auch nicht", pflichtete ihm Talos bei.

Die Männer löschten das Feuer und zogen weiter. Ganze Vorhänge von Flechten, die auf den uralten Bäumen wuchsen, reichten fast bis auf den Boden. Sie ähnelten graublauen Gespinsten. Ein süßlicher Geruch lag in der Luft.

„Was riecht hier so seltsam?" Cheiron witterte in alle Richtungen.

„Sobek und ich haben mit Zaid und Jani Honig-Orchideen auf der anderen Seite des Gebirges gefunden. Vielleicht gibt es auch hier welche?", meinte Maris.

Er sollte recht behalten. In dem kleinen Talkessel, den sie soeben erreichten, standen Tausende Orchideen in unzähligen Farben. Riesige Schmetterlinge gaukelten durch die Luft.

„Wow!" Osiris rieb sich die Augen. „So etwas habe ich seit Zehntausenden von Jahren nicht mehr gesehen." Er konnte sich kaum sattsehen, an dieser Pracht. „Sagt niemandem, dass es sie gibt, sonst überrennen euch womöglich noch *Gäste*, auf die ihr gern verzichten könntet, und plündern diesen Schatz."

„Ganz richtig. Wir werden es zu verhindern wissen", nickte Solon.

„Dafa ist bei euch in wirklich guten Händen. Duamutef hat ein glückliches Händchen gehabt. Die Quelle hat Aker permanent von hier ferngehalten. Mit seinen Gen-Experimenten ist er bei ihr kaum auf Gegenliebe gestoßen." Osiris war sichtlich zufrieden.

Bei dem Wort *Gen-Experimente* lief Cheiron ein eiskalter Schauer über den Rücken. Er verfluchte den Tag, an dem er, halb Mensch, halb Pferd, zur Welt gekommen war.

Noch schlimmer war, dass man ihm das ewige Leben gegeben hatte. Er wusste, dass die Männer seine Gedanken lesen konnten.

Osiris legte ihm tröstend die Hand auf die Schulter. „Ich versuche, es wieder gutzumachen."

„Wie denn?", fragte Cheiron bitter. „Indem man mich in zwei Teile zerhackt und versucht ein Pferd und einen Mann aus mir zu machen? Oder gibt man mir gnädigerweise die Gabe, irgendwann zu sterben?"

„Ich weiß es nicht", sagte Osiris leise.

Cheiron sah ihn traurig an. „Wenn Danaë eines Tages von dieser Welt gehen muss, schlagt mir einfach den Kopf ab, dann will ich auch nicht mehr leben."

„Dann muss ich also alles daran setzen, damit sie mit dir gemeinsam ewig leben kann", sprach Osiris. „Und ich verspreche dir, dass ich alles versuchen werde. Das Gleiche habe ich Isis übrigens schon gestern gesagt."

„Danke." Cheiron sah ihn völlig überrascht an.

„Schau nicht ungläubig", schmunzelte Osiris. „Du hast alles für mich getan und ich werde alles für dich tun."

Die Miene des Zentauren hellte sich zusehends auf.

Weil ihnen die herrlichen Pflanzen den Weg versperrten und an den steilen Hängen kein Weiterkommen war, beschlossen die Männer umzukehren.

„Wenn wir zurück laufen, sind wir auch erst heute Abend wieder in Atla", meinte Talos.

„Also los!", schmunzelte Osiris. „Richtige Entdeckungen macht man nur als Fußgänger, wie ich heute wieder festgestellt habe. Ich fühle mich tatsächlich fit genug, um mit eigener Kraft den Weg zu schaffen."

Maris und Cheiron klatschten sich lachend mit den Händen ab. „Dann haben wir ja tatsächlich alles richtig gemacht."

Der Zentaur trabte neben Osiris her, der ihn kreuz und quer über sein Leben ausfragte, um ihn wirklich verstehen zu können. Cheiron gab bereitwillig Auskunft.

Bei angeregter Unterhaltung verging die Zeit wie im Flug. Fast unbemerkt hatten sie die ersten Häuser erreicht.

Die Frauen bereiteten schon das Abendbrot auf dem Festplatz vor. Imsets Garten war zwar groß, aber so viele Personen, wie sie im Augenblick waren, fasste er auch wieder nicht.

Die Wanderer trugen ihre gesammelten Kräuter nach Hause, um kurz darauf frisch eingekleidet bei ihren Freunden zu erscheinen.

Maris stand mit Horus am Rande der Wiese. Mit ernstem Gesicht berichtete er über sein Problem.

„Ich werde am besten sofort die beiden Frauen aufsuchen, damit du endlich weißt, ob du dich noch auf dein Gefühl verlassen kannst", sagte Horus.

Er lief hinüber zu Cheiron und Danaë.

„Hallo Horus, ich glaube, ich weiß, welcher Wind dich hertreibt", schmunzelte Cheiron.

Danaë sah ihn neugierig an.

„Gibst du mir kurz deine Hand?", fragte Horus.

„Ja gern."

Horus schloss kurz die Augen. Dann ließ er Danaë los, beugte sich zu ihr und Cheiron herunter. „Schwanger", flüsterte er ihnen in die Ohren.

Cheirons Jubelschrei ließ die Anwesenden erschreckt zusammenzucken. Er drückte Horus die Hand, um im nächsten Moment Danaë im Kreis zu schwenken.

Ehe noch jemand eine Frage stellen konnte, stand Horus neben Sara und bat, ihre Hand fassen zu dürfen.

„Auch schwanger", sagte Horus trocken.

Tamus Freudenheuler übertraf alles. Er zog Sara an seine Brust, lachte und weinte vor Freude und konnte sich gar nicht mehr beruhigen.

Osiris sah Isis lächelnd von der Seite an. Seine Gefährtin war immer für eine Überraschung gut, wenn sie ihr ganzes Wissen ausspielte. Da kamen auch schon Sara und Tamu, um sich für alles zu bedanken.

„Begreifen kann ich es trotzdem nicht", murmelte der Tarronn überglücklich.

„Ganz einfach", erklärte Isis, „diese Möglichkeit besteht nur in den ersten beiden Nächten. Und in denen tut es normalerweise niemand ..." Sie hielt sich den Mund zu, als ob sie versehentlich zuviel gesagt habe, dabei blinzelte sie beiden verschwörerisch zu. „Die magischen Monde waren nur schmückendes Beiwerk."

Horus saß mit Darina bei Lara und Talos, zu denen sich jetzt auch Sara und Tamu gesellten. „Dann klären wir doch gleich einmal die Fronten", sagte Horus in seiner Eigenschaft als Commander.

Tamu wurde blass, Sara klammerte sich an seine Hand.

„Ab sofort ist Darina fest in der Crew und du bleibst auf Dafa und kümmerst dich um deine Gefährtin."

Darina und Tamu sprangen auf, standen stramm: „Zu Befehl, Commander."

Dann fiel Darina Horus um den Hals. „Eine bessere Nachricht konntest du mir gar nicht bringen."

„Ich weiß", schmunzelte Horus. Er drückte seinerseits Tamu dankbar die Hand. „So schnell sind mehrere Leute glücklich, aufgrund eines einzigen Ereignisses."

Sara schloss die Augen und kuschelte sich an Tamus Brust. Damit, dass er sofort bei ihr bleiben konnte, hatte sie nicht gerechnet. Sie war einfach nur unbeschreiblich glücklich.

Das wog glatt die vielen, vielen Monate auf, in denen sie sehnsüchtig auf ihn gewartet hatte. Selbst, dass ab sofort das Kampftraining mit Sobek wegfallen musste, störte sie kaum.

Talos nickte Tamu zu. „Wir beide suchen in den nächsten Tagen gleich einen Platz für ein neues Häuschen. Sicher ist sicher, bei dem Tempo, das ihr beide vorlegt …"

Tamu hob mit einer lustigen Grimasse die Schulter. „Ich bin eben ein flinkes Kerlchen."

Lara schüttelte schmunzelnd den Kopf. „Offenbar liegt das bei uns in der Familie, du bist also in guter Gesellschaft."

Maris hatte sich auf die andere Seite des Tisches zu Cheiron und Danaë gesetzt, die genau so glücklich aussahen, wie Sara und Tamu.

„Dann wird es jetzt also ernst", sagte er und es klang irgendwie beruhigt.

Cheiron lachte. „Wenigstens weißt du jetzt, dass du doch unfehlbar bist."

Maris nickte fröhlich. „Glücklicherweise. Ich werde mir aber auf jeden Fall von Sara und Tamu das Geheimnis ihres, eigentlich völlig unmöglichen, Erfolges verraten lassen. Man weiß ja nie …"

Über dem Wald tauchten die Silhouetten der Drakon auf.

„Schau an, die Jubelrufe waren laut genug, um die beiden Großen aus dem Busch zu locken", kicherte Imset.

„Was ist denn bei euch passiert?", rief Drakos schon aus der Luft. „Wir haben ja richtig Ohrensausen bekommen. Hat uns ganz stark an Aron erinnert, als Mara Nachwuchs bekam."

„Die Erfolgsmeldungen sind die gleichen", antwortete Safi.

Die Drakon landeten. „Na redet schon oder muss man euch wirklich jede Information einzeln abbetteln."

„Cheiron und Tamu sind die Glücklichen", antwortete Sobek.

„Tamu??? Geht doch gar nicht!!!" Drakos glaubte Sobek kein Wort. „Du willst mich auf den Arm nehmen."

Sobek kicherte. „Mal abgesehen davon, dass du dazu ein bisschen zu groß bist, ist es die Wahrheit und nichts als die Wahrheit. In ein paar Wochen wird es jeder sehen können."

„Und womit hat er die Urmütter bestochen?", fragte Drakos immer noch ungläubig.

„Vielleicht mit seinem unerschöpflichen Charme?" Isis streichelte Drakos' schuppige Nase.

„Ich glaube eher, du hast den beiden ein kleines Geheimnis verraten", schmunzelte Drakos.

„Und wenn es so wäre?", fragte sie hintergründig.

„Hättest du einem Pärchen eine einmalige und wohl nie wiederkehrende Chance gegeben", antwortete Drakos. „Und dafür danke ich dir von ganzem Herzen."

„Du bist süß." Isis gab Drakos einen schallenden Kuss auf die Nasenspitze, streichelte Siri zwischen den Hörnern und kehrte auf ihren Platz neben Osiris zurück.

„Glaubst du es nun?" Sobek schaute Drakos amüsiert an.

„Ja. Isis hat mich überzeugt." Drakos sah zu den beiden glückstrahlenden Pärchen hinüber, die sich angeregt unterhielten. Langsam näherten sich die beiden Riesen ihnen.

„Wir haben gehört, es könnte gefeiert werden?", sagte Drakos und schaute Tamu mit seinen bernsteingelben Augen neugierig an.

„Ihr kommt genau richtig", freute sich Tamu. „Danaë und Sara haben uns die allerschönste Überraschung beschert, die man sich auf Tarronn wünschen kann."

Sara griff hinter sich in einen Korb. „Das ist für euch." Sie reichte zuerst Siri und dann Drakos je eine gespickte Ananas. „Ein kleines Dankeschön für die wundervolle Nacht."

Siri begann zu kichern, als sie Drakos verdattertes Gesicht sah. „Davon weiß er doch gar nichts."

„Ich merke schon, die Frauen halten fest zusammen, wenn es um kleine Geheimnisse geht", stellte Drakos lakonisch fest.

Siri rieb ihren Kopf an seiner Schulter. „Ich hatte Tamu versprochen, ihn zu einem Ort zu bringen, wo ihn niemand sucht und niemand stört und wo er obendrein völlig sicher ist.

Als er dann mit Sara zu mir kam, wusste ich sofort, warum er solch einen Ort suchte. Also habe ich die beiden kurzerhand zu unserem See gebracht, der zusammen mit den fünf Vollmonden, die perfekte Kulisse für eine heiße Nacht war. Nun freue ich mich natürlich riesig, dass sie diese Nacht niemals vergessen werden."

„Ich habe mich auch sehr bemüht, mit dem Sonnenaufgang dort verschwunden zu sein", erklärte Tamu. „uns schleunigst nach Hause teleportiert und bin sofort zum Training gegangen."

„Damit hat er mich völlig geschockt", schmunzelte Sara. „Ich wachte irgendwann allein in meinem Bett auf und war ziemlich überzeugt, dass alles nur eine wilde Fantasie im Fieberwahn gewesen war." Sie drohte Tamu scherzhaft mit dem Finger.

„Jetzt weiß ich auch, warum ihr so lange gebraucht habt, um zum Frühstück zu erscheinen", schmunzelte Talos. „Er musste dich erst besänftigen."

„So kann man es auch nennen." Sara kuschelte sich in Tamus Arm.

Isis machte es bei Osiris ebenso. „Ich bin richtig zufrieden mit dem Lauf der Dinge", flüsterte sie ihm zu. „Was sich die beiden in den Kopf gesetzt hatten, haben sie auch durchgezogen. Dabei waren sie findig genug, unnütze Widerstände zu umgehen, achteten aber immer die alten Sitten."

„Und ich freue mich gleichermaßen, dass Cheiron Vater wird", warf Osiris ein. „Er war heute so niedergeschlagen, dass ich mich richtig schuldig gefühlt habe, obwohl andere damals die Experimente durchgeführt haben. Wenn ich doch nur eine vernünftige Lösung für die beiden finden könnte."

„Vor allem sollten wir uns beeilen", mahnte Isis. „Neun Monate sind verdammt schnell um und einmal Unsterblichkeit verleihen ist bestimmt einfacher als zweimal."

„Was hältst du davon, die Bücher zu holen?", fragte Osiris. „Hier auf Dafa sind sie sicherer als in jedem Safe. Nimm Imset und Sobek mit, dann sind sie auch unterwegs vor fremdem Zugriff geschützt."

„Dein Wunsch ist mir Befehl", Isis lächelte ihn liebevoll an. „Übermorgen, wenn wir wissen, dass mit Schep alles in Ordnung ist, mache ich mich sofort auf den Weg."

Die Drakon hatten sich auf der Wiese hinter der Bank der beiden glücklichen Pärchen niedergelassen. Siri lehnte an Drakos Schulter. Sie war die Einzige in der Runde, die was den Nachwuchs betraf, leer ausgegangen war. Drakos schloss sie in seine Schwingen. Das sagte mehr als tausend Worte.

Beide hofften auf die nächste Paarungszeit, die noch einige Monate entfernt war. Bis dahin freuten sich die beiden am Glück der Atlan und

Tarronn. Langsam kamen die ersten Kinder in das Alter, um von den Magiern Unterricht zu bekommen.

Drachenflugstunden gehörten seit Urzeiten mit dazu. Talos und Solon freuten sich schon darauf, das alte Wissen an die Kinder weiterzugeben. Mira, Luna und Sara bereiteten sich schon seit einiger Zeit darauf vor, sowohl den Kindern als auch interessierten Erwachsenen, verschiedene Handarbeitstechniken beizubringen.

Arko war auch gern bereit, sein Wissen weiterzugeben, denn schließlich wuchs das Volk und immer gab es irgendwo etwas zu reparieren, neu zu bauen und die kleinen Wünsche nach persönlichen Schmuckstücken wollten auch befriedigt werden.

Langsam wuchsen die Aufgaben des Senats wieder, der das Leben in der Siedlung zu koordinieren hatte. Zwar trafen die Magier die endgültigen Entscheidungen, aber irgendjemand musste darauf achten, dass alle informiert und angeleitet wurden. Auch, dass sich alle an den Arbeiten für die Gemeinschaft beteiligten, behielt der Senat im Auge.

Die einen webten, die anderen arbeiteten auf dem Feld und die nächsten kümmerten sich um die Schafe mitsamt der Verarbeitung der Milch und vieles mehr. Jeder bekam, was er brauchte, und gab, was er konnte.

Auf diese Weise hatte das Zusammenleben der letzten Atlan in den vergangenen Jahrhunderten stets reibungslos funktioniert, egal ob auf der Erde oder auf Tarronn.

Im Moment saßen die Magier mit Isis, Osiris und Anubis zusammen, um über den Kraftakt zu sprechen, den sich Maris für den kommenden Tag vorgenommen hatte.

Anubis war bereits am Nachmittag mit Imset bei Arko gewesen, wo sie den Körper in Empfang genommen und sofort in Neris magisches Heiligtum gebracht hatten. Hier lag er für die nächsten Stunden sicher vor negativen Einflüssen geschützt.

„Ich werde allein mit den beiden Drakonat die Umwandlung vornehmen", sprach Maris soeben. „Wenn das Werk gelungen ist, dann müssen, außer Isis, Anubis und Horus, alle Magier anwesend sein, um die Seele mit dem Körper zu vereinen."

„Lasst euch von meinem Kristall unterstützen", riet Neri. „Sobek kann seine Kräfte ausgezeichnet lenken."

„Danke. Das wird uns eine große Hilfe sein", sagte Maris zufrieden. Dann schaute er nach dem Stand der Monde. „Ich werde mich nun zurückziehen, um alle Kräfte zu sammeln. Erwartet mich also bitte auch nicht zum Training."

Imset nickte ihm zu. „Wir werden das Training ausfallen lassen. Scheps Wohl ist wichtiger. Der winzigste Fehler könnte tödliche Folgen haben. Ich schlage vor, dass sich alle, die morgen anwesend sein müssen, nun zur Ruhe begeben."

Beifälliges Gemurmel begleitete seine Worte.

Als alle gegangen waren, löschten die Drakon die Feuer. Stille breitete sich über Atla aus.

Würde es dem jungen Heiler tatsächlich gelingen, das hölzerne Ebenbild Schep-en-Hors zum Leben zu erwecken?

Gegen alle Widerstände

Imset empfing Sobek und Maris mit festem Händedruck an der Haustür. Die beiden Freunde waren sehr ernst und konzentriert. Wie Imset trugen sie einfache Ritualgewänder.

Ihre kunstvoll bestickten Prunkgewänder wollten sie erst anlegen, wenn endgültig sicher war, dass Körper und Seele zusammengebracht werden konnten.

Neri nickte ihnen kurz zu, dann löste sie die magischen Sperren, die ihr kleines Heiligtum schützten. Scheps zukünftiger Körper, lag noch genau so auf seinem Platz, wie sie ihn verlassen hatten. Die Seherin nahm ihren klaren Kristall vom Sockel, um ihn an Sobek zu übergeben, dann verließ sie das Zimmer.

Auf die fragenden Blicke von Vater und Sohn erklärte Maris: „Ich werde, wie bei Osiris, mit den Extremitäten beginnen. Alles andere richtet sich danach, wie wir vorankommen.

Alle zehn Minuten muss ich möglicherweise eine kurze Pause einlegen, sonst halte ich diesen Gewaltakt nicht durch. Wenn ihr keine weiteren Fragen habt, dann können wir sofort anfangen."

Sobek aktivierte Neris Kristall, den er am Kopfende der hölzernen Statue platzierte. Dann verwandelten sich die Drakonat. Maris rückte sich einen der drei Hocker zurecht.

Auf die beiden anderen, links und rechts vom ihm, setzten sich Imset und Sobek. Schließlich fasste der junge Heiler nach Scheps linker Hand. Sogleich begannen die Drakonat mit der Energieübertragung.

Unter ihren wachsamen Blicken transformierte Maris zuerst den kleinen Finger. Er hielt dabei die Augen geschlossen, um sich voll auf seine Aufgabe konzentrieren zu können. Von innen beginnend, wandelte er das tote Holz in Knochen, Muskeln, Bänder und zarte weiche Haut um.

Dann wanderten seine heilenden Hände zum nächsten Finger weiter. Als er nach einer halben Stunde die erste Pause machte, hatte er bereits fünf schlanke, feingliedrige Finger geschaffen.

„Ich glaube, es funktioniert", murmelte er zufrieden. „Mal sehen, ob sich die Arme auch so reibungslos wandeln lassen."

„Wir wissen, dass du es kannst", machte ihm Imset Mut.

„Dann muss ich es wohl jetzt beweisen", seufzte Maris, sich wieder über Scheps Ebenbild beugend.

Schep-en-Hor und Anubis waren nach dem Frühstück zu Isis und Osiris hinübergegangen, um den Tag gemeinsam zu verbringen. Die junge Frau knetete ständig nervös ihre Hände.

Immer wieder stand sie auf, lief im Zimmer hin und her. Verständnisvoll schauten die beiden hohen Tarronn darüber hinweg. Schep verbrauchte vor lauter Anspannung so viel Energie, dass ihre leuchtende Silhouette immer blasser wurde.

„Oh je!", sagte sie schließlich. „In ein paar Minuten wird von mir nicht mehr viel zu erkennen sein."

„Dafür wird man dich in einigen Stunden sicher um so besser sehen", versuchte Osiris sie zu trösten.

„Ach, wenn es doch nur schon so weit wäre", seufzte Schep.

Isis sah Osiris nachdenklich an.

„Ich weiß nicht, ob meine Kräfte schon wieder ausreichen", sagte er leise. „Vielleicht ist sie enttäuscht, wenn es nicht klappt."

„Versuche es doch einfach." Isis schob ihn sanft auf Schep zu, deren Umrisse gerade noch zu erraten waren.

„Bitte, bitte", flehte Schep. „Ich werde auch ganz sparsam sein."

Osiris lachte. „Na gut, probieren wir es." Er schloss die zierliche Frau in seine Arme und konzentrierte sich. Nach ein paar Sekunden erstrahlte seine Aura in sattem Blau. Der Schein floss über Scheps Körper, hüllte ihn ein, bis er endlich ebenfalls kräftig blau leuchtete.

„Na bitte, es geht doch!", rief Isis erfreut.

„Bei so einer hübschen, anschmiegsamen Frau ist das doch kein Wunder", schmunzelte Osiris spitzbübisch.

Isis lachte. „Anubis zieht dir gleich die Ohren lang."

„Solange es nicht zur Regel wird, habe ich nichts gegen eine Umarmung." Anubis zog Schep auf seinen Schoß. „Jetzt bleibst du eine Weile ganz ruhig sitzen, mein Schatz. Du machst uns sonst noch alle mit nervös."

„Sei doch nicht so streng mit ihr", beschwichtigte ihn Osiris. „Ich weiß genau, wie sich die Ärmste fühlt." Telepathisch fügte er hinzu: *Vergiss nicht, dass sie ein Mensch war und ist, für den Zeit eine andere Bedeutung hat, als für uns.*

Schep lächelte Osiris dankbar an, während Anubis sie, um Verzeihung bittend, zärtlich an sich drückte.

Osiris erwiderte das Lächeln. „Wenn es den Atlan wirklich gelingt, einen Körper aus Fleisch und Blut für dich zu schaffen, dann solltest du sie fragen, ob sie dir das Geheimnis ihrer wiedererlangten Unsterblichkeit verraten."

„Ach stimmt ja", murmelte Anubis, „Arko hat ja einen atlanischen Körper geschnitzt. Dafür bin ihm so unendlich dankbar."

„Horus arbeitet bereits mit ihm an einem Replikator", verriet Isis hinter vorgehaltener Hand.

„Ich habe mich schon gewundert, wo er heute steckt", sagte Anubis.

Maris setzte sich stöhnend auf den Boden, lehnte sich mit dem Rücken an die Wand und schloss die Augen. Besorgt stellten die Drakonat fest, dass er leichenblass aussah. Sobek übertrug ihm, ohne zu zögern, Lebensenergie. Nach einigen Sekunden öffnete Maris wieder die Augen.

„Ich fühle mich hundeelend", flüsterte er kaum hörbar. Übergangslos schlief er ein.

Imset nickte Sobek zu. Beide verwandelten sich zurück. Sobek schob seinem Freund eines der Felle von Neris Lager unter den Körper. Mit einem zweiten Fell deckte er ihn zu.

„Wir haben Zeit", sagte er, bevor er sich ebenfalls mit dem Rücken an die Wand setzte. „Den Kristall möchte ich nur als allerletzten Ausweg einsetzen."

„Ich werde mich ganz nach deinen Anweisungen richten", entgegnete Imset, während er Maris' Erfolge etwas näher in Augenschein nahm. „Er ist weit gekommen", sagte er bewundernd.

„Zwei komplette Arme in der kurzen Zeit – kein Wunder, dass er völlig fertig ist." Sobek warf einen Blick auf den Schlafenden.

Nach genau zehn Minuten setzte sich Maris plötzlich auf. „Es kann weitergehen."

Ohne Kommentar verwandelten sich die Drakonat, legten ihre Hände auf seine Schultern und speisten Energie ein.

Am späten Vormittag begann Maris mit Scheps zweitem Bein. Zwischendurch musste er allerdings wieder zehn Minuten Heilschlaf halten, um sich weiter konzentrieren zu können. In dieser kurzen Pause verließ Imset den Raum.

Neri schaute erstaunt auf, als er plötzlich neben ihr stand und bat: „Kannst du mir eines deiner Strandtücher leihen?"

„Aber sicher." Sie eilte davon und holte das Gewünschte.

„Danke. Du bist ein Schatz. Es widerstrebt mir, Scheps Körper so nackt liegen zu lassen, selbst wenn sie es noch nicht fühlen kann", erklärte er, als er schnell wieder zu den anderen zurückkehrte.

Neri sah ihm lächelnd hinterher. Sein fürsorgliches Wesen beeindruckte sie immer wieder.

„Für kleine Jungs?", fragte Sobek mit einem Augenzwinkern, als er die Tür hinter sich schloss.

„Falsch", schmunzelte Imset, dabei hielt er sich das aufgefaltete Tuch vor den Körper.

„Super. Mich hat es auch schon die ganze Zeit gedrängt, ein Tuch zu holen", sagte Sobek zutiefst zufrieden.

„Dann kann ich ja weitermachen." Maris war soeben wieder aus seinem Kurzschlaf erwacht. „Nun werde ich euch noch mehr Energie abverlangen, schließlich beginne ich jetzt mit den Regionen, wo ich mich selber übertreffen muss, um sie und Anubis dauerhaft zufriedenzustellen."

„Machst du zuerst den Rücken oder in Etappen ringsherum?", wollte Imset wissen.

„Wenn es euch gelingt, mich mit Energie zu versorgen und sie auf einem Kraftfeld schweben zu lassen, dann mache ich zuerst die ganze Rückenpartie als Grundlage", erklärte Maris.

Sobek nahm mit den Augen Maß. „Ich lasse den Kristall das Feld erzeugen, dann drehen wir sie vorsichtig um."

Seinen Worten folgten Taten. Er umfasste den klaren Stein an der Basis. Ein ovales Energiefeld bildete sich. Sobek manipulierte es so lange, bis es die Größe des Frauenköpers hatte.

Gemeinsam mit Imset hob er Scheps neuen Körper über das Feld, wobei sie ihn gleichzeitig auf den Bauch drehten. Überaus behutsam betteten sie ihn auf das Kraftfeld. Erst jetzt verwandelten sie sich. Mit ihren scharfen Krallen hätten sie sonst womöglich die zarte, neu geschaffene Haut verletzt.

Maris legte seine Hände auf die Nacken- und Schulterpartie seiner ungewöhnlichen Patientin. Sanft bewegte er seine Hände von der Mitte zu beiden Seiten hin, ehe er seine Gedanken Wirklichkeit werden ließ.

Sekunden später bildete sich aus dem toten Holz ein Teil des seidenweichen Haares, das wie das Gefieder eines Raben blauschwarz glänzte. Maris strich es vorsichtig beiseite, um ungestört arbeiten zu können. Fast eine Stunde hielt er diesmal durch, ehe er wieder rastete.

„Kannst du seine Gedanken fühlen?", fragte Imset.

Sobek nickte. „Ich glaube, das wird für uns alle eine brandheiße Nacht. Für ihn ist es jedenfalls ein Job, den er mit jeder Faser seines Körpers genießt."

„Warum auch nicht?", schmunzelte Imset. „Das kann ja nicht das Wahre sein, immer nur schwere Verletzungen behandeln zu müssen. Arko hat mit derselben Hingabe geschnitzt. So, wie es aussieht, genießen wir beide, diese nette Aufgabe, auch gleichermaßen, auch wenn es uns nicht vergönnt ist, diesen wundervollen Körper streicheln zu dürfen."

„Irgendein Privileg muss ich ja auch mal haben", sagte Maris hinter ihnen. „In einer halben Stunde können wir den Körper wieder umdrehen. Dann gehe ich mit allen meinen Reserven zu Werke, immerhin betrifft es die Stellen, die im Normalfall außer Anubis keiner mehr auf diese Weise zu sehen bekommt. Außerdem möchte ich, dass Schep einen so jungfräulichen Körper bekommt, wie sie vor ihrem Tod hatte."

„Das wäre dann also der Punkt, wo du dich ganz auf Bücherwissen beschränken musst", stellte Sobek trocken fest.

„Tja, mein Lieber, auch ein Heiler kann nicht alles im Leben haben", antwortete Maris mit breitem Grinsen.

„Herzlich willkommen im Club", lachte Imset.

Maris wurde ernst. „Los Männer, auf geht es wieder. Jetzt kommt der Teil, mit dem alles steht oder fällt."

„Treffend ausgedrückt", kicherte Sobek, während er sich verwandelte.

Nach dem Drehen des Körpers kamen die wirklich schweren Aufgaben für Maris. In immer kürzeren Abständen musste er pausieren. Er war Imset für das Tuch dankbar, mit dem er in den Ruhezeiten den Rumpf bedeckte.

Nach fast zwei Stunden hatte er den Bereich bis an die unteren Rippen gewandelt, den er ab sofort dauerhaft von dem Tuch bedeckt ließ. Diesmal fiel die Pause etwas länger aus. Fast eine halbe Stunde lag Maris im Tiefschlaf, während sich Imset und Sobek leise unterhielten.

„Hat Solon noch Atlamat?", fragte Sobek seinen Vater.

„Ich denke schon", antwortete der zuversichtlich. „Im schlimmsten Fall müssten wir auf eine erfolgreiche Paarung der Drakon hoffen, um gefahrlos an neue Eierschalen zu kommen. Drakon-Schalen sind um einiges reichhaltiger als die gewöhnlichen Drachen-Eierschalen von der Erde."

Sobek schaute zum Fenster, hinter dem die tief stehende Sonne langsam das Tagesende ankündigte. „Was meinst du, schaffen wir es heute noch, Seele und Körper zu vereinen?"

„Es wird wohl mitten in der Nacht so weit sein. Auf alle Fälle ziehen wir das jetzt durch. Wir wissen nicht, wie lange der Körper haltbar bleibt, um es einmal salopp auszudrücken", entgegnete Imset.

„Dann sollte ich mich wohl etwas beeilen." Maris hatte die letzten Worte gehört.

„Nur nichts überstürzen. Ich habe keine Ahnung, was der Replikator alles ausgleichen kann", antwortete Imset.

Maris lachte. „Keine Sorge, ich gönne mir jetzt noch ein richtiges Fest für die Sinne, bevor ich zum Endspurt ansetze." Er betrachtete mit einigem Wohlgefallen die Hügellandschaft, die vor ihm lag.

„Ich brauche jetzt, bis ich euch ein Zeichen gebe, alles, was ihr an Energie abgeben könnt", erklärte Maris. „Denn nun werde ich das Herz formen."

Die Drakonat konzentrierten sich. Blaue Energieentladungen glommen auf ihren Schuppenpanzern auf. Langsam begannen ihre Auren zu leuchten. Endlich legten sie Maris wieder ihre Hände auf die Schultern, um sanft und gleichmäßig ihre Energie zu erhöhen. Auch die Aura des Heilers begann zu strahlen.

Tief drangen seine Gedankenströme in den starren Brustkorb ein. Das Herz, die Lunge und alle noch fehlenden Organe nahmen ihren Platz ein. Maris nickte kaum merklich. Das Leuchten wurde schwächer.

Mit sanften Händen wandelte er den wohlgeformten Oberkörper zu lebendem Gewebe. Bevor er auch noch die Halspartie transformierte, zog der das Tuch bis über den Ansatz ihrer Brüste.

„Letzte Pause", murmelte er zufrieden, bevor er sich in die Felle wickelte.

Auch die beiden Drakonat genossen die Augenblicke der Ruhe. Sie saßen auf dem Boden, mit dem Rücken zur Wand, hatten die Knie angezogen, die sie mit den Armen umfingen, und auf die sie ihre Köpfe stützten. Statuen gleich, warteten sie auf ein Zeichen von Maris, ihre Positionen wieder einzunehmen.

„Sagt allen Bescheid, dass sie sich in Bereitschaft halten sollen", bat er schließlich die Drakonat. „In etwa einer Stunde ist es soweit, dass wir Schep zu neuem Leben erwecken können."

„Sie sind auf dem Weg zu uns", berichtete Imset nach einigen Augenblicken.

„Gut." Maris legte seine Hände unter Scheps Hinterkopf.

Die Drakonat beobachteten, wie sich eine Flut von seidigem, schwarzem Haar, um das schmale Gesicht mit dem sinnlichen Mund ausbreitete. Lange verharrte Maris in dieser Position, ehe er die Stirn, die Schläfen, die Ohren und endlich auch die ausdrucksvollen Augen mit den langen dunklen Wimpern entstehen ließ, die im Moment noch starr an die Decke gerichtet waren.

Seine magischen Hände glitten über die Nase, die Wangen, um zuletzt über die weichen Lippen an das Kinn zu gelangen. Noch einmal strich er vorsichtig mit den Fingern über die bleichen Wangen. Dann trat er einen Schritt zurück.

Lange betrachtete er das wirklich hübsche Gesicht. Schließlich zog er das weiße Tuch weg, um diesen wundervollen Körper ganz genau auf jede noch so kleine Anomalie zu untersuchen. Die beiden Drakonat taten das optisch ebenfalls.

Nach einigen Minuten nickte Maris. Er breitete das Tuch sorgfältig über dem nackten Körper aus. „Öffnet die Tür", sprach er mit fester Stimme.

Anubis führte Schep-en-Hor herein, die völlig überrascht an der Schwelle stehen blieb.

„Wir werden dich ein paar Minuten allein lassen", sprach Maris. „Du sollst dich ganz in Ruhe auf dein neues Leben vorbereiten."

Die vier Männer verließen den magischen Raum.

Schep zögerte, das Tuch zurückzuschlagen. Dann fasste sie sich ein Herz. Schließlich war es ihr neuer Körper, der darunter verborgen lag.

Andächtig betrachtete sie die makellose Arbeit der Atlan, die zum Vorschein kam. Schep freute sich jetzt noch mehr darauf, diese wundervolle Hülle bald besitzen zu dürfen. Sorgfältig deckte sie sie wieder zu und zupfte das Tuch zurecht.

Dann ließ sie die anderen herein. Maris, Anubis und die Drakonat traten ein. Ihnen folgten Isis, Osiris und die Magier, zu denen natürlich auch Horus gehörte.

Die Neuankömmlinge betrachteten das gelungene Werk. Während der kleinen Pause nutzten Maris, Sobek und Imset die Gelegenheit, ihre bestickten Gewänder anzulegen.

„Bist du bereit?", fragte Isis Schep-en-Hor.

Schep nickte. „Ja, ich bin bereit."

Horus trat an die noch leblose Gestalt heran. Vorsichtig legte er ihr den Replikator um den Hals. Dabei achtete er ganz genau darauf, dass die volle Rückseite die Haut berührte.

Die Herrin des Lebens presste ihre Hände an die Schläfen der liegenden Frauengestalt.

Anubis sah sie fragend an.

„Lass das Tuch liegen", antwortete Isis. „Es ist nicht nötig, dass sie alle in ihrer Nacktheit anstarren."

Anubis fasste unter das Tuch, um seine linke Hand in die Herzgegend des weichen Körpers zu bringen. Laut sprach er die magischen Worte, die das Totenritual umkehrten.

Schep-en-Hors Geistkörper schwebte auf den neuen Leib zu und legte sich wie ein blauer Schatten darüber.

Immer lauter werdend, wiederholte Anubis seine Worte. Dann drang Scheps Seele langsam ein. Horus trat an das Lager heran, um seinerseits mit der rechten Hand die rechte Seite des Brustkorbs zu berühren.

Nun fassten sich die beiden Männer an den freien Händen. Die Drakonat legten ihre Hände auf die Hüftknochen der Liegenden, um ihr Lebensenergie zuzuführen. Ein kaum sichtbares Zittern lief durch Scheps Körper.

Die Drakonat erhöhten sprungartig die Energie. Immer wieder sprach Anubis die Beschwörungsformel. Scheps Zustand blieb unverändert. Sollte wirklich alles umsonst gewesen sein?

Osiris nickte den Drakonat unmerklich zu, dann näherte er sich von der Herzseite der jungen Frau, die in einem Zustand zwischen Leben und Tod verharrte.

Zwischen Isis und Anubis stehend, beugte er sich tief über sie, aktivierte seinen Lebensschlüssel, den er so fest auf ihr Dekolleté presste, dass der Abdruck noch lange zu sehen sein werde.

Das Wunder geschah, im selben Moment begann das Herz kräftig zu schlagen. Mit einem tiefen Seufzer schloss Schep-en-Hor die Augen, um sie wenige Sekunden später ausdrucksvoll zu öffnen. Anubis sank, unter Tränen, neben ihr in die Knie.

Liebevoll streichelte er ihr Gesicht, das ganz allmählich einen rosigen Schimmer annahm. Schep setzte sich langsam auf, wobei sie das Tuch vor ihrer Brust festhielt.

„Oh je! Daran haben wir alle nicht gedacht!", rief Imset.

„Woran denn?", fragte Maris besorgt.

„An ein Gewand für sie!" Imset rief Neri telepathisch herbei, die eines mitbrachte.

Dankbar nahm Anubis das Kleidungsstück für Schep entgegen. Schep saß noch ziemlich benommen auf der Kante des Lagers. Ihr war es momentan völlig egal, dass um sie herum die Magier standen und sich mit Kennermiene am Anblick ihrer Figur erfreuten.

„Nun aber raus hier!" Isis musste die Männer förmlich aus dem Zimmer jagen, damit sich Schep in Ruhe ankleiden konnte. Sie zwinkerte Anubis fröhlich zu, ehe sie die Tür schloss.

„Eigentlich schade, dass du alles gleich wieder versteckst", sagte Anubis mit leichtem Bedauern.

Schep bedachte ihn mit einem Augenaufschlag unter ihren langen schwarzen Wimpern hervor, der Anubis einen wohligen Schauer über den Rücken trieb.

„Nicht jetzt und nicht hier", hauchte sie ihm verheißungsvoll ins Ohr.

Fast schon besitzergreifend nahm Anubis sie auf die Arme. Sie umfing seinen Hals und legte ihre Wange an die seine. Egal wo Anubis auch hinginge, sie würde ihm ab sofort ohne zu zögern folgen.

Voller Spannung warteten die Teilnehmer des Rituals in Imsets Garten auf die beiden. Neri hatte in Windeseile Öllämpchen auf dem großen Tisch verteilt und ein paar Erfrischungen bereitgestellt. Heißhungrig machten sich Maris, Imset und Sobek über die Gaben her.

Schließlich hatten sie den ganzen Tag nichts zu sich genommen. Safi verschwand in der Küche, um Neris Vorräte an Kokos, Vanille und diversen anderen Zutaten zu plündern.

Imset hob schnuppernd die Nase. „Das gibt es doch nicht! Ich bilde mir ein, ich rieche Safis Spezial."

„Dafür bekommst du auch zuerst." Safi balancierte soeben ein Tablett mit drei großen Kannen in den Garten. „Ich bin nämlich ziemlich überzeugt, dass ihr drei euch den begehrten Mix redlich verdient habt. Aber keine Bange, es reicht für alle."

„Wo steckt denn Horus?", fragte Talos nach einer Weile.

„Den habe ich losgeschickt, um Arko zu holen", erklärte Maris. „Ohne seine Superarbeit hätten wir nämlich ganz schlechte Karten gehabt."

Arko tauchte in dem Moment auf, als Anubis mit Schep in den Garten kam.

„Das ist ja ein überwältigender Anblick", flüsterte er unwillkürlich.

Schep hatte sich von Anubis gelöst und kam schnellen Schrittes auf ihn zu. Ehe er sich versah, drückte sie ihm einen heißen Kuss auf die Wange. „Danke", sagte sie mit strahlenden Augen.

Auch die drei Männer, die am heutigen Tag die Hauptarbeit geleistet hatten, nahmen mit sichtlichem Stolz den gleichen Dank entgegen.

Anubis drückte Maris fest die Hand. „Für mich bist du sowieso der Größte. Ich werde dir bis in alle Ewigkeiten dankbar sein. Erst hast du mir meinen Vater geheilt zurück gegeben und nun meiner Gefährtin einen neuen Körper."

Maris lächelte. „Könnte sein, dass ich bald deine Hilfe brauche." Und auf Anubis fragenden Blick. „Wenn das Kleine von Cheiron und Danaë geboren wird. Ich habe keine Ahnung, wie überlebensfähig so ein Mini-Zentaur ist."

Der Herr der Unterwelt nickte. „Finden wir es gemeinsam heraus."

Isis stand mit Horus, Imset, Sobek und Darina etwas abseits. Ihren Gesichtern nach handelte es sich um ein ernstes Thema.

„Wenn du möchtest, bringen wir dich noch in dieser Nacht nach Alba", sagte Horus soeben. „Wir sind es gewohnt, mehrere Tage ohne Schlaf auszukommen. Du kannst unterwegs etwas ruhen."

„Das hieße, dass wir morgen früh wieder zurück sind", überlegte Isis. „Macht es euch auch wirklich nichts aus?"

Alle schüttelten die Köpfe.

„Ich bin sofort wieder hier", versprach Sobek. „Zaid sollte Bescheid wissen, damit sie sich keine Sorgen macht." Seine Gestalt zerfloss in einem grünen Nebel.

Noch bevor Imset mit Neri gesprochen hatte, war er wieder zurück. Horus wechselte ein paar rasche Worte mit Osiris, als Imset sich zu ihnen gesellte. „Osiris, ich habe eine Bitte."

„Ich höre."

„Kannst du, bis wir wieder da sind, ein Auge auf Ihi und Neri haben?", fragte er. „Wir haben in den letzten Stunden soviel Magie angewendet, dass ich sie lieber in völliger Sicherheit weiß. Ich möchte aber nicht schon wieder die Drakon belästigen."

Osiris begann zu lachen. „Fast die gleichen Worte habe ich soeben von Horus gehört. Natürlich werde ich für die beiden da sein. Jetzt, wo ich weiß, dass meine Kräfte Stück für Stück zurückkehren, kann ich ohne Probleme eine Nachtwache einlegen."

„Ich danke dir", sagte Imset beruhigt. Gemeinsam mit Isis, Darina, Horus und Sobek machte er sich zum Gleiter auf, in dem Horus' Crew bereits auf Anweisungen wartete.

„Es ist eine geheime Mission und ich möchte jegliches Aufsehen vermeiden", instruierte Horus seine Leute. „Im Moment sind wir sicher, nur auf dem Rückweg dürfen nicht die geringsten Fehler passieren. Isis' Anweisungen, sowie denen der Drakonat ist sofort Folge zu leisten, egal, worum es sich handelt."

Darina setzte sich an das Schaltpult. Sie manipulierte die Schilde, bis der Gleiter praktisch unsichtbar war. Weder Optik noch Radar konnte ihn nun noch ausmachen.

Einzig die Drakon würden ihn fühlen, wenn er sich auf dem Heimflug Dafa wieder näherte. Das anerkennende Nicken ihrer drei Mitstreiter war ihr dafür sicher.

Isis hatte sich für die zwei Flugstunden in eine der freien Kajüten zurückgezogen, während die Drakonat mit allen Sinnen auf Empfang standen. Nebenbei berichteten sie über Einzelheiten der Körperumwandlung.

„Klingt ganz so, als ob ihr, trotz aller Konzentration, viel Freude an eurem Job hattet", schmunzelte Horus.

„Ich denke, du kannst uns am besten nachfühlen. Sagtest du nicht, Schep ähnele Fatma sehr?", fragte Imset spitzbübisch.

Auch Sobek hackte in dieselbe Kerbe: „Es wir immer offensichtlicher, dass sich dein Geschmack auf uns weitervererbt hat."

„Egal ob Fatma, Isis, Seschat, Idun, Neri oder Darina, deine Eroberungen sind alle ausnehmend hübsch", sagte Imset.

„Na hallo! Führt ihr etwa Buch?", fragte Horus überrascht.

„Unsinn", kicherte Imset. „Das sind nur die, über die es sich wirklich zu reden lohnt."

„Isis, Idun und Neri würde ich gern ausgeklammert sehen, wenn es um Eroberungen geht", warf Horus ein.

„Der dazugehörigen Männer wegen?" Imset zwinkerte Sobek zu.

„Ja so ähnlich", erklärte Horus mit mühsam aufgesetzter todernster Miene. „Der eine soll nämlich ein Drakonat sein, mit dem ich ungern Ärger bekäme. Die anderen beiden Damen haben wohl eher den Spieß umgedreht."

„Auffällig ist aber, dass alle drei als Göttinnen der Liebe gelten", konnte sich Sobek nicht ganz verkneifen.

„Sag ich doch", schmunzelte Horus. „Ich bin schlichtweg verführt worden." Dann wurde er ernst. „Ihr kennt beide Idun. Glaubt ihr wirklich, ihr könntet widerstehen, wenn sie all ihren Zauber einsetzt?"

„Unmöglich", antwortete Sobek.

„Unwahrscheinlich", sagte Imset.

„Das lässt sich, eins zu eins, auf die anderen beiden übertragen", seufzte Horus.

„Ich weiß." Imset sah ihn nachdenklich an. „Ramses war Neri regelrecht verfallen. Wenn sie in der Nähe war, dann hatten seine unzähligen Nebenfrauen nicht den Funken einer Chance. Aber ich kann ihm nachfühlen. Wenn sie nicht da ist, dann fehlt ein Teil von mir."

„Es hätte dich ja auch um Haaresbreite das Leben gekostet." Sobek erinnerte sich ungern an jene Tage zurück.

„Osiris hat auch nur überlebt, weil Isis immer wieder zu ihm zurückgekehrt ist. Ich glaube auch nicht, dass ich der Einzige war, mit dem sie sich getröstet hat", warf Horus ein. „Ich glaube sogar, dass Arko eines dieser erhebenden Erlebnisse mit ihr hatte."

„Im Ernst?", fragte Sobek.

Horus nickte. „Ich kenne sie ziemlich gut, was das betrifft, und er wird sich hüten, auch nur ein Wort darüber fallen zu lassen."

Der Summer ertönte.

„Wir gehen in wenigen Minuten in den Landeanflug über", erklärte Horus. „Ich werde Isis informieren."

„Ein aufschlussreiches Gespräch", sagte Sobek zu Imset, als Horus die Tür hinter sich geschlossen hatte.

„Das kannst du laut sagen." Imset war ebenfalls erstaunt darüber, was Horus ganz nebenbei erzählt hatte. Die Sache mit Arko klang nicht einmal unwahrscheinlich.

Vielleicht hatte er ja tatsächlich auf diese Art für Kiras Rückkehr bezahlt. Er und Osiris' Geist waren sich, ihren eigenen Worten zufolge, auf alle Fälle in der Pyramide begegnet. Osiris konnte nur durch Isis von Arkos großer Liebe erfahren haben.

Und zu dem Zeitpunkt war Osiris definitiv noch bewegungsunfähig mit wenig Aussicht auf Heilung. Die Vermittlerin kassierte die Prämie. Eine übliche Praxis auf Tarronn.

Vater und Sohn wurden in ihren Gedankengängen unterbrochen, als der Gleiter in den Hangar glitt. Jamal, der inzwischen wusste, wer die Männer im Einzelnen waren, begrüßte sie diesmal nicht so dienstbeflissen unterkühlt, sondern ausnehmend freundlich.

„Wie geht es Osiris?", fragte er Horus auf dem Weg zur gläsernen Eingangshalle.

„Sag es ihm", bat Isis telepathisch.

„Er amüsiert sich bei uns köstlich, unternimmt täglich ausgedehnte Wanderungen in den Urwald und taucht nach Muscheln für seine Ur-Ur-Enkel", erwiderte Horus.

Jamal blieb irritiert stehen. „Ich meinte Osiris."

„Ich auch." Horus sah ihm in die Augen. Ganz tief glomm ein Funken Hoffnung. Isis nickte Horus zu, der Jamal auf eine der Polsterbänke zog.

„Schau her." Zwischen seinen Händen erzeugte er ein Hologramm, das Osiris am Strand inmitten wunderschöner Frauen und einiger kleiner Kinder zeigte. „Das war vorgestern."

Dann zeigte er ihm noch ein Hologramm – Osiris mit Cheiron im Urwald. „Das war vor ein paar Tagen und heute beschützt er Imsets Gefährtin und meinen kleinen Sohn."

Jamal wurde abwechselnd rot und blass. Horus klopfte ihm kameradschaftlich auf die Schulter, dann folgte er Isis und den Drakonat.

„Leute! Osiris ist wieder gesund!", jubelte Jamal. Alle, die Dienst hatten, fanden sich auf der Stelle bei ihm in der Glashalle ein.

„Bist du sicher?", fragten einige ungläubig.

„Hundert Prozent. Horus hat mir gerade Hologramme gezeigt, die in den letzten Tagen entstanden sind", erklärte Jamal glücklich. „Gebt euch Mühe, dass bis zu Osiris' Rückkehr die Basis komplett gewartet und in einem erstklassigen Zustand ist."

„Geht klar, Chef." Mit einer so guten Nachricht im Hinterkopf ging alles gleich viel schneller.

Isis führte inzwischen die drei Männer in das geheime Labyrinth tief unter dem Berg. Horus wusste, dass es diesen Ort gab, war aber noch nie hier gewesen. Isis löste die magischen Sperren der gepanzerten Türen.

Sie ließ den Männern den Vortritt. Modernste Technik schützte die alten Bücher, die einzeln unter gläsernen Hauben auf langen Tischen lagen.

„Diese hier, sind die Bücher der Schöpfung." Isis deutete auf vier Bücher, die mehrfach gesichert waren. „Horus hebt auf mein Zeichen die Hauben an und ihr beide nehmt schnell die Bücher heraus. Wir haben nur wenige Sekunden."

Die drei Männer stellten sich bereit, während Isis auf einem versteckten Kontrollpult zwei Kontakte betätigte. „Jetzt!"

Im Bruchteil einer Sekunde hielten die Männer das erste Buch in den Händen. Die anderen drei Bücher folgten. Isis atmete auf. Aus einem Schrank nahm sie eine unscheinbare Ledertasche.

Imset verstaute die Kostbarkeiten vorsichtig. Er wusste, welchen Schatz er in den Händen hielt. Horus und Sobek verließen den Raum, ihnen folgte Imset. Isis verriegelte alle Türen und aktivierte die magischen Sperren. Eilends verließen sie das Labyrinth.

In der gläsernen Halle erwartete sie wieder Jamal. Isis winkte ihn heran. „In den nächsten drei Stunden keinerlei Funkkontakte. Lasst den Palast für diese Zeit in einem *schwarzen Loch* verschwinden."

Jamal nickt kurz. Isis wusste, dass sie sich felsenfest auf ihn verlassen konnte. Sie drehte sich vor der letzten Schleuse noch einmal zu ihm um. „Wenn du uns brauchst, du findest uns auf Dafa bei den Atlan."

Verblüfft schaute Jamal der Göttin hinterher. Dass sie ihren Aufenthaltsort bekannt gab, war neu. Osiris musste wirklich wieder der Alte sein.

Der Gleiter verließ den Hangar, um mit Höchstgeschwindigkeit Atla anzufliegen. Jamal folgte ihm mit den Augen, solange er konnte. Dann öffnete er die Tür zur Steuerzentrale.

„Tana und Janok zu mir!", rief er quer durch den Raum.

Die beiden Genannten folgten sofort der Aufforderung. Wortlos führte er sie hinüber in den Palast. Erstaunt sahen sie zu, wie er Osiris' Privaträume öffnete, die genau so tot wirkten, wie ihr Herr noch vor Kurzem.

Er dirigierte Janok zu dem Lager, auf das man den bandagierten Osiris immer gebettet hatte. „Hinaus damit."

Gemeinsam trugen sie es zur Entsorgungsanlage. Mit Wonne sah Jamal zu, wie die Energiestrahlen das verhasste Möbelstück in Luft auflösten. „So, jetzt machen wir es ihm gemütlich." Er zog einen altertümlichen Schlüssel aus der Tasche.

Damit öffnete er ein Nebengelass, welches von den Bediensteten niemals betreten worden war. „Alles, was hier drin ist, kommt in seine Räume."

Die beiden Männer trugen die Teile eines breiten Polsterbettes, Tana allen möglichen Kleinkram, hinüber ins Haupthaus. Nach zwanzig Touren hatten sie das Depot geleert und machten eine kurze Pause.

„Und du bist wirklich sicher, dass Osiris gesund zurückkommt?", zweifelte Janok noch immer.

„Keine Frage. Wenn Horus das in Gegenwart von Isis sagt, dann stimmt es auch. Außerdem habe ich mit eigenen Augen seine Erinnerungen gesehen. Zweifel völlig ausgeschlossen."

Jamal stützte sich auf das Fensterbrett. Weit über das Land schauend fiel ihm ein, dass er diese kleine Festung schon seit Jahrhunderten nicht mehr verlassen hatte. Das werde sich mit Osiris' Rückkehr sicher ändern.

Jamal öffnete das Fenster, um den Blütenduft aus dem Garten zu genießen. Der Herr des Hauses hatte Blumen über alles geliebt.

Seit seinem *Unfall* waren die Fenster stets geschlossen geblieben und Osiris' Räume verwandelten sich Stück für Stück in eine Gruft.

Jamal drehte sich um. Er gab genaue Anweisungen, welches Möbelstück wohin zu stellen sei und welches Accessoire dazugehörte. Nach zwei Stunden hatte sich der sterile Privattrakt zu einem heimeligen Wohnbereich gemausert.

„Morgen besorgt ihr noch fünf – sechs große attraktive Pflanzen und eine blutrote Honigorchidee", wies Jamal an, ehe er die beiden Helfer in den verdienten Feierabend schickte.

Noch einmal inspizierte er die Räume. Zufrieden schloss er hinter sich die Türen.

Kurz nach Sonnenaufgang nahmen die Drakon den Gleiter vor Dafa in Empfang. Imset fasste nach der Tasche.

„Bring die Bücher in dein Haus", bat Isis. „In Neris Heiligtum sind sie sicher. Ich werde mit Sobek folgen."

Pünktlich zum Frühstück trafen alle bei Neri ein. Ihi hatte Mühe, sich zu entscheiden, bei welchem der Männer er sitzen wollte.

Ganz diplomatisch quetschte er sich zwischen Horus und Imset, ließ sich aber von Osiris sein Brötchen mit Honig bestreichen.

Natürlich hatte Imset vorher die heiligen Bücher der Weltenschöpfer in Sicherheit gebracht.

Immer wieder huschten die Blicke der Männer zu Schep hinüber, um beinahe jede ihrer Bewegungen zu beobachten. Den Bluterguss, den Osiris' Lebensschlüssel hinterlassen hatte, werde man sich noch ein paar Tage sehen, aber das Zusammenspiel der Replikatoren hatte schließlich vollen Erfolg garantiert.

Darina brachte eine Kanne frisch aufgebrühten Kräutertee in den Garten. Sie schenkte Schep den Becher voll. Mit einem Schreckenslaut ließ die junge Frau den Becher los, kaum dass sie ihn berührt hatte.

„Heiß!" Mit großen Augen betrachtete sie ihre Fingerspitzen. „Ich – ich – ich kann wieder Kälte und Wärme fühlen", murmelte sie.

„Auf diesen Augenblick habe ich gewartet", seufzte Anubis glücklich. „Jetzt weiß ich, dass ihr Lebensschlüssel funktioniert und alle Nervenreize vom Gehirn verarbeitet werden. Vor einer Stunde sah es noch nicht so gut aus."

„Vergiss nicht, dass ihr Replikator Schwerstarbeit zu leisten hat", sagte Horus. „Er muss jede Zelle prüfen und gegebenenfalls umbauen, damit ihr Körper funktionieren kann. Weiß der Kuckuck, wie es Maris überhaupt gelungen ist, so ein komplexes Wesen zu erschaffen."

Arko nickte versonnen. „Für mich ist es ein eigenartiges Gefühl, das ich nicht beschreiben kann und ich denke, Maris wird es genau so gehen. Vielleicht klingt es seltsam, aber irgendwie sind wir mit ihr verbunden. Nicht, als wäre sie ein Kind von uns, sondern wie eine kleine Schwester, der wir gemeinsam den Schritt in die Welt ermöglicht haben. Ihr Lächeln ist der schönste Dank."

„Ein wundervoller Vergleich", sagte Osiris beeindruckt.

„Fühlst du dich stark genug, um heute einen Feiermarathon durchzustehen?", fragte Imset Schep.

„Ja, ganz bestimmt. Ich möchte diesen Körper in vollen Zügen genießen."

„Dann sind wir schon zwei", schmunzelte Anubis, dieses Prachtexemplar von Frau an sich ziehend.

Neri sah den beiden lächelnd zu. „Ich werde mich erst einmal für eine Stunde aufs Ohr packen. Schließlich habe ich mit Osiris eine anstrengende Nacht verbracht."

Imset zuckte erschreckt zusammen. Er wurde blass. Zu deutlich war ihm noch die Unterhaltung aus dem Gleiter im Ohr.

Osiris begann zu lachen. „Nicht, was du denkst! Wir waren alle paar Minuten abwechselnd bei Schep und haben nachgesehen, ob der Replikator tut, was er soll.

Auch, wenn der andere Gedanke äußerst reizvoll ist – ich bin doch nicht lebensmüde, mich mit einem Drakonat anzulegen."

Imset entspannte sich. Dabei nahm er sich vor, Neri endlich wieder einmal nach allen Regeln der Verführungskunst zu verwöhnen. Sie musste es wohl seinem Gesicht angesehen haben.

Ich nehme dich beim Wort, hörte er ihre telepathische Stimme.

„Sonst würdest du wohl …?", fragte Isis neugierig Osiris.

„Ich würde es mit allen Sinnen genießen", entgegnete er ehrlich.

Neri wurde flammend rot. Imset tauschte einen schnellen Blick mit Horus, den Isis mit einem wissenden Lächeln zur Kenntnis nahm. Osiris war nur einer unter Unzähligen, der so dachte, wie es das Schicksal eigentlich gewollt hatte.

Schep hatte davon nichts mitbekommen, sie ließ glücklich lächelnd geröstete Kürbiskerne von einer Hand in die andere rinnen und freute sich, dass sie die Formen der kleinen Dinger genau fühlen konnte.

Horus stand hinter ihr und pustete sacht ihr Haar an. Sofort fasste sie nach hinten. Horus hob den Daumen, was Anubis mit Augenzwinkern quittierte.

Auf dem Weg vor dem Haus waren mehrere Stimmen zu hören. Alle Magier hatten sich eingefunden und auch Cheiron hatte es vor Neugier nicht mehr ausgehalten.

„Ach du lieber Himmel!", rief Neri. „Der Garten platzt aus allen Nähten! Was haltet ihr davon, wenn wir auf den Festplatz umziehen?"

„Dann los. Aber wir laufen", sagte Maris. „Ich möchte nicht, dass Schep etwas zustößt, weil wir es übereilig haben."

Sie hängte sich zwischen Maris und Anubis ein. „Erzählst du es mir, wie ihr meinen Körper geschaffen habt?"

„Willst du es wirklich wissen?" Maris sah sie unsicher an. „Es würde mir schwerfallen, darüber zu sprechen. Ich speichere ein Hologramm mit meinen Erinnerungen, das du dir in Ruhe ansehen kannst."

„Ein Holo was???", fragte Schep.

„Ein Hologramm", wiederholte Maris lächelnd. „Das sind Bilder aus meiner Erinnerung, die ich für dich sichtbar machen kann. Ich weiß ja, was dich am meisten interessiert."

Schep errötete heftig.

„Eines kann ich dir versichern, nur Imset und Sobek haben gesehen, was ich gesehen habe", sagte Maris leise. „Und nur meine Hände haben, bis zu deiner Erweckung, deinen Körper berührt."

Inzwischen waren auch die Letzten auf der großen Wiese eingetroffen. Als sich die Aufregung etwas gelegt hatte, erhob sich Solon.

„In Anbetracht der Situation, dass wir eine neue Atlan in unseren Reihen haben, die vom Ursprung her menschlich und damit sterblich ist, habe ich eine Bestandsaufnahme in meinen Wundermittelchen durchgeführt. Und tatsächlich noch dieses hier entdeckt." Er hielt ein Fläschchen mit der bekannten blutroten Flüssigkeit hoch. Die Anwesenden applaudierten.

„Was ist das?", fragte Schep leise Anubis.

„Du wirst es gleich erfahren", flüsterte er zurück.

Solon trat an Schep-en-Hor heran. „Ein kleines Geschenk von uns Magiern." Er reichte ihr das geöffnete Gefäß. „Trink es in einem Zug aus."

Anubis nickte ihr aufmunternd zu. Schep nahm die kleine Flasche entgegen. Die seltsame Flüssigkeit prickelte auf ihrer Zunge und erzeugte ein durchdringendes Wärmegefühl im Magen. Das leichte Schwindelgefühl wich schnell tiefer Zufriedenheit.

„Das war das allerletzte Atlamat. Damit wäre nun wieder ein Mitglied unseres Volkes unsterblich", sagte Solon feierlich.

Schep schaute mit leuchtenden Augen die vielen neuen Freunde an. „Ich weiß gar nicht, wie ich euch danken soll. Ihr habt so unendlich viel für mich getan.

Erst habt ihr meine Seele befreit. Mich als Geistwesen so freundlich bei euch aufgenommen. Mir dann einen neuen Körper gegeben, um mich nun mit der Unsterblichkeit zu beschenken."

Horus lachte. „Mach dir deswegen keine unnützen Gedanken. In unserem Familienverband ist jeder für jeden da."

„Wo steckt denn eigentlich Osiris?", fragte Anubis, sich forschend umschauend.

Isis lachte. „Das errätst du nie! Schau mal hinüber zu den Drakon. Er sitzt mit seinen Enkeln, egal ob mit oder ohne *Ur*, unter Drakos' Schwinge und erzählt ihnen und den anderen Kindern lustige Geschichten."

Das fröhliche Lachen der Kleinen schallte über die ganze Wiese.

„Erinnert mich an unsere Kindheit", sagte eine Stimme hinter Imset.

„Hapi! Wo kommt ihr denn so plötzlich her? Ich dachte schon, ihr wäret abgereist", rief Imset erfreut.

„Aber doch nicht, ohne auf Wiedersehen zu sagen." Hapi und Duamutef winkten zur Begrüßung in die Runde. „Wir mussten dringend nach Kantar, aber wie du siehst, hat es uns in den Schoß der Familie zurückgezogen."

„Wenn mich meine Augen nicht täuschen, dann ist euch das völlig Unmögliche gelungen?", fragte Duamutef.

„Hmm, hmm und wie du immer sagst, ist es ein echtes Sahnestückchen geworden", lachte Imset.

„Nicht von schlechten Eltern, die Kleine", murmelte Hapi.

„Kein Wunder, Horus ist auch ihr Ahnherr, in der was weiß ich wievielten Generation", entgegnete Sobek. „Wie du schon sagtest, es zieht alle in den Schoß der Familie zurück."

„Gibt es noch andere unfassbare Neuigkeiten?", Hapi zwinkerte fröhlich. „So wie bei euch die Ereignisse davon galoppieren ist ja mit allem zu rechnen."

„Aber na klar gibt es die", sagte Safi vom anderen Ende des Tisches. „Cheiron und Tamu werden Vater."

„Auch wenn ihr mich wie einen Geistesgestörten anschaut – es ist trotzdem wahr", erklärte Safi belustigt.

Hapi begann zu kichern. „Uns haben sie gestern auf Kantar auch gefragt, ob wir zu lange einem starken Magnetfeld ausgesetzt gewesen wären, als wir erklärten, dass Osiris in wenigen Tagen die Amtsgeschäfte wieder übernehmen werde. Nimm es uns also nicht übel."

„Niemals", lachte Safi. „Ich weiß doch selber, wie unmöglich das alles eigentlich klingt." Dann wandte er sich an die Magier und ihre Familien: „Ist euch eigentlich klar, dass wir nun zwei ägyptische Prinzessinnen aus der Zukunft bei uns haben?"

„Jetzt, wo du es sagst …", Talos schaute ihn anerkennend an.

Schep machte eine Geste des Erstaunens.

„Ach du lieber Himmel, das habe ich ihr noch gar nicht erzählt!", rief Anubis.

„Dann tu es jetzt", schmunzelte Horus. „Oder soll ich es machen?"

Anubis nickte rasch.

„War ja klar." Horus schüttelte amüsiert den Kopf. Dann setzte er sich zu Schep. „Sagt dir Ramses II. etwas?"

„Aber natürlich!", rief sie begeistert. „Der wohl größte und weiseste Pharao, den Ägypten je hatte. Jeder wollte, er wäre so wie er gewesen – und die wundervollen Bauten, die er errichten ließ, die Monumente …"

„Dann kennst du sicher auch die Geschichten um seine Lieblingsfrau", fragte Horus.

„Ja, ja. Sie ist sogar neben ihm auf vielen Monumenten eingemeißelt. Er muss Nefertari über alles geliebt haben. Deshalb hat er ihr auch eine überaus prachtvolle Grabanlage bauen lassen", sprudelte es aus Schep heraus. „Ich habe alle Tempeltexte und Papyri über die beiden gelesen."

„Nun", sprach Horus lächelnd, „dann möchte ich vorstellen", er nahm Neris und Merits Hände, „Königin Nefertari und ihre älteste Tochter, Prinzessin Merit-Amun."

Schep sprang auf. Ehrfurchtsvoll sank sie vor den beiden in die Knie.

„Lass das!", riefen die beiden Frauen gleichzeitig und zogen sie hoch. „Wir sind alle Atlan, nicht mehr und nicht weniger." Sie nahmen Schep in die Mitte, als sie es sich gemeinsam auf einer großen Decke auf der Wiese bequem machten. Bald hatten sie die Welt um sich herum vergessen, sie unterhielten sich über Ägypten.

Horus sah zu Imset hinüber und zuckte hilflos mit den Schultern. Der winkte lächelnd ab. Es war zu erwarten gewesen, dass sich Neri und Merit-Amun, nun wo Schep wusste, wer sie waren, eingehend darüber informieren würden, was sich alles über die Jahrhunderte bei Hofe geändert hatte.

Immer wieder warf Schep-en-Hor verstohlene Blicke hinüber zu Imset, Safi und Kira, die ja die einzigen Atlan auf Tarronn waren, die mit Neri in

124

Ägypten gelebt hatten. Auch die Geschichten um Rami und Solon erfuhr die junge Frau nun aus erster Hand.

Als es schließlich noch einmal darum ging, weshalb man überhaupt nach ihrer Seele gesucht hatte, sagte sie: „Ich bin froh, dass Sobek mit dabei war, er ist schließlich der Herr der heiligen Krokodile.

Vor den beiden Kanopen-Wächtern hatte ich furchtbare Angst. Ich hätte mich sicherlich vor ihnen versteckt, so gut es gegangen wäre."

Dann lächelte sie. „Dabei sind sie, wie ich inzwischen weiß, wirkliche Freunde."

Jako kam eiligen Schrittes über die Wiese. Vor Horus blieb er stehen. „Ich habe gerade einen Funkspruch von Taris bekommen. Ein Raumschiff der Asen nähert sich Tarronn. Sie werden in vier Tagen eintreffen."

„Weißt du auch, was es für ein Schiff ist?", fragte Horus.

„Der Kennung nach, ein Frachter", entgegnete Jako.

„Dann werden sie wohl das Silber und die versprochenen Pferde für Merit-Amun an Bord haben", sinnierte Horus. „Danke, Jako. Macht euch einen schönen Tag."

„Geht klar, Commander", schmunzelte der Tarronn.

„Willst du es ihr schon sagen?", fragte Safi, zu den drei Frauen hinüberschauend.

„Nein. Dann ist die Überraschung größer." Horus winkte ab. „Ich möchte nur vorschlagen, dass wir ihnen die beiden Schafböcke, die eigentlich geschlachtet werden sollten, zum Tausch gegen andere Waren anbieten sollten. Die Asen haben meist ganz wundervollen klaren Bernstein mit dabei. Arko würde sich sicher freuen."

Zu Osiris gewandt sagte er noch lachend: „Dann geht die Feierei also nahtlos weiter."

„Es ist ein komisches Gefühl", sprach Osiris leise. „Schließlich hat Seth, bei meiner letzten Feier mit den Asen, versucht, mich umzubringen."

„Wenn es dich beruhigt, dann werde ich die ganze Zeit an deiner Seite bleiben", bot Imset an.

„Nein, nein, nicht nötig. Es war nur eine alte, hässliche Erinnerung", erklärte Osiris schnell.

Schep indes genoss ihren neuen Körper. Kaum hatten sich Neri und Merit ihren Aufgaben als Mütter gewidmet, lief sie mit Anubis an den Strand. Sie fühlte den warmen Sand unter den Füßen, die Sonne auf der Haut und den Wind im Haar. Schep war glücklich. Je öfter Anubis diesen zierlichen Körper betrachtete, um so mehr fiel ihm auf, dass er selber immer ungeduldiger wurde.

So kannte er sich gar nicht. Er spürte deutlich das wachsende Verlangen, endlich diesen herrlichen Körper besitzen zu dürfen. Imset sah ihm die Anspannung an.

Er deutete unmerklich mit dem Kopf am Strand entlang. Anubis begriff schlagartig, was der Horus-Sohn ihm damit sagen wollte. Er nickte erleichtert und schlug Schep im nächsten Augenblick einen kleinen Spaziergang durch die Dünen vor.

Eng umschlungen wanderten sie den kaum sichtbaren Pfad entlang, der hinter den Ausläufern der Steilküste in einer malerischen Bucht endete.

„Was ist das für ein seltsamer Ort?", fragte Schep erstaunt, als sie gewahrte, dass außer ihnen weit und breit niemand zu sehen war.

„Das ist der verbotene Strand", sagte Anubis leise.

Bevor Schep dazu kam, über diese Worte nachzudenken, fühlte sie, wie seine Hände die Knoten lösten, die die Strandtücher hielten, sie endlich von ihrer heißen Haut streiften und zärtlich streichelnd auf Wanderschaft gingen. Schon oft hatte er ihren Geistkörper berührt, nur nicht an diesen Stellen …

Was er tat, verwirrte sie. Heftig errötend schloss sie die Augen. Sie lauschte in sich hinein, spürte seine Hände und Lippen, als wären sie überall gleichzeitig.

Langsam entspannte sie sich, was Anubis tief im Unterbewusstsein registrierte. Ihre Fingerspitzen begannen wie von selbst, über seinen Rücken zu huschen. Fordernd zog sie seinen Körper an sich. Anubis erfüllte voller Hingabe ihren Wunsch.

In den Mittagsstunden des vierten Tages eskortierten die Drakon das Lastraumschiff der Aoen nach Dafa. Die Tarronn hatten ihre Gleiter ganz am Rande des Landeplatzes untergebracht, um dem Frachter die Landung zu vereinfachen.

Sigurd, der Pilot, schaute verwundert auf die Ansammlung verschiedener Fluggeräte. „Du lieber Himmel!", rief er. „Hier kommt man sich ja vor, wie auf einem Weltraumbahnhof! Guckt euch mal an, was sich alles auf dem winzigen Kontinent versammelt hat!"

Thor spähte neugierig durch die Panoramascheibe. Tatsächlich, vier Tarronn-Gleiter verschiedener Größen parkten da unten. Unglaublich. Offensichtlich hatte man sie schon erwartet.

Die obligatorischen Weinamphoren mit dem Willkommenstrunk standen bereit, wie er schon von hier aus sehen konnte. Kaum war das Schott geöffnet, verließ er den Transporter.

Die Drakon begrüßten ihn herzlich. „Hallo Thor, schön dich zu sehen. Du hattest wohl schon Sehnsucht nach Dafa?"

Thor lachte. „Na klar. Was denkt ihr, warum ich freiwillig einen Frachter begleite?" Er hatte die Rampe verlassen, um den Magiern mit festen Umarmungen *Hallo* zu sagen.

„Seit wie vielen Tagen feiert ihr schon wieder?", fragte er lachend.

„Keine Ahnung. Wir haben nicht mitgezählt", antwortete Solon.

„Und was ist diesmal der Grund?" Thor schaute neugierig in die Runde.

Talos feixte. „Du, wenn ich wirklich alle Gründe aufzähle, dann bin ich morgen noch nicht fertig. Lass dich einfach überraschen."

„Habt ihr was dagegen, wenn ich erst mal meine wertvollste Fracht ablade?", fragte der Ase.

„Tu dir keinen Zwang an. Sag, wenn du Hilfe brauchst", antwortete Safi.

Thor gab seinen Leuten ein Zeichen. Langsam öffnete sich die Ladeluke unter dem Bauch des Frachters. Zwei Greifarme förderten eine riesige Holzkiste zutage, aus der angstvolles Wiehern zu hören war. Merit-Amun, die gerade mit Tanit zum Landeplatz kam, zuckte zusammen.

„Was ist das, Mama?", fragte Tanit, sich an Merits Hand klammernd.

„Das sind bestimmt die Pferde, von denen ich dir erzählt habe", antwortete Merit erfreut.

„Warum machen die so komische Geräusche?" Tanit schaute furchtsam die riesige Kiste an.

„Die Fohlen haben Angst. Schließlich wissen sie gar nicht, was mit ihnen passiert", erklärte Merit. „Du hättest sicherlich auch Angst, wenn dich jemand plötzlich in eine Kiste steckte und ganz weit von uns fortbrächte."

Tanit nickte stumm. Sie umklammerte Merits Hand noch fester.

Thor öffnete die Front des Transportbehälters. Er hatte nicht damit gerechnet, dass die beiden Pferde wie der Blitz verschwinden würden, kaum dass sie die Freiheit gewittert hatten. Mit langen Gesichtern schauten ihnen die Asen hinterher, während die Atlan in Gelächter ausbrachen.

„Macht euch nichts draus. Die finden wir schon wieder", tröstete Imset. „Weit kommen sie hier nicht."

Thor schaute Merit betreten an. „Tut mir leid. So war das nicht geplant. Jedenfalls sind es eine kleine Stute und ein Hengst aus verschiedenen Zuchten."

Während Thor noch immer nach Worten zur Entschuldigung suchte, erklang in der Ferne Hufschlag. Er hob erstaunt den Kopf. Auf dem großen Hauptweg näherten sich die beiden Fohlen, Seite an Seite mit einem Zentauren.

Thor glaubte zu träumen. „Der sieht genau wie Cheiron aus!", rief er verdutzt.

„Das ist Cheiron", erklärte Imset schmunzelnd.

Über das ganze Gesicht grinsend kam der Zentaur näher. „Wie mache ich mich als Ersatzmama?"

„Was tust du denn hier?", fragte Thor kopfschüttelnd.

Cheirons fröhliches Grinsen wurde noch breiter. „Ich lebe hier. Da drüben in dem Häuschen mit dem großen Garten." Er deutete über die Wiese.

Thor blieb buchstäblich vor Staunen der Mund offen stehen. Als dann noch Danaë herbeikam, und Cheiron überaus zärtlich küsste, glaubte er zu träumen.

„Übrigens bekommen die beiden Nachwuchs", sagte Safi im Vorbeigehen.

Jetzt kam die Unterlippe Thors endgültig auf den Schuhspitzen an.

„Ach, deshalb feiert ihr", stellte er zufrieden fest.

„Ja, deshalb auch", schmunzelte Sobek.

„Deshalb auch?", echote Thor, der ziemlich sicher war, dass das wohl die überragendsten Neuigkeiten wären.

Merit-Amun hatte sich der beiden ausgebüxten Pferdchen angenommen, die eigentlich ganz zutraulich waren. Wenigstens, solange Cheiron in der Nähe war.

Imset und Safi musterten die Kleinen mit Kennerblick. Sie nickten sich zu. Die Asen hatten wirklich Prachtexemplare herausgesucht.

„Bringen wir sie in die Koppel?", fragten sie.

Cheiron winkte ab. „Die gehen mir in den nächsten Stunden keinen Schritt von der Seite. Die Koppel können sie später kennenlernen. Wenn es mir zuviel wird, führe ich sie hin."

Thor kam wieder zum dienstlichen Teil. „Ich habe noch die Metalle für Arko an Bord."

„Kleinen Moment", sagte Imset, ehe er telepathisch Kontakt mit Arko aufnahm. „Er erwartet uns. Am besten teleportiere ich ihm alles in sein Depot." Imset folgte Thor in den Lastraum. Vier große Kisten voller Eisen, Gold, Silber und Kupfer wechselten den Standort.

Als der geschäftliche Teil erledigt war, duftete es bereits nach gegrilltem Fisch und unzähligen anderen Köstlichkeiten. Die Asen ließen sich nicht zweimal bitten. Gemeinsam mit den Magiern gingen sie hinüber zur Versammlungswiese.

Thor blieb plötzlich stehen. „Die Frau dort …" Er deutete nach links.

„Welche meinst du?", fragte Imset.

„Na die, die so innig mit dem großen, kräftigen Mann turtelt – die sieht Isis zum Verwechseln ähnlich", murmelte Thor.

„Scharfe Augen", meinte Safi. „Das ist übrigens Isis."

Thor wurde blass. „Was??? Was passiert denn, wenn Osiris herausbekommt, dass sie hier in aller Öffentlichkeit …?"

„Frag ihn doch", schlug Imset vor.

„Du bist lustig! Ich würde nicht mal in die Nähe des Palastes kommen, geschweige denn bis zu ihm!", rief Thor.

„Du sollst ihn ja auch hier fragen", schmunzelte Imset, dann rief er: „Osiris, dein Typ wird verlangt!"

Der Angesprochene, ließ von Isis ab, drehte sich neugierig um, während Thor heftig zusammenzuckte.

Er fasste nach Imsets Arm und krallte sich regelrecht fest daran. „Ich träume – ich habe Halluzinationen, wenn nicht gar Schlimmeres!"

„Schau an, der große Ase." Osiris streckte ihm beide Hände entgegen. „Wie geht es dir, Thor?"

Thor schüttelte ungläubig den Kopf. „Du bist es – du bist es wirklich – du bist es ganz wirklich und wahrhaftig", hauchte er tonlos. „Ich glaube, ich werde verrückt."

Osiris lachte. „Bleib mal lieber, wie du bist. Wie geht es Frigg und Odin?"

Thor fuhr sich noch einmal mit der Hand über die Augen. Dann endlich begriff er, dass Osiris wirklich gesund und in voller Lebensgröße vor ihm stand.

Er umarmte ihn. „Verdammt, ist das schön, dich endlich gesund wiederzusehen."

Er ließ sich von Osiris auf die große Bank in der Nähe des Grillfeuers ziehen.

„Ich hab dich noch nie sprachlos erlebt", schmunzelte Osiris, während Thor ihn immer wieder anschaute.

„Ich mich auch nicht", pflichtete ihm Thor bei. „Dabei habe ich schon fest mit irgendwelchen Überraschungen durch die Atlan gerechnet. Aber das, was ich hier in den letzten Minuten erfahren habe, haut glatt den Boden aus jedem Fass."

Osiris kicherte. „Dabei haben sie mit mir noch nicht einmal ihr Meisterstück gemacht. Es geht nämlich noch einen Zacken schärfer."

„Meinst du nicht, dass das übertrieben ist?", fragte Thor zaghaft.

„Ganz bestimmt nicht. Ich habe ihr wahres Kunststück persönlich mit zum Leben erweckt. Siehst du die hübsche Schwarzhaarige auf dem Schoß von Anubis?"

Thor nickte.

„Den Körper hat Arko geschnitzt, Maris hat ihn zu Fleisch und Blut gewandelt und dann haben wir alle gemeinsam eine liebende Seele, deren Körper für immer verloren ist, dahinein gebracht", erklärte Osiris leise.

„Wenn du genau hinschaust, siehst du sogar noch den Abdruck meines Lebensschlüssels auf ihrer Haut."

Thor sah lange zu den beiden hinüber. „Ist das etwa Schep-en-Hor, von der wir beim letzten Besuch gehört haben?", fragte er plötzlich. „Die Beschreibung von Sobek würde auf Anubis' Gefährtin zutreffen."

„Sie ist es", sagte Isis.

„Mein lieber Mann. Sobek hat nicht übertrieben", stellte Thor anerkennend fest. „So wie es aussieht, reißt sich euer Clan die schönsten Frauen des Universums unter den Nagel."

„Die anderen können ja gerne zum Kampf um die Schönen antreten", schlug Imset vor.

„Aber andere Wünsche hast du nicht?", rief Thor entsetzt. „Hier würde ja nicht mal Zeus zu wildern versuchen! Vergiss es!"

„Schon geschehen", erklärte Imset mit spitzbübischem Grinsen. „Wir leben zwar monogam, das ist aber keinesfalls gleichbedeutend mit monoton." Sobek zwinkerte Thor vielsagend zu.

„Das glaube ich unbesehen", antwortete der. „Die kleinen Abenteuer beim letzten Besuch waren unvergesslich."

„Aha!" Safi zog eine Augenbraue hoch.

„Red nicht weiter", fiel ihm Thor schnell ins Wort. „Du hast in allen Punkten recht. Am liebsten würde ich bei euch bleiben, bis der Frachter von der Erde zurückkommt."

„Und was spricht dagegen?", fragten Talos und Solon gleichzeitig.

Thor schaute die beiden groß an. „Von meiner Seite aus nichts. Ihr hättet wirklich ein Plätzchen für mich frei?"

Jetzt begann auch Osiris zu lachen, Thor guckte aber auch zu komisch aus der Wäsche. „Sag mal, du bist heute gar nicht du selber – aus Ehrfurcht für die Atlan?"

„Ist wohl nicht ganz unbegründet, wenn ich dich so anschaue", schmunzelte der Ase.

Solon schüttelte amüsiert den Kopf. „So, nun Klartext: Du bleibst hier, bekommst eines der Gästehäuschen, damit du deine Leidenschaft für die Damen ungestört ausleben kannst und kommst zum Essen zu mir. Punkt. Keine Widerrede."

„Da füge ich mich gern!", rief Thor erfreut.

„Holt ihr zufällig wieder Bernstein von der Erde?", fragte Horus neugierig.

„Ja, wie immer. Brauchst du welchen?"

Horus nickte. „Wir hätten da zwei kräftige Schafböcke als Tauschobjekte anzubieten. Die beiden mischen hier die ganze Herde auf und sollten eigentlich schon am Spieß stecken."

„Bloß nicht schlachten!" Thor fuhr zusammen. „Ich nehme die beiden liebend gern.

Ihr glaubt ja gar nicht, wie begehrt bei uns die langfädige, kräftige Wolle der Tiere ist. Bei den ersten Lämmern, die wir hatten, waren nämlich nur weibliche Tiere vertreten.

Am besten schaut ihr euch die Mitbringsel in Ruhe an, wenn der Frachter von der Erde zurück ist, und sucht euch aus, was ihr braucht."

Die Atlan begannen zu lachen. Mitten im Gespräch folgte Thors Blick wie gebannt einer brünetten Frau, die gerade an ihnen vorüberging und ihn mit einem Augenaufschlag bedachte, dass sein Herz einen großen Sprung machte. Er schaute die Magier an, wobei er hilflos mit den Schultern zuckte.

„Die Jagd ist somit eröffnet", kicherte Safi.

„Und ich werde mich so was von anschleichen …", antwortete Thor mit genüsslichen Grinsen und ohne das Objekt seiner plötzlichen Begierde aus den Augen zu verlieren. „Abenteuerurlaub ist was Herrliches!"

„Liegt klar auf der Hand, zu Hause wirft Sif garantiert die Schöpfkelle, wenn du nach jedem Rock Ausschau hältst", warf Aron ein.

„Erinnere mich bloß nicht daran", murmelte Thor kleinlaut, wobei er wiederum zu seiner zukünftigen Beute hinüberschaute.

„Los, schwing die Hufe, bevor sie es sich anders überlegt", riet Safi.

Thor gehorchte aufs Wort.

„Wo waren wir gerade stehengeblieben?", fragte Sobek lachend.

Osiris verbrachte die Mittagsstunden nicht etwa am Strand – er saß in Neris magischem Refugium und studierte das erste Buch der Weltenschöpfer.

„… Unsichtbarkeit, Unsterblichkeit … – ach da haben wir ja was …", murmelte er vor sich hin. Er vertiefte sich in die Hieroglyphentexte, die den ägyptischen ziemlich ähnlich sahen.

Nach zehn Minuten klappte er das Buch unwillig zu. „Völlig falscher Denkansatz", stellte er ernüchtert fest. Er sah nachdenklich Neris Kristall an, als ob dort die Antwort zu finden sei. Noch einmal öffnete er das Buch.

„… vererben, verleihen, verlieren …" Osiris stöhnte. „So komme ich nicht weiter."

Er legte die vier Bücher nebeneinander auf das Lager und starrte sie an, als ob er sie hypnotisieren wolle. Dann rieb er sich mit beiden Händen das Gesicht. Aufseufzend machte er sich wieder an die Arbeit. Diesmal begann er auf Seite eins und las jede Zeile, Hieroglyphe für Hieroglyphe.

131

Jamal

Nicht weniger Arbeit hatte Jamal. Ein Volk wartete auf die Rückkehr seines Königs. Jamal war nicht nur einfach der Chef der Landebasis des Palastes.

Er war auch, bis das *Unglück* passierte, der persönliche Sekretär Osiris' gewesen. Nun schüttete man ihn tagtäglich mit Anfragen zu, weil die Rückkehr des Herrschers ein offenes Geheimnis geworden war.

Die Landeüberwachung auf dem großen Monitor zeigte seit einiger Zeit mehrere Raumschiffe auf Dafa an. Seit gestern hatte sich sogar ein Raumtransporter der Asen dazugesellt.

Wenn Jamal die Kennungen richtig deutete, dann waren außerdem Horus', Anubis', Duamutefs und Hapis Gleiter vor Ort. Jamal unterbrach seinen Gedankengang.

Neugierig spähte er Tana entgegen, die soeben den langen gläsernen Flur hinter sich gelassen hatte. Sie balancierte ein schmales Paket hochkant durch die Tür, die sich hinter ihr mit leisem Schmatzen schloss. Mit äußerster Vorsicht stellte sie es mitten auf den Tisch.

„Da bin ich wieder." Sie ließ sich in einen weichen Sessel fallen und schloss für einen Moment die Augen.

Jamal ließ sie in Ruhe. Seit dem frühen Morgen war sie unterwegs gewesen, um seinen Wunsch nach der blutroten Orchidee zu erfüllen. Offensichtlich war sie erfolgreich gewesen.

„Wo hast du sie aufgetrieben?", fragte er nach einer Weile.

Tana öffnete die Augen. „In Tiri, bei einer Sammlerin."

Tiri. Der kleine Ort lag im äußersten Westen von Kantar.

„Teuer?", fragte Jamal weiter.

„Wie man es nimmt." Tana schaute ihn müde an. „Ich musste ihr ein Hologramm von Drakos und Siri versprechen."

„Ooops!", Jamal setzte sich auf. „Wo willst du denn das herholen?"

„Keine Ahnung." Tana gähnte, als sie sich aus dem Sessel quälte. Vor der Tür wandte sie sich noch einmal zu ihm um. „Meine Bezahlung hole ich mir jedenfalls sofort. Ich erwarte dich morgen zum Frühstück." Mit einem koketten Hüftschwung verschwand sie im Wohntrakt der Angestellten.

Jamal schaute ihr lange hinterher. Sie war ziemlich attraktiv. Er hatte nicht geahnt, dass sie jemals näheres Interesse an ihm haben werde. Umso größer war die Vorfreude auf ein paar sehr intime Stunden mit ihr.

Langsam begann er die seltene Pflanze auszupacken, die, kaum dass die schützende Hülle gefallen war, einen betäubenden Duft nach Honig und

Vanille verströmte. Glänzendblaue, gefiederte Blätter bildeten eine dichte Rosette, aus der zwei halbmeterlange Blütenstängel hervorschauten.

Sieben Blüten pro Stängel zählte der Tarronn. Sieben – die magische Zahl. Tana hatte sich eine wahrhaft fürstliche Belohnung verdient. Jamal trug die Orchidee hinüber in den Palast, wo sie ihren Platz auf Osiris' Arbeitstisch fand.

Gewissenhaft besprühte er die Erde mit Wasser. Dann goss er die imposanten neuen Blattpflanzen in allen Räumen.

In die Basis zurückgekehrt, setzte er seine Markierung auf dem Display des Dienstplanes für den nächsten Morgen auf unabkömmlich. Ein paar Minuten später stand er bereits unter der Dusche und genehmigte sich mit zufriedenem Lächeln das Verwöhnprogramm der Luxusklasse.

Cheiron brachte nach dem Mittagessen die beiden Fohlen in die Koppel. Nicht, weil er ihrer überdrüssig geworden wäre, sie waren einfach viel zu müde. Merit-Amun konnte die Kleinen von ihrem Küchenfenster aus beobachten. Jetzt lagen sie im hohen Gras und schliefen friedlich.

Der Zentaur winkte ihr noch einmal zu, dann trabte er nach Hause, wo Danaë auf ihn wartete. Sie hatte den halben Vormittag mit Sara und Mira verbracht, in der Weberei geholfen und ihnen ganz nebenbei Löcher in den Bauch gefragt.

Mira bereitete sich langsam auf die Geburt ihres so sehnsüchtig erwarteten Nachwuchses vor, während bei den beiden jungen Frauen gerade zu erahnen war, dass da neues Leben heranwuchs. Wobei Danaës kleiner Zentauren-Nachwuchs, offensichtlich von Anfang an etwas mehr Platz beanspruchte.

Als Cheiron eintraf, hatte sie sich gerade etwas hingelegt. Er ließ sich neben ihrem Bett nieder, schloss die Augen und streichelte zärtlich ihren Bauch. Fast unmerklich dirigierte sie seine Hand tiefer.

„Warst du nicht soeben noch müde?", flüsterte er ihr fragend ins Ohr.

Sie lachte leise. „Ich war müde, habe aber soeben eine angenehmere Beschäftigung als Schlafen ins Auge gefasst."

„Du bist unersättlich", murmelte Cheiron, bevor er sich ihr voller Interesse widmete.

Danaë schlang ihm die Arme um den Hals. „Erst bringst du es mir bei und nun beschwerst du dich. Verstehe einer die Männer."

Osiris hockte noch immer vor dem ersten Buch. Vielleicht wäre es besser, wenn Neri versuchte, ihren Vater Re zu bitten? Andererseits …

Er vertiefte sich wieder in die Texte. Isis steckte zweimal den Kopf durch die Tür, zog sich aber sofort zurück, als sie seine düstere Miene sah. Bis zum Abend hatte Osiris das erste Buch studiert und nicht den geringsten

Hinweis darüber erhalten, wie man einen Menschen unsterblich machen könne.

Egal, welches Göttergeschlecht Menschen erschaffen hatte, gleichgültig aus welchem Grund – alles an ihren Geschöpfen war auf Kurzlebigkeit und Verfall eingerichtet. Osiris war ratlos.

Die Helion hatten ihren Probanden, Philemon und Baucis, nur ein längeres Leben verliehen, indem sie sie in Bäume, verwandelten. Das war ja nun ganz und gar nicht im Sinn seiner Studien.

Schep-en-Hor war ein extremer Sonderfall, der wohl bis in alle Ewigkeit nie wieder vorkommen werde. Darin waren sich alle Magier der Atlan und Tarronn einig.

Osiris verließ Neris Heiligtum.

Ihren fragenden Blick beantwortete er mit einem hilflosen Kopfschütteln. Neri legte mitfühlend ihre Hand auf seinen Arm. Die Berührung tat ihm gut. Ein Strom Wohlbehagen zog durch seinen Körper.

Spätestens jetzt hätte er begriffen, weshalb sich Horus so nach dieser Frau verzehrt hatte, die Imset als seinen wertvollsten Schatz hütete. Osiris drängte mühsam das Verlangen zurück, sie einfach in die Arme zu nehmen.

Stattdessen sagte er: „Es sind ja noch drei Bücher übrig. Vielleicht finde ich doch irgendwo die Lösung."

„Und wenn nicht, müssen wir wieder einmal improvisieren", seufzte Neri. „Komm, die anderen warten schon auf dem Festplatz." Sie hakte sich bei ihm unter.

Gemächlich schlenderten sie durch die Siedlung. Viel zu schnell für Osiris tauchte die Wiese vor ihnen auf. Ich glaube, jetzt hat es mich auch erwischt, dachte er bei sich, als sie sich von ihm löste, um Ihi auf den Arm zu nehmen.

„Ihr kommt spät", stellte Imset nüchtern fest.

„Und es war nicht einmal erfolgreich", erklärte Osiris unzufrieden.

Trotz allem wurde es ein lustiger Abend. Safi und Arko kredenzten den Gästen ihre neuesten Weinkreationen. Verblüffenderweise offenbarte sich Thor als Feinschmecker, statt als Saufaus. Gemeinsam mit Osiris testete er, nach und nach, jede erdenkliche Geschmacksrichtung in kleinen Schlucken.

„Junge, Junge – ihr versteht zu leben. Ich könnte mich nicht erinnern, dass die alten Atlan jedem Genuss so intensiv gefrönt hätten", stellte Thor erstaunt fest.

„Liegt wohl daran, dass wir uns wirklich den schönen Dingen des Lebens widmen können, weil uns keine Existenzangst mehr drückt", erwiderte Solon. „Wo wir unsere Kraft früher in das nackte Überleben steckten, haben wir nun Zeit unsere Kreativität zu fördern, egal ob kulinarisch oder beim Kuscheln." Er zwinkerte Mira fröhlich zu, die mit den beiden anderen werdenden Müttern zusammensaß.

Thor schmunzelte. „Jetzt fällt mir erst auf, dass Tamu die Liebe seines Lebens endlich kuscheln darf. Dann wird er wohl eines Tages auch ganz auf Dafa bleiben."

„Schon passiert", entgegnete Tamu lächelnd.

„Wie jetzt? Einfach so?" Der Ase schaute ihn ungläubig an.

Horus nickte. „Ich kann doch nicht zulassen, dass er die Geburt seines Babys verpasst, nur weil ich darauf bestehe, dass er an Bord bleibt."

„Wieso, willst du für die nächsten Jahre auf Fernreise in die Sarion-Galaxie gehen?", fragte Thor kopfschüttelnd.

Horus lachte dröhnend. „Quatsch! Sara ist bereits von ihm schwanger."

„Wie hat er denn das gemacht?", rutschte es Thor heraus. „Das ist doch völlig unmöglich."

„Ich war nicht dabei", schmunzelte Horus. „Aber ich denke, wie du und ich auch, hat er's gemacht."

Nun musste selbst Thor lachen. „Das meine ich doch gar nicht."

Tamu winkte ab. „Versuche nicht erst, darüber nachzudenken. Ich hatte einfach nur riesiges Glück. Das richtige Wissen, die richtige Frau, zur richtigen Zeit, am richtigen Ort. Das ist genau so einmalig, wie Osiris' Genesung und Schep-en-Hors neuer Körper."

„Solon hatte wohl recht. Ihr habt tatsächlich unzählige Gründe, um tagelang zu feiern", murmelte Thor.

Zu vorgerückter Stunde, die Besatzung des Transporters hatte sich bereits mit ihren Eroberungen zurückgezogen, erinnerte sich Thor an sein Versprechen gegenüber der brünetten Atlan vom Nachmittag.

Er nahm sie mit in sein Gästehäuschen, wiederholt feststellend, dass ihm Taris kein bisschen fehlte. Asgard, Sif und alle Verpflichtungen waren weit, weit weg – so weit weg, dass sich nicht mal der Anflug eines schlechten Gewissens meldete – eben richtiger Erlebnisurlaub.

Irgendwann schlief Thor mit seiner wundervollen Gespielin im Arm ein, in dem Wissen, am Morgen weder strenge Blicke noch unausgesprochene Vorwürfe entkräften zu müssen.

Noch vor dem ersten Hahnenschrei wand sich Riva vorsichtig aus seinen Armen, um ungesehen das Haus zu verlassen.

Selbst im Schlaf schien der Ase das flüchtige Glück mit beiden Händen festhalten zu wollen. Sie warf noch einen kurzen Blick zurück, in der Hoffnung, sein Interesse für mehr als nur diese eine Nacht geweckt zu haben.

Mit dem Morgengrauen erwachte Thor, kleidete sich rasch an, um seine Männer nach dem gemeinsamen Frühstück Richtung Erde zu verabschieden. Er fand sie bereit und alle seine Anweisungen bestens erfüllt.

Die Magier hatten noch am vergangenen Nachmittag ein paar typisch atlanische Spezialitäten an Bord gebracht, die sich die Crew nun schmecken ließ.

„In etwa vier Monaten holen wir dich wieder ab", sagte Sigurd. „Lass dir die Zeit nicht lang werden."

Thor lachte. „Das glaubst du doch selber nicht, dass so etwas, hier auf Dafa, passieren könnte. Ich werde eher nach meinem Urlaub Erholung brauchen. Die Tage werde ich mit den Magiern verbringen und die Nächte … na du weißt schon."

„Glückspilz", schmunzelte Sigurd. „Mal sehen, wie lange wir brauchen, ich würde gern noch ein paar Tage auf Dafa bleiben, bevor wir endgültig nachhause fliegen."

„Dann drücke ich euch alle Daumen", entgegnete Thor, bevor er Sigurd und die anderen zum Abschied fest umarmte. Er verließ den Frachter, um den bereits die Drakon kreisten. Ein paar Minuten später entschwanden die Asen am Himmel.

Thor wanderte durch die Siedlung. Sein Ziel sollte eigentlich die Schafkoppel sein. Unterwegs hörte er plötzlich Baulärm. Er verhielt den Schritt und versuchte, die Richtung zu bestimmen. Die Geräusche kamen von da, wo Talos' Häuschen stand.

Ja richtig! Wenn Tamu bei Sara blieb, die ja, wie ihm alle glaubhaft versichert hatten, schwanger war, dann würden sie ein Häuschen brauchen. Thor bog ab und staunte nicht schlecht. Arko, Cheiron, Anubis und Osiris werkelten gemeinsam an einem Stützbalken. Die Magier waren offenbar noch beim Training.

Ohne Zögern packte Thor mit an, schließlich war sich nicht einmal der König der Tarronn zu schade für derbe Arbeiten. Osiris' Genesung machte sichtbare Fortschritte.

Neben den Körperkräften kamen auch, mehr und mehr, alle seine magischen Fähigkeiten zurück. Und nirgends hätte er sinnvoller testen können, wie weit er schon war, als hier beim Bau des Häuschens.

Tamu glaubte zu träumen, als er mit Talos vom Training kam. „Ich fasse es nicht! Eine interstellare Großbaustelle!"

Osiris schmunzelte. „Hast du eine Ahnung, wann ich das letzte Mal an einem Häuschen gebaut habe?"

Tamu zog ein hilfloses Gesicht, schüttelte den Kopf und hob die Hände.

„Sieht du, ich auch nicht", erklärte Osiris fröhlich. „Jedenfalls macht es Spaß."

„Den sieht man dir auch deutlich an." Drakos brachte zwei neue Baumstämme aus dem Urwald. Vorsichtig legte er sie ab. Bevor er sich wieder in die Lüfte erhob, drehte er sich noch einmal um. „Siri und ich sind in den nächsten Stunden nicht zu erreichen. Wir haben ein kleines Rendezvous auf Kantar."

„Guten Flug!", riefen ihm die fleißigen Baumeister noch hinterher.

„Danke", schallte es von oben, ehe Drakos ihren Blicken entschwand.

Der Diensthabende der Landebasis saß vor den Monitoren und runzelte die Stirn. Wieder und wieder überprüfte er die Kennungen der beiden Gleiter, die sich rasch und zielstrebig näherten.

Er fand einfach kein Modell, das darauf passte. Selbst die Besitzer konnte er nicht identifizieren. Plötzlich erhielt er von beiden die Bitte um Landeerlaubnis. Was nun? Er rief nach Jamal.

„Was gibt es?", fragte der Tarronn, als er den Kontrollraum betrat.

„Da will jemand landen und ich habe nicht die Spur einer Ahnung, wer", sagte Tabor kleinlaut.

Jamal warf einen kurzen Blick auf die Kennungen, stutzte und erteilte persönlich die Landeerlaubnis. Dann drückte er den Knopf vom Kommunikator. „Tana, ich glaube, du bekommst Besuch. Beeile dich bitte, ich möchte die beiden ungern warten lassen."

Tabor sah ihn verständnislos an. Plötzlich wurden seine Augen groß. Vor der Panzerglasscheibe des Hangars tauchten zwei Drakon im Landeanflug auf. Tabor sprang verblüfft auf, wobei er seinen Stuhl umriss.

Mit ausgestrecktem Zeigefinger deutete er nach draußen. „Da – da …"

„Ich weiß." Jamal verließ das Gebäude, um die beiden Giganten zu begrüßen, die soeben die Plattform erreichten.

Kurz vor der Tür traf er mit Tana zusammen, die ihn neugierig ansah. „Wer ist es denn?"

Jamal lachte. „Lass dich überraschen. Komm." Er öffnete ihr die Tür.

Tana blieb wie angewurzelt stehen. „Die Drakon! Alle beide!"

Drakos neigte leicht seinen Kopf. „Du wolltest uns sehen – da sind wir."

Jamal war nahe an die beiden herangetreten. „Herzlich willkommen in Alba. Hattet ihr einen guten Flug?"

Drakos zwinkerte ihm fröhlich zu. „Danke der Nachfrage – keine Turbulenzen."

Tana streckte vorsichtig die Hand nach Siri aus.

„Fass ruhig an, da geht nichts kaputt", schmunzelte die Drakon, legte den Kopf vor Tana auf den Boden, um ihr die Furcht zu nehmen.

Hinter der großen Panoramascheibe hatte sich das komplette Personal des Palastes versammelt und schaute mit großen Augen auf die Giganten. Jamal winkte sie heraus. Zögernd erschienen sie, darauf bedacht, etwas Abstand zu halten.

„Du hast ein Versprechen gegeben und weißt nicht, wie du es einhalten sollst?", fragte Siri leise.

Tana nickte.

„Was hältst du davon, wenn wir gemeinsam hinfliegen? Das macht doch viel mehr Eindruck als ein Hologramm", schlug Drakos vor.

„Oh ja! Bitte!" Tana bekam vor Freude rote Ohren.

„Möchtest du auf meinem Rücken fliegen, dich dabei an meinen Hörnern festhalten oder lieber in der Klaue sitzen?", wollte Drakos wissen.

„Auf dem Rücken", antwortete Tana schnell. „Davon habe ich geträumt, seit ich ein Kind war."

„Steig auf." Drakos hielt die Klaue als Hilfe hin.

Behände erklomm die Tarronn seinen Nacken. „Kommst du mit?", rief sie Jamal zu.

„Wenn ich darf." Er schaute Siri fragend an.

Siri lachte. „Na flink – auf meinen Rücken! Bis zum Abend sind wir wieder hier."

„Ihr habt es gehört", rief Jamal den anderen zu, die immer noch zweifelten, ob nicht alles nur ein Traum war.

Die beiden Drakon drehten sich vorsichtig um. Dann ließen sie sich mit ausgebreiteten Schwingen einfach von der Plattform fallen. Die Zurückbleibenden stürzten an den Rand der Kante und sahen, wie die dunklen Riesen majestätisch davon segelten.

„Ich hätte schwören können, dass sich uns zwei Gleiter nähern", murmelte Tabor kopfschüttelnd.

Tigra lachte. „War doch kein schlechter Gedanke. Schau nur, wie schön sie gleiten, da zuckt kein Muskel. Es sind wundervolle Geschöpfe." Sie lief zur Tür, wandte sich noch einmal um, obwohl die kühnen Flieger schon lange außer Sicht waren. „Ja, ja, ja ich hab mit eigenen Augen die Drakon gesehen!", jubelte sie, bevor sie wieder in der Zentrale verschwand.

Tana wies den Drakon den Weg.

„Verkehrte Welt", lachte Siri. „Zuhause begleiten wir die Gäste, hier werden wir begleitet."

Tatsächlich flogen schon eine geraume Weile mehrere Mini-Gleiter neben ihnen her.

„Wenn es euch unangenehm ist, schicke ich sie weg", bot Jamal an.

„Lass sie nur. Es ist nur ungewohnt", erklärte Drakos. Dann bat er Tana, zu erzählen, weshalb sie gerufen hatte.

„Ich habe nicht geahnt, dass meine Gedanken bis nach Dafa fliegen", sagte Tana, ehe sie von der blutroten Orchidee berichtete, nach der sie tagelang gesucht hatte.

„Du hast dir doch hoffentlich eine ordentliche Belohnung geholt", sagte Drakos. Einen Augenblick später begann er zu lachen, Tanas Gedanken malten ein plastisches Bild. „Aha, die Belohnung war also mehr als königlich." Auch Siri kicherte in sich hinein. Die beiden Tarronn sahen sich kurz an und fielen in das Gelächter ein.

„Wir haben ganz vergessen, dass ihr Gedanken lesen könnt." Jamal warf einen verträumten Blick zu Tana hinüber.

„Wiederholung nicht ausgeschlossen", konstatierte Siri flüsternd.

Der Tarronn nickte kaum merklich. Wenn es nach ihm ginge …

Siri fragte nicht weiter. Sie hatte genug über die komplizierten Verhältnisse der Tarronn gehört. Horus war der einzige Tarronn, den sie kannte, der sich über diese Konventionen hinwegsetzte und gut damit lebte.

Nach zweieinhalb Flugstunden kam Tiri in Sicht. Die Drakon kreisten über dem Orchideengarten, auf der Suche nach einem geeigneten Landeplatz. Die Besitzerin der botanischen Kostbarkeiten kam aus dem Haus gerannt und deutete auf eine kleine Wiese ganz in der Nähe.

Fast gleichzeitig mit den Drakon kam sie dort an. Atemlos starrte sie die schuppigen Leiber der Drachen an, die soeben Tana und Jamal beim Absteigen halfen.

„Ich komme, um meine Schulden zu begleichen", rief Tana, als sie die Frau herzlich umarmte. Dann stellte sie ihr ihre Begleiter vor. „Jamal, Chef der Landebasis und persönlicher Sekretär Osiris', die Drakon Siri und ihr Gefährte Drakos."

„Hättest du mir gesagt, für wen die Orchidee ist, wäre mir nicht so ein unverschämter Wunsch über die Lippen gekommen", sagte die Sammlerin verlegen.

Tana winkte ab. „Dein Wunsch hat mir den größten Kindheitstraum erfüllt." Sie legte ihren Kopf an Drakos' Wange. „Die Idee, zu dir zu fliegen, stammt übrigens von ihm."

„Ihr seid sicher hungrig", sagte Riana. „Womit kann ich zwei ausgewachsenen Drakon eine Freude machen?"

„Mit ein paar Früchten", entgegnete Siri.

Riana verschwand im Haus. Kurze Zeit später kamen sie und ein paar Nachbarn, brachten Tische, Stühle, Speisen, Getränke und einen großen

Korb voller Obst für die Drakon. In angeregter Unterhaltung verging die Zeit wie im Flug.

„Schade, dass ihr schon wieder gehen müsst", seufzte Riana.

„Die Pflicht ruft", sagte Jamal bedauernd. „Und auch die Drakon wollen noch heute nach Atla zurück."

„Atla soll ein Ort voller Magie sein", sinnierte die Herrin tausender Orchideen.

„Komm uns besuchen und finde heraus, ob es tatsächlich so ist", schlug Siri vor. „Du wirst es sicher nicht bereuen."

Der Abschied war herzlich. Riana sah ihren ungewöhnlichen Gästen lange nach. Noch nie waren Vertreter des Palastes und schon gar keine Drakon in ihrem winzigen Ort gewesen.

Im Nachhinein war sie Tana dankbar, dass diese bei ihrem ersten Besuch so verschwiegen gewesen war, die heutige Überraschung war ihr gründlich gelungen. Eines Tages werde sie der Einladung der Drakon folgen. Sie freute sich darauf.

Am späten Nachmittag meldete die Überwachung *Drakon im Anflug*, Tabor hatte die Kennungen der sanften Riesen auf der Stelle gespeichert.

Er genoss das malerische Bild, wie die beiden heransegelten und mit rauschenden Schwingen über der Plattform stoppten. Tana schmiegte sich an die beiden Drachen, um ihnen zu danken.

„Wie wäre es mit einem kleinen Gegenbesuch?", fragte Siri.

„Es wäre wundervoll", antwortete Jamal. „Nur müssen wir erst Osiris um Erlaubnis bitten – ich muss um Erlaubnis bitten. Tana hat die meine auf alle Fälle", verbesserte er sich schnell.

„Ich würde es vorziehen, mit Jamal gemeinsam zu kommen", erklärte Tana.

„Dann bis bald", sagte Drakos, während er mit Siri an den Rand der Plattform lief.

„Bis bald und grüßt Isis, Osiris – ach grüßt einfach alle von uns!", rief Jamal.

„Machen wir." Die Drakon hoben fast schwerelos ab.

„Möchtest du wirklich, dass ich mitkomme?", fragte Jamal erstaunt.

„Ja. Und noch mehr. Sagen wir, in zwei Stunden bei mir?" Tana schmiegte sich an seine Brust.

Er schloss sie in die Arme. „Ich werde pünktlich sein."

Sie schaute ihn liebevoll an, hauchte ihm einen flüchtigen Kuss auf die Lippen, bevor sie glücklich lächelnd in ihrer Wohneinheit verschwand.

„Danke", murmelte Jamal an die Adresse der Drakon. „Ihr seid die Größten."

„Die Drakon kommen wieder!" Tanit zeigte zum Himmel, wo zwei dunkle Schatten die Sterne verdeckten. Sekunden später landeten die beiden am Rande der Festwiese.

„War es schön auf Kantar?", fragte Isis neugierig.

„Ja sehr", entgegnete Siri. „Wir waren zuerst in Alba und dann in Tiri."

„Außerdem sollen wir dir, Osiris und allen die wir kennen, herzliche Grüße von Jamal und Tana ausrichten", fügte Drakos hinzu. Er hatte so laut gesprochen, dass auch wirklich alle die Grüße bekamen. „Wir haben die beiden nach Atla eingeladen."

„Und???" Isis wartete darauf, dass der Drakon weitersprach.

„Ohne Osiris' Genehmigung kann Jamal nicht weg und ohne ihn möchte Tana nicht kommen", erklärte Siri.

„Ich wusste gar nicht, dass er mit ihr lebt", sagte Osiris.

„Tut er auch nicht", erklärte Drakos. „Noch nicht. Sie mag ihn, was ihr wohl selbst noch nicht so ganz klar ist."

„Wie wäre es mit einer Sondergenehmigung?", fragte Isis Osiris. „Er ist seit Jahrhunderten nicht mehr aus dem Palast herausgekommen."

„Erteilt. Ich werde ihn sofort kontaktieren", Osiris suchte sich einen ruhigen Ort und schloss die Augen.

Jamal hatte Tana gerade auf den Schoß gezogen, als ihn ein Stechen hinter seiner Stirn innehalten ließ. Erschrocken schaute ihn Tana an. Sein Gesicht war kreidebleich geworden. Einige Sekunden dauerte der Zustand, dann kehrte die Farbe langsam wieder.

„Was ist passiert?", hauchte Tana.

Jamal küsste sie zärtlich. „Ich habe soeben von Osiris die Genehmigung für zwei Wochen Sonderurlaub auf Dafa bekommen."

„Du scherzt."

„Keinesfalls. Wenn du möchtest, fliegen wir gleich morgen nach Atla und besuchen die Drakon", entgegnete Jamal.

„Und wie ich möchte." Tana strahlte mit den Sternen um die Wette. Atla, der geheimnisvollste Ort auf dem ganzen Planeten. Ewiger Sommer, Sonne, Meer und tausend Wunder. Tana war glücklich. „Bleibst du diese Nacht trotzdem bei mir?", fragte sie zaghaft.

„Diese und alle, die du möchtest." Jamal fuhr dort fort, wo er unterbrochen worden war.

„Hattest du Erfolg?", fragte Isis.

„Ja. Er hat offensichtlich in den vielen Jahrtausenden nichts verlernt. Es schlummert nur tief in ihm. Würde mich nicht wundern, wenn die beiden schon morgen hier aufkreuzen", antwortete Osiris. „Es beruhigt mich jedenfalls, dass er vor lauter Pflichterfüllung nicht ganz vergessen hat, dass es Frauen gibt."

„Hm", machte Isis. Jamal – ein Buch, mit sieben Siegeln. Er war beinahe der einzige Mann, den sie kannte, der ihre Verführungskünste nicht einmal zu bemerken schien. An ihm hatte sie sich regelrecht die Zähne ausgebissen. Sie war schon fast geneigt gewesen zu, glauben, dass er anderen Freuden fröne.

Wenn sie so über ihn nachdachte, dann blieb er stets freundlich distanziert zu jedermann. Jamal fungierte auch seit ewigen Zeiten als Aushängeschild des Palastes. Den gut gebauten, blonden Zwei-Meter-Zehn-Mann vergaß so schnell keiner. Isis war wirklich neugierig, ob es Tana tatsächlich gelungen sein sollte, diesen Eisberg zum Schmelzen zu bringen.

Osiris sah sie amüsiert von der Seite an, ihr Gesichtsausdruck hatte Bände gesprochen. Isis ahnte wohl wirklich nicht, dass genau diese ganzen Eigenschaften den Ausschlag gegeben hatten, den Hünen zum engsten Vertrauten Osiris' aufsteigen zu lassen. Jamal hatte in den ganzen Jahrtausenden das in ihn gesetzte Vertrauen gerechtfertigt.

„Denk daran, du hast ihm Urlaub genehmigt", sagte Isis unvermittelt.

„Schon gut, schon gut. Ich werde mich stark zurückhalten", schmunzelte Osiris, der sich ganz unverhohlen auf die alt bewährte Zusammenarbeit freute.

Den nächsten Morgen verbrachte Osiris wieder auf der kleinen Baustelle. Die Männer waren weit gekommen. Nur noch ein paar Innenarbeiten warteten darauf, erledigt zu werden, die Brunneneinfassung war noch nicht ganz fertig und natürlich gab es noch keine Spur von einem Garten. Die Steine für den Brunnen brachten die Diakon aus dem Gebirge mit.

Osiris reservierte diesen Teil der Arbeiten für sich. Bald hatte er herausgefunden, mit welchem Energiestrahl sich das Material schnell und ohne großen Abfall schneiden ließ. Er fertigte gemächlich handliche Blöcke, von denen die Hälfte roh blieb, während er die anderen polierte. Abwechselnd geschichtet, ergaben sie ein schachbrettartiges Muster. Der Tarronn fräste Nuten ein, die die Steine unverrückbar in ihrer Position hielten.

Er war so in seine Arbeit vertieft, dass er die Unterhaltung hinter seinem Rücken nicht einmal wahrnahm. Erst als ein Schatten auf sein Werk fiel und sich nicht von der Stelle bewegte, schaute er hoch. In freudigem Schreck sprang er auf.

„Jamal!"

„Osiris. Welch mehrfach ungewohnter Anblick." Jamal reichte ihm beide Hände.

Osiris schaute an seinem, mit dunklem Steinstaub bedeckten, Gewand hinunter. „Wo gehobelt wird, fallen Späne", lachte er. „Ein bisschen Arbeit hat noch keinem geschadet. Es ist ein wahrer Segen, dass es noch etwas anderes gibt, als unsere hoch technisierte Zivilisation."

Osiris streifte das schmutzige Gewand ab, schöpfte Wasser aus dem Brunnen und spülte sich den Staub von der Haut. Das Spiel der Muskeln unter der gebräunten, fast narbenlosen Haut verriet Jamal, dass Osiris keine Mühe gehabt hatte, die Blöcke zu bewegen.

„Du sagst ja gar nichts", schmunzelte Osiris.

„Mir fehlen ganz einfach die Worte." Jamal setzte sich auf die fast fertige Einfassung, während Osiris das Kleidungsstück ausschüttelte und wieder hineinschlüpfte.

„Bist du allein gekommen?", fragte Osiris hintergründig.

Jamal schüttelte den Kopf. „Du bist, wie immer, gut informiert."

„Wo hast du sie gelassen?", bohrte Osiris nach.

„Bei den Frauen, sie traut sich nicht in deine Nähe", erklärte Jamal.

„Unsinn! Ihr habt Urlaub." Osiris schüttelte missbilligend den Kopf. Gemeinsam gingen sie ins Haus.

Jamal blieb erstaunt auf der Schwelle stehen. „Sehe ich richtig? Eine Ase und ein Zentaur? Thor! Cheiron!", rief er erfreut. „Wessen Haus baut ihr? Das muss ja glatt ein Übergott sein, wenn hier jeder, der Rang und Namen hat, anpackt."

„Vergiss alles, was du gesagt hast und was du kennst", riet Thor. „Du bist hier auf Dafa bei den Atlan und da ist es völlig normal, dass alle gemeinsam an einem Häuschen bauen. Aber um deine Frage zu beantworten: Das ist das Häuschen von Tamu, dem Tarronn und Sara, der Atlan."

„Tamu, der Kämpfer?", fragte Jamal.

„Ich sehe, seine Erfolge haben sich weit herumgesprochen", stellte Osiris zufrieden fest. „Du wirst ihn in ein paar Minuten kennenlernen. Wo sind denn nur die Frauen abgeblieben?", murmelte er.

„Die sitzen in der Küche und fachsimpeln", entgegnete Cheiron.

Osiris steckte den Kopf durch die halboffene Tür. „Ach, da ist sie ja!" Er nahm Tanas Hände. „Bin ich denn so schrecklich, dass du dich vor mir verstecken musst?", fragte er lachend.

Tana wurde puterrot und schüttelte den Kopf. Sie hatte Osiris nie zuvor gesehen. Sie kannte ihn nur aus den Erinnerungen der anderen, die ihn auch nur als halbe Mumie zeigten.

„Nein, nein", antwortete sie schnell. „ich wollte nur nicht stören." Ihr Blick huschte über die muskulösen Arme, die sie noch immer festhielten. Genau so hatte sie sich den Herrn von Tarronn immer vorgestellt.

„Frühstück!", rief Lara zur Haustür herein.

Osiris nahm Tana und Jamal am Arm, dirigierte sie ohne Federlesen hinüber zu Talos' Haus. Ehe sich die beiden versahen, saßen sie im Garten und staunten über die vielen Köstlichkeiten auf dem Tisch.

Zwei große, muskulöse Männer erschienen. Sie begrüßten die Gäste herzlich und stellten sich als Talos und Tamu vor. Isis brachte ein Tablett mit Getränken. Die beiden Tarronn sprangen auf.

„Schön, dass ihr schon da seid", rief Isis. Sie stellte ihr Tablett ab, drückte die beiden zurück auf ihre Plätze. „Wir sind rein privat hier, also lasst die Etikette."

Noch eine Frau kam in den Garten. Sie brachte ein Körbchen frischer Beeren mit. Auch sie reichte den beiden Neuankömmlingen beide Hände. Als sie sich auf den freien Platz neben Cheiron setzte, glaubte Jamal, eine leichte Rundung unter ihrem Gewand gesehen zu haben.

Schon bei der Landung waren ihm mehrere Frauen mit kleinen Kindern aufgefallen. Dafa, das Land der Geheimnisse und Wunder. Das größte Wunder war für ihn Osiris. Immer wieder schaute er zu ihm hinüber. Der Herr der Tarronn erwiderte diese Blicke mit einer Ruhe, die auf tiefen inneren Frieden schließen ließ.

Thor taxierte Tana. Sie trug einen eng anliegenden Overall, der deutlich zeigte, dass ihre Rundungen an den richtigen Stellen saßen.

„Tana hat wohl soeben deinen Jaginstinkt angestachelt?", fragte Osiris ungeniert.

Jamal schaute Thor erschrocken an. Gegen einen hochrangigen Asen hatte er sicher keine Chance. Tana wurde eine Spur blasser.

„Ihr beide seid unmöglich", schimpfte Isis, was die beiden Männer mit breitem Grinsen quittierten. „Nehmt das bloß nicht so ernst", wandte sie sich an Tana und Jamal. „Jamals Besitzansprüche auf dich, so er sie ernsthaft erhebt, haben auch die beiden zu akzeptieren. Hier gelten die Gesetze der Atlan."

Jamal entspannte sich wieder. Er zog Tana einfach in seine Arme, küsste sie zärtlich und sagte: „Freiwillig werde ich sie nicht hergeben."

„Akzeptiert", schmunzelte Thor. „Aber man wird doch wohl noch träumen dürfen?"

„Wenn es dabei bleibt." Isis drohte ihm scherzhaft mit dem Finger.

„Seid ihr mit festen Plänen nach Dafa gekommen oder lasst ihr euch überraschen?", fragte Sara.

„Das Letztere", entgegnete Jamal. „Wir wollen einfach etwas mehr über euch und diesen magischen Kontinent erfahren."

„Dann empfehle ich einen Rundflug mit den Drakon, ausgedehnte Spaziergänge an den Stränden entlang oder in den Urwald", erwiderte Tamu.

„Wenn Gäste da sind, treffen wir uns abends immer auf dem Festplatz zum gemeinsamen Essen und feiern bis in die Nacht", erklärte Lara. „Ihr müsst unbedingt den Feuerzauber der Drakon und Drakonat erlebt haben, um sagen zu können, dass ihr Atla kennt."

Sara und Danaë stellten das Geschirr auf die Tabletts.

„Lasst nur, ich mache das schon", sagte Lara.

Danaë winkte ab. „Wir beide sind nicht krank, wir sind schwanger." Die Freundinnen räumten weiter ab.

Jamal und Tana schauten ihnen erstaunt hinterher.

„Auch das ist Dafa", erklärte Osiris, der ihre Gedanken gelesen hatte.

„Danaë hat eine ungewöhnliche Aura", sagte Jamal zu Osiris, als sie einen Moment allein waren.

Osiris hob die Augenbrauen. „Sie ist ein Mensch und trägt einen kleinen Zentauren unter dem Herzen. Was erwartest du bei dieser Konstellation? Diese Aura muss einfach ungewöhnlich ein."

„Ist sie der Grund, weshalb ihr die Bücher geholt habt?", fragte Jamal.

„So ist es. Ich möchte ihr die Unsterblichkeit geben, weiß aber nicht wie. Die Bücher, die ich bisher studiert habe, klammern Menschen generell aus", erklärte Osiris. „Wenn dir irgendein brauchbarer Gedanke kommt, dann sag es mir bitte."

„Die Äpfel von Idun fallen wohl aus, genau wie die der Hesperiden", murmelte Jamal mehr für sich.

„Leider", pflichtete Osiris bei. „Re zu fragen, wäre genau so undurchführbar."

„Wie geht es eigentlich seiner Tochter nach alledem?", wollte Jamal wissen.

„Blendend. Du wirst noch heute die anderen Magier und ihre Familien persönlich kennenlernen", versprach Osiris.

Tana ließ sich in der Zwischenzeit von den Frauen über die Vielvölkergemeinschaft in Atla informieren.

„Lebt Thor auch bei euch?", fragte sie schließlich.

„Nein. Thor macht Erlebnisurlaub, wie er es nennt", sagte Lara lachend. „Er ist vielseitig interessiert. So wie er anpacken kann, ist seine Hilfe überall heiß begehrt. Manchmal scheint es fast, als ob er und Osiris eine Art Wettstreit austrügen. Ansonsten ist er hier tatsächlich hinter jedem Rock her, der nicht bei *drei* verschwunden ist."

„Oh je!", seufzte Tana.

„Du kannst ganz beruhigt sein. Er fasst keine Frau an, die es nicht wirklich will", wiegelte Isis ab. „Ein bisschen Flirten kann mitunter spannender sein." Sie zwinkerte ihr zu.

Osiris und Jamal traten zu den anderen. „Ich mache jetzt noch den Brunnenrand fertig, dann verschwinde ich mit Jamal und den beiden Frauen an den Strand."

„Ist eigentlich eine gute Idee. Wir haben in den letzten Tagen genug geschuftet." Talos nickte Lara zu. „Wir gehen alle gemeinsam."

„Ich brauche vielleicht noch eine halbe Stunde", sagte Osiris mit Blick auf die Sonne.

„Dann leiste ich dir Gesellschaft." Jamal folgte ihm hinüber zu Tamus Häuschen.

Osiris schnitt die letzten drei Blöcke zu, von denen er zwei polieren musste. Jamal staunte über die Präzisionsarbeit, als Block für Block nahtlos in die Aussparungen glitt. Als letzten Akt schliff Osiris mit dem Energiestrahl den oberen Rand des Brunnens glatt. Er fuhr prüfend mit der Hand über die Steine. Endlich nickte er zufrieden.

„Ab an den Strand", freute er sich. Plötzlich hielt er inne. „Hat man euch denn schon euer Feriendomizil gezeigt?"

„Daran habe ich in der ganzen Aufregung gar nicht gedacht", gab Jamal zu.

„Macht nichts. Das holen wir sofort nach." Osiris nahm Kontakt zu Talos auf. Ein paar Minuten später trug Jamal die Taschen vom Gleiter in das Häuschen. Tana schlüpfte schnell in ihren Zweiteiler und zog ein luftiges Kleid darüber. Jamal schaute ihr sehr interessiert zu. Er freute sich jetzt schon auf die vielen gemeinsamen Nächte. Als sie das Häuschen verließen, legte er ihr den Arm um die Schulter.

„Wegen Thor?", fragte sie verschmitzt.

Jamal zwinkerte ihr zu. „Sicher ist sicher."

Keineswegs sicher fühlte sich unterdessen Seth. Seit ihm Apophis die Nachricht zugetragen hatte, Horus hätte ein Tribunal einberufen, verbarrikadierte er sich in seinem unterirdischen Wüstenpalast. Auch wenn er das Urteil nicht kannte, standen alle Zeichen offenbar auf Sturm. Seth reagierte panisch. Nicht einmal die Tappa-Falle hatte er in der Eile retten können.

Anubis säuberte seinen Tempel mit allen Konsequenzen. Zwar konnte er dabei den Standort der Falle nicht lokalisieren, aber das war auch nicht zwingend erforderlich. Ihn interessierte nur, dass sie dem Zugriff Seths für alle Zeiten entzogen wurde und das, schien ihm gelungen zu sein.

Es beunruhigte Seth mehr, als er sich eingestehen wollte, dass es so ruhig blieb – verdächtig ruhig, für seine Begriffe. Immerhin war es schon weit über ein Jahr her, seit er Neri und Horus freigelassen hatte. Er wollte Informationen.

„Apophis!!!"

„Ja Herr." Der Dämon näherte sich schleichend.

„Sieh zu, dass du nach Tarronn kommst. Ich will wissen, was dort gespielt wird", befahl Anubis.

Apophis zuckte erbleichend zusammen. „Aber Herr …", jammerte er.

„Hinfort!!!", herrschte ihn Seth an.

Der Dämon verneigte sich leicht, bevor er die unterirdischen Anlagen verließ. Er hätte vor Wut platzen mögen. Was Seth verlangte, kam einem halben Todesurteil gleich.

„Verdammter … – die Geier sollen dich holen", murmelte er vor sich hin. „Oder noch besser: Die Atlan." Missmutig stapfte er durch den glühenden Sand. Am liebsten würde er dem elenden Mistkerl den Hals umdrehen.

Er, Apophis, war schließlich nicht irgendwer. Er war ein Dämon. Ein ziemlich dämlicher Dämon, wie er sich eingestand. Er selbst hatte Seth geholfen, an einen der begehrten Caiphas-Splitter zu kommen.

Der abtrünnige Tarronn hatte ihn seitdem voll in der Hand. Apophis hätte es wissen müssen, dass Seth, früher oder später, ein paar Geheimnisse des Steines lüften würde.

„Dumm gelaufen", quetschte er wütend hervor. „Eines weiß ich, wenn sie mich erwischen, dann liefere ich dich ans Messer. Und wie ich es tun werde. Ja, genau, das werde ich."

Irgendwie musste Apophis in den hohen Norden kommen. Einzige Möglichkeit, von der Erde nach Tarronn zu gelangen, war die Reise als blinder Passagier auf einem Raumschiff der Asen. Auf Taris würde er sicher die begehrten Informationen erhalten, nach Asgard weiterfliegen und dort lauern, bis wieder eines der Schiffe zur Erde flog.

„Blödes Spiel", schimpfte er vor sich hin. Dann ging ein Strahlen über sein Gesicht. Ihm war Loki eingefallen, der genau so viel Grund hatte, sich zu verstecken, wie Seth.

„Damit wäre mein Auskommen auf Asgard für einige Zeit gesichert", kicherte er schadenfroh. Es dürfte kein allzu großer Akt werden, Loki zu finden, so es die Asen nicht schon vor ihm getan hätten. Falls denn die Asen den Anschlag auf ihren Baum überhaupt überlebt hätten …

Bei diesem Gedanken zog sich Apophis' Magen zusammen. Falls es keine Asen mehr gäbe, dann säße er hier fest. Bei den Helion bräuchte er es gar nicht erst versuchen. Die würden ihn an die Charybdis verfüttern, die sogar mit Vorliebe seinesgleichen fraß. Auf einmal war er gar nicht mehr so siegessicher, wie noch vor wenigen Sekunden.

Auf Dafa blieb Jamal mit Tana am Rande der Dünen stehen. Sie ließen ihre Blicke weit über das lavendelfarbene Meer schweifen. Der leichte Wind trug einen salzigen Hauch zu ihnen herauf.

„Ich war noch nie am Meer", flüsterte Tana ergriffen. „Es ist wie ein Traum."

„Komm, genießen wir es, solange wir können", schlug Jamal vor.

Sie zogen ihre Sandalen aus. Die Sonne hatte den Sand bereits auf eine angenehme Temperatur erwärmt. Im flachen Wasser spielten mehrere kleine Kinder mit ihren Müttern. Sie bauten Gebirge aus feuchtem Sand, mit Höhlen und Wasserfällen, die sie mittels großer Muschelschalen mit Nachschub versorgten.

Drei der Frauen waren, den Zweiteilern nach, eindeutig Tarronn. Sie winkten den Neuankömmlingen fröhlich zu. Osiris stellte nach und nach alle einander vor. Erstaunen malte Jamals Gesicht, als Neri, Darina, Imset und Horus mit Ihi an den Strand kamen.

Hatte er bei ihren kurzen Besuchen in Alba noch geglaubt, dass man sich nur Osiris' wegen arrangierte. Stellte er nun fest, dass Imset tatsächlich keinerlei Groll gegen Horus hegte. Die beiden Männer sahen genau so glücklich und zufrieden aus, wie die Frauen, die ihnen voran liefen.

Osiris hielt Ihi schon die Hände entgegen. Jauchzend ließ sich der Kleine von ihm im Kreis schwenken. Dann setzte er sich, ganz selbstverständlich, zwischen ihn und Isis, die er mit Küsschen begrüßte.

Jamal schmunzelte. Ihi war einfach ein putziges Kerlchen, das genau wusste, wie man Großmutter Isis um den Finger wickeln konnte.

Nebenbei gelang es ihr aber immer noch, unbemerkt ihre Studien zu betreiben.

Jamal stand eindeutig im Mittelpunkt des Interesses der Damen, schon weil er, wie ein Leuchtturm, die anderen Männer überragte. Dabei schien es ganz so, als bemerke er es nicht.

Seine Beherrschung ist wahrhaftig bewunderungswürdig, hörte Osiris Isis in seinen Gedanken.

So wie ich die Sache sehe, hättest du aber jede Wette verloren, entgegnete er ebenso. *Dein Eisberg ist völlig dahin geschmolzen. Ich bin absolut sicher, dass es ihn schwer erwischt hat.* Laut an Jamal gewandt: „Immer noch der Alte – du genießt die Blicke der Damen und schweigst."

Tana waren die Blicke auch nicht entgangen. Sie schaute Jamal verunsichert an. Er lächelte, als er antwortete: „Vielleicht, weil mir ein fester Platz an Tanas Seite einfach wichtiger ist."

Erfreut nahm sie seine Hand, kuschelte sich an seine Schulter. „Ich liebe dich", hauchte sie.

„Das ist eine klare Ansage." Osiris warf Isis einen schelmischen Blick zu. Drakos hatte recht behalten und seine Beobachtungen voll ins Schwarze getroffen.

Jamal bekam davon nichts mit. Alles um sich herum vergessend, war er mit Tana in einem schier endlosen Kuss versunken.

„Erstaunlich", murmelte Isis. Dabei war sie nicht einmal sauer, weil einer anderen Frau das fast Unmögliche gelungen war.

Langsam kehrte für die beiden Umschlungenen die Realität wieder. Tana wurde rot, als sie merkte, dass sie von beinahe allen voller Interesse beobachtet worden waren. Jamal zuckte fast unmerklich mit dem Augenlid. Sie schlang ihm die Arme um den Hals. „Du bist wie ein Bergsee – still und unergründlich."

„Dann ist es mir wohl gelungen, deinen Forscherdrang zu wecken?", fragte er zärtlich.

„Hmm, hmm, kann man so sagen", antwortete sie mit unwiderstehlichem Augenaufschlag.

Jamal lief ein wohliger Schauer über den Rücken. Wenn der erste Urlaubstag schon mit so einem Paukenschlag begann, war alles möglich. Wie hatte Siri auf dem Flug nach Tiri gesagt? Auf Dafa treiben die Herzen zueinander. Dem gab es nichts hinzuzusetzen.

Mittags näherten sich zwei dunkle Punkte vom Meer, die rasch größer wurden. Siri und Drakos hatten einen der riesigen Golddorsche gefangen.

„Kleiner Imbiss gefällig?", fragte Drakos, als sie sich am Rande der Düne niederließen.

„Aber immer", entgegnete Imset.

Schnell holten einige Männer Holz, während die anderen bereits den Fisch zerlegten.

Jamal ging zu den beiden Drachen hinüber.

„Deinen strahlenden Augen nach ist ein Wunsch in Erfüllung gegangen. Ich schätze, sie hat gesagt, dass sie dich mag", schmunzelte Drakos mit einem Seitenblick auf Tana, die soeben auch den steilen Hang erklommen hatte.

„Haben alle Drachen hellseherische Fähigkeiten?", lachte Tana fröhlich. Sie kraulte Drakos die Stirn.

„Es wäre schwer gewesen, das Offensichtliche nicht zu erkennen", entgegnete Siri. Dabei funkelten ihre grünen Augen schelmisch. „Bleibt ihr den ganzen Tag am Strand oder habt ihr Lust auf einen kleinen Dschungelflug?"

„Dschungelflug." Tana schaute Jamal fragend an.

„Was immer du möchtest. Ich lasse mich überraschen", gab er zurück.

„Ruft uns einfach, wenn es losgehen kann", Siri breitete die Schwingen aus. Nur zum Starten kam sie nicht. „Ach du lieber Himmel! Jetzt kommt die wilde Horde!", rief sie lachend. Im nächsten Moment war sie von den Hunden umringt, die winselnd an ihr hochsprangen.

Tana versteckte sich schutzsuchend hinter Jamals Rücken. Die großen Zähne machten ihr Angst.

„Geht zu Imset betteln", kicherte die Drakon, während sie vorsichtig mit der Schwinge die kläffende Meute auf Abstand hielt. Eine unvorsichtige Bewegung ihrer Klauen hätte schließlich genügt, um die kleinen Racker zu verletzen. Die Hunde gehorchten und rannten hinunter zum Strand.

„Was war das denn?", fragte Tana erschrocken, während sie langsam wieder hinter Jamal hervorkam.

„Das sind unsere Hunde", erklärte Siri. „Wenn die Fisch riechen, vergessen sie ganz und gar ihre gute Erziehung. Ihr werdet euch trotzdem ganz schnell an die vier gewöhnen."

„Ich wusste gar nicht, dass es auf Tarronn solche Tiere gibt", murmelte Tana verwundert, als sie wieder an den Strand zurückkehrten. Noch mehr staunte sie, als eines dieser seltsamen Tiere bei Sara auf dem Schoß saß und sich mit Fisch verwöhnen ließ. Auch bei Luna, Merit-Amun und Zaid hockte je ein Hund.

Neri erklärte ihr, woher die Hunde stammten und dass es noch viel mehr Tiere in Atla gäbe. Wie zur Bestätigung erklang gedämpfter Hufschlag. Cheiron kam mit den beiden Fohlen zum Strand herunter. Gemeinsam preschten sie durch das flache Wasser. Sofort waren die Hunde auf den Beinen. Bellend und jaulend rannten sie hinterher.

„Was passiert jetzt?", fragte Tana.

„Sie spielen nur miteinander. Die Hunde kommen den Pferden nicht zu nah. Sie wissen, wie weh ein Hufschlag tun kann", erklärte Neri.

„Cheiron scheint es Spaß zu machen, mit den Pferden zu galoppieren", stellte Jamal fest.

„Sehr Großen sogar", sagte Danaë. „Er fühlte sich bisher läuferisch etwas unterfordert. Auf Helion musste er auf der Jagd mitunter stundenlang das Wild verfolgen. Wenn die beiden Pferde alt genug sind, um geritten zu werden, wird er sein Versprechen an Merit-Amun einlösen und ausgedehnte Touren mit ihr unternehmen."

„So etwas würde mich auch interessieren", sagte Tana verträumt.

Danaë lachte. „Du musst nur zur rechten Zeit wiederkommen. Die beiden nehmen dich sicher gern mit."

Jamal beschattete die Augen mit der Hand. „Cheiron kommt allein wieder."

Merit-Amun folgte seiner Blickrichtung. „Er hat die beiden Kleinen auf die Koppel gebracht. Das ist ihre tägliche Strecke: durch die Siedlung, dann am Strand entlang und über die Wiesen nahe der Schafweide wieder zurück."

„Und wo sind die Hunde?", wollte Tana wissen.

„Die schlafen jetzt sicher irgendwo bei den Schafen. Dort drückt sich die Bande am liebsten herum", erklärte Imset.

Tana horchte auf. Da war wieder das Wort, welches sie heute schon ein paar Mal gehört, aber nie verstanden hatte, worum es dabei ging. Schafe.

„Frag nur, wir beißen nicht", schmunzelte Safi.

Tana nickte. „Wer oder was sind Schafe?"

Safi reichte ihr mit schelmischem Lächeln die Hand. Zu Jamals größtem Erstaunen waren die Plätze plötzlich leer, an denen Safi und Tana soeben noch gesessen hatten.

Ein paar Minuten später flimmerte die Luft und die beiden Verschwundenen tauchten wieder auf.

„Jetzt weiß ich, was Schafe sind", sprudelte Tana förmlich heraus. „und wie sich Teleportation anfühlt!"

„Langsam, langsam", lachte Jamal. Er zog sie auf seinen Schoß. „So, nun kannst du mir ganz in Ruhe erzählen, wo du warst und was du gesehen hast." Dabei zwinkerte er Safi zu.

„Deine Idee mit dem Urlaub für die beiden war Spitze", flüsterte Osiris Isis zu. „Ganz offensichtlich tut es ihnen gut, mal etwas anderes zu sehen, als Monitore und blinkende Lichter."

„Tana freut sich tatsächlich wie ein Kind über die einfachsten Dinge, die für die Atlan der tägliche Kleinkram sind", stellte Isis lächelnd fest. „Außerdem habe ich Jamal heute zum ersten Mal lachen hören."

„Hoffentlich verlernt er es nicht wieder", schmunzelte Osiris.

Als sich der Strand langsam leerte, dachte Jamal intensiv an die Drakon.

„Du hast gerufen." Drakos ließ sich auf dem Weg oberhalb des Strandes nieder. Siri folgte ihm einen Augenblick später.

„Wart ihr schon in der Nähe?", fragte Jamal erstaunt.

Siri schüttelte langsam den Kopf. „Teleportation."

„Bringen das hier alle?" Tana sah die Drakon groß an.

„Nein. Nur wenige. Soll ich aufzählen?"

„Wenn es keine Umstände macht", bat Tana.

Drakos zuckte mit den Schultern. „Mal sehen, ob wir niemanden vergessen. Da wären: Solon, Talos, Aron, Mara, Imset, Safi, Sobek,

Kebechsenef, Horus, Maris, Tamu, Osiris, Isis und wir Drakon. Sara beherrscht die Grundlagen, darf es aber wegen ihres Babys im Moment nicht tun."

Inzwischen waren die beiden Tarronn auf die Rücken der Drachen gestiegen, die mit kräftigen Flügelschlägen starteten. Sie flogen entlang der Küstenlinie, bis sie in die Nähe des Gebirgszuges kamen.

Hoch über den Baumriesen des dichten Urwaldes zogen sie dahin, vorbei an der Wohnhöhle der Drakon und immer tiefer in den Dschungel hinein. Über einem Talkessel begannen die Riesen zu kreisen.

„Was riecht hier so herrlich?" Tana beugte sich hinunter. Ein Teppich aus pastellfarbenen Blüten erstreckte sich tief unter ihnen.

„Gleich könnt ihr es aus der Nähe betrachten", sagte Drakos, in den Sinkflug übergehend. Er balancierte seinen Riesenkörper so aus, dass er auf einem winzigen bemoosten Flecken ganz am Rande der Bäume landen konnte.

Jamal sprang von seinem Rücken. Drakos stieg auf, um Siri Platz zu machen. Tana ließ sich in Jamals Arme gleiten. Auch Siri stieg wieder auf. „In einer halben Stunde holen wir euch ab", rief sie, bevor sie mit Drakos am Himmel verschwand.

Die beiden Tarronn glaubten, zu träumen. Tausende und Abertausende der ausgestorben geglaubten Honigorchideen standen in voller Blüte und verströmten einen betörenden Duft. Hin und wieder leuchtete, zwischen den vielen hellen Blüten, eine tiefdunkelrote Blume hervor.

„Das ist ein Geheimnis, das niemand erfahren darf", sagte Jamal ergriffen.

Tana nickte. „Ja, das ist einer jener Schätze, die die Drachen hüten, wie es schon in den Büchern der Alten zu lesen steht. Jetzt weiß ich endlich, weshalb du für Osiris eine blutrote Orchidee haben wolltest. Weil sie einer der allergrößten Schätze auf diesem Planeten ist. Selbst hier, auf diesem herrlichen Flecken Tarronn, ist diese Farbvariante eine Rarität."

„Das ist die einzige Möglichkeit, meine tiefe Verehrung für Osiris auszudrücken", erklärte Jamal. „Dabei habe ich kaum zu hoffen gewagt, dass es dir tatsächlich gelingt, solch ein seltenes Exemplar aufzutreiben."

Pünktlich erschienen die Drakon.

„Nun?", fragte Drakos.

„Überwältigend. Ein wahrer Drachenschatz", bemerkte Tana anerkennend.

Siri nickte. „Wir waren sicher, dass ihr auch so denkt, sonst hätten wir euch nicht hierher gebracht."

„Jetzt zeigen wir euch noch einige markante Punkte aus der Luft, die ihr euch in den nächsten Tagen noch einmal ganz in Ruhe anschauen solltet", sagte Drakos, während sie dem Silberband eines Baches folgten. Sie überflogen den kreisrunden See mit dem Wasserfall, das Drachenland mit den unzähligen Kratern. Umkreisten mehrmals die Pyramide, rasteten in einem der Obsthaine, um zu naschen, bevor sie schließlich auf der Wiese neben der Schafweide landeten.

„Es war wundervoll!", rief Tana, als sie wieder festen Boden unter den Füßen hatte.

Jamal stimmte dem voll zu. „Dafa ist wohl der geheimnisvollste Kontinent, den Tarronn zu bieten hat – eben genau die richtige Heimat für Atlan. Fast könnte man glauben, er hätte die ganzen Jahrtausende nur auf seine neuen Bewohner gewartet."

„Wer weiß? Vielleicht ist es ja so", sagte Drakos orakelhaft. „Sicher ist, dass sich dieser Teil des Planeten gegen jede unliebsame Besiedlung zu wehren versteht."

„Und das ist gut so", sagte Tana im Brustton der Überzeugung.

Als die Drakon davon flogen, liefen die beiden Tarronn hinüber zur Weide, wo sie mit Neri und Zaid zusammentrafen, die bei den Kindern am Bach saßen. Laura und Leon hatten einen Damm gebaut. Ihi saß wie immer im Schatten der Bäume und spielte Panflöte.

„Wer hat ihn diese wundersamen Melodien spielen gelehrt?", fragte Jamal verblüfft. Schließlich konnte der Junge noch nicht einmal richtig laufen. „Er ist ein ungewöhnliches Kind."

„Nicht ungewöhnlicher, als die Geschichte um seine Zeugung", entgegnete Neri leise.

„Verzeih. Ich wollte nicht …"

Neri unterbrach Jamals Bitte um Entschuldigung, indem sie abwinkte. Stattdessen erklärte sie: „Er schöpft die Musik aus sich selbst. Sein Spiel spiegelt seine Stimmung wieder. Meist ist es fröhlich, manchmal geheimnisvoll und manchmal sogar klagend."

„Außerdem scheint es alle Lebewesen zu beruhigen. Selbst unsere beiden bösartigen Schafböcke sind friedlich solange sie die Flöte hören", bemerkte Zaid.

„Wie war der erste Urlaubstag?", fragte es plötzlich hinter ihnen.

Imset, Sobek und Arko waren auf dem Heimweg von der Pyramide, wo sie einige Innenarbeiten erfolgreich abgeschlossen hatten.

„Einfach fantastisch", antworteten Tana und Jamal gleichzeitig. „Die Drakon sind hervorragende Fremdenführer. Mit ihnen zu fliegen, ist in jeder Hinsicht ein Erlebnis."

Tana nickte zu Jamals Worten. „Es ist ein erhebendes Gefühl, plötzlich die alten Legenden hautnah zu erleben."

Sobek und Imset zwinkerten sich zu. Ohne Vorwarnung verwandelten sie sich. Tana stieß einen leisen Schreckenslaut aus, während Jamal spontan einen Schritt näher trat, um die Drachenpanzer der Männer zu berühren.

„Erstaunlich! Für mich, als Laien, fühlt es sich genau so an, wie die Panzer der Drakon", stellte er nach kurzer Untersuchung fest.

„Nur sind unsere Panzer, ganz einfach gesprochen, noch etwas haltbarer", sagte Imset dem verblüfften Jamal. „Frag uns aber bitte nicht, warum das so ist. Dafür haben nicht einmal die alten Bücher eine Erklärung. Solche, wie uns beide", er deutete, auf Sobek und sich, „gab es wohl noch nie."

Inzwischen hatte Ihi seine Flöte von den Lippen genommen. „Hunger!", rief er und streckte Imset die Arme entgegen.

„Dann musst du auch ein leckeres Abendbrot bekommen, mein Schatz." Lachend nahm Imset Horus' Sohn auf den Arm.

Gemeinsam verließen sie den Bach, um zur Festwiese zu gehen. Osiris hatte sie durch das Fenster bemerkt. Er verließ sofort Neris kleines Refugium. Die verschlossene Tür sicherte er mit mehreren magischen Siegeln, die nur er oder Neri wieder lösen konnten.

„Du siehst müde aus", stellte Jamal besorgt fest.

„Halb so schlimm", entgegnete Osiris. „Ich bin nur etwas frustriert, weil ich noch immer keine Lösung gefunden habe."

„Kann ich dir irgendwie helfen?", fragte Jamal.

Osiris lachte auf. „Vergiss es! Du hast Urlaub. Isis und Tana würden uns beiden gehörig die Ohren lang ziehen." Dabei zwinkerte er Jamals Begleiterin fröhlich zu.

Tana lächelte zurück. Langsam schien sie die Scheu vor dem König zu verlieren, der alles andere, als unnahbar oder herrschsüchtig war.

Die Frauen warteten bereits mit einem wahren Festmenü auf die Gäste. Es gab Spezialitäten von Tarronn, Atla, Helion, Asgard und der Erde. Cheiron, Danaë, Merit-Amun und Kira hatten sich zusammengetan, um die irdischen Gerichte zu zaubern.

Tana und Jamal gingen fast die Augen über. Jede Zutat stammte aus der Natur und der köstliche Duft ließ ihnen das Wasser im Mund zusammenlaufen. Auch Thor rieb sich genüsslich die Hände. Für diesen leckeren Wahnsinn opferte er gern eines seiner Met-Fässchen.

Talos' Opfer bestand aus einigen Hähnchen, die sowieso für den Grillspieß vorgesehen waren. Die Hunde saßen neben dem Feuer und ließen keinen Blick von den goldbraunen Leckerbissen.

Diesmal mussten die Knochen sicher für mehrere Tage reichen. Siri lag gemütlich ausgestreckt hinter dem Grillfeuer, um die Hunde vom Hähnchen-Diebstahl abzuhalten, was auch zu funktionieren schien. Nicht einmal die vorwitzige Nubi traute sich näher heran.

Nach dem Hauptgang lösten die Drakon und Drakonat ihr Versprechen ein, indem sie einen wirklich grandiosen Feuerzauber zelebrierten, der die Anwesenden zu wahren Beifallsstürmen hinriss. Zaid und Neri war der Stolz auf ihre Gefährten deutlich anzusehen.

Ihi vergaß für eine Weile sogar das Flötenspiel. Tana lehnte an Jamals Schulter. Sie beobachtete mit großen Augen und vor Staunen offenem Mund die lodernden Flammen.

„Nun?", fragten die Drakonat gleichzeitig, als sie sich wieder an den Tisch setzten.

„Ich bin versucht, mich vor euch in den Staub zu werfen", sagte Jamal ergriffen.

Tana nickte ehrfürchtig zu seinen Worten.

„Auch wenn du jetzt nur einen winzigen Einblick bekommen hast, verstehst du nun sicher auch, weshalb die Drakonat die höchsten Wesen in unserem Universum sind?", fragte Osiris Jamal mild lächelnd.

Die beiden Männer hatten vor Osiris' Unglück oft über diesen Punkt debattiert, wobei Jamal einfach nicht begreifen konnte, weshalb der König nicht das höchste Wesen sein sollte. Nun zollte er den Drakonat gern die gebührende Achtung.

„Morgen früh nehmen wir dich als Zaungast mit zum Training", erklärte Imset, nachdem er sich mit einem kurzen Blick mit Osiris verständigt hatte. „Du, als rechte Hand Osiris', solltest selbst gesehen haben, wozu wir wirklich fähig sind."

Einige Millionen Kilometer entfernt, zur gleichen Stunde, verließ ein Weißstorch sein afrikanisches Winterquartier und flog nach Norden. Er trug eine unselige Last mit sich – Apophis, den Dämon, der sich als dünner Schleim auf der gesamten Haut des Tieres verteilt hatte.

So näherte sich dieser ungesehen und beinahe unaufhaltsam Europa, wo soeben das Raumschiff der Asen landete. Das Schicksal schien es mit Apophis überaus gut zu meinen. Noch ahnte der Dämon nicht einmal, dass das Objekt seiner Begierde bereits in greifbarer Nähe war.

Er richtete sich auf mehrere Monate Wartezeit ein, in denen er am Nordrand des Kontinents Schaden anzurichten gedachte.

Seine Gedanken schweiften zum letzten Besuch auf Grönland zurück, das er auf dem Körper eines Wales erreicht hatte. Er konnte den Inuit so herrlich die Robben und Wale vertreiben oder ihre Hunde in alle Winde davonjagen.

Ganz abgesehen davon, dass ein paar Löcher in der Haut der Kajaks immer für Verwirrung sorgten. Apophis wurde ganz warm um das rabenschwarze Herz, wenn er so an seine bisherigen und die zukünftigen Übeltaten in der klirrenden Kälte dachte.

Bei ebendiesem letzten Besuch, der schon ein paarhundert Jahre zurücklag, hatte er einem Angakoq die Kamiker gestohlen. Apophis war zwar nicht der Geist gewesen, den der Beschwörer gerufen hatte, das hielt ihn aber nicht davon ab, sich eingeladen zu fühlen und den Menschen ein paar Tage die Hölle heißzumachen.

Seine Fellstiefel suchte der Geisterbeschwörer jedenfalls vergebens, die lagen irgendwo am Meeresboden. Apophis kicherte schadenfroh.

Er blinzelte aus dem Gefieder des Storches, stellte fest, dass die Sonne für seine Laune viel zu hell strahlte, und zog sich augenblicklich für ein kurzes Nickerchen zurück. Das Ziel des Vogels war noch weit entfernt.

Nach einer Nacht, die mindestens so heiß war, wie Flammen der Drakon, folgte Jamal den Magiern ins Drachenland. Auch Osiris ließ sich dieses Vergnügen nicht nehmen. Beide Männer begaben sich in den Schutz der Drakon, während sich die Magier am Grunde des Kraters erbitterte Gefechte lieferten.

Das *Opfer* des heutigen Tages war Safi, der eine hundertstel Sekunde zu spät aus der Schusslinie kam. Arons Feuerball zog ihm eine schnurgerade tiefe Kerbe in die Haut, quer über die Schulterblätter.

Abgelenkt krachte die Energiekugel in die Wand des Kraters, wo sie einen mannshohen Felsblock zum Absturz brachte. Imset gelang es zwar, den Block zu treffen, doch statt zu verglühen, zerplatzte er in Tausende kleine scharfe Splitter, die tiefe und schmerzhafte Wunden rissen.

Sofort brachen die Drakonat den Kampf ab, um sich den Verletzten zuzuwenden. Zuerst halfen sie Maris wieder auf die Beine, der sich umgehend um Safi kümmerte, welcher leichenblass an der Kraterwand lehnte.

„Tut mir leid Männer." Imset hob bedauernd die Hände. „Ich habe nicht geahnt, dass der Block so ungewöhnlich reagiert."

„Mach dir keine Sorgen", antwortete Talos. „Es ist nichts passiert, was wir nicht reparieren könnten. Hättest du ihn nicht zerstört, hätte es vielleicht sogar Tote gegeben." Ganz nebenbei schloss Talos mehrere tiefe Risse in der Haut seiner Arme.

Maris ließ die Hände sinken, nachdem er noch einmal mit den Fingerspitzen über die neue Haut auf Safis Rücken gefahren war. „So, alles

156

wieder in Ordnung", sagte er erleichtert. „Du solltest nur ein bis zwei Tage nicht im Meer baden."

„Ich werde es mir merken", versprach Safi. Dann bewegte er vorsichtig die Schulterblätter. „Fühlt sich gut an", stellte er grinsend fest.

„Sag ich doch – fast wie neu", schmunzelte Maris. „Komm! Trollen wir uns lieber, die beiden Drakonat scharren schon mit den Hufen."

„Nix wie weg! Ich möchte nicht dazwischen geraten." Safi teleportierte sich aus der Gefahrenzone. Oben angekommen schaute er sich kurz um. Auf dem Boden des Kraters kochte bereits das Gestein.

„Mein lieber Mann! Die werden ja immer schneller!", rief er erschreckt aus, zog den Kopf ein und lauschte dem Knattern der Energieentladungen. Eine gewaltige Detonation ließ den Boden erzittern. Die Druckwelle fegte Siri von den Füßen, die im Fallen Osiris mitriss und ihn so vor Schlimmerem bewahrte.

In ihre Schwinge gewickelt überstand er den Sturz in die Tiefe ohne Blessuren. Voll Entsetzen hatte Jamal zugesehen, wie die riesige Drakon zu Boden ging.

Ein Schreckenslaut von Drakos ließ ihn herumwirbeln – da versank auch schon die Welt im Dunkel.

„Jamal? Jamal!"

Er öffnete die Augen, um sie stöhnend wieder zu schließen. Ganze Supernovas explodierten in seinem Kopf.

„Jamal, schau mich an!", befahl die Stimme.

Jamal gehorchte. Mehrere helle Flecke tauchten in seinem Blickfeld auf, die er nach einer Weile als Gesichter identifizieren konnte.

„Na, es geht doch", murmelte die Stimme von gerade eben zufrieden.

Jamal fühlte, wie mehrere Hände seine Schultern und seinen Kopf betasteten. Endlich ließ der pochende Schmerz in seinen Schläfen nach.

„Wirst du ihm helfen können?", hörte Jamal Tana verzweifelt fragen.

„Keine Panik, wer lebt, dem kann auch geholfen werden", tröstete wieder die Stimme.

Endlich begriff der Hüne, dass die Hände Maris und Solon gehörten, die dabei waren, ihm die Schmerzen zu nehmen.

„Was ist passiert?", quetschte Jamal mühsam hervor, während die Hände an seinen Schläfen eine angenehme Wärme erzeugten.

„Der ganze Krater ist explodiert", sagte Maris eher beiläufig. „Du hattest Glück, dass Drakos ein flinkes Kerlchen ist."

Jamal schwante Schlimmes. „Was ist mit ihm? Ich erinnere mich nur daran, dass Siri mit Osiris den Berg hinuntergestürzt ist."

„Ein paar gebrochene Knochen, ein Riss in der Flughaut, sonst geht es ihm ganz gut", warf Safi ein.

Jamal versuchte, sich aufzusetzen. Tana half ihm dabei.

„Drakos ist verletzt? Aber das ist ja furchtbar!", rief er.

„Aber es ist mir gelungen, dein Leben zu retten. Das ist alles, was für mich zählt", antwortete Drakos. Der Riese hockte gleich neben Jamal und ließ sich von Sobek und Imset heilen. Seine rechte Schwinge sah wirklich erbarmungswürdig aus. Der Druck der rutschenden Gesteinmassen hatte ihm alle Knochen der Schwinge gebrochen.

Mit wenigen Worten erklärte er den Versammelten, was geschehen war. „Wenigstens hat die Kraft noch ausgereicht, um Jamal zu schützen und hierher zu teleportieren", beendete er seinen Kurzbericht.

Die Drachenperle

Tana streichelte liebevoll die Stirn des Drachen. „Du bist ein Held und die Perle aller Drachen. Danke."

Osiris zuckte zusammen. Fast im Zeitlupentempo drehte er sich zu Tana um. Die Perle aller Drachen … Perle … Drachen … Irgendetwas hatten Tanas Worte in ihm ausgelöst. Osiris fand nur nicht heraus was.

„Alles in Ordnung?", fragte Isis beim Frühstück, als Osiris zum wiederholten Mal, in Gedanken versunken, neben seinen Becher griff. „Du wirkst völlig abwesend – irgendwie neben der Spur."

Osiris sah sie an, wie einer, der sein Gedächtnis verloren, aber ein Stichwort bekommen hat, von dem er sicher ist, dass er es schon einmal gehört hat. Selbst sein verlegenes Lächeln wirkte beinahe hilflos.

Zufällig streifte sein Blick Tana, die mit dem Finger über Jamals Arm strich, als sie reihum noch einmal den würzig riechenden Kräutertee einschenkte. Kaum stand sie neben ihm, hielt Osiris sie am Handgelenk fest.

„Könntest du noch einmal die Worte wiederholen, mit denen du dich bei Drakos bedankt hast", bat er.

Tana sah ihn erstaunt an. Sie nickte. „Ich sagte: Du bist ein Held und die Perle aller Drachen."

Osiris sprang auf und drückte der völlig verdatterten Tana einen schallenden Kuss auf die Wange. „Das ist es! Ich könnte dich glatt küssen!", rief er.

„Das hast du schon getan, wenn ich mich nicht irre", kicherte Isis, als sie feststellte, das Osiris soeben ein genialer Gedanke gekommen sein musste. Jedenfalls hielt er noch immer die erschrockene Tana im Arm, die sich abwechselnd rot und blass verfärbte.

„Oh", sagte er, als er es endlich selber merkte. Er ließ sie augenblicklich los. „Äh – könnt ihr mir ausnahmsweise verzeihen?", wandte er sich an Tana und Jamal.

Die beiden sahen ihn ungläubig an.

„Atlanisch angesteckt", sagte Isis trocken. Nach den Gesetzen von Tarronn hätte sich Osiris von Tana holen können, was er wollte, ohne bei irgendjemandem um Entschuldigung bitten zu müssen, selbst wenn Jamal direkt danebengestanden hätte.

Die Regel, dass die Damen das Sagen hatten, galt schließlich nur unter gleichrangigen Tarronn. Der König hingegen konnte sich generell nehmen, was ihm gefiel. Dass er es nie getan hatte, war der Grund für die tiefe Verehrung der Tarronn für ihren Herrscher.

Tana beendete ihre Runde um den Tisch. Dann flüchtete sie sich verwirrt in Jamals Arme. Horus, Anubis, Imset und die Frauen warteten neugierig auf eine Erklärung für Osiris' plötzlichen Freudenausbruch.

Osiris atmete tief durch. „Also – Tana hat mir soeben die Erleuchtung gebracht, wie man Danaë unsterblich machen kann."

„Wirklich?", „Ehrlich?", „Was???", „Wie denn?", riefen alle durcheinander.

Osiris nickte mit strahlenden Augen in die Runde. „Wir müssen uns eine Drachenperle besorgen."

„Ah ja", sagte Isis sarkastisch. „Und du meinst, dass sich irgendein Drache im ganzen Universum einfach so von seinem Schatz trennt? Vorausgesetzt, dass es überhaupt noch irgendwo eine Perle gibt."

„Man müsste den roten Drachen auf der Erde fragen", murmelte Imset mehr für sich. „Einen anderen friedfertigen Drachen kenne ich leider nicht."

„Wo gibt es überhaupt noch Drachen? In unserer Zeit meine ich", setzte Neri schnell hinzu.

„Auf Dafa", sagte Horus Schulter zuckend.

„Hm", machte Imset unzufrieden.

„Bist du sicher, dass du alle Geheimnisse der beiden Drakon kennst?", fragte Horus Imset, hintergründig lächelnd.

„Weißt du etwas, was mir verborgen ist?", staunte Imset.

„Nein. Ich meine ja nur – erzählst du ihnen alles?", gab Horus zurück. Imset schüttelte ganz langsam den Kopf.

„Siehst du! Dabei seid ihr sogar Blutsbrüder." Horus tippte Imset mit dem Zeigefinger vor die Brust.

„Du vergisst, dass ich dadurch aber auch verpflichtet bin, die Perle vor Zugriff zu schützen, so es denn eine gibt. Würdest du gegen mich um das Kleinod kämpfen wollen?", entgegnete Imset. „Wir sind vier Drachenwesen, gegen wie viele von euch auch immer."

Jetzt machte Horus: „Hm." Er räusperte sich. „Daran habe ich tatsächlich nicht gedacht."

Ein großer Schatten verdeckte die Sonne. Drakos stand mit mächtigen Flügelschlägen direkt über dem Garten in der Luft. Die Atlan und Tarronn zogen verschreckt die Köpfe ein. Noch nie hatte sich Drakos so ungewöhnlich verhalten. Offensichtlich war die Debatte über die Drachenperlen ganz und gar nicht gut.

„Komm runter Großer! Ich habe Probleme", rief Imset hinauf.

„Deshalb bin ich ja da." Mit rauschenden Schwingen landete Drakos. „Wo drückt der Schuh?"

„Ich schätze, das weißt du, genau so gut wie ich", sagte Imset leise und unüberhörbar traurig.

Drakos nickte wissend. „Ich ahne, worum es geht." Er schaute der Reihe nach den Atlan und Tarronn tief in die Augen. „So, so, ihr wollt also einen Drachenschatz haben. Ein nicht gerade bescheidener Wunsch – wie ich finde."

„Das ist wohl wahr", antwortete Osiris, auf den Drachen zugehend. „Es ist nur die einzige Möglichkeit, Danaë die Unsterblichkeit zu geben."

„Dir ist aber klar, dass eine solche Perle weitaus mehr kann?", fragte Drakos.

„Ja natürlich." Osiris lächelte. „Nur wozu sollte ich sie sonst noch brauchen? Die Macht, die sie geben kann, habe ich bereits. Doppelt hält in diesem Fall auch nicht besser."

Drakos hockte sich entspannt hin. „Nun gut. Du darfst mir drei Fragen stellen, um etwas über die Perlen herauszufinden. Aber was rede ich lange, du kennst die Regeln. Fang an."

Gespannte Stille.

Osiris musste nicht lange überlegen. „Wie viele Drachenperlen gibt es auf Tarronn?"

„Eine." Drakos sprach emotionslos wie ein Automat.

Bei den Atlan und Tarronn schlug die Antwort ein, wie eine Bombe. Sie sahen sich bedeutungsvoll an. Imset wurde unbehaglich zumute.

„Ist die Perle auf einem Kontinent, welcher vorwiegend nicht von Tarronn bewohnt wird?", lautete Osiris zweite Frage.

„Ja", antwortete Drakos.

„Mit wem kann ich reden, wenn ich den Aufbewahrungsort der Perle erfahren will?", stellte Osiris die dritte Frage.

„Mit dem letzten atlanischen Drachen", gab Drakos zurück. Ehe jemand etwas sagen konnte, war der Platz leer, an dem er eben noch gesessen hatte.

„Dann ist Siri also die Hüterin der Perle", stellte Horus erstaunt, aber sichtlich zufrieden fest.

„Das macht die Sache auch nicht einfacher", murmelte Anubis.

Imset hielt sich ab sofort aus jeglicher Diskussion heraus. Er war durch den Dracheneid gebunden.

Osiris erhob sich. „Ich habe damit begonnen, also werde ich die Sache, wie es Anubis nennt, auch zu irgendeinem Ende führen."

„Es könnte deines sein", gab Isis zu bedenken.

Osiris nickte. „Das ist mir völlig klar." Ohne sich noch einmal umzuschauen, verließ er den Garten.

Imset saß mit gesenktem Kopf am Tisch. Ihn drückte eine Zentnerlast.

Jamal wollte Osiris folgen.

Isis hielt ihn zurück. „Bleib. Du kannst ihm nicht helfen."

Imset hob den Kopf. „Sobek und ich werden uns zurückhalten. Die Drakon wissen Bescheid. Alle Entscheidungen liegen allein bei Siri und Osiris, wie mir Drakos ebenfalls versichert hat."

Osiris war die ganze Strecke zur Drachenhöhle zu Fuß gegangen. Ihm lag nichts daran, die mächtige Drakon mit magischen Spielereien zu reizen. Nun stand er am Fuß des Felsmassivs, in dessen Mitte das finstere Loch des Einganges klaffte. Bedächtig machte er sich an die mühevolle Kletterpartie.

Es wäre Siri ein Leichtes gewesen, Osiris von der Wand zu pflücken und in die Tiefe zu schmettern. Stattdessen lag sie in der Höhle. Sie erwartete ihn. Die Sonne hatte den Zenit schon lange überschritten. Ihre waagerecht einfallenden Strahlen ließen das Schuppenkleid der Drakon funkeln.

Nur noch ein paar Minuten, dann musste Osiris im Gegenlicht auftauchen. Sein schweres Atmen war im Inneren der Höhle bereits deutlich zu hören. Siri lag mit halb geschlossenen Augen und lauschte.

Es war soweit. Die Silhouette des Tarronn hob sich vom hellen Sonnenschein ab. Siri richtete sich zu voller Größe auf, als er ihr gegenübertrat.

„Ich grüße dich", sprach sie leise. „Was ist dein Begehr?"

Osiris erwiderte den Gruß. Auch wenn beide wussten, was hier gespielt wurde, so gab es alte Rituale, an die sie sich zu halten hatten.

„Ich bin gekommen, um die Drachenperle zu erbitten", sprach Osiris.

„Und du bist sicher, dass du mich besiegen kannst?", fragte Siri mitleidig.

„Nein. Das kann ich nicht. Wenigstens werde ich mit dem guten Gewissen, alles für meine Freunde getan zu haben, von dieser Welt gehen", erklärte Osiris.

Siri hob die Klaue, die sich wie ein Käfig um Osiris' Körper schloss. Langsam drückte sie zu. Der Tarronn wehrte sich nicht. Nicht einmal, als der Druck unerträglich wurde und ihm die Rippen brachen.

Unten in Atla saßen die anderen noch immer bei Isis, die nervös ihre Hände knetete. Plötzlich zuckte sie mit einem Schmerzenslaut zusammen.

„Was ist passiert?", fragte Neri.

Isis hob den Kopf. Tränen liefen über ihre Wangen. „Sie hat ihm die Rippen gebrochen", hauchte sie mit bebenden Lippen. „Diesen Kampf kann er nicht überleben."

Imset schüttelte den Kopf. „Er kämpft nicht – er opfert sich", flüsterte er.

Die Freunde sahen ihn voll Entsetzen an.

Jamal stand am Zaun, ballte die Fäuste und schaute hilflos hinüber zum Gebirge, wo sich gerade ein Drama abspielte.

Drakos hatte sich in die Pyramide verkrochen. Schweigend lag er vor dem Drachenaltar, inständig auf ein Wunder hoffend. Er zwang sich mit aller Macht, nicht daran zu denken, was auf der anderen Seite des Gebirges passierte.

Osiris schloss die Augen. Siri ließ den Bewusstlosen sofort aus ihrer Klaue gleiten. Sie erschrak fast vor sich selber. Was hatte sie getan? Nur, um ein altes Gesetz einzuhalten, hatte sie den Herrn von Tarronn getötet, der gleichzeitig auch ein guter Freund war. Siri wich entsetzt zurück.

Es dauerte lange, ehe sie begriff, dass Osiris noch lebte. Sie eilte in die Tiefe der Grotte, tastete mit zitternden Klauen die Wände ab, um schließlich ihre scharfen Krallen tief in das Gestein zu schlagen. Sie riss einen Brocken heraus, hetzte zu Osiris zurück, fasste ihn vorsichtig mit einer Klaue und flog eilends davon.

„Da!" Jamal deutete in den Himmel. „Ein Drakon."

„Das ist Siri", sagte Imset erstaunt. Seine scharfen Drachenaugen erkannten schnell, wer sich da näherte.

Nun sprangen alle auf und verließen den Garten. Auf der Wiese erwarteten sie die Drakon. Siri ging genau vor ihnen nieder.

Sie legte der schreckensbleichen Isis Osiris zu Füßen. „Holt Maris", sagte sie leise. „Schnell."

Siris Worte ließen keinen Zweifel daran, dass Osiris noch lebte. Imset beugte sich über den König. Siri riss ihn zurück. „Nein!!!"

Der Drakonat fügte sich schweren Herzens. Im selben Moment flimmerte auch schon die Luft. Maris erschien. Ohne Fragen wandte er sich Osiris zu. „Es sieht schlimmer aus, als es ist", erklärte er nach kurzer Untersuchung.

Alle atmeten auf. Auch Siri beruhigte sich langsam wieder. Imset stand die ganze Zeit mit dem Rücken zu ihr, als wolle er sie schützen. Jetzt drehte er sich um. Dankbar begann er ihren Schuppenpanzer zu streicheln.

Fünf Minuten später schlug Maris' Patient die Augen auf. Das Erste, was er sah, war Siri, die ihn mit leuchtenden Augen anschaute. Osiris versuchte zu lächeln.

„Moment." Maris hielt ihn von dem Vorhaben ab, aufstehen zu wollen. „Eine Rippe haben wir noch."

Kaum hatte Maris seine Hände zurückgezogen, hielt Siri Osiris ihre Klaue hin. Ohne zu zögern, fasste er zu, um sich von ihr aufhelfen zu lassen. Sie senkte den Kopf, den Osiris dankbar zwischen den Hörnern kraulte.

„Es ist schön, dass es euch gibt", sagte Osiris. „Die früheren Drakon hätten mich schon unterwegs pulverisiert."

„Ich habe dir zum Trost etwas mitgebracht." Siri öffnete ihre andere Klaue. Der unscheinbare Felsbrocken darin ließ Osiris' Augen strahlen.

Siri nickte. „Nun ist sie dein. Du hast sie dir hart genug verdient."

Der Tarronn zerbrach die schützende Hülle. Fast übervorsichtig hob er die riesige Drachenperle hoch, um sie andächtig zu betrachten. Milchig weiß schimmerte die Oberfläche in der untergehenden Sonne. Atlan und Tarronn hatten sich um ihn geschart, um diese Rarität, die ihrem Besitzer fast unendliche Macht verlieh, anzusehen.

„Bring sie in Neris magischen Raum", riet Siri. „Dort ist sie sicher und Imset wird sie, so wahr er hier steht, mit allen Kräften schützen."

Mit kurzem Nicken verständigten sich die beiden Männer. Sofort trugen sie ihren Schatz ins Haus. Osiris deponierte die Perle vor Neris Kristall, indem er sie der Siri-Statuette in die Schwingen legte. Gemeinsam mit Imset sicherte er die Türen sowie das gesamte Haus, gegen magischen Zugriff.

„Wo ist denn Drakos abgeblieben?", fragte Imset, als sie in den Garten zurückkehrten.

Siri scharrte verlegen mit der Kralle in der Erde. „Ich weiß es nicht", murmelte sie. „Vielleicht hat er mich verlassen, für das, was ich getan habe."

„Kann ich mir nicht vorstellen", sagte Imset zuversichtlich. „Er selbst hat uns ja mit der Nase darauf gestoßen, dass du die Hüterin der Perle warst. Weshalb sollte er dich also verlassen?"

„Aber wo ist er hin?", fragte Siri verzweifelt. „Ich habe schon alles versucht, um Kontakt zu bekommen. Es ist, als gäbe es ihn gar nicht mehr."

Imset konzentrierte sich. Mit düsterer Miene schüttelte er unwillig den Kopf. „Du hast recht. Da rührt sich nichts. Wir sollten ihn suchen."

„Aber wo?" Siri schaute in die Dunkelheit.

Osiris überlegte laut. „Wo würde sich ein Drakon hinwenden, wenn er keinen Rat mehr weiß?"

„In seine Höhle", antwortete Siri.

„Und wenn das nicht geht?", bohrte Osiris nach.

„Dann sucht er einen Ersatz, um mit sich allein zu sein, bis er wieder Licht am Horizont sieht", erklärte Siri. „Nur gibt es hier keine so großen Höhlen mehr, in denen er Platz zum Verstecken hätte."

„Eine wüsste ich", warf Imset ein.

„Wo?" Siri machte große Augen.

Imset deutete hinüber zum Plateau. „Ich vermute, er hat in seinem Kummer bei der Pyramide Zuflucht gefunden."

„Aber warum reagiert er nicht?"

„Diese Frage kann ich dir leider auch nicht beantworten", sagte Imset. „Wir sollten einfach hingehen."

„Ich komme mit!", rief Osiris.

„Ich auch." Jamal trat zu den Männern.

„Schon geht es los." Imset legte Jamal die Hand auf die Schulter. Den Bruchteil einer Sekunde später materialisierten sie sich am Portal der Pyramide.

Alles war still.

Imset ließ zwischen seinen Händen eine Kugel aus gleißendem Licht entstehen. „Schauen wir also nach." Er trat über die Schwelle.

Jamal hatte das Gefühl, in einer völlig anderen Welt gelandet zu sein. Die farbigen großflächigen Hieroglyphentexte beeindruckten ihn sehr. Gleich daneben fand er die entsprechenden atlanischen Schriftzeichen. Lebendige Geschichte, für immer in Stein festgehalten. Ein imposantes Werk, geschaffen von einem geheimnisvollen Volk.

Imset blieb stehen. Der große Schatten im Altarraum machte ihn stutzig. Er ließ das Licht noch heller leuchten. Vor dem Drachenaltar lag Drakos zusammengekrümmt und rührte sich nicht.

Mit ein paar schnellen Sätzen waren sie bei ihm. Imset kniete sich vor den Kopf des liegenden Riesen, legte seine Stirn an Drakos' Stirn. Er atmete erleichtert auf.

„Seht euch das an! Er schläft wie ein satter Säugling", schmunzelte er. „Hey Großer." Imset rüttelte Drakos an der Schulter. Beim zweiten Versuch öffnete Drakos die Augen. Völlig verschlafen blinzelte er in das ungewohnte Licht.

„Alles in Ordnung?", fragte Imset.

Der Drache seufzte gequält. Imset und Jamal gingen ein paar Schritte beiseite, um den Blick auf Siri und Osiris freizugeben.

Drakos hob ruckartig den Kopf. „Jetzt schon. Osiris! Siri!" Er stupste Osiris freundschaftlich mit der Nase an, dann schloss er seine Gefährtin glücklich in die Schwingen.

„Ich glaube, hier stören wir drei nur", stellte Imset lachend fest. „Lasst uns verschwinden."

„Habt ihr ihn gefunden?", fragte Neri, kaum dass die Männer zurück waren.

Imset nickte. „Und auch genau dort, wo ich ihn vermutet habe."

„Du glaubst es mir ja nie, wenn ich sage, du denkst wie ein Drache", stichelte Neri.

Imsets bernsteingelbe Echsenaugen begannen zu leuchten. „Dann greife ich dich jetzt mit meinen gefährlichen Krallen, zerre dich in meine Höhle ..."

Neri unterbrach ihn lachend. „Was dann kommt, geht nur uns beide etwas an." Dabei schenkte sie ihm einen unwiderstehlichen Augenaufschlag.

„Ich glaube, heute ist allerorten drachenmäßiges Kuscheln angesagt", stellte Osiris zufrieden fest. „Komm Isis, mach mir den Drachen", witzelte er.

Isis lachte hell auf. „Den Hausdrachen, mein Lieber, für Fremdküssen in meinem Beisein."

„Oh je", murmelte Tana, sichtlich erblassend.

„Nimm das nur nicht ernst." Osiris begann schallend zu lachen.

Die anderen fielen ein. Selbst Jamal amüsierte sich köstlich über sie. Tana schaute aber auch wirklich mit einem Blick zu Isis hinüber, als erwarte sie jeden Moment deren Befehl zu ihrer Hinrichtung.

Imset legte ihr den Arm um die Schulter. „War wohl zuviel für den zweiten Urlaubstag?"

Tana nickte. „Sonst gibt es, auf Tausend Jahre gerechnet, nicht so viel Aufregung und wundersame Dinge zu erleben."

„So sind die Atlan", sagte Anubis. „Sie leben nicht gerade langweilig, obwohl sie unsterblich sind. Wir mussten uns alle erst daran gewöhnen. Aber eines ist ganz gewiss: Jeder von uns ist ihnen, auf die eine oder andere Weise, zu Dank verpflichtet." Bei diesen Worten streichelte er liebevoll Schep-en-Hors Hand.

Der Nachtwind trug ein leises Trillern aus dem Urwald heran. Die Tarronn lauschten.

„Was ist das?", fragte Isis. „Es klingt so fremdartig."

Imset lächelte. „So klingen glückliche Drakon, deren Seelen eins mit sich und der Welt sind. Auf Dafa hört man so etwas öfter."

„Ihr Glücklichen", seufzte Osiris. „Da muss ich erst alt wie der Wald werden, fast zwei Tode sterben, um einmal so etwas Wundervolles zu hören."

Habt ihr sie schon einmal fliegen sehen?", fragte er, auf den Paarungsflug anspielend.

„Ja und es war von Anfang bis Ende ein grandioses Schauspiel", antwortete Neri. „Der Feuerzauber, den Sobek und Imset mit den beiden zelebrieren, ist dagegen Kleinkram. Nächtelang war der Himmel von den Flammen hell erleuchtet."

„Dann ist das Drachenland Sperrgebiet. Unbefugtes Eindringen könnte tödliche Folgen haben", erklärte Imset. „Wenn Siri sagt, wir sollen ein paar Tage fernbleiben, dann tun wir es auch – ohne jede Ausnahme.

Nun hoffen wir natürlich, dass sich in den vielen Jahrtausenden der unterschiedlichen Entwicklungen auf Tarronn und Atla die Gene der Drakon nicht zu weit voneinander entfernt haben. Es wäre schön, wenn unsere beiden Großen nicht die allerletzten Drachen ihrer Art in dieser Galaxie blieben."

„Die Hoffnung teile ich", entgegnete Osiris.

„Du hast uns aber noch immer nicht erklärt, wie du mit der Drachenperle Danaë helfen willst", erinnerte sich Horus.

Osiris nickte. „Ich muss heute noch nach Alba, um in einer alten Schrift nachzulesen. Es darf nicht der kleinste Fehler passieren."

„Ich bringe dich hin", erbot sich Horus.

„Sehr gut", freute sich Osiris. „Imset und Sobek müssten uns begleiten, weil ich die Bücher gleich wieder mit zurücknehmen möchte."

Imset gab seine Zustimmung. „Sagen wir in einer halben Stunde?"

Pünktlich vor Ablauf der Frist erschien Sobek, den Imset sofort telepathisch benachrichtigt hatte.

Gemeinsam eskortierten sie Osiris mit der wertvollen Fracht. Anubis stellte den vier Männern seinen silbernen Superflitzer zur Verfügung, was Horus dazu veranlasste, sich freudestrahlend die Hände zu reiben.

Jamal und Tana zwinkerten sich fröhlich zu, was alle auf Horus' Reaktion zurückführten.

Der Flug dauerte wenige Sekunden. Ehe das Personal in Osiris' Palast dazu kam, zu erschrecken, stand das Fluggerät bereits im Hangar. Die gesamte Belegschaft lief zusammen, um den König gebührend zu empfangen. Für jeden hatte er ein paar freundliche Worte und sah überall nur strahlende Gesichter.

„Es ist schön, nach Hause zu kommen", seufzte er begeistert. Schließlich führte er die Männer auf dem gleichen Weg in den unterirdischen Komplex hinein, wie ihn auch Isis gegangen war. Zehn Minuten später lagen die Bücher wieder unter ihren durchsichtigen Schutzhauben.

Als sich die Panzertüren schlossen, fragte Imset: „Wolltest du nicht noch eine alte Schrift heraussuchen?"

Osiris lachte. „Habe ich nicht vergessen. Ich bewahre sie nur an einem anderen Ort auf. Sie ist hier, in meinem ehemaligen…" Beim Öffnen der Tür blieb ihm vor Staunen das Wort *Arbeitszimmer* im Mund stecken.

Kopfschüttelnd schaute er sich um. Statt der hässlichen Bahre standen sein Schreibtisch und die bequemen Sessel im Raum. An der Wand hing die große Sternenkarte, ein paar dekorative Pflanzen brachten eine freundliche Atmosphäre. Dann entdeckte er plötzlich die blutrot leuchtende Orchidee.

„Jamal, du bist wahrlich eine treue Seele", murmelte er ergriffen.

Die beiden Drakonat hätten beinahe den Raum nicht wieder erkannt.

„Wenn das nicht von tiefster Verehrung zeugt, dann weiß ich nicht, was Verehrung ist", sagte Horus anerkennend. „Er hat genau die gleichen Möbelstücke besorgt, wie sie früher hier standen."

„Falsch." Osiris schmunzelte. „Das sind meine Möbel, die immer hier standen. Irgendwo muss er sie die ganzen vielen Jahrtausende aufbewahrt haben.

Ich hatte befohlen, *den Krempel* hinauszuwerfen, das hat er auch getan. Ich sagte ja nicht, dass er es in die Entsorgungsanlage bringen soll. Er muss wohl, von Anfang an, fest an meine Rettung geglaubt haben."

Mit einer Hand öffnete er inzwischen den kleinen Safe, entnahm ihm die Schriftrolle, ließ noch einmal den Blick schweifen. „Die Überraschung ist ihm gelungen. Kommt! Fliegen wir zurück nach Dafa."

Osiris ließ es sich nicht nehmen, den langen Weg durch den blühenden Park zu gehen. Die beiden Gärtner glaubten zu träumen, als der König plötzlich leibhaftig vor ihnen stand.

„Gute Arbeit, Männer", lobte er. „Der Garten sieht prächtig aus. Ich habe einen kleinen Auftrag: Grabt in den nächsten Tagen da hinten die große Wiese um, dort kommen ein paar irdische Pflanzen hin und eine Nistkugel mit Honigspringern. Dann hat sich das Bestäuben mit Hand endlich für euch erledigt. Bis bald."

Mit offenen Mündern starrten die beiden Osiris hinterher. Erdenpflanzen? Honigspringer? Wow!!!

„Du, das war tatsächlich Osiris", sagte der eine zum anderen, als könne er es noch immer nicht fassen.

„Ich hab's gesehen", antwortete der zufrieden. „Jetzt glaube ich auch, was alle sagen. Der König kehrt zurück und mit ihm die gute alte Zeit. Los Jano, hol das Werkzeug! Osiris soll keinen Grund zu Klage haben. Lass uns buddeln, dass die Klumpen fliegen!"

Während Osiris und seine Begleiter Anubis' Gleiter bestiegen, drückten sich die Tarronn am Panzerglas der Panoramascheibe die Nasen platt.

„Das ist ja fast ein Staatsempfang", schmunzelte Osiris, als er durch die sich öffnende Startrampe spähte und an den Hängen der umliegenden Hügel unzählige Personen stehen sah, die alle neugierig zum Palast starrten.

„Glaubst du es jetzt endlich, dass du ihnen sehr gefehlt hast?", fragte Horus mit Nachdruck. „Isis hat alles getan, um das Andenken an dich immer wach zu halten."

Kaum war die Starterlaubnis erteilt, verschwand das Gefährt in einem Lichtblitz, um Sekunden später, auf die gleiche Weise in Atla zu landen.

„Diese Schriftrolle muss ich nicht bei Neri deponieren", erklärte Osiris auf Imsets fragenden Blick. „Damit kann eh nur jemand etwas anfangen, der auch im Besitz einer Drachenperle ist."

Vor dem Gästehäuschen verabschiedete er sich von seinen drei Begleitern, die sich sofort nach Hause teleportierten.

Isis schlief tief und fest. Selbst für sie waren die Ereignisse des vergangenen Tages einfach zuviel gewesen. Wäre ein fremder Drakon der Bewacher der Perle gewesen, hätte sie ihren geliebten Gefährten für immer verloren.

Osiris streichelte sanft ihre Wange. Isis öffnete seufzend die Augen. „Du hast mir gefehlt."

Erstaunt setzte er sich zu ihr auf die Bettkante. So wie sie seine Hand festhielt und streichelte, meinte sie tatsächlich, was sie sagte. Osiris beugte sich über sie, um ihr einen zärtlichen Kuss zu geben. Isis zog ihn einfach unter die Decke, schmiegte sich fest mit geschlossenen Augen an.

Seine Nähe tat ihr unendlich gut. Einen Wimpernschlag später waren beide eng umschlungen eingeschlafen. Die turbulenten Geschehnisse forderten Tribut. Als Osiris im Morgengrauen erwachte, ruhte Isis' Wange an seiner Brust.

Selbst im Traum lag ein glückliches Lächeln auf ihrem Gesicht. Im Traum? Er fühlte nach ihrer Energie. „Erwischt", flüsterte er schmunzelnd.

„Macht nichts." Isis kuschelte sich noch fester an. „Ich genieße es, diesem starken, gleichmäßigem Herzschlag zu lauschen. Das ist das wundervollste Geräusch, das es überhaupt geben kann." Sie glitt mit Hand unter den Stoff seines Gewandes, um das kräftige Schlagen, das sich sofort beschleunigte, deutlich zu spüren.

Osiris drückte sie fest an sich. Egal was in den vielen vergangenen Jahrtausenden geschehen war, Isis war immer wieder zu ihm zurückgekehrt, hatte ihm auf ihre Weise Mut gemacht. Sie sorgte dafür, dass sich seine Linie für die Ewigkeit fortsetzen konnte. Die Worte, die sie soeben gesagt hatte, setzten dem Glück die Krone auf.

Osiris streifte ihr mit wenigen Handgriffen das Nachthemd vom Körper, den er nicht nur fühlen, sondern mit allen Sinnen genießen wollte. Sein eigenes Gewand ließ er genau so rasch neben das Bett fallen.

Isis, rittlings auf Osiris' Schenkeln sitzend, genoss diesen brennenden Blick, mit dem er ihre Haut streichelte, bevor seine Hände lustvoll die sehenswerten Kurven nachmodellierten. Er gab sich nicht einmal die Mühe ihrer beider Energien abzuschotten. Es war ohnehin ein offenes Geheimnis, dass sie ihr neues Leben in vollen Zügen genossen.

So wunderte sich auch niemand, die Turteltauben erst vor dem Häuschen zu sehen, als die Sonne schon recht hoch am strahlend grünen Himmel stand. Hufschlag erklang. Einen Moment später galoppierten auf dem schmalen Pfad am Rand der großen Wiese Cheiron und die beiden Pferde vorbei.

Osiris sah ihnen hinterher, bis sich die Staubwolke wieder gelegt hatte. „Hoffentlich kann ich ihnen zufriedenstellend helfen", murmelte er besorgt. Auch wenn die Drachenperle unbegrenzte Macht verlieh, war noch nicht gesagt, dass alle mit dem Ergebnis gut leben konnten.

Isis legte ihren Kopf an seine Schulter. „Ich weiß, dass es dir gelingen wird."

„Habt ihr heute gar keinen Hunger?", fragte eine Frauenstimme leise hinter ihnen.

„Lara!" Isis streckte ihr die Hände entgegen. „Wir sind reichlich spät dran", stellte sie kleinlaut fest.

Lara lächelte wissend. „Na kommt schon. Bis zum Mittagessen dauert es noch eine Weile. Sonst fallt ihr mir noch völlig entkräftet um. Sara und Danaë haben ganz frischen Schafskäse besorgt."

„Spätestens jetzt hätte ich nicht mehr nein sagen können", schmunzelte Osiris. „Es geht doch nichts über leckere Atlan-Delikatessen."

Während des Essens trafen sich hin und wieder die Blicke von Danaë und Osiris. Er las in den Gedanken der Menschenfrau, wie in einem offenen Buch. Ziemlich zufrieden stellte er fest, dass ihm genau diese Gedanken die Arbeit sehr erleichtern würden.

Cheiron und sie hatten schon äußerst intensiv alle Eventualitäten durchdiskutiert, was alles schief gehen könne und sie hatten ganz ohne Zweifel einen Notfallplan parat. Man würde ihm keinesfalls Vorwürfe machen.

Zudem war der Fall ausgeschlossen, dass Cheiron jemals freiwillig nach Helion zurückkehren werde. Selbst dann nicht, wenn Danaë die Geburt ihres Kindes nicht überleben sollte. Der Zentaur hatte den beiden Drakonat das heilige Versprechen abgerungen, ihn zusammen mit ihrer Leiche zu pulverisieren und ins Meer zu streuen.

Maris trug seitdem eine Zentnerlast mit sich herum. Egal wie, er werde sich zeitlebens Vorwürfe machen. Alle wussten das und so ruhten ihre Hoffnungen auf Osiris, der Drachenperle und der Schriftrolle.

Es klopfte, dann spähte Jamal herein. „Ich wollte nur nachschauen, ob ihr etwas braucht."

Isis winkte ihn heran, deutete auf den freien Platz neben sich. „Mir war so, als ob du Urlaub hättest?"

Jamal warf einen derart hilflosen Blick zu Osiris, dass alle Anwesenden in Gelächter ausbrachen.

„Ich muss wohl mit Tana reden, dass sie dich intensiv darin unterweist, wie man Freizeit richtig genießt." Isis schaute ihn amüsiert von der Seite an. „Wo steckt sie eigentlich?"

„Bei Arko in der Werkstatt. Sie hat sich in Danaës Muschelkette verliebt und nun soll er ihr auch eine machen."

Jamal blieb neben Isis sitzen. Er wirkte etwas nervös. Ehe die Göttin noch eine spitze Bemerkung machen konnte, legte ihr Osiris die Hand auf den Arm. „Lass ihn."

Erstaunt sah sie ihn an. Osiris erschuf, statt einer Erwiderung, ein großes Hologramm, welches seine Räume am gestrigen späten Nachmittag zeigte. „Deshalb", fügte er kurz hinzu.

Isis bekam große Augen. „Aber das ist ja ... – er hat genau solche Möbel besorgt, wie früher da standen!"

„Falsch, das sind meine Möbel." Osiris ließ das Hologramm wieder verschwinden. „Glaubst du wirklich, dass du es schaffst, einen dienstbaren Geist wie ihn, der seinen Job liebt und lebt, einfach von mir fernzuhalten?"

„Wann hast du umgeräumt?", fragte Isis Jamal überrascht.

„An jenem Tag, als du mit den Horus-Männern bei uns warst. Horus' Erinnerungen, die ich sehen durfte, hatten mich überzeugt, dass Osiris wirklich wieder richtig am Leben ist.

Mit größter Genugtuung habe ich, als erstes Stück, persönlich die Bahre in die Entsorgungsanlage gebracht. Ich habe mir sogar die Protokolle genauestens angesehen, um sicher zu sein, dass sie wirklich weg ist."

„Wenn ich richtig hingeschaut habe, dann hast du auch eine blutrote Honigorchidee aufgetrieben."

Jamal nickte. „Das ist Tanas Werk. Sie hat den halben Kontinent abgegrast, um die wundervolle Blume zu beschaffen."

„Darf man wissen, was es euch gekostet hat?" Isis zog die Augenbrauen hoch.

Der Hüne begann zu lachen. „Die ganze Geschichte war ziemlich verrückt ..." Er erzählte, was sich an jenem Tag zugetragen hatte, als die Drakon landeten.

Tana kam herein. Sie blieb hinter Jamal stehen. Ihm beide Hände auf die Schultern legend, hörte sie zu, immer wieder zustimmend mit dem Kopf nickend.

„Jetzt ist mir auch klar, welches Rendezvous auf Kantar Siri meinte", schmunzelte Osiris. „Das war die Bezahlung der Blume!"

„Hmm, hmm", machte Tana glücklich.

Diesmal lächelte Isis schelmisch. „Und du hast dir die Mühe, dieses extravagante Gewächs besorgt zu haben, von ihm erstatten lassen." Sie deute mit dem Kopf zu Jamal, der ein breites, zufriedenes Grinsen aufsetzte, nach Tanas Händen fasste und sie zärtlich drückte.

„Auch richtig", antwortete Tana, mit einem leichten Anflug von Röte.

Jamal schaute Isis fest an. „Diese Farbvariante ist das Seltenste, was es auf diesem Planeten gibt. Heute weiß ich, dass der Preis angemessen war. Ich kann aber auch ohne Scheu behaupten, dass ich ihn mit dem allerhöchsten Vergnügen beglichen habe."

„Na, das ist ja nicht zu übersehen!", riefen Isis und Osiris gleichzeitig.

Jamal wurde ernst. „Genau genommen muss ich den Atlan, den Horus-Männern und Cheiron dankbar sein, dass Tana meine Gefährtin geworden ist. Ohne Hilfe für Osiris, keine Suche nach der Orchidee. Ich bin eigentlich zu Solon gekommen, um mit dir die Schriftrolle auszuwerten.

Mir liegt sehr viel daran, das Cheiron und Danaë hier auf Tarronn richtig glücklich werden können und ich wüsste nicht, wie ich mich sonst erkenntlich zeigen könnte."

Danaë lächelte scheu. „Ich war noch nie so glücklich wie hier. Mein ganzes bisheriges Leben bestand aus Angst und Schrecken und daraus, gemieden zu werden, weil ich nur ein wertloser Mensch bin."

Ehe jemand antworten konnte, war Jamal aufgestanden, hatte ihr den Arm um die Schulter gelegt, sie vorsichtig an sich gedrückt, wie es wohl ein großer Bruder täte. „Wie definiert man Wert?", fragte er leise. „Ist es nicht egal, welchem Volk man angehört? Die Hauptsache ist doch, dass jeder für jeden da ist, besonders wenn einer Hilfe braucht.

Sogar ich, der ich erst kurze Zeit auf Dafa bin, habe schon gemerkt, wie froh Sara ist, dass du bei ihr bist. Endlich hat sie eine Freundin in ihrem Alter, wie Talos immer wieder betont. Du hast dem unsterblichen Cheiron Ziele gegeben, für die es sich zu kämpfen lohnt.

Tana hat von dir gelernt, wie schön der Schmuck der Menschen sein kann. Es gibt gute und schlechte Menschen, wie es gute und schlechte Tarronn gibt. Genau so gibt es gute und schlechte Helion. Sind die Schlechten wertvoller als du, nur weil sie unsterblich sind?"

Jamal hatte weder gemerkt, dass es bei seinen Worten totenstill geworden war, noch dass sich alle Magier, Thor und Cheiron eingefunden hatten.

Erst als Imset hinter ihm sagte: „Wohl gesprochen", kreiselte er erschreckt herum. In diesem Moment applaudierten die Versammelten auch schon.

Jamal führte Danaë zu Cheiron, legte ihm den anderen Arm um die Schulter. „Irgendeine vernünftige Lösung muss es geben. Daran glaube ich genau so fest, wie an das neue Leben von Osiris."

„Das halte ich für ein gutes Omen", ließ sich Isis vernehmen. „Nach dem, was ich auf dem Hologramm von Osiris' Räumen gesehen …" Sie sprach den Satz nicht zu Ende, nickte Jamal aber äußerst dankbar zu.

Isis schwor sich, den stillen Riesen mit ihren Sticheleien zu verschonen, zumindest soweit es um ernste Dinge ging. Manchmal hatte sie darüber gelächelt, wenn er, Jahrtausend für Jahrtausend, mit der Präzision eines Uhrwerkes überwachte, dass der Bandagenwechsel seines Königs pünktlich und korrekt durchgeführt wurde.

Wie akribisch er jeden einzelnen Tag festhielt, an dem die magischen Binden früher erneuert werden mussten, weil die verbliebene Lebenskraft immer mehr abnahm.

Ohne jemals wieder in die unmittelbare Nähe Osiris' gelangt zu sein, war er ihm doch stets seelisch verbunden geblieben, hatte gebangt, gehofft und alles für die fast unmögliche Rückkehr seines Herrn bereitgehalten. Kein Wunder, dass er nun danach lechzte, ihm wieder jeden Wunsch von den Augen abzulesen.

„Wenn du nichts dagegen hast, möchte ich heute gern mit den Frauen auf die Felder gehen." Tana ließ ihren Zeigefinger zärtlich über Jamals Oberarm gleiten.

Er küsste sie liebevoll auf die Stirn. „Ganz im Gegenteil, ich wollte nämlich mit Osiris die Schriftrolle auswerten."

„Dann bin ich schon weg!", rief Tana fröhlich, schmiegte sich noch einmal kurz an ihn, um flink hinter den Atlan herzulaufen, die bereits auf dem Weg zu den Pflanzungen waren.

„Wollt ihr meine Bibliothek nutzen?", fragte Talos. „Ihr könntet das Schriftstück komplett ausrollen."

„Guter Vorschlag", freute sich Osiris. Im selben Augenblick war sein Platz leer.

Isis stutzte. „Ach schau an, das kann er also auch schon wieder. Neu-Atla und eure Gesellschaft bekommen ihm ausgezeichnet. Ihr werdet uns sicher mindestens einmal im Jahr für ein paar Wochen hier ertragen müssen."

„Liebend gern." Imsets bernsteingelbe Augen funkelten verschmitzt. „Du ahnst ja nicht, welche Freude ihr uns damit macht und du weißt ja, bei uns Atlan wird es nie langweilig." Er breitete die Arme aus, umschloss so alle Völkergruppen, die sich voller Stolz Atlan nannten, egal, ob sie als solche geboren waren.

Isis nickte begeistert. „Da sprichst du wahre Worte." Leise setzte sie hinzu. „Und ich habe so viel gut zu machen." Sie erhob sich, um mit Zaid, Neri, Merit-Amun und den vier Kindern einen Spaziergang durch den Wald zu machen.

„Nehmt ihr uns auch mit?", rief Sara hinterher, wobei sie auf sich und Danaë deutete.

„Aber natürlich", Isis blieb stehen, bis die werdenden Mütter zu ihr aufgeschlossen hatten. Cheirons munterer Nachwuchs machte es seiner Mama nicht gerade leicht. Die winzigen Hufe konnten bereits ziemlich hart zutreten. Danaë ertrug es ohne Klage.

Immer wieder stellte Isis, die Herrin des Lebens, mit einiger Verblüffung fest, dass die Frauen hier jede Strapaze beinahe gleichmütig auf sich nahmen, wenn es darum ging, das heiß ersehnte Kind zu bekommen.

Die besondere Hochachtung der angehenden Väter gegenüber ihren Gefährtinnen war mehr als nur berechtigt. Mira, die jetzt schon kurz vor der Niederkunft stand, kümmerte sich lieber in der Siedlung darum, dass es den vielen Gästen an nichts mangelte.

Solon hatte das Angebot der Tarronn dankend abgelehnt, das Geschlecht seines Kindes bestimmen zu lassen. Ihm war es inzwischen völlig egal, ob Sohn oder Tochter, Hauptsache gesund. Solon war einfach nur überglücklich. Maris blieb in erhöhter Bereitschaft, womit er Aron sehr beruhigte.

Im Augenblick saß Mira an ihrem Webstuhl. Irgendetwas war heute anders als sonst, ihr Rücken schmerzte schon nach wenigen Minuten. Seufzend ließ sie die Arbeit in ihrer Werkstatt liegen und ging langsam zum Wohnhaus zurück. Solon, der mit Thor im Garten ein paar Bücher auswertete, sprang beunruhigt auf.

„Ich fühle mich wie zerschlagen", Mira hob bedauernd die Hände.

Solon streichelte ihren Babybauch, stutzte, lächelte hintergründig und bat Thor um etwas Geduld, bis er wieder da sei. Thor machte es sich im Schatten gemütlich, während Solon Mira ins Haus brachte.

„Es wird bestimmt gleich wieder besser gehen", versuchte ihn Mira zu beruhigen. „Lass Thor nicht so lange allein."

Solon begann zu lachen. „Ich schätze, in einer Stunde wird es dir wirklich besser gehen."

Mira schaute ihn irritiert an. „Wieso in einer Stunde?"

„Ich gehe von einer problemlosen Geburt aus, die beim zweiten Kind etwas schneller geht." Solon grinste breit.

Mira blieb eine Erwiderung schuldig, weil sich tatsächlich im selben Moment das Ziehen aus dem Rücken ganz heftig in den Bauch verlagerte. „Neri hat wieder einmal recht, die Kinder auf Dafa kommen alle viel früher, als es auf der Erde üblich war."

Solon eilte in die Küche, er erwärmte das Wasser im großen Kessel gleich mit Magie, nahm saubere Tücher aus dem Regal, um sofort wieder bei Mira zu erscheinen, die sich voll auf ihre Aufgabe konzentrierte.

Auch Solons Vermutung wurde vollauf bestätigt, die Stunde war noch nicht einmal um, als er die Nabelschnur des Neugeborenen durchtrennte, das sofort lautstark dagegen protestierte, kopfunter gehalten zu werden.

Thor hob erstaunt den Kopf. Ihm war, als habe er Babygeschrei gehört. Sicher eine Täuschung. Er vertiefte sich wieder in die alten Texte.

Es dauerte eine Weile, bis Solon wieder aus dem Haus kam. Entsetzt sprang Thor auf, als er die großen Blutflecke, auf dessen Gewand, gewahrte. „Was hat sie?", fragte er, mit Blick zum Haus.

„Einen strammen Sohn", schmunzelte Solon, seine Kleidung abstreifend und in die Wanne neben dem Brunnen werfend.

Der Ase sortierte mühsam seine Gedanken, dann riss er den Halbnackten mit einem Jubelschrei in seine Arme. „Ein Sohn! Wenn das keine guten Nachrichten sind! Meinen allerherzlichsten Glückwunsch! Na, beeile dich! Lass sie nicht allein."

„Bin schon weg." Solon teleportierte sich zu seiner kleinen Familie. Mutter und Kind waren wohlauf, denn es hatte keine Probleme gegeben, die für ihn, als Heilkundigem, nicht zu lösen gewesen wären.

Er streichelte mit dem Finger die winzigen Wangen seines Söhnchens, küsste Mira zärtlich, erst dann zog er sich ein neues Gewand über und sandte einen telepathischen Dank an die Quelle.

Ganz sicher hatte sie seine Wünsche gefühlt, als er sich mit den anderen um Osiris kümmerte. Genau so sicher war sich Solon, dass sie das Tüpfelchen auf das i gesetzt hatte, indem sie ihm zu einem Sohn verhalf.

Die Wärme, die als Antwort in sein Herz zog, bestätigte seine Annahme. Jetzt saß er auf der Bettkante und konnte sich an seinen beiden Lieblingen kaum sattsehen.

„Sami?", fragte Mira vorsichtig.

„Sami." Solon nickte. „Genau so." Er nahm seinen Sohn auf den Arm, half Mira beim Aufstehen und hätte gleichzeitig die ganze Welt umarmen mögen. Sami – ein vertrauter Klang.

Thor lief ihnen freudig entgegen, kaum dass sie den Garten betreten hatten. Er beglückwünschte Mira und beeilte sich die Gartenliege in den Schatten der großen Bäume zu rücken. Solon eilte in Haus zurück, brachte Getränke und ein paar Knabbereien.

Ein Schatten huschte über den Garten, mit rauschenden Schwingen landete Siri. Neugierig schob sie ihren Kopf über die Hecke. „Ahhh, schau an. Ein neuer Atlan. Ist das schön. Ich kann mich also doch auf mein Gespür verlassen. Alles Gute und viel, viel Glück."

„Danke." Mira strahlte mit der Drakon um die Wette. „Endlich muss ich den anderen nicht mehr wehmütig hinterherschauen. Sie drückte Sami vorsichtig an sich."

Siri seufzte. „Ich kann dich ja so gut verstehen. Wie gern würde ich auch endlich ein Ei bewachen."

„Hab Vertrauen in die Quelle", tröstete Solon. „Sie weiß, wie sehr du es dir wünschst."

Ein zweiter beschuppter Kopf tauchte auf. Drakos gelbe Augen funkelten fröhlich. „Aha, erst heimlich gebrütet und nun genau so heimlich geschlüpft. Meinen Glückwunsch!"

Alle lachten, sie hatten Safis Worte noch deutlich im Ohr.

„Komm Siri, wir gehen auf Fischzug. Eine Riesenparty ohne Fisch ist nur halb so schön." Drakos blinzelte Solon lustig zu.

„Unter diesen Umständen brauche ich nach dem Urlaub wirklich Erholung", kicherte Thor. „Bevor mich meine Leute abholen, kommen ja noch Cheirons und Tamus Kinder auf die Welt."

„Du hast aber schnell nachgerechnet", schmunzelte Solon spitzbübisch.

„Naja, ich möchte solch historische Ereignisse keinesfalls verpassen. Welcher Ase kann schon sagen, er sei dabei gewesen, als auf Tarronn ganz große Geschichte geschrieben wurde?"

Millionen Kilometer entfernt, brach ein Weißstorch tot zusammen, kaum dass er sein Brutgebiet erreichte. Der Dämon Apophis hatte ihm die Kräfte geraubt. Nun fraß er auch noch den ausgemergelten Kadaver auf, um selbst neue Kraft zu schöpfen.

Die letzten Kilometer zog der Unselige als nebeliges Gebilde seine Bahn, um möglichst unbemerkt zum Landeplatz der Asen zu gelangen. Unbemerkt?

Nun nicht ganz. Auf seinem Weg hinterließ er eine Spur der Verwüstung. Nacht für Nacht trieb er sein Unwesen – mal brannte eine Hütte, mal starb Vieh aus unerklärlichen Gründen und manchmal erschreckte er einsame Wanderer zu Tode.

Schließlich erreichte er die Regionen, in denen es auch im Sommer niemals richtig warm wurde. Vorsichtig schlich er sich über die letzte steinige Barriere, die ihn noch von jenem Platz trennte, an dem für gewöhnlich die Raumschiffe der Asen landeten.

Freudig überrascht erkannte er, trotz der guten Tarnung, den Transporter, welcher sich förmlich an die Küstenlinie schmiegte und optisch fast mit ihr verschmolz. Offensichtlich war er soeben erst eingetroffen, denn die

Besatzung lud Kisten mit Edelsteinen aus, die sie den Menschen hier zum Tausch anbot.

Apophis zog sich zurück. Er hatte genug gesehen und konnte warten. Genüsslich machte er sich über die Gelege der Seevögel her, die hier zu Tausenden brüteten.

Ihm werde zeitig genug ein Weg einfallen, die Sicherheitssysteme des Gleiters zu umgehen. So lag er faul in der Sonne, beobachtete das Treiben um sich herum, schlug sich den Bauch voll und beobachtete weiter …

Auf Dafa stieg inzwischen die Begrüßungsparty für Sami. Die Drakon hatten die frohe Kunde in Windeseile zu den anderen getragen. Festlich gekleidete Atlan zogen in hellen Scharen zum Versammlungsplatz.

„Familie – soweit das Auge blickt", freute sich Osiris. Denn auch der neue kleine Atlan gehörte, als Lunas Halbbruder, mit dazu und somit auch Solon, der überaus stolze Vater.

„Ich glaube, nun schließt sich Kreis", erklärte Imset Isis. „Solon war auf der Erde so etwas wie mein Ziehvater. Er hat mich aufgenommen, war immer für mich da und hat mich zu dem gemacht, was ich heute bin.

Nun gehört er offiziell zur Familie, was mich persönlich mit ganz besonderer Freude erfüllt. Ein Baby und viele Gründe, dies gebührend zu feiern."

Luna und Merit-Amun hatten sich zu Mira gesetzt, wo sich auch Sara und Danaë einfanden. Tanit brachte ihrer Mama Essen und bediente auch ganz professionell die anderen Frauen. Immerhin war sie nun schon ein großes Mädchen, obwohl sie gerade über die Tischkante schauen konnte.

Osiris war aufgestanden, um den kleinen neuen Bürger noch einmal ganz in Ruhe zu betrachten, als wieder einmal etwas Seltsames geschah. Merit-Amun, die ihm gerade Platz machen wollte, blieb mit einem unterdrückten Stöhnen stehen, während sich die Gestalt der Uräus' über sie legte.

Osiris, der zwar von diesem Phänomen gehört, aber das selbst noch nie erlebt hatte, stoppte mitten in der Bewegung. Die Versammelten erstarrten. Uräus hatte selten gute Nachrichten, wenn sie so erschien. Neri drückte Ihi schützend an sich.

„Ich bin erfreut, dich gesund zu sehen", sprach die Kobra-Göttin Osiris an, den sofort ein ungutes Gefühl beschlich. „Ich komme, um euch den Willen der Schicksalsgöttinnen zu überbringen." Ihr Blick glitt über die Menge, dann fixierte sie mit ihren senkrechten Pupillen Danaë, die Mühe hatte, nicht ohnmächtig zu werden.

„Es ist seit langer Zeit beschlossen, die unglücklichen Geschöpfe der alten Genexperimente aussterben zu lassen. Daran werdet auch ihr nichts ändern.

Sollte der kleine Zentaur tatsächlich lebend das Licht von Tarronn erblicken, dann werde ich ihn persönlich Anubis übergeben."

Im gleichen Augenblick zog sich die Kobra zurück, Merit-Amun fiel Osiris bewusstlos in die Arme. Danaë brach weinend neben Cheiron zusammen, der sich selbst kaum noch auf den Beinen halten konnte.

„Aus, vorbei", hämmerte es in seinem Kopf. Lähmendes Entsetzen machte sich breit.

Osiris fing sich als Erster. Er trug Merit-Amun zu Safi, dann nahm er Danaës Hände. „Sie wird euer Baby nicht bekommen, so wahr ich hier stehe."

Er wandte sich zu Jamal um. „Dein Urlaub ist bis auf Weiteres verschoben. Komm, uns läuft die Zeit davon." Gemeinsam verschwanden sie in Richtung der Häuser.

Isis legte Tana tröstend den Arm um die Schulter. „Sei nicht traurig, aufgeschoben ist nicht aufgehoben. Du bleibst natürlich hier. Ich beauftrage dich für diese Zeit mit Studien über die Erdenpflanzen, die wir in Bälde mit zum Palast nehmen wollen."

„Vielen, vielen Dank." Tana lächelte unter Tränen. Sie hatte schon Angst gehabt, man werde sie allein nach Alba zurückschicken.

Imset schaute in die Runde, in betretene Gesichter. „Haben wir jemals getan, was das Schicksal wollte? Sie wird Danaës Baby nicht bekommen, egal wie, aber sie bekommt es nicht." Ein gefährliches Funkeln glomm in seinen Augen. Sobek und die Drakon nickten.

Thor staunte. Was er hier erlebte, war Meuterei auf der höchsten Ebene. Gab es überhaupt eine Chance, das Kind vor der Göttin zu verstecken, die unvermutet und buchstäblich überall erscheinen konnte?

Andererseits kannte er die Atlan inzwischen gut genug, um zu wissen, dass sie niemals aufgaben und die allerunmöglichsten Dinge fertigbrachten. Nun lag es wohl zuerst daran, ob Danaë stark genug war, die seelische Folter zu ertragen, die ihr Uräus auferlegt hatte.

„Ich bin nur ein wertloser Mensch", hatte die junge Frau zu Jamal gesagt. In Thor regte sich der Widerspruch – gegen diese Worte und gegen das Verlangen der Uräus. Er würde für Danaë kämpfen, selbst wenn er sie mit nach Asgard nehmen müsse, damit das Baby eine Chance auf Leben habe.

„Ich danke dir." Imset drückte dem verblüfften Asen ganz fest die Hand. Langsam begriff Thor, dass er seine Gedanken nicht abgeschirmt hatte und jeder in ihnen, wie in einem offenen Buch, gelesen hatte. Die vielen dankbaren Blicke quittierte er mit einem kampflustigen Lächeln.

Maris hatte sich neben Danaë auf die Bank gesetzt. Er sprach intensiv auf die werdende Mutter ein. Cheiron nickte zu seinen Worten. Isis nahm

Kontakt zu Anubis auf, um ihn über die unschöne Begegnung mit Uräus zu informieren.

„Jetzt reicht es", gab Anubis telepathisch zurück.

Cheiron brachte seine verzweifelte Gefährtin nach Hause. Sie vergrub ihr Gesicht in den Kissen und weinte hemmungslos. Dem Zentauren blieb nichts anderes übrig, als ihr einen Beruhigungstrunk zu mischen, der sie sanft ins Reich der Träume schickte. Dann ließ er sich neben ihrem Bett nieder und hätte am liebsten selber Rotz und Wasser geheult.

Am nächsten Morgen, gleich nach dem Frühstück erschien Maris, um nach Mutter und Kind zu sehen, ein Besuch, den er von nun an täglich wiederholte.

Thor avancierte zu ihrem Leibwächter, wofür ihm Cheiron unendlich dankbar war. In der Zeit, wo er sich um die Ausbildung der Pferde kümmerte, wäre seine Liebste schutzlos ausgeliefert gewesen.

Er ahnte nicht einmal, dass alle Magier, ohne darüber zu reden, rund um die Uhr ein Überwachungsnetz über Dafa spannten, um sofort über jegliche magische Anomalie unterrichtet zu werden, so auch über das Auftauchen der gefürchteten Kobra. Osiris und Jamal nahmen die Schriftrolle kurzerhand mit an den Strand.

Horus hatte sie in seinem Gleiter mehrfach kopiert. Selbst wenn Uräus das Original vernichten sollte, man werde trotzdem nicht hilflos dastehen. Talos und Lara unterwiesen Tana ebenfalls am Strand über die Besonderheiten der Erdenpflanzen.

So konnten Isis und Osiris, genau wie Tana und Jamal ein wenig Zeit gemeinsam verbringen, selbst wenn es nur die kurzen Pausen für Essen und notwendigste Erholung waren. Drei Wochen später schienen die beiden Männer gefunden zu haben, wonach sie so intensiv gesucht hatten.

Ohne ein Wort darüber zu verlieren, machten sie einen überaus zufriedenen Eindruck. Osiris beugte sich zu Jamal hinüber. „Ehe ich es vergesse: Ihr habt, ab sofort, zwei Wochen Urlaub."

Tanas Jubelschrei lockte die Drakon herbei. „Du hast gerufen", kicherte Siri, als sie Tanas verdutztes Gesicht sah.

„Ach du Schreck!" Tana wurde rot.

„Steigt schon auf. Ich weiß doch, was ihr beide euch schon so lange wünscht." Siri legte ihren Kopf auf den Boden. Mit Jamal und Tana auf dem Rücken flog sie auf das Meer hinaus. Zwei Stunden später brachte sie sie wohlbehalten wieder an den Strand.

„Mit euch zu fliegen, ist immer wieder beeindruckend." Tana streichelte die riesige Drakon. „Heute ist mein allergeheimster Kindheitsraum in

Erfüllung gegangen, auf dem Rücken eines Drakon zu fliegen, unter mir das weite lavendelfarbene Meer und über mir nur der grüne, weite Himmel."

Jamals strahlende Augen sagten dasselbe. „Das ist Märchenbuchurlaub", fügte er hinzu.

Thor seufzte. „Mein Urlaub wird wohl auch in einigen Wochen zu Ende sein. Taris hat heute Horus Bescheid gegeben, dass unser Transporter morgen starten wird." Er seufzte noch einmal.

„Oh je, ich glaube, der Ärmste hat sich infiziert", stellte Jani mit todernster Miene fest.

„Womit?" Isis schaute sie erschrocken an.

Jani blinzelte harmlos. „Mit dem unheilbaren Atla-Virus."

„Stimmt. Genau so geht das los." Kebechsenef wiegte bedächtig den Kopf. „Da hilft nur eine jährliche Kur auf Dafa, bis man gegen den Virus resistent ist oder bis er einen hoffnungslos infiltriert hat."

„Stellst du meinen Kurantrag bei Odin?" Thor schaute ihn treuherzig an. „Dir glaubt er sicher eher als mir, dass das für mein Seelenheil unbedingt erforderlich ist."

„Aber gern. Maris kann das Ganze sogar mit einem Attest untermauern."

Das einsetzende Gelächter war ohrenbetäubend. Es lockte den ganzen Magischen Club, der inzwischen riesig geworden war, an den Strand.

„Hat eine Bestimmte dein Herz erobert oder ist es die Allgemeinheit, die dich lockt", fragte Imset wie nebenbei.

Thor wurde unbehaglich. Er wand sich förmlich. „Eine Bestimmte. Aber ich werde keinen Namen nennen, sonst kratzt ihr Sif womöglich die Augen aus, wenn sie zufällig zusammentreffen sollten."

„Und sie?"

Jetzt lächelte der Ase. „Sie genießt und schweigt."

Imset klopfte ihm auf die Schulter. „Wir werden sehen, was wir für dich tun können."

Thor atmete erleichtert auf. Er hatte sich schon auf bittere Vorwürfe gefasst gemacht. Natürlich genoss Riva, dass einer der hochrangigsten Asen so offensichtliches Interesse an ihr zeigte. Aber genau so heimlich traf sie sich mit ihm.

Sie wusste ziemlich gut, dass er in fester Bindung lebte und konnte sich ausmalen, wie rigoros seine Frau jedes weitere Treffen unterbinden würde, wenn sie mitbekäme, dass mehr als eine der üblichen Kurzromanzen dahinter steckte.

Thor rieb nachdenklich seine Nasenspitze. Der Atla-Virus ... Wahrscheinlich war es das. Er war fast süchtig nach dieser zierlichen

Brünetten vom geheimnisvollen Volk der Atlan. Dabei beschränkte sich sein Interesse nicht vorwiegend auf die körperliche Nähe.

Mit ihr konnte er stundenlang durch den Wald wandern, ohne dass ihnen die Gesprächsthemen ausgingen. Sich mit ihr über Blüten und wohlschmeckende Früchte freuen, aber auch einfach nur schweigend neben ihr im heißen Sand liegen und die Sonne genießen. Infiziert. Unheilbar.

Thor hatte aufgehört, seine Seufzer zu zählen. Dafür zählte er voller Sorge die Wochen, bis der Transporter Dafa erreichen werde.

Die anderen zählten ebenfalls die Wochen, aber die, bis Danaë hoffentlich ohne Komplikationen, ihr Zentauren-Baby zur Welt bringen werde. Je näher der Termin rückte, umso schlechter ging es ihr. Die Ungewissheit fraß an ihr, wie eine Bestie, die ihrem Opfer bei lebendigem Leibe Stück für Stück aus dem Körper reißt.

Maris beendete schließlich das Martyrium. „Wir können nicht länger zusehen, wie sie dahin siecht. In ein paar Tagen besteht keine Hoffnung mehr, dass wenigstens eine der beiden überlebt. Wenn Osiris bereit ist, beginnen wir."

„Ich bin bereit. Ich werde jetzt mit Imset, Sobek und den Drakon die Perle holen. In genau einer Stunde werden wir in Cheirons Haus eintreffen." Zu fünft machten sie sich auf den Weg.

Maris übernahm es, die völlig ahnungslosen werdenden Eltern vom Entschluss der Magier zu unterrichten. Danaë begann wieder zu weinen, obwohl ihr selbst hierfür schon fast die Kraft fehlte. Cheiron wurde leichenblass.

„Tut, was getan werden muss", sagte er schließlich mit tonloser Stimme. „Rettet wenigstens Danaë."

In den nächsten Minuten trafen alle Magier, Isis, Neri und sogar Thor ein, um irgendwie die Schicksalsgöttin fernzuhalten. Ein lautes Rauschen verriet die Ankunft der Drakon. Gleichzeitig flimmerte die Luft, Osiris und die Drakonat materialisierten sich.

Ihren Gesichtern war nicht zu entnehmen, was in der letzten Stunde geschehen war. Wie ein Schutzwall umringten die Magier und Magierinnen Danaës Bett, das in wenigen Augenblicken Maris als Operationstisch dienen sollte. Cheiron zog sich in eine Ecke des Zimmers zurück. Er, der sonst immer die Ruhe bewahrte, war nicht mehr fähig, auch nur einen einzigen klaren Gedanken zu fassen. Danaë zitterte am ganzen Körper.

Maris wandte sich ihr zu, legte beide Hände an ihre Schläfen. Sie schloss die Augen und sank Osiris in die Arme, der sie vorsichtig zum Bett trug.

Bevor Maris sich seiner Patientin widmen konnte, erschien eine leuchtende Wolke mitten im Zimmer, die sich zu Uräus verdichtete. Die Anwesenden hielten den Atem an.

„Ich hatte euch gewarnt", zischte die Göttin, deren Gesicht vor Aufregung die Züge einer Kobra annahm. „Wir dulden keine weiteren Zentauren."

Der Herr der Tarronn wandte sich beinahe unbeeindruckt Danaë zu, die Maris in einen magischen Tiefschlaf versetzt hatte, um ungestört die Schnittentbindung durchführen zu können.

Er hatte jetzt keine Zeit für Erklärungen. Er riss ihr mit einem Ruck das Gewand vom Körper, egal, wer alles zusehen konnte. Legte beide Hände an ihren hoch aufgewölbten Bauch und begann, Bewegungen zu machen, als sortiere er etwas.

Dabei setzte sich ein unübersehbares Lächeln in seinen Mundwinkeln fest. Die Magier und selbst Isis wagten nicht, einen Laut von sich zu geben.

„Was tust du?" Uräus funkelte Osiris wütend an. „Ich bin hier um diesen kleinen Zentauren zu töten, daran wirst auch du mich nicht hindern."

Die einzigen Antworten waren ein Schulterzucken und ein breites Grinsen.

Die Schlangengöttin zog das Schwert, dem Baby sofort das Leben zu nehmen, um welches hier so viele kämpften.

Cheiron stand wie gebannt in seiner Ecke, schaute unverwandt zwischen Danaë, Maris, Uräus und Osiris hin und her. Alles lief wie in Zeitlupe ab.

Der mächtige Tarronn zog langsam seine Hände vom Bauch der werdenden Mutter zurück. „Du kannst beginnen", wandte er sich an Maris, der augenblicklich das Skalpell ansetzte.

Osiris drehte sich zu Cheiron um, fasste ihm vor aller Augen zwischen die Hinterbeine, wobei der lange Pferdeschweif den Ort seiner fieberhaften Tätigkeit verdeckte.

Cheiron gab einen leisen Schreckenslaut von sich, blieb aber, wenn auch heftig zitternd, stehen, um Osiris nicht zu stören, der zielstrebig und ziemlich schmerzhaft zu Werke ging.

Schließlich klopfte er dem Zentauren aufs Hinterteil, zwinkerte ihm verschwörerisch mit einem Auge zu, um im Bruchteil einer Sekunde wieder neben Danaë zu erscheinen.

„So, nun gebe ich ihr die Unsterblichkeit, damit sie noch auf das bedauernswerte, dem Tode geweihte Baby übergehen kann", sagte er in einem Tonfall, welcher alle aufhorchen ließ.

Uräus zuckte zusammen. Ihr war der spöttische Unterton nicht entgangen. Sie ließ sogar das Schwert sinken, mit dem sie Cheirons Nachwuchs enthaupten wollte.

Stattdessen beugte sie sich neugierig zur Seite, bis sie genau sehen konnte, wie fieberhaft und präzise Maris arbeitete. Die Versammelten würden es nicht wagen, ihr das Baby vorzuenthalten.

Osiris hatte tief Luft geholt, seine Lippen auf die Danaës gepresst und hauchte ihr buchstäblich die Unsterblichkeit ein. Dann nickte er zufrieden, stellte sich neben Maris, von wo aus er ziemlich ungeniert diesen nackten Frauenkörper betrachtete.

Und gleichzeitig mit Adlerblick beobachtete, wie der Heiler ein Beinchen mit einem Huf ans Licht beförderte, welchem ein haariger Schweif, drei andere Beinchen und schließlich ein Menschenkopf folgten. Cheiron brach fast in die Knie, als Uräus das Schwert wieder hob.

Er schaute flehend zu ihr hinüber und bemerkte, wie sich ihr Gesichtsausdruck von konzentriert zu namenlos überrascht ändert. Sie war nicht einmal in der Lage ihr Schwert sinken zu lassen. Es fiel ihr einfach hintenüber aus der Hand.

Ungläubig starrte sie an, was Maris vorsichtig auf dem nackten Bauch der Mutter abgelegt hatte, bevor Neri und Isis rasch zufassten. Mit einem matten Seufzer rutschte Cheiron, der ebenfalls gesehen hatte, was da lag, ohnmächtig in sich zusammen.

Maris, Solon, Talos und die Drakonat heilten inzwischen voll konzentriert die Verletzungen der jungen Mutter. Osiris kniete währenddessen neben Isis und Neri auf dem Boden, wo er mit sichtlichem Stolz sein Werk bestaunte.

Leiser, unsicherer Hufschlag ließ ihn aufschauen. „Ah, Cheiron, ich gratuliere zu etwas ungewöhnlichen Zwillingen." Er stand auf und gab den Blick auf ein neu geborenes Fohlen und ein Menschenbaby frei.

Jetzt löste sich die Anspannung aller in unbeschreiblichem Jubel. Sie lachten und weinten vor Glück, lagen sich in den Armen, gratulierten Osiris, Maris, aber vor allem dem überglücklichen Vater.

Uräus hatte beide Hände vor das Gesicht geschlagen. Durch die gespreizten Finger beobachtete sie die ausgelassene Gesellschaft und auch, wie die beiden Drakonat Lebensenergie an die beiden, viel zu früh geborenen, Kinder übertrugen.

Osiris kam kichernd auf sie zu. „Ich lade dich für heute Abend zu unserer Baby-Ankunfts-Party ein. Die solltest du nicht verpassen."

Uräus nickte. „Ich werde sie mir keinesfalls entgehen lassen." Dann verschwand sie rasch in einem grünen Nebel, wobei sie sogar noch ihr Schwert liegen ließ.

Neri half Maris Danaë anzukleiden, bevor er sie vorsichtig aus ihrem unnatürlichen Schlaf weckte. Cheiron hatte schließlich mit seinem Nachwuchs alle Hände voll zu tun.

Er wiegte das eine Töchterchen im Arm, streichelte mit der freien Hand das andere Baby, das ihm schon auf wackligen Beinchen folgte. Danaës völlig ungläubigen Blick beantwortete er mit einem befreiten Lachen. „Zwei wunderschöne Töchter hast du mir geschenkt."

Horus, praktisch veranlagt wie immer, und mit mindestens soviel Neugeborenenerfahrung ausgestattet wie Neri, verschwand unbemerkt zum Raumgleiter, wo er im Labor fand, was er suchte.

Als er zurückkehrte, überlegte Danaë gerade angestrengt, wie sie wohl das hungrige Pferdchen stillen solle. Horus drückte ihr die mitgebrachte Kunststoffflasche mit dem Saugerverschluss in die Hand. „Versuchs auf einem Umweg."

Isis lehnte lächelnd an Osiris' Schulter. Er hatte Uräus gezeigt, dass auch mit ihm wieder voll zu rechnen war. Das, was er für Danaë und Cheiron getan hatte, war eine deutliche Kampfansage an die Adresse der Urmütter.

Sie konnten sich ausrechnen, was geschähe, wenn sie nicht umgehend Horus' Clan, der auch der seine war, in Ruhe ließen. Uräus' schnelle Zusage für den Abend klang danach, das Friedensangebot anzunehmen.

Im Augenblick saßen alle am und um das Bett von Danaë. Osiris begann zu erzählen, wie er mit Jamal die Textstelle gefunden hatte, in der von drei Wünschen die Rede war, die die Perle erfüllen könne, wenn man auf die unbegrenzte Macht verzichtete, die sie im Allgemeinen verleihen konnte.

Dazu musste das wertvolle Gebilde zerrieben und mit etwas Flüssigkeit getrunken werden. So gerüstet blieben genau zehn Stunden Zeit, die Wünsche auszusprechen, die niemals rückgängig gemacht werden könnten.

„Was hast du vor?", hatte Jamal gefragt.

Osiris hatte ihn lange nachdenklich angeschaut. „Ich weiß es nicht. Ich werde die Perle zu mir nehmen und vor Ort entscheiden, was ich tun muss."

„Ich wusste davon, dass keine neuen Zentauren geboren werden sollten", berichtete Osiris weiter. „Ich habe also gleich zwei Wünsche auf genau diesen einen Punkt ausgerichtet."

Cheiron zog die Augenbrauen zusammen. „Dann hast du mich also sterilisiert."

184

Der König der Tarronn begann, schallend zu lachen. „Unsinn mein Lieber, ich habe nur die Pferdegene aus deinem Erbgut entfernt. Den Triumph, dich steril zu sehen, habe ich den Urmüttern nun wirklich nicht gegönnt."

Er klopfte Cheiron auf die Schulter. „Ach, übrigens, viel Spaß beim Sex, nun kannst du es ganz beruhigt auch mit anderen Frauen tun." Er ließ den heftig errötenden Zentauren einfach stehen.

Der schüttelte den Kopf und murmelte: „Verrückter Kerl."

Die Magier amüsierten sich über das Wechselbad der Gefühle, das der Pferdemann soeben durchlebte und welches seinem Mienenspiel überdeutlich anzusehen war.

„Dann werde ich zukünftig also menschliche Nachkommen haben", murmelte er kopfschüttelnd.

„Unsterbliche menschliche Nachkommen, wenn du sie mit ihr zeugst." Osiris strich Danaë sacht eine Haarsträhne aus dem Gesicht. „Und sogar ausgesprochen Gutaussehende, wenn die Mädchen nach der Mama geraten."

Er blinzelte ihr zu, dann rief er fröhlich: „Freunde, ich weiß nicht, wie es euch geht, aber ich fühle mich heute wie ein Gott."

Isis lachte übermütig, die anderen fielen ein. Sogar die beiden Drakon vor den Fenstern kicherten.

„Wie hat er das mit dem unsterblichen Nachwuchs gemeint?", fragte Danaë etwas unsicher Isis.

„Ach du Arme, vor lauter Aufregung hat Osiris vergessen, dir von seinem letzten Wunsch zu erzählen. Er hat dir und deinen Kindern ewiges Leben geschenkt." Isis streichelte die Hand der jungen Mutter, die mit großen Augen zu Osiris aufsah und vor lauter Glück, zu weinen begann.

Thor, von den Geschehnissen der vergangenen Stunde völlig überwältigt, freute sich unbändig auf die Feier für Cheirons Familie. Heute war der Tag, um das allerletzte Fässchen Met zu öffnen, es mit den Freunden zu genießen und sich zu freuen, in ihre Gemeinschaft aufgenommen worden zu sein.

Er hob Danaë und Eos, wie sie ihr Menschentöchterchen nannte, auf Cheirons Rücken. Hippomaia, das kleine Fohlen, trabte folgsam neben ihrem Papa her zum großen Festplatz. Ganz Atla stand Spalier, um die ungewöhnliche Familie zu begrüßen, um Osiris, Maris und den Magiern zu danken.

Neugierig beschnüffelten die Hunde das neue vierbeinige Wesen, nahmen es sofort in ihre Gemeinschaft auf, indem sie es genau so bewachten, wie die anderen Kinder. Als es sich müde neben Cheiron ins Gras legte, kamen alle vier und kuschelten sich an.

Safi, Arko und Thor eröffneten die Weinbar, die Drakon bewachten den Fisch auf dem Grill, im Falle sich doch ein vorwitziger Hund anschliche.

Ein Platz am Tisch der Magier war frei geblieben, festlich eingedeckt wartete er auf Uräus. Noch bevor alle ihren Becher Wein erhalten hatten, flimmerte die Luft. Die Kobragöttin erschien.

Sie trug ein reich besticktes Festtagsgewand, hielt in der Hand statt ihres Schwertes einen beinahe unscheinbaren Beutel und sie lächelte.

Imset begrüßte sie herzlich und führte sie zu ihrem Platz zwischen ihm und Sobek. Alle hoben ihre Becher, prosteten Cheiron und Danaë zu, Uräus schloss sich ihnen an. Sie wirkte völlig entspannt.

Danaë warf ihr trotzdem immer wieder scheue Blicke zu. So ganz wähnte sie ihre Kinder noch nicht in Sicherheit, auch wenn es ihr die Magier noch einmal beteuerten.

Uräus stand auf, schlagartig wurde es still. „Ich möchte mich mit einem kleinen Geschenk bei euch für die freundliche Einladung bedanken. Imset wird am besten wissen, wie er es nutzbringend für alle einsetzen kann."

Sie zog es aus dem Beutel. Sobek zuckte beim Anblick des Mitbringsels heftig zusammen. *Eine Tappa-Falle*, hörten die Magier seine telepathische Erklärung.

Uräus nickte bestätigend. Laut sagte sie: „Es ist nicht irgendeine Tappa-Falle, es ist *die* Tappa-Falle." Und telepathisch fügte sie hinzu. *Mit dem Transporter der Asen wird Apophis bei euch eintreffen.* Dabei sah sie Neri, Imset und Horus fest an. Während sich die Männer kampflustig zunickten, wurden die Frauen unruhig. Selbst Isis schaute Hilfe suchend zu Osiris.

Wir werden ihn gebührend empfangen, gab Imset im Geiste zurück. Für alle hörbar antwortete er. „Ich danke dir von ganzem Herzen für dieses äußerst wertvolle Geschenk. Es wird nicht nur meinem Volk, sondern ganz Tarronn und auch den Asen einen unschätzbaren Dienst erweisen.

Deshalb werde ich es auch sofort sicher gegen fremden Zugriff verwahren." Imset teleportierte sich nach Hause, deponierte die Falle in Neris magischem Raum, dann kehrte er zu den Feiernden zurück.

„Woher hast du die Falle?", fragte er Uräus in einem ruhigen Moment.

„Ich habe sie in jenem Anubis-Tempel gefunden, wo Neri und Horus gefangen waren."

„Was hast du dort gesucht?"

„Die Wahrheit." Uräus lächelte wieder.

„Und? Hast du sie gefunden?"

„Natürlich. Sonst hätte ich dir die Falle und die Information über die Ankunft des Dämons kaum in die Hände gespielt." Uräus nahm ihren Becher und sog hingebungsvoll den Duft des Weines ein. „Es ist schön bei euch."

Imset schaute sie überrascht an.

Uräus nickte. „Ich meine es ernst. Passt gut auf euer kleines Paradies auf."

„Dann zieht ihr euch zurück?"

„So kann man es durchaus nennen. Genau genommen folgen wir der Stimme der Vernunft. Wir sind alle sehr dankbar, dass du damals den Tempel nicht in Schutt und Asche gelegt hast, obwohl du es gekonnt hättest.

Dir waren die Leben der beiden Gefangenen wichtiger als blinde Zerstörungswut. Es wäre dir ein Leichtes, einen ganzen Planeten zu pulverisieren. Dabei gibt es sogar zwei von deiner Sorte und die Drakon nicht zu vergessen.

Nun, wo wir sicher sind, dass ihr wirklich die seid, für die man euch hält, nämlich Bewahrer allen Lebens, überlassen wir euch mit Freude Tarronn. Ich sage bewusst nicht Dafa, denn ihr habt bereits einige Tarronn in euren Bann gezogen. Nicht nur die, die gerade anwesend sind."

„Werdet ihr uns als Freunde besuchen kommen?"

Die Kobra-Göttin schaute in erwartungsvolle Gesichter, dann wandte sie den Blick hinüber zum Plateau, wo die weiße Pyramide der Quelle in der untergehenden Sonne strahlte. „Wenn sie uns duldet …"

„Ist sie der Grund, weshalb du fast immer den Umweg über Merit-Amun nimmst?" Imset wechselte einen schnellen Blick mit seinen Männern.

Uräus nickte. Plötzlich schmunzelte sie. „Ja, ja, du hast ja recht. Wir sind nicht unfehlbar."

Imset lachte. „Auf der Erde hätte ich gesagt: Irren ist menschlich."

„Oder so", Uräus amüsierte sich über diesen Gedanken. „Euch und vor allem dich betreffend, waren unsere Gedankengänge ein einziger großer Irrtum. Wir haben uns an dem orientiert, was die alten Drakonat getan haben …" Sie winkte resigniert und trotzdem irgendwie erleichtert ab. Dann hob sie ihren Weinbecher, stieß mit Imset an. „Auf gute Nachbarschaft."

Horus schloss für einen Moment die Augen. Ein Jahrtausende während Albtraum hatte soeben ein gutes Ende genommen. Dank Imset, seinem ungewöhnlichsten Sohn, wie er immer wieder voller Stolz feststellte. Nun musste man nur noch Apophis und Seth dingfest machen, um endlich frei von allen Ängsten leben zu können.

Uräus setzte sich zu Isis und Osiris. „Wie hast du es eigentlich angestellt, aus einem kleinen Zentauren zwei unterschiedliche Wesen zu machen?"

„Mit Grips und Magie in allerhöchster Vollendung", entgegnete Osiris wahrheitsgemäß, dann streichelte er Danaës Hand und begann die ganze Geschichte zu erzählen, von seinem Opfer für die Drachenperle bis zum Vollenden seiner Wünsche.

„Du hättest dich für eine Menschenfrau und einen Zentauren töten lassen?" Uräus sah ihn entsetzt an.

„Für viele gute Freunde", präzisierte Osiris sehr betont, „Von denen einer ein Mensch und der andere ein Zentaur ist. Und genau diesen beiden guten Freunden habe ich alle drei Wünsche der Perle gewidmet. Sie haben geholfen, meinen größten Wunsch zu erfüllen, und ich den ihren."

„Was ist den nun los?", rief Uräus erschreckt, weil die beiden Drakon plötzlich, mit rauschen Schwingen, am Abendhimmel verschwanden.

„Ich glaube, sie eskortieren Gäste zum Landeplatz." Isis deutete auf mehrere dunkle Punkte am Himmel.

Vier Gleiter landeten punktgenau und fast synchron.

„Perfektes Timing", lobte Isis, als Duamutef, Hapi, Anubis, Schep-en-Hor, Jamal und Tana eintrafen.

„Wo steckt denn unser Jüngster?", fragte Hapi neugierig.

„Da, wo die Musik spielt, du kennst ihn doch." Imset umarmte seine Brüder.

„Ich habe ihm und allen anderen Kindern etwas aus Ägypten mitgebracht." Hapi öffnete ein kleines Päckchen, aus dem unzählige Edelstein-Skarabäen zum Vorschein kamen.

„Glückskäferchen!" Isis klatschte in die Hände. „Wie schön!"

Hapi hielt zwei Lapislazuli-Käfer mit wundervollen Pyrit-Einschlüssen hoch. „Diese hier sind für die beiden Jüngsten." Er ging langsam um den Tisch herum, legte zuerst Hippomaia und dann der schlummernden Eos vorsichtig die kleinen Schmuckstücke um, die eigentlich so viel mehr darstellten.

„Chepri möge euch immer beschützen, damit ihr groß und stark werdet und sich Mama und Papa nie Sorgen um euch machen müssen."

„Du bist gut informiert", schmunzelte Cheiron.

Hapi grinste harmlos. Dabei teilte er die Kleinode mit strahlenden Augen an die herbeigeeilten Kinder aus. Ihi suchte sich einen kräftig roten Karneol aus. Isis legte ihm das Lederband fachgerecht an. Am Ende waren noch einige Käferchen übrig.

Der Horus-Sohn winkte Sara heran. „Such dir auch einen für dein Baby aus."

Freudig überrascht griff sie nach einem hellblau-weiß gemaserten Stein.
„Eine interessante Wahl", erklärte Hapi. „Das ist ein Larimar oder Atlantis-Stein."

„Atlantis?" Sara schaute den Horus-Sohn fragend an.

„Eine geheimnisvolle Insel auf der Erde, die wie eure Atla-Insel, auf seltsame Weise unterging und mit ihr ein ganzes Volk. Nur ein paar wundervolle blaue Steine sollen davon übrig geblieben sein."

Sara strich mit den Fingerspitzen über den ungewöhnlichen Stein, der sich angenehm warm anfühlte. „Es tut gut, ihn zu berühren", flüsterte sie. Dann huschte ein Lächeln über ihr Gesicht.

„Ich glaube, er passt bestens zu meinem Baby. Seine Entstehungsgeschichte ist mindestens genau so seltsam wie die des Steines." Sie zwinkerte Isis mit einem Auge zu, die genau so antwortete.

Auch Mira und Solon wählten für Sami einen der begehrten Skarabäen aus.

Die restlichen Steine packte Hapi wieder in das Tuch, drückte es Siri in die Klaue und sagte: „So, nun bekommst du einen neuen Drachenschatz. Er hat nicht so viel Magie wie deine Perle, kommt aber aus tiefstem Herzen und soll eure Höhle von allem Bösen schützen. Vielleicht wird es eines Tages genau so viele kleine Drachen wie Käferchen geben."

Die Drakon schloss Hapi gerührt in ihre Schwingen. Jeder hier wusste, wie sehr sie sich wünschte, endlich ein Ei bewachen zu können.

„Passt du bitte auf meine Käferchen auf, bis wir nach Hause fliegen?", fragte sie ganz leise Sobek, der in ihrer Nähe stand.

„Aber natürlich." Er steckte sie in den Beutel an seinem Gürtel.

Uräus hatte dem bunten Treiben erstaunt zugesehen. Die Vielvölkergemeinde Neu-Atla hielt tatsächlich zusammen wie Pech und Schwefel und wirklich jeder war für jeden da.

Thor hatte seine letzten Met-Reserven verteilt. Nun kam er wieder an den Tisch der Magier. „Es tut mir unendlich leid, dass wir euch den Ärger praktisch frei Haus liefern." Er schaute Imset bekümmert an.

„Kopf hoch! Auf so eine Gelegenheit haben wir alle lange gewartet. Der schleimige Wurm wird uns sicher verraten, wie wir an seinen Herrn und Meister herankommen."

„Thors Leute wissen nicht, wen sie an Bord haben", erklärte Uräus.

Der Ase zuckte zusammen. „Sollten wir sie dann nicht warnen?"

„Damit würdest du sie unnötig beunruhigen. Er hat sich satt gefressen, bevor er an Bord ging, um bloß nicht aufzufallen. Nach der Sache mit euren Äpfeln liegt ihm alles daran, so unbemerkt wie möglich zu bleiben."

„Woher weißt du das?" Osiris beugte sich über den Tisch.

189

Uräus hielt den Zeigefinger vor ihren Mund und machte: „Pssst."

Isis zuckte mit den Schultern. „Re."

„Wirklich?" Neri hob sofort den Kopf.

„Wer sonst?", fragte Isis. „Er sieht alles, er weiß alles." Sie legte Neri den Arm um die Schulter.

„Und er wird glücklich sein, seine Töchter so im Einklang zu sehen." Uräus hielt sich schnell den Mund zu.

Horus winkte ab. „Dass sie Res Tochter ist, weiß sie auch schon."

„So richtig aus der Ruhe bringen, kann man wohl keinen von euch?" Uräus sah sie alle reihum an.

„Zumindest nicht auf Dauer." Imset hob wie zufällig Ihi auf seinen Schoß, wo sich der Kleine zufrieden ein Stück Sonnengebäck schmecken ließ. „Wir sind Kummer gewöhnt."

„Und wir lernen aus den Fehlern anderer." Sobek ließ sich mit Zaid und den Zwillingen bei Cheiron und Danaë nieder.

Merit-Amun, Safi und Tanit folgten kurz darauf.

„Du trägst den Armreif noch immer?" Uräus staunte.

„Ja natürlich. Auch als leere Hülle ist er mir wert und teuer. Schließlich hat er einmal dem ersten Drakonat gehört." Merit-Amun streichelte das wundervolle Stück. „Außerdem hast du verlangt, dass ich ihn ein Leben lang tragen soll. Also mache ich es. Nicht aus bloßem Gehorsam, sondern aus Dankbarkeit, weil dein Rat uns sehr geholfen hat."

Uräus starrte vor sich auf die Tischplatte. „Weißt du, nach dem, was ich heute hätte tun müssen, hatte ich nackte Angst, dass von euch nie wieder jemand auch nur ein Wort mit mir sprechend werde. Und, dass mich Osiris nur eingeladen habe, um mich das sofort am eigenen Leibe spüren zu lassen."

Merit-Amun ließ sich von Leon eine der schwarzen Muscheln geben, auf deren Innenseite ein herrlicher Perlmuttschimmer lag. Sie nahm sie in beide Hände, schloss die Augen und bewegte langsam die Finger über die harte Schale. Wenige Sekunden später legte sie eine glänzende, dunkel schimmernde Lotosblüte vor sich auf den Tisch. Uräus staunte.

„Gibst du mir bitte eines der Lederbändchen?", wandte sich Merit an Hapi, der ihren Wunsch sofort erfüllte.

Sie fädelte die Blüte auf das Band, welches sie Uräus wortlos um den Hals legte, betrachtete kritisch ihr Werk, stellte die Länge des Bandes noch einmal neu ein, lächelte: „Sonst noch Fragen?"

Die Kobra-Göttin fiel ihr mit den Tränen in den Augen um den Hals.

„Ich wusste gar nicht, dass du diese Fähigkeit hast", rief Horus erstaunt.

Merit winkte ab. „Das wissen wenige. Mara ist, außer Uräus, die einzige Frau, die jemals solch ein Geschenk von mir bekommen hat." Plötzlich begann sie zu lachen. „Du, ich glaube, jetzt wissen es schon ein paar Leute mehr." Die verdutzten Gesichter der Uneingeweihten sprachen zumindest ganze Bände.

„Eindeutig Mutters Erbteil", sagte Isis.

„Wer weiß? Vielleicht sogar Solons? Vergiss nicht, dass ihr Vater Solons wiedergeborener Sohn Rami ist. Aber egal wie, unsere Verwandtschaftsverhältnisse sind das engmaschigste Netz, das man sich überhaupt denken kann." Imset grinste breit.

Diesmal schmunzelte sogar Uräus. „Noch ein Grund mehr, euch tunlichst nicht zu reizen. Man weiß nie, wer alles zurückschlägt." Sie blinzelte den beiden Drakon zu, in deren Augen schelmische Fünkchen tanzten.

„Ich verstehe nur immer noch nicht ganz, warum du uns die Falle einfach so überlässt", murmelte Imset nachdenklich.

„Na gut, ich verrate es dir." Uräus sah ihn bedeutungsvoll an. „Nachdem die Verbrecher praktisch zum Abschuss freigegeben wurden, haben ausnahmslos alle unsere Völker beschlossen, euch die beiden lebend in die Hände zu treiben.

Ich habe mir gedacht, es ist vielleicht besser, wenn ihr sie schnell erwischt, ehe ihr mit euren ungeheuren Kräften noch Schaden anrichtet, von dem wir uns alle nicht so schnell erholen … Vielleicht ist auch schlechtes Gewissen wieder reinzuwaschen – euch kann man ja auf Dauer so wie so nichts verheimlichen."

„Auch eine Philosophie", stellte Anubis trocken fest. „Weiß Re, dass du die Falle hattest?"

„Ja. Er ließ mir freie Hand, ob ich sie vernichte. Ich hoffe inständig, in seinem Sinne gehandelt zu haben."

„Sonst?"

„Habe ich mehr als ein Problem." Die Kobra-Göttin knetete nervös ihre Hände.

Imset sah sie fest an. „Ich verspreche dir, dass ich sie nur für diesen einen Zweck einsetzen und anschließend zerstören werde."

„Danke, das beruhigt mich."

Danaë hatte Sobek zu sich gewinkt. Sie flüsterte ihm einige Worte ins Ohr. Sobek nickte, telepathierte mit Imset und den Drakon, dann wandte er sich an Uräus: „Danaë hat mich gerade um eine kleine Überraschung für dich gebeten."

„Danaë?", fragte Uräus irritiert. Sie warf der jungen Mutter einen forschenden Blick zu. Die Göttin kannte Menschen nur als nachtragend und äußerst rachsüchtig. Was mochte wohl hinter der Überraschung stecken?

Sofort nahmen die vier Drachenwesen ihre Positionen an den Ecken des Festplatzes ein. Alle klatschten begeistert in die Hände, denn jeder, außer der Kobra-Göttin, wusste, was nun gleich geschehen werde. Thor stand sogar auf, um alles genau beobachten zu können.

Einen Lidschlag später begann der Feuerzauber von Dafa. Die Drachenmänner halfen ein wenig mit Magie nach, so schraubten sich bunt schillernde Feuersäulen in den Nachthimmel, aus denen knisternde Fünkchen sprühten. Dann spien die vier abwechselnd ihren Feueratem quer über den Festplatz.

Diesmal überraschten die Drakon sogar die Drakonat, denn auch ihnen gelang es, etwas andere Farben als gewöhnlich ins Spiel zu bringen. Zuletzt jagten die wirbelnden Feuerschlangen über den Boden, um die Holzstapel zu entzünden. Dann brach unbeschreiblicher Jubel aus.

Uräus schüttelte fassungslos den Kopf. Sie sprang auf, um sich von ganzem Herzen bei Danaë zu bedanken. Es drängte sie, sich mit ihr zu unterhalten und dabei ihre vorgefertigte Meinung gründlich zu revidieren.

Wenige Worte hatten der Menschenfrau genügt, um ihr Leben zu beschreiben, bis zu jenem Tag, als Horus kam, Cheiron und sie nach Tarronn holte. „Für das, was seitdem geschehen ist, müsste ich stundenlang erzählen", lächelte Danaë, ihre beiden Kinder liebevoll betrachtend.

„Du bist wirklich würdig, eine Unsterbliche zu sein", sagte Uräus schließlich sehr ernst. Dabei streichelte sie das kleine Fohlen, das sich zutraulich an ihre Knie drückte und sie aus großen braunen Augen ansah.

„Ich bin dankbar, dass ihr mir verziehen habt. Ich wünsche euch alles Glück dieser Welt. Einen stärkeren Schutz als das Wohlwollen aller Schicksalsgötter, die es gibt, habt ihr hier bei euren Freunden so, wie so, so wahr ich eine dieser Göttinnen bin."

Dann tupfte sie der kleinen Eos leicht mit dem Zeigefinger auf die Nase. „Es ist schön, dass es auf Tarronn wieder so viele Kinder gibt und es ist schön bei euch. Bewahrt euer Paradies für die Ewigkeit." Uräus erhob sich, schaute noch einmal in die Runde, um sich mit einem langen Blick von allen zu verabschieden.

„Lebt wohl. Nein, lieber: Auf Wiedersehen." Sie lächelte glücklich, dann zerfloss ihre Gestalt in einem grünen Nebel.

Als sich zur Tageswende der Festplatz rasch leerte, saßen die Männer des Horus-Clans mit den Drakon noch immer beisammen. Sie feierten still das Ende eines furchtbaren Schreckens.

Auch Jamal war geblieben. Es war Isis' Geschenk an ihn, gemeinsam mit Tana an der Baby-Begrüßungs-Party teilnehmen zu dürfen. Immerhin war Jamal derjenige gewesen, der die Textstelle mit den Wünschen zuerst entdeckt und Osiris darauf aufmerksam gemacht hatte, dass man sie sogar ganz nach Bedarf auslegen konnte.

„Du bist nicht umsonst meine rechte Hand", hatte Osiris gesagt, Jamal anerkennend auf die Schulter geklopft und sich im Stillen über die altbewährte Zusammenarbeit gefreut. Nun unterrichtete er ihn über die bevorstehende Ankunft des Dämons Apophis ebenso, wie über das Geschenk der Uräus an Imset.

Der Horus-Clan schlägt zurück

Die Versammelten begannen, einen Schlachtplan zu schmieden. Drakos nahm das Wort. „Wir werden den Frachter eskortieren, wie wir es immer tun, uns aber vor dessen Landung noch zurückziehen, damit Apophis nicht vor lauter Angst in seinem Versteck bleibt."

„Sehr gut." Imset stimmte sofort zu.

„Wo wollen wir die Falle verstecken?", wollte Horus wissen.

Sobek schaute zum Landeplatz. „Man sollte ihn erst einmal in Sicherheit wiegen. Umso garantierter sind dann das Entsetzen und die Chance, dass er Seth schnell an uns ausliefert."

„Auch akzeptiert." Imset und Horus hatten sich mit einem kurzen Blick verständigt. „Allerdings müssen wir ihn noch vor dem Sonnenuntergang dingfest machen. Seine Zeit ist die Nacht und die Dunkelheit."

Kebechsenef rieb sich mit dem Zeigefinger nachdenklich die Nase. „Wir sollten aufpassen, dass er nicht entwischt und zufällig an den Hydrenstrand gelangt. Es wäre fatal, wenn ihn die Biester fräßen, bevor wir wissen, wo sein Herr und Meister steckt und wie wir diesen von da raus holen können."

„Das wäre in der Tat mehr als nur ärgerlich", murmelte Imset. „Was haltet ihr von einem magischen Korridor, den er nicht verlassen kann? Ich würde ihn am liebsten auf der Linie Landeplatz bis zu meinem Haus halten. Die Falle könnte zwischen dem Gartentor und meiner Haustür versteckt werden. Dann wäre er kurz vor seinem Ziel, was er zwar sehen, aber nicht mehr erreichen kann."

„Klingt gut." Sobek rieb sich die Hände.

„Vorsichtshalber sollten wir alle Kinder mit ihren Müttern für einen Tag und eine Nacht in die Pyramide bringen. Dort sind sie in Sicherheit. Außer Cheiron werden wir ihnen noch zwei Männer für den Notfall mitgeben.

Er ist heilkundig und kann außerdem ordentlich zuschlagen, wenn der Dämon doch seine ungewaschene Nase bis in die Pyramide steckt. Er wird auch dafür sorgen, dass niemand versehentlich der Quelle zu nahe kommt."

Imsets Vorschlag wurde freudig begrüßt. Nicht auszudenken, wenn sich Apophis ausgerechnet an den Schwächsten vergriffe.

„Wer sichert den Zugang zum Meer ab?" Osiris schaute die Drakon erwartungsvoll an.

Drakos schüttelte den Kopf. „Salzwasserscheu", sagte er kurz.

„Ich ebenfalls", warf Siri ein.

Osiris stutzte, dann erinnerte er sich an den Bericht über das Ende des Letan. „Verzeiht, das war mir tatsächlich entfallen. Ich übernehme diesen Part gemeinsam mit Tamu."

„Hapi und ich erzeugen auf dem Landeplatz ein Kraftfeld, welches ihn von den Gleitern fernhält", sprach Duamutef.

„Ich sichere mit Drakos den Luftraum ab, falls er sich nach oben verziehen will", erklärte Siri.

Sobek warf Kebechsenef einen kurzen Blick zu. „Wir beide schützen Imsets Haus, damit er sich mit Horus ganz der Jagd nach dem Schuft widmen kann. Dieses Vergnügen sollte ihnen allein gehören."

„Dann sind also die Hauptrollen verteilt. Ich werde unsere Magier bitten, den eigentlichen Tunnel zu erzeugen." Imset schenkte den allerletzten Wein aus. Schweigend sahen die Männer und Drakon zu, wie die Feuer herunterbrannten.

Noch genau sieben Tage Zeit, bis der Transporter der Asen den Dämon Apophis nach Dafa bringen würde. Sieben – die magische Zahl – ein gutes Omen.

Am nächsten Morgen trafen sich die Magier, wie üblich, zum Training.

„Ihr seht unglaublich zufrieden aus", stellte Solon mit einem kurzen Blick auf, Imset, Horus, Sobek, Kebechsenef und Osiris fest.

„Kein Wunder, es war ein herrliches Fest und eine aufschlussreiche Begegnung mit Uräus. Wir haben, bis die Feuer erloschen, zusammengesessen", verriet Imset mit hintergründigem Lächeln. „Aber lasst uns beginnen, wir haben anschließend eine Menge zu besprechen."

Erstaunt registrierten die Atlan, dass Osiris sein Gewand ablegte, unter dem er ebenfalls einen Schurz trug.

„Ich glaube, ich bin wieder fit genug, um mich endlich an euren Kämpfen beteiligen zu können", erklärte er leichthin. „Maris wird mich schon wieder zusammenflicken, falls es Löcher im Pelz gibt."

Sobek atmete tief durch. „Es wäre wohl zwecklos, Gegenargumente zu suchen. Dieser Dickschädel hat sich schließlich auch auf uns vererbt."

Die Männer brachen in schallendes Gelächter aus. Die gespielt bekümmerte Miene Sobeks war aber zu komisch gewesen. Dabei hatten alle schon darauf gewartet, wann es Osiris nicht mehr unter den Zuschauern halten werde.

Augenblicke später tobte der Kampf, welchen den König von Tarronn sichtlich genoss. Ohne sich abgesprochen zu haben, bildete er mit Tamu ein ideales Gespann, das das Duo Talos und Solon arg in Bedrängnis brachte. Aron pfiff durch die Zähne.

„Nicht übel die beiden", murmelte er, während er sich mit einer akrobatischen Einlage vor einem Energiestrahl Tamus in Sicherheit zu bringen versuchte. Er hatte nicht mit Osiris gerechnet, der ebenjene Energie plötzlich auffächern ließ und den Flüchtenden doch noch erwischte.

Sofort unterbrachen alle den Kampf, um Aron wieder auf die Beine zu bringen, die er nicht einmal mehr fühlen konnte. Osiris reichte ihm die Hand. „Tut mir leid, ich habe nicht bedacht, welche Durchschlagskraft Tamu allein schon hat."

Dann wandte er sich zu Imset um. „Es wird mir ein ehrliches Vergnügen sein, mit Tamu an der Jagd teilzunehmen."

„An welcher Jagd?", fragten alle durcheinander.

Imset deutete auf den Boden des Kraters, wo sich alle mit untergeschlagenen Beinen niederließen. „Wie ihr alle wisst, wird in sechs Tagen und ein paar Stunden Apophis bei uns eintreffen.

Uräus hat die weitere telepathische Konversation bewusst auf die männlichen Mitglieder des Clans beschränkt, weil schon nach den ersten Worten die Frauen ängstlich geworden waren. Ich möchte nicht, dass in der Siedlung Panik ausbricht."

Imset schaute in die Runde seiner stummen Zuhörer. „Ihr habt alle gesehen, welches Geschenk mir Uräus übergeben hat. Wir, das heißt die Mitglieder des Clans, haben heute Nacht über das weitere Vorgehen beraten, weil dies ein familiäres Problem ist."

Unruhe machte sich breit.

Imset fuhr fort: „Ohne eure Hilfe können wir es aber nicht schaffen, so möchte ich euch bitten, uns zu helfen, Apophis dingfest zu machen."

Safi blies geräuschvoll die Luft aus den Lungen. „Das beruhigt mich. Ich dachte schon, ihr macht auf Sondertour."

Auch die anderen Magier entspannten sich. Aufmerksam lauschten sie Imset, der ihnen den Schlachtplan detailliert erklärte.

„An wen denkst du als Begleiter der Frauen?", fragte Talos.

„Ich schlage Arko vor, der bereits Kontakt mit der Quelle hatte und Marty", entgegnete Imset „Die anderen Männer kenne ich nicht gut genug, um ihnen die ganze Verantwortung zu übertragen."

„Mach die Rechnung nicht ohne die Frauen", ließ sich Sobek vernehmen. „Der größte Teil der Mütter sind die Gefährtinnen von uns Magiern und mindestens drei davon können sich sehr wohl ihrer Haut wehren."

Imset schmunzelte. „Wer wüsste das besser als ich?" Er erhob sich. „Wenn alle Unklarheiten beseitigt sind, können wir ja mit unserem Training fortfahren." Er verwandelte sich und nickte Sobek herausfordernd zu.

Die anderen stoben augenblicklich in wilder Hast davon. Da tobte auch schon das Inferno, in dem bald die kochenden Gesteinsmassen Blasen warfen.

„Hat er dir gesagt, was er mit Apophis zu tun gedenkt, wenn er ihn in den Fingern hat?", fragte Safi Horus.

Der Falkengott schüttelte langsam den Kopf. Er hatte nicht den Funken einer Ahnung. Dabei hoffte er inständig, dass Imset nicht restlos die Beherrschung verlöre, falls der Drachenzorn doch, von ihm Besitz ergriffe.

Nach ein paar überaus heftigen Explosionen kamen Vater und Sohn aus dem Krater.

„Wollt ihr euch nicht zurückverwandeln?", fragten mehrere Magier erstaunt.

„Die Idee wäre wohl nicht ganz so gut", entgegnete Imset lachend, auf die Schurze deutend, von denen nur noch ein paar verkohlte Fetzen übrig waren.

„Auch wahr." Safi klopfte ihm auf die Schulter. „Autsch! Du glühst ja!"

„Es geht doch nichts über ein Bad in einem ordentlichen Drachenfeuer. Sobek hat mir mächtig eingeheizt. So ein Drakonat ist schon eine tolle Erfindung", kicherte Imset und verschwand nach Hause. Auch Sobek war plötzlich verschwunden. Die anderen schauten kopfschüttelnd hinterher, bevor auch sie sich teleportierten.

Beim Frühstück war Horus ungewöhnlich schweigsam. Die Frauen warfen ihm immer wieder irritierte Blicke zu und auch Osiris überlegte angestrengt, was wohl das Problem sein könne.

Einzig Imset schien es nicht zu bemerken. Bis er plötzlich ganz direkt fragte: „Sag mal Horus, was ist los? Hat dir Safis Frage die Laune verdorben?"

Horus hob überrascht den Kopf. „D – d – du hast gehört, was er gesagt hat?! Aber das ist doch völlig unmöglich! Du warst im Krater und hast dich mit Sobek geprügelt!"

Imset verwandelte sich und deutete wortlos auf die fächerartigen Ohren, welche einen Drakonat so unverwechselbar machten.

Horus schüttelte entsetzt den Kopf. „Du erschreckst mich", murmelte er verstört.

Isis begann zu lachen. „Liegt irgendwie in der Familie. Re sieht alles und Imset hört alles."

„Nur geht Imset die Familie über alles, während sich Re mehr als rarmacht", warf Osiris ein. „Wann hast du ihn zuletzt gesehen?"

Isis hob die Schultern, zog einen hilflosen Flunsch. „Kann mich nicht daran erinnern."

Neri schaute sie überrascht an. Isis blinzelte ihr lustig zu und erklärte: „Von Tochter zu Vater habe ich ihn zuletzt vor dem Tribunal sprechen können. Sonst ist er ja wirklich immer irgendwo im Universum unterwegs."

„Welche Frage ist dir denn nun so auf den Magen geschlagen?", wollte Osiris schließlich wissen.

„Ob ich wisse, was Imset mit Apophis zu tun gedenke", entgegnete Horus mit tonloser Stimme.

Osiris fasste ihn an der Schulter. „Du scheinst das Trauma Seth noch immer nicht überwunden zu haben."

Horus nickte. „Ist denn das ein Wunder? Erst versucht er, dich für alle Zeiten zu tilgen. Als Nächstes hätte er mir meinen Sohn beinahe für immer genommen. Dann die Sache mit dem Fluch, weil ich die Beherrschung verloren habe, und nach den jahrtausendelangen Ungewissheiten und Leiden erpresst er mich mit Neri.

Das hätte das Ende von uns allen bedeuten können." Er schloss die Augen, als wolle er sofort vergessen, was mit Seth zusammenhing. „Hoffentlich kann ich diesen furchtbaren Alptraum bald endgültig abstreifen."

„Du solltest mehr Vertrauen zu mir haben", sagte Imset eindringlich.

Horus griff nach der Hand seines Sohnes, drückte sie fest. „Zu dir habe ich es eher als zu mir. Ich weiß nicht, ob ich so beherrscht wie du bleiben kann."

Über Imsets Gesicht huschte ein kaum merkliches Lächeln. „Du wirst es bleiben. Notfalls helfe ich etwas nach. Ich glaube nicht, dass du mir energetisch wirklich etwas entgegenzusetzen hättest."

„Siehst du, das ist der andere Punkt, der mir Angst macht. Keiner von uns weiß, was er tun wird", warf Horus ein.

Imset lachte. „Lass es uns herausfinden." Er nahm Ihi auf den Arm, der an seinem Gewand gezupft hatte. Der Kleine lächelte fröhlich, drückte erst Imset einen Kuss auf die Wange, ehe zu seinem Papa Horus auf den Schoß kletterte.

„Hier kommt ein Grund, weshalb du von ganz allein dem Verstand den Vorrang geben wirst", schmunzelte Imset, während er Neri liebevoll an sich zog. „Wir haben beide viel zu viel zu verlieren, als dass wir uns auch nur die geringste Nachlässigkeit leisten könnten.

Keiner von uns weiß, was der Dämon drauf hat, denn nur Maris und Sobek haben ihn zuletzt mit eigenen Augen in Aktion gesehen. Es ist besser, wenn keiner von euch weiß, was ich vorhabe, dann kann er es auch aus niemandem heraus pressen."

„Imset hat recht", ließ sich Isis vernehmen. „Und ich vertraue ihm. Ich weiß, dass er zur rechten Zeit genau das Richtige tun wird. Er hat die Lebenserfahrung, die Sobek noch fehlte, als er auf Asgard Apophis und Loki laufen lassen musste." Sie küsste Imset auf die Stirn. „Pass bitte gut auf dich auf, mein Sohn."

Er schenkte ihr ein warmherziges Lächeln. „Ja, Mutter, das werde ich."

In diesem Moment wurde es Horus bewusst, dass ohne Isis der Clan gar nicht existieren und Osiris längst der Vergessenheit angehören würde. Sie war es, die die Erinnerung an ihn wach und seine Linie am Leben gehalten hatte.

Niemand wusste, wie es in all den Jahren in ihr ausgesehen hatte. Isis hatte sich nie über ihr Schicksal beklagt, niemand je ihre heimlichen Tränen gesehen.

Nun genoss sie es doppelt, von ihrem Sohn, den sie als Säugling verstieß, *Mutter* genannt zu werden. Osiris wäre der Letzte gewesen, der ihr diese Freude missgönnt hätte.

Ihre Kinder waren es gewesen, die ihn ins wahre Leben zurückgeholt hatten. Es waren auch dieselben, die in den ganzen Jahren in Einigkeit die Macht des Clans erhielten und vermehrten. Anderenfalls hätte Seth mit seinen Geistern und Dämonen das ganze Caiphas-System bereits ins tiefste Chaos gestürzt.

Isis wandte sich an Horus, reichte ihm beide Hände. „Das gilt auch für dich. Pass bitte auf dich und unseren kleinen Sohn auf." Sie deutete mit dem Kopf auf Imset, dann zwinkerte sie den beiden Männern mit einem Auge zu.

Neri, die bis jetzt nur zugehört hatte, räusperte sich. „Macht es nicht ganz so dramatisch. Der wahre Gewaltakt kommt erst dann, wenn wir alle gemeinsam versuchen müssen, Seth ans Tageslicht zu zerren.

Apophis ist nur ein kleiner schmieriger Lakai – nicht ungefährlich, aber trotzdem nur ein Handlanger. Sein Herr ist der, der über ganze Armeen verfügt, auch wenn ihr das bisher vielleicht verdrängt habt.

Ich möchte euch nur an die Erdgeister erinnern, gegen die wir Binti ausgetauscht haben. Wenn es uns nicht gelingt, ihn von der Erde fortzulocken, bevor wir zuschlagen, dann werden wir die Menschheit in tiefstes Unglück stürzen.

Seth scheut den offenen Kampf nicht. Du", sie tippte Imset an, „und Safi, ihr wisst besser als jeder andere hier, was das bedeutet. Denn ihr seid unter Ramses in solche Kämpfe gezogen.

Und keiner von uns hat eine Ahnung, ob er in der Lage ist, das Energiesystem in der großen Pyramide anzuzapfen. Was hat er in all den Jahren getrieben?

Wenn ich an Zaids Narbe denke, dann kann ich es mir vorstellen – er hat all das Böse auf der Erde um sich geschart, um irgendwann wie eine Urgewalt zuschlagen zu können. Außerdem ist es unwahrscheinlich, dass er nichts von dem Tribunal gehört haben sollte.

Ich bin sicher, er hat uns gegenüber einen großen Vorlauf, was seine Kriegsvorbereitungen betrifft, denn er wird nichts Eiligeres getan haben, als sich auf seine Verteidigung, wenn nicht gar einen vernichtenden Angriffsschlag vorzubereiten.

Und ich muss euch sicher nicht daran erinnern, dass er eure Technik bestens kennt. Die einzigen Unbekannten, mit denen er jetzt noch rechnen muss, sind die vier Drachenkämpfer. Aber selbst da wird er seine Informationsquellen haben."

Alle schauten Neri wegen dieser Rede überrascht an.

Sie lächelte bitter. „Die Menschen bringen mich nicht völlig grundlos mit Sachmet, als einer der Kriegsgöttinnen, in Verbindung. Was glaubt ihr, was ich für Ramses in den Tempeln getan habe, wenn er in fast ausweglose Kriege zog?"

Dann schaute sie Isis mit einem melancholischen Blick an. „Vielleicht ist es den Töchtern des Re vorbestimmt, für ihr Volk und ihren Clan unermessliche Opfer zu bringen, indem sie immer ihre Pflicht ihnen gegenüber in den Vordergrund stellen."

Ihre Miene erhellte sich. „Dass wir es trotzdem geschafft haben, dabei auch persönliches Glück zu finden, macht die Aufgabe um einiges leichter." Sie schmiegte sich mit geschlossenen Augen an Imsets Schulter, der sie schützend in die Arme nahm.

Ihi war inzwischen auf Darinas Schoß geklettert, die ihn fest an sich drückte. Irgendwie, irgendwo glichen sich die Schicksale aller Frauen aus dem Horus-Clan. Jede von ihnen, sie inbegriffen, hatte für das Glück der Familie Opfer gebracht und jede war dafür belohnt worden.

Horus dachte wohl zur selben Zeit genau so, denn er zog sie und seinen Sohn mit einem glücklichen Lächeln auf seinen Schoß.

Auch Osiris hatte Isis den Arm um die Schulter gelegt. „Ich denke, unter diesen Voraussetzungen kriegen wir sowohl den einen als auch den anderen. Außerdem sollten wir keine der Frauen unterschätzen, ich könnte wetten, dass auch Darina die Krallen ausfahren kann. Sie ist schließlich eine Tarronn und noch dazu eine besondere."

Er deutete mit dem Kopf auf Horus. „Ganz abgesehen davon, dass sie Zaids Großmutter ist. Ihr wisst, was ich damit sagen will."

Imset nahm den Gedanken auf. „Es ist mehr, als das übliche magische Potenzial einer Tarronn zu erwarten."

Darina schaute ihn überrascht an. Magisches Potenzial? Bei ihr?

Imset nickte. „Tägliche Kontakte mit atlanischen Magiern bleiben nie ohne Folgen für sensible Personen. Überdies bist du die Gefährtin eines der höchsten Götter auf diesem Planeten."

Dann lachte er hellauf. „Ich hätte Sachmets Gesicht sehen wollen, als sie das erfahren hat! Ich muss mal bei Neith anfragen, ob mir von der Mitri-Basis jemand ein schönes Hologramm davon schicken kann."

„Ich wusste gar nicht, dass du sadistische Ambitionen hast", schmunzelte Osiris.

„Ganz neu entdeckt", kicherte Imset. „Lasst euch ganz einfach die Erinnerungen von Jani zeigen, als Sachmet Sobek und Zaid entdeckte oder auch die, als sie von den Schwangerschaften erfuhr! Unserer Kampfkatze sind die Gesichtszüge im Sekundentakt entgleist!"

Isis zwinkerte Neri amüsiert zu. „Na wenigstens lacht er mal wieder herzhaft."

„Wisst ihr, was wir machen, wenn das alles ein gutes Ende genommen hat? Wir holen die Asen und die Helion nach Dafa und lassen eine ganze Woche lang richtig die Sau raus." Osiris rieb sich genüsslich die Hände.

Isis stimmte begeistert zu. Die Art, wie die Atlan jeden noch so kleinen Erfolg feierten, gefiel ihr ausgesprochen gut. Die interstellaren Gäste würden sicher keine Sekunde zögern, die Einladung anzunehmen.

„Ich freue mich darauf, mit Darina und Zaid Sonnenkekse zu backen. Das habe ich seit ewigen Zeiten nicht mehr getan. Teig kneten, Honig naschen und dann warten, bis es herrlich aus dem Backofen duftet …"

Imset und Horus klatschten sich mit den Händen ab. „Jawohl, so muss es sein, wenn der Atla-Virus zuschlägt", riefen sie im Chor.

„Wer schlägt zu?"

Alle Köpfe fuhren herum. In der allgemeinen Heiterkeit der letzten Augenblicke hatte niemand bemerkt, dass die Drakon fast lautlos auf der Wiese hinterm Garten gelandet waren. Nun schauten sie in Siris große grüne Augen, die fragend auf ihre Freunde gerichtet waren. Auch Drakos wollte genau wissen, wer wen, wann, warum schlagen wollte.

Imset lachte. „Isis und Osiris habe den Atla-Virus. Nun kommen sie niemals mehr von uns los."

Drakos kicherte. „Ja, das ist wohl ein herber Schlag. Nichts ist mehr, wie es einmal war, alles ist möglich und Spaß macht es obendrein." Er wiegte bedenklich den Kopf. „Ja, ja, hoch ansteckend, unheilbar, um sich greifend wie ein Lauffeuer …"

„Ich glaube, die Diagnose stimmt." Osiris streichelte die beiden Drakon zwischen den Hörnern. „Es ist wirklich kaum zu glauben, aber ich werde die Tage zählen, bis ich wieder bei euch sein kann.

Isis schmunzelte. „Ich glaubte immer, dass Osiris das Wort Ungeduld schon vor Tausenden von Jahren aus seinem Sprachschatz gestrichen habe.

Nun ist er noch nicht einmal weg und rechnet sich schon aus, wann er wieder hier sein könne.

Das ist für mich eine neue und ganz wundervolle Erfahrung. Wir müssen es schaffen, Seth zu erwischen und wenn ich dafür Re auf Knien um Hilfe anflehen muss."

Imset nahm sie in den Arm. „Das wird nicht nötig sein. Mir ist soeben eine, fast schon geniale, Idee gekommen." Er flüsterte ihr einige Worte ins Ohr.

Isis nickte. „Du sollst bekommen, was du haben möchtest. Ich werde noch heute persönlich deinen Wunsch erfüllen. Die beiden Drakon und Sobek sollen mich begleiten.

Die drei werden sich freuen, den heiligen Hain in Ruhe betrachten zu dürfen." Sie schloss für einen Moment die Augen. Als sie sie wieder öffnete, materialisierte sich Sobek bereits neben ihr. „Du hast gerufen. Ich bin bereit."

Isis nickte zufrieden. „Sehr gut. Fliegen wir nach Alba."

Wenige Minuten später trugen die Drakon auf ihren Rücken Isis und Sobek übers Meer zum heiligen Hain der Tarronn. Die Zurückbleibenden schauten ihnen lange nach. Imset erhob sich schließlich, er tippte Horus auf die Schulter: „Komm, lass uns zu Arko gehen. Wir haben viel zu tun." Im gleichen Augenblick war der Platz leer, wo sie eben noch gestanden hatten.

„Und schon bin ich der Hahn im Korb." Osiris zwinkerte Neri und Darina lustig zu, nahm Ihi auf den Arm, schaute nach dem Stand der Sonne, grinste genüsslich: „Wie wäre es mit ein paar Stunden an Strand?"

Die Frauen lachten, packten flugs den Picknickkorb voll, dann zogen sie gemeinsam los. Unterwegs schlossen sich ihnen alle Gefährtinnen der Magier an, deren Männer auch ganz plötzlich irgendwelche wichtigen Dinge zu erledigen hatten.

Thor und Cheiron folgten ebenfalls der fröhlichen Schar. Es kam schließlich nicht alle Tage vor, die Aufmerksamkeit so vieler hübscher Frauen fast allein zu haben.

Die Drakon landeten am Rand des heiligen Bezirkes. Ehrfürchtig folgten sie Isis, die sie zielstrebig zum Haupttempel führte. „Dürfen wir mit hinein?", fragte Siri leise.

„Aber natürlich", Isis machte eine einladende Geste. „Es wird Zeit, dass auch hier endlich wieder die Drachenmagie Einzug hält. Schließlich hat man die Portale extra in Drakongröße angelegt. Schaut euch ganz in Ruhe um. Wir haben wirklich genügend Zeit."

Sobek ließ vorsichtig die Fingerspitzen über die marmornen Wände gleiten. Ein glückliches Lächeln huschte über sein Gesicht. „Jeder

Zentimeter atmet Geschichte", flüsterte er. „Es ist ein erhebendes Gefühl, ein Teil davon zu sein."

Die beiden Drakon gingen stumm durch die Wandelgänge. Nur das schleifende Geräusch ihrer Krallen auf dem glatten Stein war zu hören, oder wenn sie versehentlich mit ihren Schwingen die Wände streiften.

Der Tempel auf dem Atla-Planeten war genau so groß gewesen. Hatte genau solche Podeste für die Hüter gehabt und Siri fühlte sich wie an jenem Tag, als ihr Mi-Kel sein Zeichen auf die Stirn drückte.

Dann standen alle vier in jenem Teil des Bauwerks, wo die kristallenen Herzen der toten Drakon in den Fußboden eingelassen worden waren.

„Für mich ist es beinahe nicht fassbar, dass es einmal so viele Drakon hier gegeben haben soll." Sobek schüttelte überwältigt den Kopf.

Grüne, blaue, schwarze, rote, weiße und in allen Farben schillernde Kristalle reihten sich zu einer riesigen Spirale, in deren Mitte ein Stein zu fehlen schien.

Beim zweiten Hinsehen bemerkte Sobek erst, dass an mehreren Stellen Lücken klafften. Fragend schaute er Isis an.

Die deutete lächelnd ins Zentrum der Spirale. „An dieser Stelle war einst ein tiefschwarzer Kristall. Jener, dessen einer Teil nun in eurer Pyramide aufbewahrt wird."

„Drakos?" Sobek schaute sich nach seinem großen Blutsbruder um.

„Ja", antwortete Isis, während der Drakon mit leuchtenden Augen nickte. „Er und einige andere wurden nach Atla gebracht. Wir hofften, damit die Wirkung des Caiphas-Splitters neutralisieren zu können.

Als die Raumflotte der Atlan schließlich aufbrach, um einen Zufluchtsplaneten zu finden, hatte jedes der Schiffe einen Drachenkristall an Bord.

Drakos Herz hatten Solon, Talos und all die anderen im Raumschiff, die auf der Erde von Letan angegriffen wurden, und die heute nicht mehr leben. Drakos hat es, wie die letzten Atlan auch, allein Siri zu verdanken, dass sein Kristall gerettet wurde."

Der Riese rieb dankbar seinen Kopf an der Schulter seiner Gefährtin. Isis deutete mit der Hand auf die vielen funkelnden Steine. „Nun ist es an dir, Sobek, zwei Drakon auszuwählen, die noch im Tode dem gesamten Universum einen unschätzbaren Dienst erweisen können."

Siri warf Drakos einen fragenden Blick zu. Doch der große Drache schüttelte bedauernd den Kopf. Nur Imset, Sobek und Isis waren offensichtlich eingeweiht. Sobek teleportierte sich an jene Stelle, die einst Drakos eingenommen hatte.

Er setzte sich, schloss die Augen, und begann mit den Steinen zu kommunizieren, wie das Aufblitzen an vielen Stellen deutlich zeigte. Atemlos schauten die lebenden Drakon zu. Zwei Kristalle überzog schließlich ein gleißendes Licht, das den ganzen Tempel erstrahlen ließ.

Sobek erhob sich, um die beiden riesigen Herzen vorsichtig aus dem Boden zu lösen. Verwandelt in einen Drakonat, hakte er seine messerscharfen Krallen in die Ränder der sichtbaren Kanten, begann gleichmäßig zu ziehen und hob schließlich das Erste heraus. Sofort widmete er sich auf die gleiche Weise dem nächsten Kristall, der noch immer funkelte.

Schließlich verwandelte er sich zurück. „Das sind die beiden stärksten Drakon, die ich finden konnte", erklärte er zufrieden. „Nicht von der körperlichen Kraft", ergänzte er lächelnd, als er Drakos skeptischen Blick sah, der genau fühlte, dass es sich um die Herzen zweier Weibchen handelte, „sondern von der mentalen Stärke her.

So, wie sie einst ihre Gelege mit ihrem Leben verteidigt haben, werden sie in Kürze mit euch beiden gemeinsam etwas ganz anderes hüten." Er drehte sich noch einmal zu den vielen Verstorbenen um, verneigte sich. „Ich danke euch."

Auch die Drakon beugten ihre Köpfe, um stumm einen Augenblick die Toten zu ehren. Isis, die Herrin des Lebens, schickte sich an, die drei wieder hinauszuführen.

„Einen kleinen Augenblick noch", bat Sobek. Er übergab jeweils einen der Kristalle an Siri und Drakos. „Die Ehre soll euch gebühren, die beiden aus dem Tempel und nach Dafa zu bringen."

Mit strahlenden Augen schnappten die beiden vorsichtig mit den Kiefern nach den heiligen Steinen. Außerhalb der Mauern wollten sie diese in die Klauen nehmen und behutsam nach Dafa tragen.

Isis hakte sich bei Sobek unter. Sie wirkte völlig entspannt. In den prachtvollen Gartenanlagen des heiligen Bezirkes blieb sie stehen und bedeutete den Drakon die beiden Herzen auf einer der schneeweißen Marmorbänke abzulegen.

„In einer Stunde fliegen wir nach Dafa. Ich möchte gern noch ein wenig hier verweilen. Sobek wird inzwischen unsere kostbare Fracht beschützen."

Mit mächtigen Flügelschlägen hoben die Drakon ab und begannen, in immer größer werdenden Spiralen, um den Tempelbau zu kreisen.

Isis sah ihnen lange zu. „Es sind wundervolle Wesen", flüsterte sie lächelnd. „Genau wie unsere beiden Drakonat." Isis fasste nach Sobeks Hand, die sie ganz fest drückte. „Was wirst du tun, wenn wir die beiden

Verbrecher gefangen haben und unsere Galaxie friedlichen Zeiten entgegengeht?"

Sobek schaute sie amüsiert von der Seite an. „Mich freuen, wenn es so weit ist und hart weiter trainieren. Soviel ich weiß, gibt es in diesem Winkel des Universums genau so unzählige Dämonen, wie Caiphas-Splitter und nicht zuletzt Loki, dem ich ganz gern bei passender Gelegenheit doch noch in den Hintern treten möchte.

Nur ein bisschen versteht sich. Aber richtig weh soll es tun." Sobeks bernsteingelbe Augen leuchteten in Vorfreude. „Ich werde ihn gut verschnürt, auf einem Silbertablett, zu Zaid bringen, die ihm dann nach Herzenslust ein paar schallende Backpfeifen verabreichen kann."

„Und das ist alles?", fragte Isis erstaunt.

„Ganz sicher", schmunzelte Sobek. „Mann kann das Böse nicht ausrotten, also muss man es so kurz wie möglich halten. Bei Loki wissen wir wenigstens, woran wir sind: Er ist falsch, hinterhältig und gemein und obendrein ein erbärmlicher Feigling. Träte ein anderer an seine Stelle, müssten wir uns ja völlig neu orientieren. Meinst du nicht auch?"

Isis begann herzhaft zu lachen. „Und ich dachte, du würdest ihn mit ganzem Drachenzorn verfolgen."

„I wo, den hebe ich mir für ganz andere Kaliber auf." Sobek verschränkte die Arme hinter dem Kopf und blinzelte in die orangefarbene Sonne.

„Und Imset?"

„Wir denken meist wie ein Wesen. Vater ist der Mann, den unsere Atlan zutiefst verehren, eben weil er seinen Zorn im Griff behalten kann. Ohne ihn würde es uns alle nicht geben."

Isis nickte. Das deckte sich mit allen Erfahrungen, die sie bei diesem wundervollen Volk in den letzten Wochen gesammelt hatte. „Bist du sicher, dass er es auch bei Seth schafft?"

„Das kommt auf die Umstände an, wie wir seiner habhaft werden." Sobeks Augen begannen zu funkeln.

Isis senkte den Blick.

„Fragst du wegen Nephtys?"

Die Göttin schüttelte den Kopf. „Nur so. Nephtys und Seth haben sich seit dem Mordversuch an Osiris nichts mehr zu sagen."

„Hast du ihr denn verziehen?"

Wieder schüttelte Isis den Kopf. „Ihi ist der lebende Beweis, dass es auch anders geht. Er wird von zwei Elternpaaren geliebt."

„Ich möchte meinen kleinen Bruder nicht mehr missen. Er ist putziges Kerlchen und so hochbegabt, dass man sich einfach nur wundern muss. Aber was rede ich groß – er ist ein Horus-Sohn."

Isis wischte eine glitzernde Träne von ihrer Wange. Ja, ein Horus-Sohn. Ein Horus-Sohn wie Imset, den sie als Säugling einfach im Stich gelassen hatte.

Sobek legte ihr den Arm um die Schulter. „Hör zu: Hättest du ihn nicht verstoßen, dann wäre er nie zu Solon gekommen, hätte nie Neri getroffen, niemals die Drachenschuppe bekommen und wäre kein Drakonat geworden.

Dann hätte er Osiris nicht helfen können und du wärst noch immer die unglücklichste Frau im ganzen Universum, Urmutter eines Clans, den man noch immer mit größtem Hass verfolgen würde. Außerdem könnte ich dann nicht neben dir sitzen und dich trösten. Komm! Fliegen wir zurück nach Dafa."

Isis drückte ihr Gesicht an Sobeks Brust, atmete ein paar Mal tief durch. „Danke. Ich weiß auch nicht, was plötzlich mit mir los ist."

„Ich schon", schmunzelte Sobek. „Von dir sind in den letzten Wochen so viele Lasten abgefallen, dass du auch ruhig einmal ganz Frau und damit ganz schwach sein kannst."

Isis begann zu herzlich zu lachen. „Stimmt auf den Punkt. Lustig ist nur, dass mir das so ein Jungspund begreiflich machen muss. Du verzeihst mir doch hoffentlich den Ausdruck?"

Sobek lächelte sie entwaffnend naiv an. „Aber gern Großmutter." Auch wenn die Konstellation stimmte und Isis zigtausend Jahre älter war als Sobek, so hätte sie mit ihrem Aussehen auf der Erde jede Dreißigjährige locker in den Sack gesteckt.

Das anschließende Gelächter der beiden lockte schließlich die Drakon herbei. Wirklich allerbester Laune, die wertvolle Fracht im Gepäck, machten sie sich auf den Rückweg. Noch vor der Landung informierte Sobek Imset über den glücklichen Ausgang der Mission.

Imset bat die Drakon, zuerst die Kristalle in die Pyramide zu bringen, ehe sie ganz offiziell die Siedlung ansteuerten. Schon bald lagen die Herzen vor dem Drachenaltar, dessen Platte aus einem Teil von Drakos Kristall bestand.

Im Hintergrund pulsierte kräftig das blaue Licht der Quelle. Die vier Reisenden umringten den Strom aus reiner Energie, wo Sobek um Schutz für die Kristalle bat.

„Sie sind mir herzlich willkommen", wisperte die Quelle. „Geht ohne Sorge."

Erwartungsvoll schauten alle den Drakon entgegen. Osiris fing Isis auf, die sich geschickt von Siris Rücken in seine Arme gleiten ließ. „Und?", fragte er sofort.

Isis strahlte vor innerer Ruhe. „Es war ein ganz wundervoller Familienausflug", erklärte sie mit fröhlichem Lächeln. „Ich bin sicher, dass alle vier Mitglieder des Clans ihren Spaß daran hatten, die geschuppten und die ungeschuppten."

Ein dreifaches heftiges Nicken bestätigte ihre Aussage.

„Es ist immer wieder ein Genuss, sich mit Sobek zu unterhalten", fügte sie mit tiefer Zufriedenheit in der Stimme hinzu. „Ihr beide", sie wandte sich an Imset und Horus, „könnt wirklich überaus stolz auf solch einen Sohn und Enkel sein. Ich bin es." Dann warf sie einen liebevollen Blick hinüber zu Laura und Leon.

„Urgroßmutter Isis – welch wundervoller Titel. Ach, es ist schön bei euch."

Osiris lachte auf. „Daran habe ich doch noch gar nicht gedacht! Und erst recht nicht daran, dass ich ja sogar noch ein *Ur* mehr anhängen kann. „Wie sagte Imset? Man müsste wirklich langsam Buch führen, wer alles zum Clan gehört.

Es wäre völlig unverzeihlich, auch nur einen von ihnen zu vergessen. Ich werde mir umgehend einen Familienstammbaum an die freie Wand meines Arbeitszimmers malen lassen, und zwar mit Namenskartuschen. Die Pharaonen hätten ihre helle Freude daran, wenn sie sehen könnten, wer alles mitmischt." Er blinzelte Horus schelmisch zu.

Der schmunzelte. „Tu mir einen Gefallen, lass die irdischen Linien lieber aus, sonst müsstest du alle Wände des Palastes mit Hieroglyphen bedecken."

„Diesen Wunsch werde ich dir nur zum Teil erfüllen. Denn Ramses II., in dem Rami wiedergeboren wurde, und Merit-Amun gehören nun mal dazu, genau wie Schep-en-Hor, die Gefährtin Anubis'. Die ja auch zu deinen und damit meinen Nachkommen gehört.

Damit schließt sich dann schon wieder der nächste Kreis. Ich werde zumindest die geraden und nennenswerten irdischen Linien auflisten, wenn auch nicht alle mit Kartuschen."

In Horus Augen glomm ein Funken Hoffnung. Nun, wo man den Clan endlich in Ruhe lassen wollte, konnte er auch sein Versprechen an jene Frau wahr machen, die so inbrünstig mit ihm kommuniziert hatte, als man Schep-en-Hor befreien wollte. „Wirst du sie auch nennen?", fragte er zaghaft.

„Natürlich, auch sie wird in der Liste stehen. Für einen Menschen sogar recht groß, für das, was sie für uns geleistet hat", erklärte Osiris. „Und was wirst du für sie tun?"

„Ich werde ihr unsere ganze Geschichte erzählen, damit sie sie für die Nachwelt aufschreiben kann. Wenn sie mich nach mehr als zweitausend Jahren ihrer neuen Zeitrechnung nicht vergessen hat, dann wird es sicher noch mehr Menschen geben, die sich an uns und die alte Magie erinnern.

Vielleicht kann der Erde ja doch noch geholfen werden, auch wenn es in ihrer Zeit schon fast zu spät dafür ist. Sie soll berichten, wie wir die Atlan und damit uns selbst retten konnten und dass wir immer wieder nachschauen werden, was auf dem Blauen Planeten geschieht.

Auch, was den Asen passiert ist, soll sie erfahren. Sie und die anderen Menschen können sicher vieles nicht verstehen, aber das ist auch nicht von Belang. Das Wichtigste sind die Erinnerungen. Wer die Vergangenheit vergisst, ist dazu verdammt, sie ständig zu wiederholen und damit die alten Fehler.

Außerdem ist so garantiert, dass sie selbst auf der Erde nicht in völlig in Vergessenheit gerät. Daran liegt mir besonders viel." Horus lächelte glücklich.

„Wir werden alle mithelfen", versprach Imset. „Jeder soll ein Puzzlesteinchen zum Ganzen beitragen, damit die Chronik auch alle Facetten beleuchten kann. Talos und Solon fügen dem großen Buch unseres Volkes auch ständig neue Seiten hinzu, um alle denkwürdigen Ereignisse für die Ewigkeit festzuhalten."

Sobek nickte zustimmend. „Jetzt sollten wir hier bei uns aber erst einmal an dem Kapitel arbeiten, wo es um die Gefangennahme eines überaus gefährlichen Dämons geht."

„Deshalb werden wir beide uns morgen auch noch einmal mit Horus und Arko zusammensetzen", legte Imset fest. So geschah es auch, denn die wenigen Stunden bis zur Ankunft des Raumschiffs eilten wie im Flug dahin.

Pech für Apophis

Im Morgengrauen des entscheidenden Tages folgten die Frauen und Kinder dem Ruf der Magier. Gemeinsam mit Arko, Marty und Cheiron zogen sie hinaus zur Pyramide, begleitet von den vier Hunden.

Cheiron trug Sara auf seinem Rücken, deren Baby in den nächsten Tagen zur Welt kommen werde. Erst auf dem Plateau unterrichte Neri die uneingeweihten Frauen über den Grund dieser ungewöhnlichen Wanderung.

Die Ruhe, mit der die Gefährtinnen der Magier und vor allem die Göttin Isis neben ihr standen, flößte den Anwesenden Vertrauen ein. „Sollte jemand, aus einem dringenden Bedürfnis heraus, die Pyramide verlassen müssen, dann nur in Begleitung von Mara, Merit-Amun, Zaid oder mir. Unseren Anweisungen ist bedingungslos und unverzüglich Folge zu leisten", beendete sie ihre Ansprache.

Die meisten atmeten erst auf, als sie im Inneren des imposanten Bauwerks angekommen waren. Die Drakon hatten noch in der Nacht Tische und Bänke zum Plateau getragen, um den Atlan den unfreiwilligen Aufenthalt so angenehm wie möglich zu machen. Auch Vorräte an Nahrungsmitteln standen in ausreichender Menge bereit.

Die drei Männer hatten sich am Ende des Altarraumes niedergelassen, um den versehentlichen Zugang zur Quelle zu verhindern. Es herrschte angespannte Stimmung. Selbst die Kinder waren stiller als sonst. Neri hielt sich mit Isis in der Nähe des Einganges auf, lauschte immer wieder hinüber zur Siedlung.

Schließlich wandte sie sich um. „Die Jagd ist eröffnet, der Transporter der Asen ist soeben gelandet. Drücken wir den Magiern unserer Völker die Daumen, dass ihnen die Bestie schnell ins Netz geht."

Totenstille folgte auf ihre Worte. Die Mütter drückten ihre Kinder schützend an sich. Cheiron, Marty und Arko wechselten einen kurzen Blick, dann öffnete der Schnitzkünstler die große Truhe, die bisher, beinahe unbeachtet, in einer Ecke gestanden hatte. Bunte Legeelemente, Bausteine und Geschicklichkeitsspiele aus Holz kamen zum Vorschein.

Rasch umringten ihn die vielen Kinder, um mit leuchtenden Augen die vielen Gaben im Empfang zu nehmen. Aus einer Nische zog Neri den weichen Teppich hervor, der bei Tanits Geburt so gute Dienste geleistet hatte.

Darauf hatten die Kleinen genügend Raum zum Spielen und Ausruhen. Hippomaia hielt sich lieber in der Nähe ihrer Mama auf, wo auch die vier Hunde Platz genommen hatten, um Eos zu bewachen.

„Es ist so still", flüsterte Sara.

Neri nickte. „Das ist gut so. Außer dem Tunnel kann ich auch keinerlei Energieentladungen fühlen. Im Augenblick scheint alles, wie geplant, zu laufen."

Das Raumschiff der Asen trat in die Lufthülle des Planeten ein. „Ah, da sind ja schon die Drakon!" Sigurd konnte sich an den majestätischen Geschöpfen kaum sattsehen. „Es ist immer wieder ein erhebendes Gefühl, von ihnen eskortiert zu werden."

Beim Landeanflug bekam er große Augen. Mehrere Raumgleiter der Tarronn standen in Reih und Glied am Rande des Landeplatzes. Eine große Schar Atlan hatte sich eingefunden, um die Ankömmlinge gebührend zu begrüßen, unter ihnen Thor, der seine Männer mit kräftigem Handschlag willkommen hieß.

„Lass das Schott offen", raunte er dem Piloten ins Ohr, als er ihnen winkte, ihm zu folgen. Er führte sie ein wenig abseits, wo auch die Atlan standen. Sigurd schaute sich erstaunt um. „Wo stecken denn die Magier?"

Thor schloss die Augen und deutete ein leichtes Kopfschütteln an. Sigurd verstand. Er verkniff sich weitere Fragen in diese Richtung und begann vom Erdenaufenthalt zu erzählen.

Hin und wieder warf er einen Blick auf sein Raumschiff, weil er nicht dahinter kam, weshalb er denn, um alles in der Welt, entgegen jeder Sicherheitsvorschrift die Luke offen lassen sollte. So entging ihm auch nicht ein leichtes Flimmern der Luft, als sei große Wärme entwichen.

Sigurd stutzte und schaute noch einmal hin. Thor, aufmerksam geworden, rannte los, sprang mit großen Schritten die Rampe hinauf und drückte den Kontakt. Sofort schloss sich die Luke hermetisch.

„Was stellt denn das nun wieder dar?" Clas schüttelte den Kopf.

Thor winkte mit dem Zeigefinger, worauf alle die Köpfe zusammensteckten. „Ihr hattet Apophis an Bord, der soeben das Schiff verlassen hat. Oder wolltet ihr den Kerl mit nach Asgard nehmen?"

Die Männer wurden blass. „Du machst Witze!"

„Nichts ist mir ferner. Ist euch vielleicht aufgefallen, dass gar keine Frauen und Kinder zu sehen sind? Und dreimal dürft ihr raten, warum sich die Drakon ungesehen davon gemacht haben! Neu-Atla ist im Ausnahmezustand.

Geht am besten wieder rein und wartet ab, bis die Magier Entwarnung geben, und drückt uns allen die Daumen, dass wir den verdammten Dämon bald fangen. Vergesst nicht, das Schiff komplett gegen Fremdzugriff zu sichern. Na macht schon!"

Die Asen beeilten sich, Thors Befehl zu folgen. Kaum waren sie an Bord, meldete sich Hapi: „Sigurd, bitte nicht erschrecken, ich schließe euer Schiff mit in unser Kraftfeld ein. Doppelt hält besser. Ansonsten Funkstille bis auf Widerruf." Schon stülpte sich eine Glocke aus blauem Licht über den ganzen Landeplatz, die vielen Raumschiffe sichernd.

„Bin ich froh, bei Freunden zu sein!", rief der Pilot, sich zur Mannschaft umwendend. „Woanders hätten sie uns, mit dem Geschenk an Bord, das wir unwissentlich mitgebracht haben, noch in der Umlaufbahn mit Laserkanonen abgeschossen."

Clas nickte. „Ahnst du, was ich nicht verstehe? Alle scheinen es gewusst zu haben, außer uns natürlich. Woher? Verdammt noch mal!"

„Nur keine Panik. Das werden wir sicher früh genug erfahren." Sigurd spähte aus dem Cockpit. „Mich beruhigt erst einmal die Tatsache, dass wir durch unseren blinden Passagier keinen Schaden anrichten oder vielmehr, dass man hier auf diesen Passagier vorbereitet ist.

Schau dir die Daten der Scanner an, die ganze Siedlung ist energetisch abgeriegelt, da geht nicht einmal eine Mikrobe durch die Maschen des Netzes! Hoffen wir einfach, dass die Drakonat nicht durchdrehen, die könnten glatt den ganzen Planeten in die Luft jagen."

„Welch tröstliche Vorstellung", antwortete einer der Männer sarkastisch.

Sigurd schaute ihn fest an. „Thor vertraut ihnen und ich habe keinen Grund es nicht auch zu tun. Vergiss nicht, dass uns die Atlan kürzlich mehr, als den Hintern gerettet haben."

Apophis glaubte, ungesehen das Schiff verlassen zu haben. Er schwebte mitten durch die Gruppe der Atlan, die belanglose Alltagsgespräche führte. Er horchte hier, lauschte da. Nur uninteressantes Geschwätz, wie er schnell feststellte.

Trotzdem fühlte er sich unwohl, was er auf die Nähe der magischen Quelle schob, deren Energie ihn regelrecht anekelte. Er hatte nicht damit gerechnet, mitten in der Höhle des Löwen zu landen. Vielmehr war er darauf aus gewesen, dass die Asen auf Taris andockten.

Seine Wut auf Seth wuchs. Wenn ihn die Atlan erwischten, dann wäre Schluss mit lustig. Er war hier am denkbar ungünstigsten Ort des ganzen Universums. Die Macht der Quelle schmerzte ihn fast körperlich.

Außerdem wollte er so schnell wie möglich ein brauchbares Versteck finden, möglichst weit weg vom Raumtransporter der Asen mit seinen modernen Scannern. Es fiel ihm immer schwerer, unsichtbar zu bleiben.

Die Magie des Kontinentes saugte ihm die Kraft aus. Endlich erspähte er die ersten Häuser. Ein dreckiges Grinsen huschte über sein Gesicht. Nur nicht für lange – jedes Mal, wenn er zu einer der Hütten abbiegen wollte, lief er gegen Wände aus reinster Energie. Die Berührungen brannten wie Feuer, es knisterte.

Langsam begriff der Dämon, dass er sich unfreiwillig Stück für Stück materialisierte. Mit jedem fehlgeschlagenen Versuch wurde sein Körper greifbarer. Langsam kroch in ihm die Panik hoch. Fast drei Stunden irrte er nun schon durch die Siedlung.

Gehetzt schaute er sich um. Dabei ahnte er nicht einmal, dass er seit dem Verlassen des Schotts unter verschärfter Beobachtung stand. Energetisch völlig unsichtbar begleitete ihn Imset als Drakonat, bereit in jedem Moment zuzuschlagen.

Horus hielt sich einige Meter hinter dem Dämon auf, um ihn notfalls mit Gewalt an der Flucht zu hindern. Imset schien sich erstaunlich fest im Griff zu haben, denn selbst Horus konnte dessen Anwesenheit nicht fühlen.

Geduckt schlich Apophis weiter, bestrebt von den Atlan, die in den Gärten arbeiteten, nicht gesehen zu werden. Irgendwo musste doch ein Schlupfloch sein. Ein Paarhundert Meter weiter stand ein Gartentor offen. Der Besitzer des Hauses lehnte gegenüber am Zaun des Nachbarn, mit dem Rücken zu seinem Domizil, und erzählte wild gestikulierend.

Apophis witterte seine Chance. Lautlos näherte er sich der Pforte, schlüpfte hindurch, machte zwei schnelle Schritte, um ungesehen an die Haustür zu gelangen, da riss es ihm den Boden unter den Füßen weg. Ein heftiges, nie gekanntes Schwindelgefühl packte den Dämon. Schlagartig wurde es dunkel.

„Wir haben ihn!", erschallte im selben Moment Sobeks Ruf.

Der vermeintlich nachlässige Hausbesitzer drehte sich, als er diese Worte hörte, zufrieden um. Es war Kebechsenet, der als Lockvogel mit Solon, Apophis in Sicherheit gewiegt hatte. Imset materialisierte sich, Horus kam rasch heran und neben ihnen flimmerte die Luft, als sich die Magier einfanden.

Die beiden Drakon landeten mitten auf dem Weg. „Haben wir ihn wirklich?", fragten alle durcheinander, denn seit der Ankunft des Frachters waren keine fünf Stunden vergangen.

Imset lachte befreit auf. „Wir haben ihn wirklich. Lasst uns die Frauen und Kinder zurückholen. Apophis läuft uns nicht mehr davon. Soll er ruhig noch ein Weilchen schmoren, ehe Horus und ich mit ihm sprechen werden. Schaut nicht so ungläubig, ich meine es ernst."

Tamu schien plötzlich zu lauschen. Osiris blickte ihn erwartungsvoll an. „Ich muss dringend weg. Neri ruft mich", im selben Moment war Tamu verschwunden. Die Männer wechselten verwunderte Blicke.

„Vielleicht sollten wir ihm folgen?" Osiris sah irritiert hinüber zur Pyramide.

„Lieber nicht", schmunzelte Maris. „Sara braucht sicher nicht noch mehr neugierige Zuschauer, als ohnehin schon dort versammelt sind. Wer könnte einer Gebärenden besser helfen, als Neri und Isis? Gibt es Probleme, dann wissen die beiden schon, wie sie mich finden. Lasst uns stattdessen Thors Männer gebührend begrüßen. Die werden sich zu Tode erschreckt haben."

Tamu materialisierte sich vor dem Eingang der Pyramide. Isis empfing ihn mit einem Lächeln. „Schön, dass du kommen konntest, es wird nicht mehr lange dauern."

Der Tarronn atmete auf. „Ich habe auch gute Nachrichten. Wir haben den Schuft. Alle können in die Siedlung zurückkehren. Die Drakon bewachen weiter Imsets Haus und damit den Dämon."

Bevor Isis Fragen stellen konnte, schlüpfte er an ihr vorbei und eilte hinter den Altarstein, wo sich Neri seiner Gefährtin angenommen hatte. Während Marty und Arko die Rückkehrer zur Siedlung brachten, blieb Cheirons Familie in der Pyramide. Der Zentaur hielt sich bereit, die erschöpfte Sara mit dem Neugeborenen auf seinem Rücken zu tragen.

Danaë wollte um jeden Preis bei ihrer Freundin bleiben. Also machte sie inzwischen Ordnung, räumte die Spielsachen zusammen, packte alles zurück in die Truhe, sammelte die Abfälle in einen Korb, welchen sie draußen neben den Eingang stellte.

Tamu kniete neben seiner Gefährtin, hielt ihre Hand und übertrug den größten Teil der Schmerzen auf sich. Isis nickte wissend. Das war die Wiedergutmachung dafür, dass Sara vor Monaten auch jeden Schmerz auf sich genommen hatte, um seinetwegen an das ersehnte Ziel zu kommen. Endlich ertönte Babygeschrei und ein überglücklicher Vater, hielt seine kleine Tochter im Arm.

„Wenn Mama nichts dagegen hat, dann werde ich dich Dina nennen", flüsterte er zärtlich.

Sara strahlte vor Glück. „Mama hat ganz und gar nichts gegen den wunderschönen Namen, den dir Papa gibt. Papa ist heute nämlich der allerglücklichste Tarronn, den es jemals gegeben hat. Darüber freut sich die Mama nämlich ganz genau so, wie über dich.

Und da gibt es so viele, denen wir dafür Danke sagen möchten – der Quelle, Isis, Horus, Neri und all unseren Freunden aus Neu-Atla, von Tarronn, von Asgard und woher sie auch immer kommen mögen."

Tamu nickte zu diesen Worten. „Dem gibt es nichts hinzuzufügen." Gleichzeitig drückte er dankbar die Hände der Anwesenden. „Es gibt bestimmt keinen geeigneteren Ort auf der großen weiten Welt, um eine kleine neue Atlaronn zu begrüßen, als das Zentrum unserer Magie.

Hier, wo die Seele unseres Planeten ist, ist solch ein zartes Wesen am besten beschützt, an einem Tag wie diesem. Hoffen wir, dass die magischen Fesseln den Dämon dauerhaft binden können und er niemals Gewalt über unsere Kinder und Frauen bekommen kann."

Plötzlich wurden, in blauem Licht erstrahlend, Isis' Flügel sichtbar und die Quelle wisperte: „Du hast es einem Würdigen ermöglicht, seine Linie für die Ewigkeit fortzusetzen."

„Danke", flüsterte Isis ergriffen, dann schloss sie Tamu ganz fest in die Arme.

Vor dem Portal erklang Stimmengewirr. Neugierig drehten sich alle um. Imset, Sobek, Osiris und all die Magier waren gekommen, um zu gratulieren und die kleine Familie mit einem Gleiter in die Siedlung zu bringen.

Natürlich flogen Danaë und ihre beiden Töchter mit, während sich die anderen teleportierten oder teleportieren ließen. Wobei sich Osiris das Vergnügen gönnte, Cheiron von A nach B zu bringen. Schließlich hatte er in der halben Ewigkeit seiner bisherigen Existenz noch nie einen Zentauren teleportiert.

„Ein bisschen Spaß nach den Anstrengungen des Tages muss schon sein", kommentierte er lachend.

Cheiron hätte sich, für das, was Osiris für ihn getan hatte, sogar quer durch ganz Tarronn transportieren lassen, um ihm eine Freude zu machen.

Hapi und Duamutef hatten, sofort nach der Gefangennahme Apophis', die Schutzglocke abgeschaltet und den Asen Entwarnung gegeben. Trotzdem warteten diese in ihrem Raumschiff ab, bis Thor höchstpersönlich erschien.

Dann beeilten sie sich, herauszukommen und den Magiern die Hände zu schütteln.

Imset klopfte Sigurd auf die Schulter: „Recht herzlichen Dank dafür, dass ihr uns Apophis frei Haus geliefert habt."

Der Ase wurde verlegen. „Meinst du das ernst?"

„Natürlich. Auch wenn du mich für völlig verrückt hältst. Das hat uns eine aufwändige und langwierige Suche erspart. Wir waren auf eine regelrechte Treibjagd quer durch alle Galaxien gefasst gewesen."

„Woher wusstet ihr eigentlich von seiner Anwesenheit?" Die Asen scharten sich um Imset und Thor.

Thor blinzelte. „Das hat uns eine Kobra heimlich ins Ohr gezischt. Ich weiß aber, was du als Nächstes fragen wirst. Ihr wart in absoluter Sicherheit, sonst hätten wir euch rechtzeitig gewarnt."

„Ach deshalb der Ausnahmezustand!"

„Genau. Wir wollten ganz sicher sein, dass uns der Schuft nicht durch die Lappen geht. Einfacher konnten wir seiner gar nicht habhaft werden", erklärte Imset. „Die Magie dieses Ortes verhindert, dass er seine Kräfte voll entfalten kann.

Meine Männer können es ja auch noch nicht fassen, dass wir ihn sicher im Griff haben. Nun müssen wir ihn nur noch zum Reden bringen. Es wäre ja auch interessant zu wissen, weshalb er sich überhaupt in diesen Teil des Universums gewagt hat. Er wird ja wohl erfahren haben, dass alle Jagd auf ihn machen."

„Ich schätze, sein Herr und Meister dürfte ihn dazu gezwungen haben", ließ sich Osiris vernehmen. „Vielleicht will er Zeit gewinnen oder einfach nur sehen, wie weit ihr Drakonat euch im Griff habt."

Imset begann zu lachen. „Du, der hat keine Ahnung, dass es zwei von uns gibt! Er hat bestenfalls mich auf der Rechnung, aber weder Sobek noch die Drakon und dich schon gar nicht. Er wird auch kaum einen Schimmer davon haben, wie unsere Kämpfer zuschlagen können.

Mir macht nur Sorge, ob er über einen Caiphas-Splitter verfügt und ob er das Energiesystem unserer großen Pyramide auf der Erde anzapfen kann. Gegen jegliche andere Magie können wir uns schützen, nur dagegen nicht."

„Ich kenne jemanden, der auch damit fertig wird", sagte Neri leise.

Aller Augen richteten sich auf sie.

„Zaid und ich werden die Joker in diesem Spiel sein. Als ihr Männer ohne uns über Apophis beraten habt, waren wir auch nicht müßig. Egal wohin Imset und Sobek gehen, um Seth entgegen zu treten, sie werden nicht einen einzigen Schritt ohne uns machen."

Der Ton, in dem sie das sagte, und Zaids Blick ließen keinen Zweifel daran aufkommen, dass sie die Drakonat notfalls dazu zwingen wollten. Horus kratzte sich am Ohr. Für ihn klang das nach handfestem Ärger. Umso erstaunter war er, als die Drakonat ohne Zögern das Versprechen dazu abgaben.

„Für diesen Fall werde ich die drei Kleinen in meine Obhut nehmen", erklärte Darina.

Horus nickte erfreut. Erstens waren die Kinder so in den allerbesten Händen und zweitens seine Gefährtin auf diese Weise aus der unmittelbaren Gefahrenzone.

Sobek beendete schließlich die Diskussion um Seth. „Wollt ihr noch eine Weile debattieren oder kommt ihr mit auf den Festplatz zur Baby-Begrüßungsparty?"

„Party!!!", riefen alle, wie aus einem Mund und machten, sich schnell auf den Weg.

„Nur ein Drakon?", wunderten sich die Asen.

Siri nickte. „Drakos bewacht vorsichtshalber unseren Gefangenen. Ich löse ihn in zwei Stunden ab. Sicher ist sicher. Es wäre doch höchst ärgerlich, wenn er plötzlich verschwände."

Ein Raunen ging durch die Menge. „Ah, da kommt ja die süße Ursache für unsere Feier!", rief Isis, der jungen Familie entgegengehend.

Thors Männer staunten. Tamu war tatsächlich das schier Unmögliche gelungen. Der Replikator an Saras Kette ließ auch keinen Zweifel daran aufkommen, dass er der Vater ihres Kindes war. Wie hatte sich Thor ausgedrückt? Er wolle dabei sein, wenn auf Tarronn Geschichte geschrieben würde.

Das schien vortrefflich funktioniert zu haben, denn die Kleine hätte es gar nicht geben dürfen, genau so wenig wie Cheirons Töchter. Zudem hatte den Dämon Apophis fast nebenbei das Schicksal ereilt.

Thor bat Sigurd, zwei Fässer Met aus dem Raumschiff zu holen. Der ließ sich das nicht zwei Mal sagen. Mit Dreien aus der Mannschaft zog er los. Safi und Arko hielten ihre Amphoren mit den verschiedensten Kreationen bereit.

Cheiron tauschte einen amüsierten Blick mit Osiris, weil sich Imset schon genüsslich die Hände rieb. Jani, Zaid, Merit-Amun und Mara begannen, aus den vollen Krügen zu verteilen. Thor drückte Imset und Osiris mit Met gefüllte Trinkhörner in der Hand.

„Aber nicht nach der Regel trinken", warnte er lächelnd. „Schön in Ruhe, damit wir überall mal kosten können." Dann setzte er leise hinzu: „Es ist ja schon fast ein Abschiedstrunk. Die beiden Wochen, bis wir starten müssen, werden viel zu schnell vergehen."

„Oh je! Da hat sich aber einer voll den Virus eingefangen!" Safi schaute den großen Asen fast mitleidig an.

Der nickte verzweifelt. Dann huschte ein Strahlen über sein Gesicht. „Vergesst um Himmels willen nicht, meinen Kurantrag, bei Odin zu stellen."

„Keine Panik, Maris arbeitet bereits an einem stichhaltigen Attest", entgegnete Kebechsenef im Brustton der Überzeugung, worauf die Männer in wieherndes Gelächter ausbrachen. Sie konnten sich noch bestens an das Gespräch der beiden erinnern, welches einige Monate zurücklag.

Das einzige Thema, das bei der Willkommensfeier für Dina vollkommen ausgespart wurde, war das, was mit Apophis geschehen werde. Imset und die Seinen verschwendeten nicht einen einzigen Gedanken an den Dämon.

Für Apophis war es plötzlich Nacht geworden. Ein paar Mal öffnete und schloss er die Augen. Das Schwindelgefühl ging zwar vorüber, aber die undurchdringliche Finsternis blieb. Der Dämon war viel zu überrascht, um darüber nachzudenken, was ihm soeben widerfahren war.

Er begann seinen Kopf zu betasten – alles dran, keine Beule und trotzdem hämmerte es mörderisch hinter seinen Schläfen. Mit ausgestreckten Armen versuchte er, seine Umgebung zu erfassen. Fünf Schritte nach vorn, er stieß an ein glattes Hindernis, zwei nach rechts, dasselbe.

„Mist", quetschte er zwischen den zusammengepressten Lippen hervor. „Also noch mal." Diesmal ließ er seine Hand, Zentimeter für Zentimeter, die Wand entlang gleiten. In regelmäßigen Abständen fühlte er scharfe Knicke, an den leicht nach innen geneigten Flächen, die sich nach oben fächerförmig ausbreiteten.

Mehrmals ging er sein Gefängnis ab, denn nichts anderes schien es zu sein. Er kniete sich hin, erkundete, so gut es ging, den Boden. Dann streckte er die Arme nach oben aus und versuchte die Decke des Verlieses zu erreichen. Apophis wurde nervös.

Glatt, naht- und fugenlos präsentierte sie sich seinen zitternden Fingern. Resigniert setzte er sich auf den Boden. Was war nur geschehen? Er hatte das Haus erreichen wollen, dessen Eigentümer vergessen hatte, die Gartentür zu sichern. Vergessen?

Den Dämon durchzuckte ein siedendheißer Schreck. Man hatte ihn erwartet und er war in die weit offen stehende Falle getappt. Panik kroch ihn an. Wo mochte er hier nur sein? Apophis schloss trotz der Finsternis die Augen, um sich konzentrieren zu können. Es ging nicht.

Vor Aufregung begann er, laut vor sich hin zu schimpfen: „Seth, du verdammter Mistkerl! Das wirst du mir büßen. Warte nur, wenn ich wieder auf der Erde zurück bin, dann ..."

Der Dämon verstummte. Die Atlan kannten sicher tausend Mittel, um ihn an der Flucht auf die Erde zu hindern. Er schlug mit den Fäusten auf die glatten Wände ein. Die Atlan. Warum kamen die eigentlich nicht endlich, um ihn hier herauszuholen?

„Vielleicht weil sie froh sind, dass sie dich gefangen haben, du Idiot!", sagte er zu sich selber. Er nickte wild zu seinen Worten. „Gefangen haben sie mich ... wie Seth Horus und die Frau gefangen hat ... mit der Tappa-Falle. Nein! Nein! Nicht die Tappa-Falle!" Apophis begann übergangslos zu jammern.

Siri glitt lautlos über die Dächer, um endlich Drakos abzulösen, der vor Imsets Haus Wache schob. Was machte der große Drache dort unten nur? Sein Kopf lag flach auf dem Boden, die Augen hielt er geschlossen.

Still!, hörte Siri seine telepathische Stimme. Vorsichtig landete sie. Drakos zwinkerte ihr zu. *Interessante Unterhaltung*, hallte es in ihrem Kopf. *Lass sie dir keinesfalls entgehen.*

Drakos machte Platz für seine Gefährtin, die sofort ebenfalls ein Ohr auf den Boden legte und Zeugin des amüsanten Selbstgespräches wurde. Drakos flog zur Festwiese.

„Na, Großer, alles in Ordnung?", fragte Sobek.

„Alles bestens. Hab mich selten so gut unterhalten gefühlt. Der Kerl redet pausenlos mit sich selbst. Siri führt den Lauschangriff lückenlos weiter", kicherte Drakos. „Ein bisschen konfus ist er schon, weil er nicht weiß, wie ihm geschehen ist."

Damit war auch für den Drachen die Sache abgetan und er widmete sich zuerst der kleinen Dina, dann den leckeren Früchten, welche die Frauen extra für die beiden Wächter mit Kräutern gespickt hatten. Die Kaltblütigkeit der Atlan und Tarronn setzte die Asen in höchstes Erstaunen.

Thor war inzwischen daran gewöhnt. Die ganzen Monate, in denen er bei den Atlan gelebt hatte, waren so etwas wie eine Offenbarung gewesen. Sie ließen so einen Heißsporn, wie ihn, gründlich abkühlen.

Er hatte mit ihnen gearbeitet, gefeiert, seinen Spaß gehabt und er hatte von ihnen gelernt. Egal, ob das Königspaar der Tarronn, die Magier der Atlan, Cheiron oder die Drakon, alle behandelten ihn als hoch geschätzten Freund.

Im allgemeinen, freudigen Trubel fiel es nicht auf, dass Sobek und Imset doch einige ernstere Worte mit Drakos wechselten. Auch dass Imset für einige Augenblicke verschwand, bemerkte niemand.

Plötzlich saß er fröhlich lächelnd wieder am Tisch und über den Wipfeln der Bäume tauchte mit rauschenden Schwingen Siri auf, deren grüne Augen im Restlicht des Tages funkelten. Zuerst vergewisserte sie sich, dass es Sara mit dem Baby gut ging, dann nahm sie ihren Lieblingsplatz hinter dem Grill ein.

Die züngelnden Flammen und glimmenden Holzkohlestückchen ließen ihren rötlichen Panzer völlig mit der Umgebung verschmelzen. Die vielen neugierigen Blicke ignorierte sie einfach. Isis und Osiris saßen mit Cheirons und Tamus Familien zusammen, denen das Glück aus den Gesichtern strahlte.

Hippomaia galoppierte mit den Hunden um den Festplatz, während ihr Menschen-Schwesterchen Eos fest schlief. Für das Götterpaar war es der letzte Abend auf Dafa. Osiris hatte Jamal versprochen, die Amtsgeschäfte wieder zu übernehmen, sobald man Apophis dingfest gemacht habe.

„Wenn wir mal ein paar Stunden ausspannen wollen, dann fliegen wir einfach hierher", erklärte Osiris soeben mit einem genüsslichen Grinsen. „Das wird bestimmt ziemlich oft sein", setzte er noch hinzu.

„Du weißt doch, dass hier immer Plätze für Gäste frei sind", schmunzelte Cheiron. „Und für den Clan würde Imset, von heute auf morgen, glattweg noch ein paar Häuser bauen lassen."

Isis lachte. „Ich weiß. Wenn ihr irgendwann Lust habt, die imposanten Glasfassaden von Alba zu besichtigen, gebt einfach Bescheid. Unser Palast hat auch genug Zimmer, um ganz viele liebe Gäste unterzubringen."

Arko, der mit Kira am anderen Tisch saß, drehte sich um. „Ich glaube, auf dieses Angebot werde ich schon bald zurückkommen. Ich möchte mir gern ein wenig Inspiration holen.

Kira findet es sicher spannend, wenn sie sich die Technik in euren Gebäuden etwas näher ansehen kann. Sie kennt sie nur vom Erzählen, während wir anderen im Raumschiff und auf Taris ein wenig lernen konnten."

„Unbestritten bist du ein besonders gern gesehener Gast", erwiderte Isis. Die Zweideutigkeit ihrer Worte konnte allein Arko verstehen, während Horus, Imset und Sobek ahnten, worum es ging.

Sie wandte sich an Horus: „Bringst du uns morgen nach dem Frühstück zurück nach Alba? Natürlich nur, wenn dich die anderen entbehren können."

„Wann immer du willst." Horus nickte ihr erfreut zu. Hatte er doch schon befürchtet, sie würde einen Gleiter des Palastes anfordern.

„Du weißt doch, dass unser Delinquent im sichersten Gewahrsam ist, das diese Galaxie zu bieten hat", schmunzelte Imset.

Osiris hob den Kopf. „Siehst du, das ist die Frage, die ich dir schon die ganze Zeit stellen wollte. Wie können ihn die Drakon hören, wenn er doch in der Tappa-Falle steckt?"

Imset grinste genüsslich über das ganze Gesicht. „Da steckt er gar nicht drin. Es wäre schade gewesen, das wertvolle Geschenk von Uräus, an diesen schmierigen Kriecher zu verschwenden."

Schlagartig wurde es still, man hätte eine Nadel zu Boden fallen hören. Aller Augen waren erstaunt, erschreckt, ungläubig oder neugierig auf Imset gerichtet.

Imset schaute in die Runde. „Die Falle war nur Mittel zum Zweck. Über ihr habe ich ein Drakonherz platziert und das hat den Dämon in sich aufgesogen, um ihn niemals wieder freizugeben."

„Ach!" Osiris wäre vor Staunen fast der Mund offen stehen geblieben. „Von dir kann selbst ich noch etwas lernen. Deshalb wart ihr also im großen Tempel von Alba.

Deine Idee ist ja nicht nur genial, sondern obergenial. Damit ist die Falle zwar aktiviert, aber nicht geschlossen worden und du kannst sie jederzeit einsetzen, um Seth festzusetzen.

Wirklich brillant. Und wenn ich daran denke, dass Apophis für alle Zeiten aus dem Verkehr ist, dann könnte ich glatt einen Freudentanz aufführen."

Imset lachte herzlich. „Den sparen wir uns lieber für jenen Tag auf, an dem wir Seth, ohne Verluste in den eigenen Reihen, im Kasten haben. Dann bin sogar ich bereit, wie ein Irrer herumzuhopsen."

Safi grinste. „Ich werde euch beide daran erinnern."

Neri schmiegte sich mit halb geschlossenen Augen an Imsets Schulter. Ihr gelang es einfach nicht, sich ihren Gefährten so vorzustellen. Selbst bei den ägyptischen Tempelfesten hatte er stets die volle Kontrolle über alles, was er tat, behalten. Isis ging es mit Osiris ähnlich, wie ihr amüsierter Blick recht deutlich zeigte.

Bei Mara rief das Wort *Verluste* eine Gänsehaut hervor. Sie warf einen verstohlenen Blick hinüber zu Kira. Vielleicht werde man wegen Seth wieder auf die Erde fliegen müssen, nach Ägypten, wo sich der gemeine Schurke in seinem unterirdischen Palast inmitten der Wüste verschanzt hatte.

Neri und Zaid wollten ihre Gefährten nicht einen einzigen Moment aus den Augen lassen, so viel stand felsenfest. Mara schauderte bei dem Gedanken an das, was Tobi Zaid angetan hatte.

Seth hätte erst recht keine Hemmungen, die beiden Frauen zu töten oder töten zu lassen und dann stände vermutlich das Gleichgewicht des ganzen Universums auf dem Spiel.

Aron legte Mara einen Arm um die Schulter. *Lass es einfach herankommen und hab Vertrauen in die Drakonat*, hörte sie seine telepathische Stimme. *Sie haben stets das Richtige getan.* Mara nickte kaum merklich.

„Ich werde Neith beauftragen, euch die neuesten Daten der großen Pyramide nach Taris zu übermitteln", versprach Osiris. „Einer der Gleiter der Mitri-Basis war für mehrere Wochen direkt an das System angedockt, wie mir Jamal berichtet hat."

Imset rieb sich mit dem Zeigefinger den Nasenrücken. „Das dürfte äußerst interessant werden. Wenn Seth Truppen zusammenzieht, egal in welcher Zeitebene, dann finden wir garantiert die entsprechenden Hinweise. Wenn die Daten da sind, komme ich sofort auf die Station."

Das Erstaunen der Magier war nur kurz. Schnell erinnerten sie sich daran, als Horus erzählt hatte, dass die große Pyramide einst Imsets Projekt gewesen war.

„Nimmst du mich mit?", bat Sobek.

„Wenn mir deine Gefährtin dafür nicht die Ohren lang zieht", schmunzelte Imset.

Zaid schüttelte den Kopf. „Es ist sicher hilfreich, wenn Sobek lernt, wie das mit diesen speziellen Daten funktioniert. Keiner weiß, was im Kampf gegen Seth auf uns zukommt. Ich weiß, wie es sich körperlich anfühlt, in ein offenes Messer zu laufen, und das möchte ich nicht noch einmal erleben. Nimm Sobek mit und lehre ihn, was für eine siegreiche Schlacht nötig ist."

Die Asen machten große Augen. Es irritierte sie, wie selbstverständlich die Atlan darüber sprachen, sich auf einen offenen Kampf einzurichten.

Thor räusperte sich. „Solltet ihr wirklich auf der Erde gegen Seth ziehen, dann werde ich an eurer Seite kämpfen. Bitte verwehrt es mir nicht."

Imset legte ihm eine Hand auf die Schulter. „Ich verspreche dir, dass du mitfliegen wirst, egal wie wir es anstellen, dich zu holen. Niemand hier wird je vergessen, was du in den letzten Wochen für uns getan hast, egal ob beim Hausbau oder als Leibwächter für Danaë."

Sigurd machte eine überraschte Handbewegung. Thors Urlaub war ganz offensichtlich erlebnisreicher verlaufen, als nur zwischen Strand und Frauen zu pendeln. „Leibwächter?", fragte er ungläubig.

Isis erzählte den staunenden Asen die ganze Geschichte.

„Du hättest dich wirklich mit Uräus angelegt?" Sigurd schüttelte entsetzt den Kopf.

Thor nickte. „Ja, das hätte ich. Schon darum, weil die Atlan für Asgard alles gewagt haben, um den Apfelbaum zu retten. Und, dass die Atlan, die ich beschützt habe, menschlichen Ursprung ist, das spielt für mich genau so wenig eine Rolle, wie für die Vielvölkergemeinde der Atlan selbst."

Osiris drückte Thor spontan die Hand. Solon stand auf. „Ich glaube, wir sollten Thor zum Ehrenbürger von Neu-Atla ernennen, denn er gehört einfach zu uns, egal wo er lebt."

Alle erhoben sich, um diesen Vorschlag einstimmig anzunehmen und dem neuen Atlan den gebührenden Respekt zu zollen.

„Die Regeln besagen, dass ein jeder Bürger unserer Gemeinde mindestens sechs Wochen des Jahres in der Siedlung gemeinnützige Dienste zu verrichten hat", erklärte Maris mit todernster Miene. „Du wirst dich doch hoffentlich nicht drücken wollen?"

Thor schüttelte rasch den Kopf, krampfhaft bemüht, keinen Luftsprung zu machen. Ein Wunder, dass die Magier nicht in wieherndes Gelächter ausbrachen. Thors Männer hätten im Traum nicht geahnt, dass das Ganze eine Finte zu seinen Gunsten war.

Schlitzohr, sagte Safi telepathisch zu Maris. *Du bist ja noch viel schlimmer als ich.*

Das wird er dir nie vergessen, prophezeite Kebechsenef ebenfalls nur im Geiste.

Thors leuchtende Augen sprachen ganze Bände. Nun musste er es nur noch schaffen, ohne Sif nach Dafa zu kommen, um die Zärtlichkeiten seiner atlanischen Geliebten Riva in vollen Zügen genießen zu können. Aber den findigen Atlan fiel sicher auch dazu etwas ein.

Im selben Augenblick wisperte Siris Stimme in seinem Kopf: *Notfalls fliege ich euch beide zu unserem Refugium, wo ihr ganz ungestört ein paar nette Stunden verbringen könnt.*

Thor streichelte die Riesin zwischen den Hörnern und antwortete laut. „Dein Rat ist mir immer lieb und teuer und ich werde ihn Wort für Wort befolgen."

Der Abend endete mit dem wundervollen Feuerzauber der Drachenwesen, die damit jedes Mal helle Begeisterungsstürme hervor riefen.

Am nächsten Morgen verabschiedete sich das Königspaar vom Clan und den vielen neuen Freunden. Horus vergewisserte sich, ob er auch wirklich nicht gebraucht werde. Dann brachte er Isis und Osiris zurück nach Alba, wo beinahe die ganze Bevölkerung zusammenlief, um den König begeistert zu begrüßen.

Das gesamte Palastpersonal stand in Galauniformen im Hangar. Das Herrscherpaar hatte selten solch prunkvolle Empfänge erlebt, wie heute. Die Säulen des Palastes waren mit Blumengirlanden geschmückt und überall brandete Applaus auf, wenn der König vorüberschritt.

Horus, der hinter ihnen ging, musste unzählige Hände schütteln und nahm stellvertretend den Dank für die Atlan entgegen. Jamal hielt ihm allzu aufdringliche Tarronn auf Distanz. Seinem Wort gehorchte man, als sei es vom König selbst gekommen.

Isis entdeckte Tana in der Menge und winkte sie heran. Sie schob sie mit einem Augenzwinkern auf Jamal zu, der mit einem dankbaren Nicken an die Königin seiner Gefährtin den Arm um die Taille legte, um sie so in den Palast zu führen.

Dass Isis damit auch bestimmt hatte, Tana ab sofort als persönliche Assistentin einzusetzen, brauchte er ihr nicht zu erklären, das hatte schon auf Dafa in der Luft gelegen.

Horus konnte erst am späten Nachmittag wieder zurückfliegen. Das Volk feierte seinen König und Horus hatte Mühe gehabt, sich unbemerkt davon zu machen.

Jamal brachte ihn zum Hangar, wo auch er ihm noch einmal dankbar die Hand drückte. „Pass gut auf dich auf, egal, was auch immer du tust und richte allen Grüße von Tana und mir aus."

„Ich werde es nicht vergessen." Horus schloss das Schott. Ab *nach Dafa*, teilte er, noch auf dem Gang, telepathisch seinen Männern mit. Als er das Cockpit erreichte, schwebte der Gleiter bereits in der Luft.

Außer Sichtweite zum Palast ging Ron auf Höchstgeschwindigkeit, während Darina die Schilde aktivierte, um auch tatsächlich unbemerkt zurück nach Atla zu gelangen. Die Drakon warteten bereits am Landeplatz, um die Ausflügler zu begrüßen und Horus zu informieren, dass bezüglich des Gefangenen alles in Ordnung sei.

„Hätte mich auch gewundert, wenn es anders gewesen wäre. Wenn Imset etwas tut, dann tut er es richtig." Horus teleportierte sich mit Darina sofort zum Haus. „Was treibst du denn hier?", fragte er verwundert, als er seinen Enkel, als Drakonat mit einem Ohr auf dem Boden liegen sah.

Noch immer Lauschangriff, telepathierte Sobek mit grinsendem Gesicht. *Der quasselt doch tatsächlich noch immer mit sich selbst.*

Kopfschüttelnd betraten Horus und Darina das Haus. Neri begann zu lachen, als sie die Gesichter der beiden sah. „Unsere vier Drachenwesen wechseln sich rund um die Uhr ab, in der Hoffnung, dass Apophis unfreiwillig Auskunft über Seth gibt."

Horus legte rasch den Zeigefinger auf die Lippen.

„Keine Sorge", ließ sich Imset vernehmen, der mit Ihi am Tisch spielte. „Das Haus ist gegen Apophis' Mithören abgesichert. Setzt euch und erzählt."

Neri reichte Gebäck und Getränke. Horus holte tief Luft und beschrieb so detailliert die Feierlichkeiten, als hätte er ein Hologramm vor sich auf dem Tisch stehen.

„Ich soll euch von einem ganzen Volk in tiefster Dankbarkeit Grüße ausrichten, ganz besonders aber von Jamal und Tana. Isis hat sie sofort in ihre persönlichen Bereiche integriert. Und was habt ihr den ganzen Tag gemacht?"

„Am Strand gefaulenzt und hin und wieder Selbstgespräche mitgehört", kicherte Imset. „Ihr glaubt ja nicht, was Apophis für eine Wut auf Seth hat. Die wohl schlimmste Drohung, die er immer wieder ausspricht, ist: *Dich sollen die Atlan holen.* Wir haben wirklich selten solchen Spaß mit Feinden gehabt."

Dann wurde er ernst. „Auf der blauen Kugel", womit er die Erde meinte, „scheint Seth wirklich alle bösartigen Geschöpfe zu aktivieren. Neri hatte recht, als sie sagte, wir müssten ihn von da fortlocken. Die Frage ist nur wie? Ich habe nicht den Hauch einer Ahnung."

Imset streichelte liebevoll Horus' Söhnchen über den Kopf. „Morgen, bei Tagesanbruch, werden wir erst einmal den Kristall mit unserem Gefangenen zur Pyramide bringen, damit wir ihn, fernab von unseren Frauen und Kindern, befragen können."

Er benutzte, bewusst, nicht das Wort *verhören*. Imset hatte, mit den drei anderen Lauschern, das schier endlose Geplapper ausgewertet und war sich ziemlich sicher, dass Apophis, wenn er die ganze Tragweite dessen, was ihm widerfahren war, wirklich begriff, in seinem grenzenlosen Hass jedes Detail über Seth preisgeben werde.

Im Augenblick begnügte er sich damit, die übelsten Verwünschungen auszustoßen, weil er Stück für Stück feststellte, wie rigoros man seine Kräfte beschnitten hatte, um nicht zu sagen, man hatte sie ihm vollständig genommen. Der gefürchtete Dämon Apophis war hilfloser als eine Ameise auf der Erde und die Atlan ließen ihn schmoren.

„Dann müssen wir in den nächsten Tagen nur noch die Asen bitten, nichts über die Gefangennahme des Dämons zu verbreiten", murmelte Horus sichtlich zufrieden.

„Ist schon geschehen." Thor trat zur Tür herein. „Meine Männer habe ich instruiert und Odin eine verschlüsselte Nachricht gesandt, die, außer ihm, nur ich lesen könnte.

Ich habe ihn gebeten, alle Informationen über Kriegsvorbereitungen in derselben Form sofort nach Taris an Horus zu übermitteln. Das heißt, dass ich Horus, Imset und Sobek in den nächsten Tage das Codesystem beibringen werde."

„Was?" Die Genannten schreckten zusammen.

Thor schmunzelte. „Ich meine es wirklich ernst. Ich weiß, dass das Geheimnis bei euch gut aufgehoben ist. Außerdem gäbe es uns ohne eure selbstlose Hilfe schon gar nicht mehr.

Was für einen Grund sollte ich haben, euch Informationen vorzuenthalten, die vielleicht für unsere ganze Galaxie lebenswichtig sein könnten? Außerdem – so von Atlan zu Atlan …"

Neri und Darina amüsierten sich köstlich über den treuherzigen Blick, mit dem Thor beim letzten Satz in die Runde schaute.

„Langsam glaube ich sogar daran, dass wir vielleicht doch eine Chance haben, alles zu einem wirklich guten Ende zu bringen. Die Helion haben ihre Späher auch in jedem Winkel der Erde sitzen. Ares, Poseidon und Zeus sind als Kämpfer kaum zu bändigen. Athene und Hera sind mit scharfem Geist auch nicht zu unterschätzende Gegner für Seth. Hephaistos hat die Waffenkammer der Olympier auf Helion sicher gut gefüllt", überlegte Horus laut.

„Und Hades?", warf Sobek fragend ein.

„Vergiss es", entgegnete Thor. „Der krallt sich nur die Opfer. Da ist Anubis aus ganz anderem Holz geschnitzt."

„Ich mag das Wort *Opfer* nicht", flüsterte Neri angewidert.

Imset zog sie in seine Arme. „Ich weiß." Dann bat er die Magier, auch am nächsten Morgen noch einmal auf das Training zu verzichten, sich stattdessen zur gleichen Stunde an der Pyramide einzufinden.

Mit dem Sonnenaufgang hoben Imset und Sobek gemeinsam den Drachenkristall aus dem Boden vor dem Haus, übergaben ihn an Drakos, schlossen die Tappa-Falle in Neris magischem Raum ein, um sich anschließend sofort auf das Plateau vor der Pyramide zu teleportieren.

Siri trug Arko auf ihrem Rücken herbei. Tamu brachte Thor mit. Erwartungsvoll schauten alle Imset, Sobek und die beiden Drakon an. Besonders Drakos stand im Mittelpunkt des Interesses, denn er hielt etwas Großes in der geschlossenen Klaue, das die Anwesenden nicht erkennen konnten.

„Gehen wir hinein", schlug Imset vor, Drakos den Vortritt lassend.

Der große Drache wandte sich dem Winkel der Pyramide zu, der der magischen Quelle genau gegenüberlag. Dort angekommen hockte er sich nieder. Er wartete darauf, dass sich alle um ihn scharten. Siri stand dabei mit dem Rücken zur Quelle.

Sie schloss gleichsam die Ecke vom Rest der Pyramide ab. Gespannte Stille herrschte. Imset nickte, Drakos öffnete die Faust. Vorsichtig legte er das Drachenherz zu Boden, sodass die breite Fläche auf die Magier zeigte, der Dorn aber auf die Wand.

Im klaren Kristall war deutlich die Gestalt Apophis' zu sehen, der sie mit hasserfüllten Augen anstarrte. Der Dämon blieb im ersten Augenblick erstaunlich ruhig, wenn man daran dachte, wie er sich, seit seiner Gefangennahme, gebärdet hatte.

Dann huschte sein Blick fahrig über die Gesichter der vielen Männer und – sein Herzschlag setzte beinahe aus – der beiden riesigen Drachen. Er schlug die Hände vor das Gesicht, betrachtete durch die gespreizten Finger noch einmal die vielen Fremden.

Fremde? Mitnichten! „Horus!", stöhnte er entsetzt auf. „Kebechsenef. Imset! Noch ein Imset!" Er starrte angestrengt die beiden Männer an, die genau nebeneinander standen und sich, wie ein Ei dem anderen, glichen und die ihn beinahe teilnahmslos beobachteten.

„Das ist ein Traum. Ein Albtraum. Wenn ich aufwache, bin ich im Raumschiff der Asen", murmelte der Dämon völlig verstört.

Einer der beiden *Imsets* wandte sich ihm zu. „Nun, mein Lieber, dann möchte ich dir die freundschaftliche Mitteilung machen, dass dein Albtraum ziemlich lange dauern wird. Bis zum Ende aller Zeiten, um ganz genau zu sein."

Dabei klang seine Stimme monoton und beinahe gelangweilt. So konnte nur einer sprechen, der sich seiner Sache wirklich sicher war. Sogar die Magier erstaunte es, wie er völlig emotionslos die ersten Worte mit Apophis sprach.

„Ende aller Zeiten …?", wiederholte der Dämon verunsichert, dabei glitt sein Blick noch einmal über die Panzer der Drakon. Er drehte sich wieder zu dem Mann um, der soeben das Wort an ihn gerichtet hatte.

Bevor er reagieren konnte, geschah etwas Gespenstiges – die Haut der beiden *Imsets* begann, einen metallischen Glanz anzunehmen, Schuppen bildeten sich heraus, die Gesichter änderten ihre Form und plötzlich standen zwei Drakonat vor seinem Gefängnis.

Apophis wich entsetzt zurück, bis er die hintere Wand seines Kerkers im Rücken spürte. „Oh Gott", hauchte er kaum hörbar.

„Nun, wie gefällt dir das?", fragte der zweite *Imset*.

Apophis schüttelte wild den Kopf, streckte abwehrend beide Hände vor, als könne er die Drachenmänner damit vertreiben. „Weg! Weg! Weg!", schrie er aus Leibeskräften.

„Mitnichten", lachte der erste *Imset*. Er verwandelte sich zurück, genau wie der Mann, der neben ihm stand. „Ich gebe dir etwas Zeit, um nachzudenken. Wenn ich wiederkomme, will ich wissen, wo Seth steckt."

Er wandte sich um und verließ ohne einen weiteren Blick auf seinen Gefangenen die Pyramide. Stumm folgten ihm die Anwesenden.

„Oha", sagte Horus, kaum dass sie das Bauwerk verlassen hatten. „Schocktherapie vom Feinsten."

Imset setzte sich zu Sobek auf die kleine Mauer. „Ich habe keine Lust auf irgendwelche fruchtlosen Gespräche mit diesem Ekel. Er widert mich an, dass ich es kaum ausdrücken kann", erklärte er.

„Ich finde es äußerst erstaunlich, wie ruhig du geblieben bist", stellte Safi fast bewundernd fest. „Unbestritten konnte ich bis vorhin nicht wirklich daran glauben, dass du das schaffst."

„Ich weiß. Genau deshalb habe ich euch dabei haben wollen. Damit ihr es mit eigenen Augen sehen und eigenen Ohren hören könnt." Imset klopfte Safi auf die Schulter.

„Ich habe nie vergessen, was du mich in Ägypten über die innere Ruhe der Atlan gelehrt hast, als man mich noch Hatik nannte. Horus ist es nicht ganz so leicht gefallen, die Ruhe zu bewahren. Aber genau deshalb hat er sich zurückgehalten. Sobek wäre im Notfall eingesprungen, um ihm unbemerkt die Energie zu entziehen."

„Dann hast du alles im Detail geplant?", fragte Horus überrascht.

Imset nickte.

„Aber was hast nun wirklich vor? Du willst doch den Kristall nicht einfach so in der Pyramide liegen lassen?"

„Dazu ist Arko mit hier. Oder ist euch etwa nicht aufgefallen, dass nicht nur Magier anwesend sind?

Er wird den Stein unter einer Bodenplatte verschwinden lassen, die nur Sobek und ich mit Magie gemeinsam wieder heben können", erklärte Imset. „In diesem Verlies wird Apophis auf seinen Meister warten, der ihm mit seiner späteren Anwesenheit die Ewigkeit versüßen soll."

„Jetzt möchte ich fast mit Apophis' Worten, *mein Gott*, reagieren", murmelte Kebechsenef kopfschüttelnd. „Das ist ja richtig heftig."

Imsets gelbe Augen begannen gefährlich zu funkeln. „Das sollte es auch sein. Der Tod ist eine viel zu milde Strafe. Sie sollen sich gegenseitig bis in alle Ewigkeit das miese Leben restlos zur Hölle machen.

Sie sollen sich quälen, so wie sich Osiris und Horus gequält haben und sie sollen verzweifeln, so wie ich fast verzweifelt bin. Von mir aus können sie auch an ihrem Hass ersticken. Ich werde jedenfalls nicht Hand an sie legen."

Imset erhob sich, strich sein Gewand glatt, dann kehrte er langsam zum Eingang der Pyramide zurück, wohin ihm die Freunde rasch folgten, um die eigentliche Befragung des Dämons nicht zu verpassen.

Apophis, der auf dem Boden des Kristalls gesessen hatte, sprang auf, als er seine Kerkermeister kommen sah. Vielleicht ließen sie sich ja doch erweichen, ihn woanders unterzubringen, als ausgerechnet im Zentrum ihrer Magie, die ihn körperlich schmerzte. Beinahe untertänig erwartete er ihr Kommen. Keiner von ihnen ließ sich von dieser Demutshaltung täuschen, wie er recht schnell erkennen musste.

„Nun?", fragte der *Imset*, welcher links von Horus stand.

„Ich weiß gar nicht, was du von mir willst", schnaufte Apophis.

„Ach ja? Soll ich bisschen zu dir reinkommen?" Der linke *Imset* trat einen Schritt näher.

„Bleib mir vom Hals", zeterte Apophis.

„Dann soll also Sobek zu dir kommen?"

„Ich will euch nicht sehen und ich weiß auch nicht, wer Sobek ist."

„Der da", schmunzelte Imset auf seinen Sohn deutend.

Sobek verwandelte sich, legte eine seiner schuppigen Klauen an den Kristall. Apophis fuhr mit schreckgeweiteten Augen zurück. „Nicht!!!"

„Du hast genau drei Sekunden, um dir zu überlegen, ob du nicht vielleicht doch lieber reden willst. Wenn er erst einmal drin ist, dann kann auch ich ihn nicht mehr stoppen." Imset zog eine geringschätzige Miene.

Sobek legte auch noch die zweite Klaue an den Stein und fauchte wie ein gereizter Drache.

„Ich will reden! Ich will reden! Ich will reden!", schrie Apophis in Todesangst.

„Na dann tu es doch. Ich bin ganz Ohr." Imset lehnte sich fast schon gemütlich an den Kristall, verschränkte die Arme und zog fordernd die Augenbrauen hoch.

Apophis stemmte beide Hände gegen die Wand seines Verlieses, ließ resigniert den Kopf hängen. Beinahe flüsternd begann er zu erzählen. Er merkte nicht einmal, wie hinter dem Drakonherz gearbeitet wurde, um den Hohlraum zu schaffen, der es auf ewig einschließen sollte.

Fast den ganzen Tag sprudelten die Informationen aus ihm heraus. Die Magier hörten zu, ohne ihn auch nur ein einziges Mal zu unterbrechen. Die Magie der Quelle erschöpfte den Dämon bis aufs Äußerste.

Imset hatte schließlich genug gehört. „Ich werde sehr genau überprüfen, was du mir erzählt hast. Wenn du gelogen hast, komme ich mit Sobek wieder. Du kannst dir sicher vorstellen, was dann passiert."

Apophis schaute ihn fast schon flehend an. Nur dieser Blick sagte: Ich habe nicht gelogen – das erste Mal, in meinem ganzen langen Leben. Der Dämon wagte auch nicht, zu protestieren, als man ihn, wie in einer Gruft, einmauerte.

Hier war er Wesen in die Hände gefallen, die ihn wie eine Laus zerquetschen konnten. Er war klug genug, zu verstehen, dass er gründlich den Kürzeren gezogen hatte. Seth, dieser dreckige Mistkerl würde noch sein blaues Wunder erleben. Der hatte ganz genau gewusst, auf was für ein Himmelfahrtskommando er ihn geschickt hatte.

Immer mehr gewann die Überzeugung Oberhand, dass Seth seinen Tod gewollt hatte, um einen Mitwisser über den Caiphas-Splitter los zu werden. „Die Atlan werden dich holen", murmelte Apophis, zutiefst von seinen Worten überzeugt, bevor er körperlich völlig fertig einschlief.

Die Magier trafen sich, nach ihrer Rückkehr in die Siedlung, in Imsets Garten. Siri erschien als Letzte, nachdem sie Arko zu seinem Häuschen getragen hatte. Schweigend saßen sie beisammen, hingen ihren Gedanken nach, ließen das Verhör noch einmal an sich vorüberziehen.

Hin und wieder streiften verstohlene und äußerst dankbare Blicke Imset, der seit Apophis' Gefangennahme völlig in sich selbst zu ruhen schien. Sein abgrundtiefer Hass auf den Dämon, kam einzig durch die Art der Strafe, welche er sich ausgedacht hatte, zum Ausdruck.

Neri und Darina waren mit Ihi zu Zaid und den Zwillingen gegangen, um die Magier nicht zu stören. Was in der Pyramide geschehen war, werde man ihnen früh genug erklären.

Für sie zählte im Augenblick nur, dass man den Verbrecher weit weg aus der Siedlung, an einen Ort gebracht hatte, wo jegliches Entkommen völlig unmöglich war.

Cheiron galoppierte mit Merit-Amuns Pferden und seinem Töchterchen Hippomaia über die Wiese am Waldrand. Die Frauen schauten hinterher, bis die vier in der Ferne irgendwo am Strand verschwanden.

„Es ist schön, ihn so glücklich zu sehen." Neri wandte sich lächelnd um. „Zeus wird ihn wohl nicht wiedererkennen, wenn die Helion zum nächsten Treffen kommen."

„Cheiron ist lieb", rief Ihi. Er hielt seine Panflöte hoch.

„Ja, das ist er, mein Schatz", schmunzelte Neri. Mit seinem Geschenk hatte der Zentaur Ihi zum glücklichsten Kind auf ganz Tarronn gemacht. Der Kleine umklammerte, selbst im tiefsten Schlaf, ganz fest das wundervolle Instrument.

In ein paar Jahren werde der weise Cheiron Ihi alles lehren, was über Helion zu wissen wichtig war und was die offiziellen Chroniken auf Tarronn nicht verrieten.

„Vielleicht hat er ja auch für uns einen ganz heißen Tipp, wenn wir mit unseren Gefährten gegen Seth ziehen", sagte Zaid leise, die Neris Gedanken gelesen hatte.

„Ja natürlich! Er sieht schließlich alles aus einer anderen Sicht als unsere Magier!", rief Neri. „Auf Zentaurenwissen dürfte Seth überhaupt nicht eingestellt sein, selbst wenn er die Helion bestens kennt."

Darina nickte kaum merklich. Cheiron war tatsächlich für Seth eine der unbekannten Größen in diesem Spiel, genau wie die beiden Drakonat. Weicher Hufschlag riss sie aus ihren Gedanken. Cheiron kam gemächlich den Weg allein heruntergetrabt. Er erspähte die drei Frauen, die ihm erwartungsvoll aus dem Garten entgegenschauten, und bog zu ihnen ab.

„Habt ihr schon erfahren, wie es mit Apophis gelaufen ist?", fragte er sofort.

Alle drei schüttelten den Kopf.

„Du kommst aber gerade recht", entgegnete Zaid. „Wir haben soeben über dich gesprochen."

„Tatsächlich?" Cheiron musterte die Frauen neugierig.

„Wir sollten allerdings lieber ins Haus gehen", schlug Neri vor.

„Ich kümmere mich um die Kinder." Darina nahm Ihi auf den Arm und setzte sich zu den Zwillingen an den Gartentisch.

Zaid bat Neri und Cheiron herein. Sie stellte Getränke und Gebäck bereit, bevor sie, ohne Umschweife an den Zentauren gewandt, zu erklären begann: „Wie du weißt, werden wir beide mit unseren Gefährten an der Jagd auf Seth teilnehmen.

Nun können wir nicht so kämpfen wie die Magier, möchten aber auch nicht nur als Notfallbesetzung vielleicht noch im Weg herumstehen. Außerdem weiß ich ziemlich gut, wie es sich anfühlt, wenn man mit einer Waffe tödlich verletzt wird.

Seth wird sich sowieso zuerst auf uns stürzen, weil wir die Schwächsten sind, um mit uns unsere Gefährten zu erpressen. Das möchte ich gern von vornherein verhindern, wenn es irgendwie machbar wäre.

Also ist mir eingefallen, dass du, der Lehrer so vieler irdischer Helden und waffengewandter Krieger schlechthin, vielleicht einen Rat für uns haben könntest."

Cheiron atmete tief durch. „Was sagen eure Gefährten dazu?"

„Die lassen wir erst einmal außen vor", stellte Neri sofort klar. „Was hier gesprochen wird, geht nur uns drei etwas an."

„Na, meinetwegen." Cheiron zog die Augenbrauen zusammen. „Dass ihr euch opfern werdet, ist mir, auch ohne danach zu fragen, klar." Er schloss die Augen, rieb sich mit beiden Händen das Gesicht und seufzte: „Da hab ich mir ja was eingehandelt."

Cheiron zog die Augenbrauen zusammen. „Also: Bei den Helion ist es üblich, die Gestalt zu wandeln, wenn man den Gegner verwirren will."

Die Frauen sahen sich kurz an, dann schüttelten sie langsam die Köpfe. „Seth würde fühlen, wer hinter der Fassade steckt."

Cheiron hob bedauern die Hände. „Ich bin zwar unsterblich, aber kein Gott. Ich kann weder magische Dinge tun, noch besonders gut Gedanken lesen. Was das betrifft, bin ich wohl doch nur ein Pferd mit einem halben Mann als Zugabe oder umgekehrt."

Zaid betrachtete nachdenklich den Pferdemann, dessen muskulöser Oberkörper trotz allem mit dem Pferdeleib eine ästhetische Einheit ergab.

„Verschmelzung", sagte sie plötzlich. „Wir müssen einen Weg finden, mit Sobek und Imset zu verschmelzen. So stören wir sie nicht, dabei haben sie, quasi zusätzlich, unsere Liebe als den besten Schutz, den es gegen Caiphas-Splitter und deren Besitzer gibt."

„Genial!", riefen Cheiron und Neri gleichzeitig.

„Mithilfe der Quelle dürfte uns das vielleicht sogar gelingen", mutmaßte Zaid. „Los, lasst uns zu den Magiern gehen. Gute Nachrichten sollte man warm servieren."

Gemeinsam mit Darina und Cheiron, der die drei Kinder auf seinem Rücken trug, brachen sie auf. Wie erwartet, saßen die Magier noch immer mit den Drakon zusammen.

Sie hatten wohl das gleiche Thema diskutiert. Die ratlosen Gesichter redeten eine deutliche Sprache. Die Männer atmeten erleichtert auf, weil sie die Ankunft der Frauen und Kinder endlich wieder auf andere Gedanken brachte.

Umso erstaunter waren sie, als Zaid mit sehr ernster Stimme um Gehör bat. Neri ließ Zaid gern das Wort, denn Sobeks Gefährtin war diejenige gewesen, die die zündende Idee gehabt hatte. Staunend lauschten die Versammelten Zaids Worten, während Neri und Cheiron hin und wieder bestätigend nickten.

„Ich glaube, das könnte funktionieren", murmelte Horus. „Wenn ich an das denke, was wir mit Zaid und Sobek auf dem Flug zu den Asen erlebt haben, dann bin ich wirklich ziemlich sicher."

„Und wenn es schief geht und wir die Verbindung nicht mehr lösen können?", fragte Imset leise.

„Lieber für die Ewigkeit mit ihm verbunden, als vielleicht hilflos zuzusehen, wie Seth euch beide umbringt." Zaid schmiegte sich in Sobeks Arme.

Neri nahm Imsets Gesicht in beide Hände. „Genauso sehe ich das auch. Du hättest dich doch auf der Erde auch mit Siris Herz verbunden, wenn du keine andere Wahl mehr gehabt hättest."

„Stimmt." Imset streichelte ihr Haar.

„Dann ist es beschlossene Sache, wenn es sich in der Praxis tatsächlich machen lässt?" Zaid schaute in die Drakonat aufmunternd an.

Thor staunte, genau wie Horus, welche Wandlung diese Frau durchgemacht hatte, seit sie Sobeks Gefährtin geworden war – vom hilflosen Opfer Lokis, zur kampfbereiten Amazone.

„Es ist beschlossen", bestätigten Imset und Sobek vor den verblüfften Magiern. „Wir werden Osiris in Kenntnis setzen. Vielleicht hat er noch ein paar gute Ratschläge, außerhalb des Protokolls, für uns."

Die beiden Drakon wirkten erleichtert. Siri breitete ihre Schwingen aus. „Ich weiß, dass Zaid die Kraft einer Göttin in sich trägt. Für Neri dürfte es ohnehin kein Problem sein, sie ist Hathor, die Tochter des Re und es sollte mich auch sehr wundern, wenn euch weder Osiris noch die Quelle helfen könnten."

Solon zuckte mit den Schultern. „Es ist halt Neuland. Wir Atlan haben uns niemals mit derartigen Dingen befasst, weder auf dem alten Planeten, noch hier. Gestaltwandeln, wie es die Helion tun, war auch niemals unser Ding.

Aber, seit Imset zum Drakonat wurde, ist ja fast nichts mehr unmöglich. Ich darf euch nur daran erinnern, auf welche Weise er damals die Dracheneierschalen in seinen Körper aufgenommen hat, um sie in unsere Zeit zu bringen.

Warum sollte das nun, wo er und Sobek die allerhöchste Stufe erreicht haben, nicht auch mit ganzen lebenden Wesen funktionieren?"

„Solon hat recht", ließ sich auch Talos vernehmen. „Zumal wir immer wieder vergessen, dass Imset von Geburt Tarronn ist. Neri ist, wie wir ganz nebenbei erfahren haben, auch so etwas Ähnliches, wie eine halbe Tarronn.

Bei den beiden anderen ist die Konstellation genau so: Zaid ist Tarronn und Sobek ein halber Tarronn. Ich will damit sagen, dass es kaum zu Reaktionen gegen den zweiten Körper kommen wird."

„Dem schließe ich mich an", sagte Maris. „Ich gehe, für den verbleibenden unklaren Teil, davon aus, dass die Replikatoren die Unterschiede ausgleichen werden. Unsere vier Geheimwaffen sind also bestens für die Schlacht ausgerüstet."

Imset drückte Neri liebevoll an sich. „Na also, so viel Zuspruch tut gut. Mein einziges Problem ist, dass ich den Kampf vielleicht nicht erleben werde."

„Was???" Alle Köpfe wandten sich ihm beinahe ruckartig zu. Entsetzen malte die Gesichter.

Imset grinste breit. „Ich bin am Verhungern."

Wieherndes Gelächter antwortete ihm. Man hatte tatsächlich vor lauter Problemdiskussionen das Essen völlig vergessen. Neri gab den Frauen telepathisch Bescheid, dann eilten alle zur Festwiese, um mit den Familien gemeinsam das Abendbrot einzunehmen.

Wie in alten Zeiten füllten sich die Tische von den mitgebrachten Speisen und jeder Atlan, egal ob magisch begabt oder nicht, konnte an diesem Essen teilnehmen, so er seinen Teil dazu beitrug. Am Ende war die ganze Siedlung auf den Beinen, man freute sich mit dem Magischen Club über das gute Gelingen des gerade zu Ende gehenden Tages.

Die Drakon flogen zur Jagd. Sie brachten ihren Freunden einen stattlichen Golddorsch mit, welcher, wenig später, filetiert, auf dem Grill brutzelte. Den Wein spendierten die Asen. Safi versprach ihnen, die Krüge mit seinen Kreationen neu zu füllen, bevor sie nach Asgard aufbrechen mussten.

Siri lag auf ihrem Lieblingsplatz hinter dem Grill. Sie bewachte die allerjüngsten Atlan, welche unter ihrer rechten Schwinge in einem Körbchen schlummerten. Bei Drakos hatten es sich, zu Cheirons großem Erstaunen, Hippomaia und die Hunde bequem gemacht. Es herrschte gelöste, fröhliche Stimmung.

Erst am nächsten Morgen, nach dem üblichen Training, fanden sich die Drakon, die Magier, Thor, Cheiron, Zaid und Neri erneut in Imsets Haus ein, um über das weitere Vorgehen zu beraten. Ehe jemand das Wort nehmen konnte, flimmerte die Luft. Vor den verblüfften Freunden erschien Osiris, gut gelaunt und über das ganze Gesicht strahlend.

Safi pfiff durch die Zähne: „Das nenne ich einen Auftritt!"

Osiris schmunzelte: „Gut? Ja oder ja?"

„Beeindruckend." Thor nickte zustimmend. „Ich glaube, du bist wieder ganz der Alte."

„Das will ich doch stark hoffen." Der König begrüßte die Anwesenden herzlich. „Ihr werdet mich nämlich, bei der Hatz auf den Schuft, die ganze Zeit auf dem Hals haben. Oder dachtet ihr, dass ich mir die Rache entgehen lasse?"

„Solche Hilfe ist mir stets willkommen." Imset drückte ihm fest die Hand.

Horus schüttelte überrascht den Kopf. Blockierte ihn die bloße Nennung des Namens *Seth*, so bewirkte dies bei Osiris das ganze Gegenteil.

Osiris legte ihm jetzt den Arm um die Schulter und rief kampfeslustig: „Heh, nun entspann dich endlich! Diesmal sind offiziell alle Griffe erlaubt. Wenn wir uns stark zurücknehmen, dann nur, weil das, was sich Imset für ihn ausgedacht hat, viiiieeel wirkungsvoller ist."

Er dehnte das Wort genüsslich, um auch noch dem letzten Zweifler die ganze Tragweite der Strafe vor Augen zu führen. „Wir anderen werden den beiden Drakonat nur ganz brav die Beute zutreiben und schön aufpassen, dass sie nirgends entkommen kann. Die Helion und Odin mit seinen Männern, sind bereits auf dem Weg hierher."

„Ach schau an. Du kannst es wohl wirklich kaum erwarten?", schmunzelte Imset.

Osiris wurde ernst. „Stimmt nur teilweise. Je länger wir warten, um so mehr könnte durchsickern und umso besser könnte sich Seth verschanzen oder angriffsfertig machen. Bereiten wir dem Spuk ein schnelles Ende." Dann fügte, er mit einem fast liebevollen Blick auf die beiden Frauen, hinzu: „Es ist auch für sie besser. Wir haben, von der Verschmelzung an, genau sieben Monate. Dann müssen wir ihn haben, oder alles ist vergebens. So eine magische Verbindung kann nur ein einziges Mal wieder gelöst werden."

Betretenes Schweigen folgte auf seine Worte, während Neri und Zaid zeitgleich die Hände ihrer Gefährten fassten.

Osiris schüttelte den Kopf. „Genau das werde ich verhindern, so wahr ich hier stehe. Ich werde nicht zulassen, dass ihr beide euch opfert."

Nicht einmal die Drakonat wagten zu widersprechen, besonders, da ihnen noch weniger an einer dauerhaften Verschmelzung gelegen war.

„Meinst du nicht, dass das etwas wenig Zeit ist? Die Erde ist groß, es gibt Tausende Verstecke", warf Sobek ein.

Osiris grinste burschikos. „In einige Landstriche traut er sich aufgrund uralter offener Rechnungen nicht und für den Rest habe ich Quetzalcoatl und Shiwa so scharf gemacht, dass die garantiert ihre ganze Sippschaft auf die Erde beordern. Wir sind also bestens aufgestellt."

„Klingt gut. Aber wer darf von unseren Leuten mitfliegen?", fragte Talos ziemlich direkt.

Imset hob den Kopf. „Ich habe diese Frage schon lange erwartet. Die Antwort wird dir nicht gefallen. Keiner."

Schlagartig wurde es still. Die Magier schauten verunsichert zwischen den Mitgliedern des Horus-Clans hin und her.

„Sollte Seth irgendwie die Flucht nach Tarronn gelingen, dann seid ihr die Hoffnung eines ganzen Planeten", erklärte Osiris. „Isis ist instruiert. Sie wird euch, für diesen Fall, unbegrenzte Vollmachten geben, weil wir Seth unter allen Umständen lebend haben wollen."

Horus räusperte sich. „Vergesst bitte nicht, dass dies im Grunde genommen ein familiäres Problem zwischen unserem Clan und Seth ist."

„Akzeptiert. Auch wenn es schwerfällt", murmelte Safi. Die anderen nickten ebenfalls zustimmend.

„Also noch einmal im Klartext die Liste derjenigen, die, von den hier Anwesenden, in den Kampf ziehen werden: Imset mit Neri, Sobek mit Zaid, Horus, Kebechsenef, Tamu an Darinas Stelle, Thor und ich."

Osiris trat zu den Drakon. „Habt bitte gut Acht, auf die anderen und diesen wundervollen Kontinent." Im selben Augenblick löste sich Osiris' Gestalt in einem blauen Nebel auf.

„Eine klare Ansage. Ich werde mich hüten, auch nur ein Wort dagegen zu sagen. Osiris hat vollkommen recht. Wir müssen die Schwächsten auf diesem Planeten verteidigen, nämlich die Kinder, die bei einem Angriff nicht den Hauch einer Chance hätten", ließ sich Aaron vernehmen.

„Die Tarronn haben uns auch nicht diesen herrlichen Flecken ihres Planeten überlassen, damit wir uns dann ungebeten in ihre Angelegenheiten mischen."

„Wohl gesprochen." Solon klopfte Aaron dankbar die Schulter. „Das ist wieder so ein erhebender Moment, wo ich richtig stolz, auf einen meiner besten Schüler, bin."

Imset schenkte seinen Freunden ein befreites Lächeln. „Danke. Wir wussten, dass wir uns auf euch verlassen können. Genießen wir bis zum Abflug die gemeinsame Zeit und hoffen, dass wir uns bald und vor allem glücklich wieder sehen."

Außer, dass die Magier nun das Training noch verbissener betrieben und sich die beiden Frauen in Neris magischem Raum mental auf den großen Augenblick vorbereiteten, wo sie vorübergehend aufhören würden, als Einzelwesen zu existieren, änderte sich am Leben in der Siedlung nichts.

Man arbeitete wie bisher, genoss die Freizeit miteinander und bereitete ganz in Ruhe die Ankunft der Kampfgefährten vor. Eine winzige Kleinigkeit änderte sich doch, Thor besann sich auf seine magischen Fähigkeiten, die der mehrfache Kontakt mit der Quelle der Magie des Planeten Tarronn verstärkt hatte.

Zur Freude der vielen Kinder ließ er mannshohe Staubteufel am Strand entlang wirbeln, türmte mit gezieltem Luftstrom kleine Wellenberge auf, die sich schäumend brachen, bevor sie ans Ufer rollten. Allerdings unterließ er dies sofort, wenn Danaë erschien, um sie nicht zu ängstigen.

Seine harmlos wirkenden Spielereien gipfelten darin, dass er eine lokale Regenwolke über Talos' Haus erschuf, die Lara das mühselige Gießen der Erdenpflanzen abnahm.

„Ich glaube, wenn du deinen Hammer zückst, dann geht es richtig zur Sache", schmunzelte Imset, sich sehr zufrieden die Hände reibend. „So ein kleiner hausgemachter Sandsturm, inmitten der Wüste, kann ganze Armeen in den Tod treiben. Ich freue mich gewaltig, dich dabei zu haben."

Das breite Grinsen des nordischen Gottes ließ keine Fragen offen. Gut gelaunt strich er seinen roten Bart glatt. „Das Vergnügen ist ganz meinerseits." Hin und wieder zog er mit seinen Leuten und Cheiron durch die Wälder, um von dessen riesigem Kräuterwissen zu profitieren.

Mit dem waffengewandten Zentauren verstand sich der Ase wortlos, schon, seit er als Danaës Leibwächter fungiert hatte. „Wenn die Schlacht gewonnen ist, dann lade ich euch nach Asgard ein. Bei uns gibt es solche Wildschweine ..." Thor deutete die Größe mit beiden Armen an.

„Nicht übel", entgegnete Cheiron mit leuchtenden Augen. Ein Jagdausflug mit dem Asen war sicher das höchste der Gefühle. Auch aus anderen Gründen freute sich der Zentaur – er hatte noch niemals Asgard betreten.

Die Treffen der Helion mit den Asen waren stets auf Tarronn abgehalten worden und die Neugier auf den Heimatplaneten der Nordischen war groß. Dank Maris' Nasentinktur konnte Cheiron den Gelagen der Asen gelassen entgegensehen.

Zwei Tage später war ganz Dafa auf den Beinen. Erwartungsvoll schauten alle zum Himmel, wo in den nächsten Minuten die Raumschiffe der Gäste auftauchen sollten.

Die Helion, einige Minuten eher in der Umlaufbahn, ließen sich das Vergnügen nicht nehmen, auf die Asen zu warten und Seite an Seite mit ihnen zu landen, natürlich flankiert von den Drakon.

Zeus, der die Gruppe der Helion anführte, folgten Poseidon, Ares, Hermes und Athene. Odin erschien an der Spitze der Asen mit Magni, Ullr und Forseti.

Nach der offiziellen Begrüßung durch die Atlan schlenderte Athene neben Cheiron zum Festplatz hinüber. „Du siehst glücklich aus", stellte sie lächelnd fest.

„Ich sehe nicht nur so aus." Cheiron deutete zu den Drakon. „Siehst du da drüben das braune Fohlen bei Drakos? Das ist meine Tochter Hippomaia."

Und ehe Athene völlig überrascht eine Frage stellen konnte. „Das Baby in dem Körbchen, bei Siri unter der Schwinge, da wo die vier Hunde sind, das ist ihre Zwillingsschwester Eos." Dann nahm er die junge hübsche Frau an der Hand, die ihnen gerade entgegenkam.

„Und das hier ist Danaë, meine Gefährtin. Die Frau, die mich zum wohl glücklichsten Zentauren im ganzen Universum gemacht hat."

Zeus, ein paar Schritte vor ihnen laufend, hatte die Worte ebenfalls vernommen. „Zwillinge???", fragte er kopfschüttelnd. „Aber das ist doch völlig unmöglich!"

Cheiron breitete die Arme aus. „Hier, bei den Atlan, ist nichts unmöglich. Nicht einmal, dass Osiris aus einem Zentaurenbaby, welches Uräus enthaupten wollte, noch im Mutterleib ein Pferdchen und ein Mädchen macht."

„Osiris?", rief Zeus, weil er glaubte, sich verhört zu haben, als es vor ihm blau flimmerte und eine Stimme sagte: „Du hast nach mir gerufen." Im selben Moment stand der König der Tarronn auch schon neben ihm.

„Wie jetzt?" Zeus wischte ein paar Mal mit der Hand über die Augen, dann fasste er vorsichtig nach der Erscheinung. „Osiris. Ich werde nicht wieder! Du bist es wirklich!"

Der Angesprochene blinzelte dem Helion fröhlich zu. „Jawohl, dank vieler lieber Freunde, von den Völkern der Atlan, Drakon, Zentauren, Menschen und Tarronn, deren liebevolle Zuwendung meinen neuen Replikator mit Energie gefüllt hat. Es ist doch nur recht und billig, dass ich mich, mit gleicher Liebe, für sie einsetze."

Er reichte Cheiron und Danaë die Hände. „Wie geht es meinen kleinen Schützlingen?"

„Sie gedeihen beide prächtig."

Athene amüsierte sich über die völlig verdatterten Gesichter ihrer männlichen Begleiter. Schließlich hatte sie auf der Reise nach Tarronn vergeblich versucht, ihnen klar zu machen, dass Cheiron mit allergrößter Sicherheit bei den Atlan die Erfüllung all seiner Träume gefunden hatte.

Sie begann zu lachen. „Ich hätte mit euch wetten sollen. Dabei waren meine Vorstellungen noch stark untertrieben. Einen völlig unbewaffneten Cheiron zu sehen, der das Privileg genießt, zu Osiris' Freunden zu zählen, damit habe selbst ich nicht gerechnet."

Imset stimmte in das Gelächter ein. „Ihr werdet nicht die Einzigen sein, die staunen. Für seinen Freund Cheiron und dessen Gefährtin, hätte sich sogar Thor mit Uräus angelegt. Wochenlang hat er Danaë auf Schritt und Tritt beschützt, damit Cheiron seinen Aufgaben für die Gemeinschaft nachgehen konnte."

„Sprichst du von meinem Thor?" Odin ließ irritiert seinen Weinbecher sinken.

„Ja." Imset grinste breit. „Ich meine denselben Thor, der auch zusammen mit Osiris am Häuschen von Sara und Tamu gebaut hat." Er ließ ein großes Hologramm erscheinen, um seine Worte zu unterstreichen.

„Wir waren ein tolles Team", schmunzelte Osiris. „Was guckt ihr so? Ein bisschen Arbeit hat noch keinem Gott geschadet."

„So ist es", bestätigte Thor. „Ich bin stolz darauf, dass mich die Atlan in ihre Gemeinschaft aufgenommen haben. Ich habe in den letzten Wochen eine Menge von ihnen gelernt, ganz gleich wo und als was jeder Einzelne von ihnen geboren ist.

Dass einer meiner besten Freunde bei einem Gelage seinen Becher nur mit Wasser, statt mit Wein füllt, heißt für mich auch nicht mehr, dass er deshalb kein ganzer Kerl ist."

„Im Ernst?" Magni und Odin warfen sich ungläubige Blicke zu.

„Habt ihr schon mal ein Pferd Wein trinken sehen?" Thor blinzelte Cheiron verschmitzt zu, der in dröhnendes Gelächter ausbrach.

Ares blieb beinahe der Mund offen stehen. Die beiden ungleichen Männer mussten wohl wirklich die besten Freunde sein, wenn Cheiron nicht die Spur verärgert reagierte.

Danaë schenkte Poseidon neuen Takin-Wein ein. „Endlich kann ich mich persönlich bei euch bedanken, dass ihr mir damals das Leben gerettet und mich Cheiron geschenkt habt."

„Dem Dank schließe ich mich an", rief der Zentaur quer über den Tisch. „Eine Gefährtin, die mir die Ewigkeit zu einem Vergnügen macht, ist das wertvollste Geschenk, das einer von meiner Sorte bekommen kann."

„Wie meint er das?" Poseidon zog die Augenbrauen beim Nachdenken zusammen.

„Kommst du nie drauf!", kicherte Thor. „Dieser da", er zeigte auf Osiris, „hat ihr die Unsterblichkeit gegeben."

„Hä???"

„Wie wäre es denn, wenn ihr Geheimniskrämer mit der ganzen Sprache herausrückt?" Athene tippte Horus auf die Schulter.

Der drehte sich um. „Safi, machst du das? Du kannst so spannend erzählen."

Einen Augenblick später hingen Helion und auch Asen lauschend an Safis Lippen, der noch einmal die Zeit seit Cheirons und Danaës Ankunft auf Dafa aufleben ließ. Natürlich sparte er auch nicht aus, dass Thors Anwesenheit nun mindestens sechs Wochen im Jahr dringend erwünscht wäre.

„Da hat sich also wieder einer den Virus eingegangen", brummte Odin in seinen Bart, wobei dies nicht ganz unzufrieden klang. Mit den alten Atlan pflegte man zwar gute Kontakte – freundschaftlich, wäre aber übertrieben gewesen.

Bei den Atlan, hier auf Dafa, wurden die Asen mit einer Warmherzigkeit empfangen, die man dem kriegerischen Volk der Nordischen nirgends sonst entgegenbrachte. Wie man sie nun in den interstellaren Familienkonflikt einband, dessen Ausgang wirklich alle Völker zu spüren bekommen würden, beeindruckte Odin.

Man hatte ihn gefragt, ob er nicht vielleicht ein paar Männer zur Verfügung stellen könne, um Seth in die gewünschte Richtung zu jagen. Niemand hatte auch nur andeutungsweise etwas über eine Gegenleistung, für die Rettung des Apfelbaumes, gesagt.

Thor hatte sich am Tag zuvor am Kommunikator gemeldet und berichtet: „Ich fliege mit dem Horus-Clan in ein paar Wochen auf die Erde, um Seth aus seinem Schlupfloch zu treiben. Hast du Lust auf Ruhm und Ehre oder willst du lieber warten, ob er sich vielleicht nach Asgard flüchtet?"

Ein Ase und warten, bis der Feind freiwillig kommt? Odin musste seine Leute bremsen, sonst wäre der ganze Planet entvölkert gewesen, weil jeder mitfliegen wollte.

„Wer macht denn hier solch wundervolle Musik?", fragte Hermes plötzlich, sich suchend umschauend.

„Mein Jüngster", erklärte Horus. „Er und die Panflöte, die ihm Cheiron geschenkt hat, sind unzertrennlich. Er legt sie nicht einmal beim Schlafen aus der Hand. Es ist schon ein gutes Gefühl, dass mein Sohn von solch einem Mann lernen darf, der so viele Helden der Menschen ausgebildet hat.

Die Kinder lieben Cheiron, genau wie wir Erwachsenen. Es ist schön, ihn hier zu haben. Mit den Größeren zieht er durch die Wälder, erklärt ihnen den Kreislauf der Natur, sie sammeln Heilpflanzen und beobachten die vielen Insekten. Außerdem trainiert er Merit-Amuns Pferde."

„Ganz nebenbei hat er mir so einiges über Anatomie beigebracht, was ich aus den üblichen Datenbeständen nicht erfahren hätte", warf Maris ein.

„Ihr hattet aber auch ein lohnendes Probestück", kicherte Osiris. „Kleingehacktes in allen Varianten."

Sobek und Imset wechselten einen schnellen Blick. Osiris schien das Trauma Seth bestens überstanden zu haben.

„So einen Humor will ich auch haben, wenn ich mal groß bin", brummte Ares in seinen Bart.

Der Tarronn zog eine lustige Grimasse. „Ach, Trübsal hab ich lange genug geblasen. Jetzt blase ich höchstens zum Angriff auf meinen Möchtegern-Mörder."

Die Helion und Asen schauten Osiris entgeistert an, während die Atlan, Tarronn und sogar die Drakon in schallendes Gelächter ausbrachen. Thor und Cheiron lachten Tränen – zum einen über Osiris' burschikose Art, zum anderen über die verdatterten Gesichter der Gäste.

„Längere Aufenthalte auf Dafa bleiben nie ganz ohne Folgen", witzelte Safi.

„Stimmt", hakte Thor ein. „Nicht nur der Atla-Virus ist hoch ansteckend, sondern auch der Humor der Magier."

„Euch kann wohl nichts die Laune verderben?", wollte Athene wissen.

„Doch. Schlechtes Essen." Imset grinste harmlos.

Die Göttin schüttelte amüsiert den Kopf. „Ich glaube, die Zusammenarbeit fängt jetzt schon an Spaß, zu machen. Auf gutes Gelingen!" Sie hob grüßend ihren Becher gegen die Gastgeber. Die dankten und tranken auf die Gesundheit ihrer Gäste.

Kurz vor dem Morgengrauen endete die Begrüßungsfeier mit dem üblichen Feuerzauber der Drachenwesen, an dem sich alle immer wieder aufs Neue erfreuten. Dann legte sich Stille über Dafa. Nur die fünf Monde strahlten hell am Himmel und tauchten die weiße Pyramide vor dem Hintergrund des Gebirges in geheimnisvolles Licht.

Athene war als Erste auf den Beinen. So glaubte sie zumindest. Das Trommeln galoppierender Pferdehufe belehrte sie eines Besseren. Augenblicke später rasten in einer Staubwolke Cheiron, Hippomaia, Merits Pferde und die vier Hunde an ihr vorbei. Der Zentaur, an der Spitze der Gruppe, winkte grüßend herüber, dann waren sie auch schon in den Dünen verschwunden.

„Es erstaunt mich wirklich. Er hat alles, was er braucht", sagte eine Stimme hinter ihr.

„Guten Morgen, Vater. So zeitig schon auf den Beinen?"

Zeus blinzelte gegen die aufgehende Sonne. „Ja natürlich, ich will das Training der Magier nicht verpassen."

Athene beschattete die Augen mit der Hand. „Da kommen auch schon die Drakon, um uns abzuholen und hinterher sind wir bei Danaë und Cheiron zum Frühstück eingeladen."

„Wirklich?" Zeus schaute überrascht in die Richtung, in die der Zentaur mit seiner wilden Meute galoppiert war.

Neugierig folgte er Athene, nach den äußerst sehenswerten Trainingskämpfen der Magier, zum Haus des ungewöhnlichen Paares. Hier war tatsächlich alles auf die Maße des Hausherrn zugeschnitten, breite Türen, eine andere Konstruktion der Stützbalken, um ihm nicht hinderlich zu sein.

Poseidon und Ares waren der Einladung ebenfalls gefolgt. Sie saßen bereits am Tisch und warteten auf die Nachzügler, die nicht damit gerechnet hatten, die anderen hier zu finden. Der Duft von Honig und frischem Brot lag in der Luft. Schafskäse und gekochte Eier standen bereit.

Danaë schenkte den äußerst wohlschmeckenden atlanischen Kräutertee aus. Bald war eine ungezwungene, fröhliche Unterhaltung im Gange.

„Übst du dich gar nicht mehr im Gebrauch deiner Waffen?", fragte Ares erstaunt, weil er nirgends die selbigen entdecken konnte.

Cheiron schmunzelte. „Die habe ich auf Helion gelassen. Wenn ich mich hier bewaffne, dann mit Hammer und Säge, um Arko zu helfen oder mit einem Beutel zur Kräutersuche.

Gegen das, was meine Freunde kämpferisch drauf haben, würde ich doch mehr als lächerlich aussehen, wenn ich mit Pfeil und Bogen spielte. Da mache ich lieber mit anderen Kenntnissen eine richtig gute Figur."

„Was???", riefen die Helion ungläubig.

„Es ist wirklich so", lachte Danaë, „Cheiron fertigt wundervolle Musikinstrumente aus den Därmen unserer Schlachttiere, statt Bogensehnen. Er kämpft mit der Hacke lieber gegen den Wildwuchs im Garten, als gegen Feinde. Dass er dabei trotz allem körperlich voll auf der Höhe bleibt, seht ihr daran, dass er den Pferden immer eine Länge voraus ist."

„Und du vermisst den Kampf kein bisschen?" Ares sah den Zentauren mit einem zusammengekniffenen Auge prüfend an.

„Ganz bestimmt nicht. Wenn ich Abenteuer brauche, dann fliege ich mit den Drakon ins Gebirge. Dort stähle ich beim Klettern in unwegsamem Gelände meine Muskeln und Sinne." Cheiron lächelte rundum zufrieden.

„Blut fließt trotzdem manchmal. Nämlich dann, wenn ich mit Safi und Imset Schafe schlachte. Ich habe auch gar keine Zeit, um irgendetwas aus meinem alten Leben nachzutrauern. Ich habe Familie, Freunde und die Aufgabe, die Kinder unserer Vielvölkergemeinschaft nützliche Dinge für ein glückliches Dasein zu lehren. Dank Osiris, habe ich auch endlich meinen inneren Frieden gefunden."

Mit diesen Worten legte Cheiron Danaë den Arm um die Taille, küsste sie zärtlich und streichelte seine ungleichen Töchter. Dann wurde er sehr ernst. „Wenn der Clan in den Krieg gegen Seth zieht, kommen noch einige Aufgaben mehr dazu.

Wir alle werden Darina unterstützen, die die Kinder von Sobek und Horus während dieser Zeit behütet. Sie muss ihnen Vater und Mutter ersetzen. Auch Luna und Sara brauchen Hilfe und Trost, wenn Kebechsenef und Tamu fort sind."

Athene nahm Cheirons Hand. „Ich weiß, dass du ihnen mit deinen wertvollen Erfahrungen die richtigen Ratschläge geben wirst. Ich verspreche dir, alles für die Kämpfer zu tun, damit sie schnell und gesund zu ihren Familien zurückkehren können."

„Danke." Cheiron erwiderte den festen Händedruck der Göttin.

Vier Tage später verabschiedeten die Atlan den Frachter der Asen. Die Besatzung hatte neben den Waren, die sie auf der Erde eingetauscht hatte, zwei Schafböcke und mehrere Amphoren mit atlanischem Wein an Bord.

Die Fusion

„Dann wird es nun also ernst", murmelte Odin, der dem Raumschiff noch lange mit den Augen gefolgt war.

„Definitiv", bestätigte Thor. „Nur werde ich, wie abgesprochen, mit den Tarronn fliegen und nicht mit euch."

„Ich akzeptiere das, auch wenn es schwerfällt", entgegnete Odin. „Offensichtlich ist, seit die Atlan hier sind, nicht nur Tarronn in eine neue Zukunft unterwegs. Pass gut auf dich und deine Freunde auf."

Zeus schüttelte verständnislos den Kopf. „Das hat es ja noch nie gegeben. Thor fliegt mit Horus' Leuten?"

Odin schaute auf. „Er ist einer von ihnen geworden. Auch wenn du mich jetzt für völlig verrückt hältst – ich bin nicht mal beunruhigt über die Entwicklung der Dinge, eher ganz das Gegenteil. Wann konnte schon einmal ein Ase sagen, dass er von einem Drakonat, als Seinesgleichen behandelt worden wäre?"

„Seit dem Frühstück bei Cheiron und Danaë wundere ich mich über gar nichts mehr", warf Ares ein. „Wir hatten dem Honigvorrat überreichlich zugesprochen, plötzlich flimmerte die Luft und einer der beiden Drakonat brachte Nachschub.

Ich weiß nicht einmal, ob es Imset oder Sobek war. Die beiden sind wirklich kaum zu unterscheiden. Was ich eigentlich sagen will, ist, dass wenn diese gefürchteten Wesen hier sogar Zentauren und Menschen mit kleinen Freundschaftsdiensten erfreuen, Dafa, das ist, was alle Völker *das Paradies* nennen. Thor ist wirklich zu beneiden."

Ares wandte sich um, blieb noch einmal stehen: „Ich habe meine Waffen übrigens auch im Raumschiff gelassen." Er schob seinen Umhang zur Seite. Verblüfft schaute ihm Zeus hinterher, während Odin herzhaft zu lachen anfing.

„Da bin ich ja in guter Gesellschaft. Wir Asen sind ebenfalls völlig unbewaffnet." Er trug in der Tat nicht einmal sein geliebtes Jagdmesser bei sich.

Am Abend desselben Tages flogen Horus, Imset und Sobek nach Taris, wo sie die Daten der Pyramide auszuwerten gedachten. Osiris begab sich mit Zaid und Neri in deren magischen Raum, um alle Details für die körperliche Verschmelzung mit den Drakonat vorzubereiten, die erst in der Umlaufbahn des Planeten Erde erfolgen sollte.

Hin und wieder glitt sein Blick über den blutroten Deckel der Tappa-Falle, einer der furchtbarsten Erfindungen aus der Caiphas-Galaxie, die sich so völlig unscheinbar dem Auge präsentierte und die, seit ihrer Aktivierung, einzig Imset gehorchen werde.

„Genau das ist der Punkt, der mich beruhigt, sonst würde ich keinen einzigen Schritt mehr in dieses Zimmer setzen", hatte Neri erklärt.

Osiris konnte sie nur zu gut verstehen. Ihn erschreckte höchstens die Verbissenheit, mit der die beiden Frauen ihre Studien betrieben und die Tatsache, dass sie widrigenfalls lieber auf immer mit den Drakonat verbunden bleiben würden, als Seth eine Chance zum Sieg zu geben.

Horus, Imset und Sobek dockten auf Taris an einem der kleinen Module an, die direkt in die Zentrale der Station führten. Zwei Servicetechniker nahmen den Gleiter in Empfang, um ihn ohne Verzögerungen wieder in den abflugbereiten Zustand zu versetzen.

Die Ankömmlinge nickten den Offizieren kurz zu, dann zogen sie sich sofort in Horus' Räume zurück, wohin sie sich die Daten des Shuttles übertragen ließen, welches über Monate mit der Energiezentrale auf der Erde verbunden war.

Wenige Blicke genügten Imset, erste Schlüsse zu ziehen. „In Nubien sind größere Truppenbewegungen im Gange."

Horus schenkte ihm einen anerkennenden Seitenblick. „Mein lieber Mann, du schließt ja buchstäblich nahtlos an die rund sechstausend Jahre an!"

Imset zuckte mit den Schultern. Sobek starrte auf die farbigen Linien eines mehrdimensionalen Diagramms. „Jetzt bitte eine Erklärung für die Unwissenden."

„Diese drei Parallel-Achsen kennzeichnen die Gebiete, die wir als Ägypten, Nubien und Hatti bezeichnen."

„Hatti?"

„Das Reich der Hethiter", erklärte Imset. „Sie selbst nennen es so und auch bei uns hat sich das kurze Wort schnell eingebürgert. Die zweite Achse zeigt die Zeitlinien und die dritte markiert außergewöhnliche Energiepotenziale. Wie du siehst, ist ein Teil der blauen Linie ungewöhnlich dick.

Dort konzentrieren sich über einen längeren Zeitraum Energien, wie sie schwer bewaffnete Menschen von sich geben. Das wiederum ist ein Erfahrungswert und nicht direkt aus dieser Linie ablesbar.

Es könnten auch magische Energien sein oder hochtechnische. Der Zeitlinie und der Zeitdauer nach, sind es mit fast einhundertprozentiger Sicherheit menschliche Daten, die wir hier vor uns haben. Allerdings beantwortet uns die beste Technik nicht die Frage nach dem Warum."

Imset rief ein anderes Bild auf. „Hier haben wir die Daten der letzten vier Tage aus den Gebieten, in denen Quetzalcoatl und Shiwa die Befehlsgewalt innehaben." Er ließ Sobek genügend Zeit zur Betrachtung. „Und?", fragte er schließlich.

„Mit den Informationen im Hinterkopf, die uns Osiris gegeben hat und dem, was du gerade über das andere Diagramm berichtet hast, vermute ich hier zwei flächendeckende Netze aus reinster Energie, ähnlich unserem, bei der Ankunft von Apophis. Die Linien sind sofort gleichmäßig breit, was völlig gegen menschliche Aktivitäten spricht."

„Nicht übel, für den Anfang." Horus klopfte Sobek auf die Schulter. „In der Tat haben beide Commander ihre gesamten Verbände dort zusammengezogen."

„Wie ist die Zusammenarbeit und das gegenseitige Vertrauen?" Sobek zog die Augenbrauen hoch.

„Exakt", kam es, wie aus der Pistole geschossen, von Horus. „Man unterstützt sich, wenn es das Wohlergehen des Universums erfordert."

„Hellauf begeistert klingt es aber nicht", konstatierte Sobek.

Horus hob resigniert die Hände. „Mir missfällt ihr Umgang mit den Menschen. Sie opfern recht schnell ein paar Tausend von ihnen, wenn sie ein Ziel rasch erreichen wollen."

„Ah, ja", entgegnete Sobek sarkastisch. „Und du bist sicher, dass man sich auf sie verlassen kann?"

„Es ist mir nicht bekannt, dass es jemals Probleme gegeben hätte." Horus legte Sobek beschwichtigend die Hand auf den Arm.

Imset räusperte sich. „Es gefällt mir auch nicht, dass wir sie um Hilfe bitten mussten." Er zog seinen Sessel näher zu Sobek. „Es gibt allerdings einen Punkt, an dem sie die idealere Besetzung für unseren Zweck sind, als jedes andere Sternenvolk."

„Tatsächlich?"

„Hm, hm, ihre Dämonen gehorchen dem jeweiligen Befehlshaber aufs Wort." Imset grinste breit. „Wer könnte Seth besser von der Erde weg locken? Dem Funkverkehr der Dämonen glaubt er doch eher, als dem der Götter und Magier.

Wenn sich also zwei Dämonen hinter vorgehaltener Hand etwas *hoch Geheimes* flüstern, dann zischt er doch ab wie eine Rakete, egal ob der Inhalt des Gespräches wahr ist oder nicht."

„Klingt wahrscheinlich. Wo willst du den Kerl denn nun aber dingfest machen, ohne ihn zu töten?", bohrte Sobek.

„Auf Mitri. Das ist unsere entfernteste Basis, die er als Sprungbrett in andere Gefilde nutzen wird."

„Dann schleppst du die Falle mit auf die Erde, um sie anschließend noch mal quer durch das halbe Universum zu transportieren, ehe du auf Mitri zuschlägst?"

Diesmal gab Horus die Antwort. „Falsch. Isis und Jamal holen das gute Stück auf Dafa ab, wenn wir auf halber Strecke zur Erde sind, deponieren sie mit Neiths Hilfe in der Kommandozentrale und fliegen dann nach Alba zurück.

An uns ist es nur, Seth glaubhaft zu machen, dass wir ihn auf der Erde fangen wollen, von seiner Flucht völlig überrumpelt sind und dafür zu sorgen, dass er Mitri auch wirklich lebend erreicht. Den Rest erledigt die Falle."

„Zwischendrin riskieren wir tausendmal unser Leben, das unserer Gefährtinnen und unserer Freunde", fügte Imset mit tonloser Stimme hinzu.

Sobek nickte kurz. „Keine weiteren Fragen. Ich bin bereit."

Schweigend machten sie sich wieder über das Sichten der Datenflut von der Erde her. Tröstlich, dass nichts auf ein Leck im Informationsfluss hindeutete oder auf unbefugten Zugriff auf das System, direkt an der Quelle in der großen Pyramide. Dort wo sich die Energien ballten, würde Seth sowieso nicht zu finden sein.

Immerhin waren sich Horus und er einst ebenbürtig gewesen, als es um die Befehlsgewalt über die Flotte von Tarronn ging. Es war durchaus mit unschönen Überraschungen zu rechnen.

Imset setzte einen roten Lichtpunkt zwischen die ägyptische und nubische Achse. Genau dort sollte der Hauptstützpunkt des Gesuchten sein, falls Apophis nicht gelogen hatte.

„Sieht nicht gut aus", murmelte Sobek nach kurzer Betrachtung.

„Alles andere hätte mich auch gewundert." Horus warf nur einen kurzen Blick auf den Monitor.

„Du hast dich in den letzten beiden Tagen verändert." Sobek wandte sich ihm zu.

„Wenigstens zum Positiven?", fragte Horus.

„Unbestritten. Irgendetwas lässt dich Seth endlich einfach nur als Gegner sehen und nicht mehr als Schicksalslast und ich möchte wetten, dass es die Aufgabe als Oberbefehlshaber unserer Flotte bei diesem Feldzug ist."

Horus lächelte kaum merklich. „Der gemeinsamen Raumflotte aus Asen, Helion und Tarronn. Odin und Zeus haben mir den vollen Zugriff auf ihre Raumschiffe und Besatzungen zugesichert, mit dem Tag, an dem wir von Dafa aus starten. Ich kann mir Schwächen einfach nicht erlauben."

„Na, das hat ja wirklich historische Bedeutung!", rief Imset überrascht. „Außerdem hast du diesmal die volle Rückendeckung der Schicksalsgöttinnen, für alles, was du tun wirst", fügte er mit zufriedener Stimme an. „Wie Osiris schon sagte: Alle Griffe sind erlaubt."

„Das sehe ich inzwischen auch so, nur hat es ein paar Wochen gebraucht, um wirklich bis in den hintersten Winkel meines Bewusstseins vorzudringen." Horus rieb sich die Hände. „Wenn ich daran denke, dass ich diesmal mit vieren meiner Söhne und sogar mit einem Enkel gegen den Beinahe-Mörder meines Vaters ziehe, dann kommt sogar echte Freude auf, obwohl ich lieber bei Hilfs- und Rettungs-Missionen auf der Erde zugange bin."

„Genau diese Fürsorge, für selbst den niedrigsten deiner Untergebenen, ist es, weshalb dich Menschen, Atlan und Tarronn gleichermaßen verehren." Imset klopfte Horus auf die Schulter.

„Und wenn ich mich nicht irre, dann hat sich diese Eigenschaft zu einhundert Prozent auf euch beide vererbt. Damit muss es uns einfach gelingen, die Erde in diesem Kampf möglichst schadlos zu halten." Horus legte den beiden die Arme um die Schultern, als alle drei dem Hangar zustrebten, um noch in der Nacht nach Dafa zurückzukehren.

Die Drakon erwarteten das Raumschiff bereits und eskortierten die drei Männer im Morgengrauen zum Landeplatz. Neri, Zaid, natürlich alle Magier und auch Thor waren schnell zu Stelle, um sie zu begrüßen.

„Wart ihr erfolgreich?", fragte Safi sofort.

Imset nickte. „Das kann man durchaus so sagen. Die meisten Schlupflöcher sind bereits verstopft und der Weg, den er nehmen soll, ist so gut wie vorgegeben."

„Dann fliegt ihr also in vier Tagen schon ab?", vergewisserte sich Aron.

„Noch heute", ließ sich Zaid aus dem Hintergrund vernehmen. Alle wandten sich zu ihr um. „Neri und ich haben uns schon von unseren Kindern verabschiedet. Darina kümmert sich bereits um die drei und unsere Hunde.

Die Quelle – wisst ihr … Osiris ist auch schon hier und spricht mit ihr", fügte sie leise hinzu.

Die Versammelten nickten stumm. Sie wussten, wie eng Zaid mit dem Strom der Magie verbunden war, nie würden sie ihre Worte anzweifeln.

„Macht die Raumschiffe klar, fünfzehn Uhr starten wir", befahl Horus sofort. Odin und Zeus gaben die Order an ihre Mannschaften weiter. Imset bat, keine Abschiedsfeier auszurüsten, wie es sonst immer üblich war.

Der Anlass war zu ernst, aus dem sie Dafa verlassen mussten. Luna und Sara kämpften tapfer die Tränen nieder, um Kebechsenef und Tamu den

Abschied nicht noch schwerer zu machen, die wehmütig noch einmal Kind und Gefährtin küssten, um anschließend sofort ihre Aufgaben im Raumschiff zu erfüllen.

Sobeks Zwillinge hatten Ihi an den Händen gefasst, als sie Mama, Papa, Großmutter und Großvater hinterherschauten, die gemeinsam den Weg zum Landeplatz gingen. Horus war schon eine Stunde eher aufgebrochen, nachdem er Darina und Ihi Auf Wiedersehen gesagt hatte. Die Drakon hockten schweigend links und rechts des Landeplatzes.

Eine Viertelstunde vor Starttermin materialisierte sich Osiris auf der Kommandobrücke. Seine leuchtende Aura zeugte davon, dass er sich mehrere Stunden im Strom der Quelle aufgehalten haben musste. „Sie wird nicht einmal einen Käfer an die Kleinen lassen", beruhigte er die beiden Mütter, die immer wieder durch das dicke Panzerglas der Panoramascheibe schauten, um einen letzten Blick auf ihre Kinder zu werfen.

Dann breiteten die Drakon auch schon die Schwingen aus, um beinahe lautlos mit den Gleitern am Horizont zu verschwinden.

„Viel Glück", flüsterte Safi.

Imset und Sobek hielten ihre Gefährtinnen im Arm, während sie beobachteten, wie Tarronn langsam im All verschwand. Die beiden Frauen waren erstaunlich ruhig, nicht einmal der Herzschlag hatte sich beschleunigt.

Zaid wandte sich langsam um. „Ich werde mich jetzt mit dem Lebensmittelsynthetisator beschäftigen, damit es heute ein ordentliches Abendbrot gibt."

Imset leckte sich die Lippen, Sobek rieb sich genüsslich die Hände, worüber die anderen in Gelächter ausbrachen. In Anbetracht der Tatsache, dass Zaids Künste am Automaten denen von Maris nicht nachstanden, war mit echten Gaumenfreuden zu rechnen. Die Männer folgten Horus mit Thor zum Cockpit.

Der Ase nahm, zur größten Überraschung der Drakonat, den Platz neben Jako ein, wo eigentlich Tamu sitzen musste, und loggte sich wie selbstverständlich ins System ein.

„Mein Kommunikationstechniker, weil Tamu die Waffensysteme betreut", erklärte Horus kurz.

Osiris hatte sich vor einem der kleinen Seitenmonitore eingerichtet, um noch einmal alle Daten über energetische Zusammenballungen im Zielgebiet zu sichten. Kebechsenef wertete uralte Unterlagen über die Aufenthaltsorte Seths aus.

„Er hat offensichtlich das Areal hier stets nur kurzzeitig verlassen", wandte er sich an Osiris, mit dem Finger eine Stelle mitten in der ägyptischen Wüste markierend.

„Hm, das deckt sich mit dem, was ich aus neuerer Zeit gesehen habe. Wie es aussieht, hat er ein extrem dichtes Netz aus Spähern, Zuträgern und Handlangern, zu denen ja auch Apophis gehörte. Das macht es uns auf keinen Fall leichter."

Osiris erhob sich. „Ich werde in den nächsten Stunden noch einmal mit Zaid alle Informationen abgleichen, die uns beiden die Quelle gegeben hat." Ein Summton ließ ihn aufhorchen.

Auf dem großen Videoschirm erschien Anubis. „Ich bin mit Hapi und Duamutef soeben im Zielgebiet gelandet. Hier scheint die halbe Menschheit im Ausnahmezustand zu sein.

Irgendwer hat ein Heer von einigen Tausend Mann zusammengezogen, welches genau an den Zugängen zu Seths Palast lagert. Auf normalem Weg dürfte hier kaum ein Herankommen sein. Macht euch auf böse Überraschungen gefasst."

„Danke für die Informationen", entgegnete Horus. „Der plötzliche Wetterumschlag nach unserer Landung wird den Kriegern sicher etwas zu schaffen machen." Er blinzelte Anubis mit Blick auf Thor vielsagend zu.

„Wer ist bei diesem Einsatz der Oberbefehlshaber der Flotte? Wir unterstellen uns ab sofort seinem Kommando", erklärte Anubis abschließend.

„Dann habt ihr es weiterhin mit mir zu tun", erwiderte Horus. „Ich habe mit Imset und Sobek diesmal eine wirksamere Bewaffnung an Bord, als die Schiffe der Asen und Helion zusammengenommen. Bleibt auf Beobachtungsposten und haltet uns auf dem Laufenden."

„Zu Befehl Commander", nickte Anubis höchst erfreut, ehe er den Kontakt beendete.

In Thors Mundwinkel hatte sich ein kaum merkliches Lächeln geschlichen. Ihm werde also die Ehre gebühren, den ersten Schlag zu führen, und er werde seine Freunde keinesfalls enttäuschen.

Osiris überließ seinen Platz Imset. Die beiden Frauen hielten sich noch immer in der Küche auf, wo Zaid den Automaten für die nächsten Wochen vorprogrammierte, um es mit dem Erzeugen der gewünschten Nahrungsmittel einfacher zu haben. Neri ließ sich die einzelnen Arbeitsgänge genau erklären.

„Wer weiß schon, was nach der Fusion geschieht. Vielleicht hat Sobek keinen Nerv dafür, den Synthetisator zu bedienen. Dann gibt es wieder

Einheitsbrei", erklärte Zaid soeben, als sich die Tür öffnete. „Ah Osiris! Dich treibt wohl schon der Hunger her?", fragte sie lächelnd.

„Eher die Suche nach der Antwort auf deine soeben geäußerten Vermutungen", erwiderte Osiris. „Ich würde gern mit euch über alles sprechen, was die Quelle an Informationen bereitgestellt hat."

Neri deutete einladend auf die Stühle am Tisch. „Hier stört uns die nächste halbe Stunde bestimmt niemand." Sie nahm Platz. Osiris setzte sich den Frauen gegenüber.

„Dann weißt du also auch nicht ganz genau, was bei so einer Vereinigung geschieht", sagte Neri im Tonfall einer Feststellung.

Der Tarronn schüttelte den Kopf. „Ich habe mit Jamal sämtliche Chroniken durchsucht. Ganz sicher verbürgt ist nur die Zeitspanne."

Zaid nickte kaum merklich. „Ich habe es so verstanden, dass es eine aktive und eine passive Vereinigung geben kann."

„Stimmt", pflichtete Osiris bei.

„Bei der passiven Fusion wird man vom aktiven Partner assimiliert, der auf alle Eigenschaften des Passiven zugreifen und sie nutzen kann", fuhr Zaid fort.

„Bei der aktiven Fusion einigt man sich, wessen Erscheinungsform übernommen wird, wobei der unterdrückte Organismus trotzdem eigenständig eingreifen kann, wenn der Partner in der Klemme steckt. Zumindest habe ich die Worte der Quelle so verstanden."

„Sehr gut." Osiris wirkte überaus zufrieden. „Dann bleibt nur zu klären, wofür ihr euch entscheidet."

„Für die aktive Form", antworteten Neri und Zaid gleichzeitig. „Alles andere wäre in unserer Situation blanker Unsinn", fügte Neri noch hinzu. „Es geht ja gerade darum, einzuschreiten, wenn Seth mit Caiphas- oder Pyramidenenergie angreift."

„Und der Selbstzerstörungsmechanismus der Drakonat?", fragte Osiris leise. „Was, wenn euch die beiden schützen wollen?"

„Das werden wir ihnen schon austreiben!", rief Zaid kampfbereit. „Ich denke, wir zwei haben schon zuviel erlebt, um gerade in dem Augenblick zu kneifen, wo uns unsere Gefährten am dringendsten brauchen. Da hätten wir ja gleich zu Hause bleiben können."

„Wer hat dir eigentlich davon erzählt?" Neri schaute Osiris prüfend an.

„Imset und Sobek. Sie kamen, unabhängig und ohne es voneinander zu wissen, zu mir und jeder bat darum, dass ich den anderen im Falle dieses Falles einer Spezialbehandlung unterziehen möge, die sie mir sehr detailliert beschrieben."

„Und du hast es ihnen versprochen?"

Osiris nickte.

„Dann wissen wir wenigstens auf was wir achten müssen, damit es gar nicht erst in diese Richtung geht." Zaid und Neri blinzelten sich zu.

Osiris seufzte. Er konnte es drehen und wenden, wie er wollte, die beiden wollten sich opfern, daran hatte er nicht den geringsten Zweifel. „Warum müssen Frauen nur immer ihren hübschen Kopf durchsetzen?"

„Damit starke Männer eine echte Chance haben?", schmunzelte Zaid.

„Ihr seid unverbesserlich." Osiris gab auf. „Ich werde jedenfalls alles für euch tun, was irgendwie in meiner Macht steht." An der Tür wandte er sich noch einmal um. „Übrigens ist Anubis mit den beiden anderen Horus-Söhnen schon auf der Erde."

„Dann sag ihm, er soll die Tore zu seiner Welt einfach verschlossen halten", schmunzelte Neri.

Osiris schüttelte amüsiert den Kopf. „Ich richte es ihm aus."

In den nächsten drei Tagen sprach an Bord niemand über die bevorstehenden Fusionen, nicht einmal die vier Betroffenen untereinander. Dafür hielt Horus mit den Befehlshabern und Offizieren seiner Flotte eine codierte Videokonferenz ab.

„Wir haben zwar darüber gesprochen, dass wir Seth zur Mitri-Station treiben wollen, nur ist noch keinem eingefallen, dass er über keinerlei Mittel verfügt, um überhaupt dorthin zu gelangen", sprach er.

„Er hätte sonst wohl kaum versucht, mein Raumschiff durch Tobi stehlen zu lassen. Ich konnte auch keinerlei Hinweise darüber erhalten, dass irgendeinem anderen Commander unter mysteriösen Umständen ein Schiff verloren gegangen sei. Bei dieser Konstellation wäre es auch mehr als auffällig, wenn wir einen Rettungsgleiter ungesichert, zufällig in der Gegend herumstehen ließen."

Bevor einer der anderen etwas entgegnen konnte, nahm Anubis das Wort. „Dann werde ich den Lockvogel spielen. Hapi stellt mir sein Raumschiff zur Verfügung, weil meines einfach eine zu große Reichweite hat und Seth damit, im Bruchteil eines Augenblicks, für uns alle unerreichbar verschwinden könnte.

Ich werde vorgeben, ihn wegen meines Tempels zur Rede stellen zu wollen. Das heißt, ich gehe offiziell in den Palast und lasse das Raumschiff deshalb sichtbar stehen. Ich werde die Sicherung so einrichten, dass er sich schon ein wenig anstrengen muss, um es benutzen zu können. Er soll ja schließlich keinen Verdacht schöpfen."

„In diesem Fall werde ich dich unsichtbar begleiten", stellte Imset sofort klar. „Es wäre unverzeihlich, dich allein und beinahe wehrlos, einer tödlichen Gefahr auszusetzen."

„Wir halten euch inzwischen die menschlichen Söldner vom Hals", versprach Odin.

Zeus nickte zustimmend. „Gut, dann widmen wir uns den Geistern und Dämonen. Horus' Leute haben genug damit zu tun, Seth aus seinem Schlupfwinkel zu treiben und darauf zu achten, dass der Planet keinen dauerhaften Schaden nimmt. Wir werden einen genügend großen Korridor um das Fluggerät lassen, um Seth nicht zu verschrecken."

„Ich danke euch", sagte Horus zum Abschluss. „Auf ein gutes Gelingen." Er wandte sich wieder dem Energiescanner zu.

„Ich hab da was", ließ sich Thor vernehmen. „In genau drei Stunden und fünfundvierzig Sekunden durchfliegen wir ein Gebiet mit dichter Energie."

„Wie groß ist der Sektor?", hakte Imset sofort ein.

„Siebenundachtzig Minuten", gab der Ase Auskunft.

Imset warf Sobek und den beiden Frauen einen kurzen Blick zu. „Das Zeitfenster reicht. Haltet euch in Bereitschaft, wir werden den Energiestrom zur Fusion nutzen."

„Jetzt schon?", fragte Horus überrascht.

„Ja, der eine Tag eher, ist sicher nicht weiter von Belang." Imset zog sich mit den drei anderen zurück.

Horus wollte ihnen folgen. Osiris hielt ihn am Arm zurück. „Niemand von uns kann auch nur das Geringste tun, wenn irgendetwas schief läuft. Mir ist auch nicht wohl dabei. Ich weiß nur, dass sie absolute Ruhe und Konzentration brauchen. Mach es ihnen nicht noch schwerer."

Horus ließ sich resigniert auf seinen Sitz zurücksinken. „Ich hasse dieses *alles oder nichts.*"

Osiris legte ihm beruhigend die Hand auf die Schulter. Stumm widmeten sich alle ihren Aufgaben. Für Horus schien die Zeit dahin zu fliegen.

Unvermittelt sagte Thor: „Noch zwanzig Sekunden bis zum Erreichen des Energiefeldes."

Atemlose Stille folgte seinen Worten. Jeder versuchte, für sich, nach den Auren der Vier zu fühlen, die in den nächsten Minuten schier Unglaubliches tun würden. Osiris schaute unbewusst in Richtung der Räume, in denen sich die beiden Paare befanden. Zuerst geschah gar nichts.

Nach wenigen Sekunden schien er zu lauschen. „Es hat begonnen", flüsterte er, als fürchte er, die Verschmelzungen zu stören.

Völlig unvorbereitet traf sie eine Welle Drachenmagie, die ihnen fast die Luft zum Atmen nahm, gleichzeitig begann das Licht zu flackern, einzelne Geräte versagten den Dienst.

„Großer Gott!", hauchte Kebechsenef in dem Moment, wo es die anderen dachten. „Hoffentlich halten das die Systeme aus."

„Da!" Tamu deutete ins All. Eine Spirale aus violettem Licht verband sich mit dem Raumschiff. Die entfesselten Kräfte der Drakonat sogen die kosmischen Energien auf wie ein Schwamm.

„Das gleiche violette Leuchten, wie es Zaid und Sobek damals innerhalb des Raumschiffs erzeugt haben, nur, dass sie es diesmal nicht aussenden, sondern aufnehmen."

Einen Augenblick später erlosch das Phänomen, die Drachenmagie zog sich langsam zurück. Die ausgefallenen Geräte begannen wieder zu arbeiten.

„Wir haben soeben die energiereiche Zone verlassen", gab Thor Auskunft.

Kebechsenef sah Osiris fragend an.

„Warten wir ab. Auf diesem Energielevel sollten wir die Drakonat nicht reizen. Keiner weiß, was in den nächsten Augenblicken hier zur Tür hereinkommen wird."

„Zumindest zeigt die Überwachung nun zwei Lebewesen weniger an Bord an", erstattete Ron Meldung.

Alle kamen zu ihm herüber, um sich mit eigenen Augen davon zu überzeugen. Zeitgleich erklangen Schritte auf dem Gang vor der Kommandobrücke.

Mit gemischten Gefühlen starrten alle zur Tür, die sich langsam öffnete. Seite an Seite traten die beiden Drakonat ein, denen ein Hauch Drachenmagie voranschwebte.

„Da sind wir wieder", sagte der Linke, der beiden Männer, deren Energien sich so gravierend verändert hatten, dass niemand hätte sagen können, ob nun Imset oder Sobek zu ihnen gesprochen hatte.

„Haben wir in der Zwischenzeit irgendetwas verpasst?", fragte der Rechte.

Sie traten in den Kreis der Wartenden, die sie ungläubig und beinahe ehrfürchtig musterten.

„Wie fühlt ihr euch?" Horus und Osiris hatten gleichzeitig die Frage gestellt.

„Wie nach einem ausgiebigen Bad in der Quelle", antwortete der Linke.

Horus berührte dessen Arm. Es knisterte leise, violette Muster huschten über die Haut.

„Wer ist denn nun welcher?", fragte Jako schließlich.

„Moment, das versuchen wir selbst herauszufinden", schmunzelte Horus, besonders die Gesichter der beiden miteinander vergleichend. Es dauerte nicht einmal lange, dann hatte er sich entschieden. „Ich tippe darauf, dass dieser hier Imset ist und der andere Sobek."

„Richtig", bestätigte der linke Drakonat.

„Wirklich?" Osiris schüttelte ungläubig den Kopf. „Worin unterscheiden sie sich?"

„In den Augen", erklärte Horus lachend. „Imset hat plötzlich blaue und Sobek grüne Augen. Ist euch das nicht aufgefallen? Von Bernsteingelb ist keine Spur mehr. Und da Neri blaue und Zaid grüne Augen hat, habe ich ihnen ganz einfach die Namen danach zugeordnet."

„Einfach, wie genial." Thor maß Horus mit einem anerkennenden Blick.

„Hat sich sonst etwas bei euch verändert?" Osiris war einmal um die beiden Männer herum gegangen.

Imset nickte. „Ja natürlich. Das normale Energielevel ist deutlich höher. Ob sich unsere anderen Fähigkeiten geändert haben, müssen wir erst noch testen.

Wir werden morgen früh in den Meteoritenraum gehen und mehrere verschiedene Trainingseinheiten durchführen. Horus, Kebechsenef und Tamu werden als kritische Beobachter das Ganze genauestens unter die Lupe nehmen."

„Geht in Ordnung. Wir sind ja wirklich die Einzigen, die ganz genau wissen, was ihr normalerweise mindestens drauf habt", sagte Horus sofort. „Irgendwelche Wünsche für heute?"

„Reichlich Abendbrot", seufzte Sobek. „Mir knurrt der Magen, schlimmer als ein wütender Hund."

„Dem schließe ich mich an. Diese Fusionen kosten ganz schön Energie", erklärte Imset.

„Das war nicht zu übersehen!", rief Horus. „Wir dachten schon, die gesamte Technik gibt den Geist auf."

„Deswegen haben wir uns ja auch bemüht, das meiste davon, durch kosmische Energien zu decken. Kannst du dir vorstellen, was morgen passiert wäre?" Imset lächelte spitzbübisch.

„Ich glaube, dieser Gesichtsausdruck sagt alles. Ihr hättet uns bis an die unterste Grenze ausgesaugt", stellte Osiris erschreckt fest.

Sobek nickte. „Das wäre vermutlich der einzige gangbare Weg gewesen, um sowohl die Fusionen, als auch das Schiff zu retten, wobei genügend Zeit geblieben wäre, dass ihr euch bis zur Landung wieder hättet erholen können."

„Darf man auch erfahren, wie ihr es gemacht habt?" Osiris schaute die Drakonat neugierig an.

„Solange du keine Details wissen möchtest … bei einer der wundervollsten Beschäftigungen, die das Leben erfunden hat", gab Imset mit breitem Grinsen ziemlich freimütig zu.

„Na ja, das nennt man dann wirklich Vereinigung", stellte Thor mit einem amüsierten Schulterzucken fest. „Sieht ganz so aus, als ob ihr wenigstens viel Spaß an einer überaus ernsten Sache hattet."

Das Grinsen der beiden Drakonat wurde noch breiter. „Im Hinblick darauf, dass es durchaus das letzte Mal gewesen sein könnte, kannst du voll darauf wetten."

Osiris warf Horus einen beinahe hilflosen Blick zu.

„Der Drakonat, das unbekannte Wesen", dozierte der mit erhobenem Zeigefinger, worauf die beiden Drachenmänner mit einem heftigen Nicken reagierten.

Die Männer seiner Crew wechselten belustigte Blicke, sehr deutlich hatten sie noch immer die Bilder vor Augen, wie sich Sobek und Zaid in der Wüste völlig unbeobachtet wähnten.

Horus schaute kurz auf die Uhr. „Na los, lasst uns essen gehen, sonst verhungern uns die beiden noch."

Rasch folgte ihm die ganze Besatzung.

Auf Dafa lief, dank der Hilfe aller, das Leben in geordneten Bahnen. Isis erschien jeden Abend bei Darina, half ihr, die Kleinen ins Bett zu bringen, erzählte ihnen Geschichten, um, kaum dass sie schliefen, die neuesten Nachrichten von den Sternenreisenden an die Atlan zu überbringen. Die Nachricht dieses Tages elektrisierte die Zuhörer.

„Sie haben schon heute fusioniert!", rief Isis, kaum dass sie in Sobeks Garten angekommen war, wo bereits alle Magierfamilien auf sie warteten.

Safi sprang auf. „Erzähle! Wie geht es ihnen? Hat alles reibungslos geklappt. Sind sie noch im Vollbesitz all ihrer Kräfte?"

„Langsam, langsam", lachte Isis. Sie drückte ihn auf seinen Platz zurück. „Ich möchte warten, bis Darina da ist. Tanit wird jeden Augenblick bei ihr eintreffen, damit die drei Kleinen nicht völlig allein im Haus sind."

„Unsere Tanit?", fragte Safi überrascht.

Isis nickte. „Du solltest dich wohl auch langsam daran gewöhnen, dass sie schon ein großes Mädchen ist."

„Kannst mich gern um Rat fragen", schmunzelte Talos.

Safi lachte. „Na, wenigstens sind keine, fremden jungen und zugleich gut aussehenden, Männer in der Nähe."

Merit-Amun blinzelte ihm schelmisch zu. „Du scheinst keine Ahnung zu haben, wie man sich heimlich trifft."

„Wer trifft sich heimlich?" Darina schaute um die Hausecke.

„Im Augenblick wohl niemand. Wir haben nur gerade über Tanit und das Erwachsenwerden debattiert", erklärte Merit schmunzelnd.

Isis wartete noch einen Moment, bis sich die allgemeine Aufregung etwas gelegt hatte. „Osiris hat mir ein Hologramm übertragen, das alles enthält, was mit den Drakonat, Neri und Zaid zusammenhängt."

Sie aktivierte die kleine silbern glänzende Pyramide. Fast zwei Stunden konnten die Atlan und Tarronn nun hautnah erleben, was sich während des späten Nachmittags in Horus' Gleiter ereignet hatte. Bei Imsets Erklärung, über das *Wie* angekommen, brachen die Magier in Gelächter aus.

„Diese Genießer! Den beiden kann wirklich fast nichts die Laune vermiesen", schmunzelte Safi. „Das ist Imset, wie ich ihn kenne. Immer gut drauf, selbst in der größten Gefahr.

Sogar auf Ramses' Schlachtfeldern hat er stets treffsicher genau den Punkt gefunden, dem er noch etwas Positives abgewinnen konnte."

„Es ist gut, dass er Anubis in die Höhle der Bestie begleiten wird", seufzte Luna. „Nicht auszudenken, was diesem dort alles geschehen könnte."

Isis erhob sich. „Ich muss nun gehen. Morgen kann ich euch sicher berichten, was die Fusion für die beiden Männer verändert hat." Sie hob noch einmal grüßend die Hand, dann zerfloss ihre Gestalt in einem grünen Nebel.

Darina ging zu den Drakon hinüber. „Was habt ihr für ein Gefühl?", fragte sie. „Ich, für meinen Teil, denke, dass es den beiden Frauen nicht schlecht gehen wird, wenn die Männer so gut drauf sind."

„Dem schließe ich mich voll und ganz an", erwiderte der große Drache. Wir hätten sicher gespürt, wenn es ihnen nicht gut ginge."

„Das beruhigt mich zusätzlich." Darina streichelte die beiden Riesen dankbar.

„Wie fühlen sich die Kinder, jetzt, wo Mama und Papa nicht da sind?" Siri richtete ihre großen grünen Augen fragend auf Darina.

Horus' Gefährtin lächelte. „Es ist schwer zu beschreiben. Leon ist der große Beschützer. Zweifellos drängt das Erbe der Drakonat ans Licht. Er tröstet Laura und Ihi.

Ich habe nun schon ein paar Mal bemerkt, dass seine Augen dann einen seltsamen Glanz annehmen. Nicht wie bei den Drakonat – eher wie bei einer Schlange – wisst ihr."

„Du irrst dich nicht", sprach Drakos. „Damals, als Zaid in der Quelle war, hat die riesige Kobra sie mit der Zunge berührt, um ihr Kraft zu geben. Bei der Geburt der Zwillinge hat die Energie der großen Magie die Kleinen eingehüllt und die Quelle versprach ihnen ihren Schutz.

In Leon erwachen nun, aus einer Not heraus, alle Eigenschaften, die er von seinen Eltern geerbt und von der Quelle als Geschenk erhalten hat. Würde mich nicht wundern, wenn er in Kürze noch ganz andere Sachen fertigbringt, als Telepathieren und Gedankenlesen, wie er es schon seit seiner Geburt praktiziert."

Darina wartete darauf, dass der Wächter auch etwas über Laura sagen werde. Drakos seufzte. „Na gut, du gibst ja sonst doch keine Ruhe. Sie hat eher etwas von Mama und Großmama.

Telepathieren ist ihr ebenso angeboren wie bei Leon, nur wird sie mit Sicherheit keine Kriegerin werden …" Drakos verstummte.

„Du vermutest, dass sie in Neris Fußstapfen treten wird?"

Drakos nickte. „Das ist sehr wahrscheinlich." Er machte eine kurze Pause. „Ihi hat seinen Weg schon gefunden. Mit seiner magischen Musik kann er jedes Lebewesen verzaubern. Na komm, ich trage dich nach Hause."

Ganz früh am Morgen fanden sich Horus, Kebechsenef und Tamu im Meteoritenraum bei den Drakonat ein. Horus hatte noch am vergangenen Abend Platten aus verschiedenen Materilian installieren lassen, an denen die beiden die Wirkung ihrer Flammen testen sollten. Jeweils zwei Stück aus der gleichen Legierung für jeden der Männer.

Imset begann. Er schickte einen gleichmäßigen Feuerstrom auf eine Titanplatte. Zum größten Entsetzen der anderen verglühte das Material restlos. Imset selbst wiegte bedenklich den Kopf. Auf die zweite Platte gab er nur einen Feuerstoss ab. Beim Auftreffen gab es eine heftige Explosion, die das ganze Raumschiff erschütterte.

„Diese Technik werde ich hier an Bord nicht mehr einsetzen", stellte er sofort klar. „Ich habe nicht geahnt, dass so etwas passieren könnte." Dann gab er Sobek das Zeichen, nun in der gleichen Reihenfolge seine Kräfte zu erproben. Mit völlig der gleichen Wirkung.

„Testen wir unsere Schnelligkeit", schlug Imset vor. Ohne unsichtbar zu werden, lieferten sie sich eine Jagd quer durch den gepanzerten Raum, der die Beobachter mit den Augen nicht einmal folgen konnten.

„Nicht übel", lachte Sobek und machte sich energetisch völlig unsichtbar. Nicht einmal Imset gelang es, herauszufinden, wo er sich gerade aufhielt.

Zuletzt falteten sie mit bloßer Muskelkraft zwei der härtesten Platten einfach zusammen, wie andere ein Stück Papier.

Horus klopfte beiden auf die Schulter. „Tut ihr mir einen Gefallen?"

Fragend schauten sie ihn an.

„Seid vorsichtig, wenn ihr euch hier an Bord bewegt."

„Versprochen." Imset und Sobek lachten herzlich. „Vor allem schon deshalb", sagte Imset und setzte noch einen drauf, indem er sich in eine Flamme verwandelte.

„Ach du Scheiße!" Kebechsenef schlug die Hände vor das Gesicht.

Sobek lachte Tränen, über die entsetzen Gesichter. „Keine Sorge, wenn wir eines Tages wieder als Einzelwesen existieren, gibt sich das recht schnell."

„Na hoffentlich."

Beim gemeinsamen Frühstück unterrichtete Horus die Mannschaft über die neuen Kräfte der Drakonat.

Ron begann zu lachen. „Wir haben Anfragen sowohl von den Asen als auch von den Helion bekommen, ob wir Hilfe bräuchten, der Explosionen wegen. Irgendwie müssen sie die Schockwellen registriert haben. Das konnte doch keiner ahnen, dass ihr nur miteinander gespielt habt."

Osiris beobachtete, wie sich Sobek noch einen bunten Salatteller holte. „Tribut an Zaid?"

Sobek strahlte. „Natürlich. Das ist wohl das Mindeste, was ich jetzt für sie tun kann. Wenn sie Salat möchte, dann soll sie ihn auch bekommen."

„Erstaunlich", murmelte Horus. „Dann funktioniert die aktive Fusion ja wirklich. Kannst du dich auch mit ihr unterhalten?"

„Nicht in der Form eines mentalen Zwiegespräches, wie du vielleicht denkst. Ich kann ihre Wünsche spüren und darauf reagieren. Dabei kann sie mich im Notfall tatsächlich gewaltsam zwingen, etwas gegen meinen eigenen Willen zu tun." Sobek pickte zuerst die Melonenwürfelchen heraus, wie es auch Zaid immer getan hatte.

Der Blick zu Imset zeigte Horus ein ähnliches Bild. In seinem Becher war Pfefferminztee, den er eigentlich gar nicht mochte.

Osiris, der sich gerade Sobek zuwandte, erstarrte mitten in der Bewegung, schloss die Augen und schien zu lauschen. „Isis und Jamal sind auf Dafa eingetroffen. Sie haben gerade die Falle abgeholt."

„Du sagst das so eigentümlich", stellte Imset beunruhigt fest.

„Es gab da ein kleines Problem mit dem magischen Siegel", entgegnete Osiris, wobei er Sobek einen seltsamen Blick schenkte.

Die Drakonat sahen sich überrascht an. „Wurde es manipuliert? Rede doch endlich!"

Osiris seufzte, dabei sah er nicht einmal unzufrieden aus. „Leon hat ihnen die Tür geöffnet. Er hatte die Sperren so verändert, dass nicht einmal die Magier mit vereinten Kräften in Neris Heiligtum gekommen wären. Höchstens die Drakon hätten eine kleine Chance gehabt."

Sobek schlug die Hände vor das Gesicht und schaute Imset durch die gespreizten Finger an. Der begann schallend zu lachen. „Ja habt ihr wirklich etwas anderes von einem atlanischen Schlangenmagier erwartet?

Es war doch fast vorprogrammiert, dass er sich Großmutters Refugium annimmt, wenn alle anderen weg sind, die den Kristall beherrschen könnten. Die Falle dürfte ihm dabei so ziemlich egal gewesen sein."

„Der Junge ist erst so groß", deutete Thor beinahe verzweifelt mit den Händen an.

„Sobek war auch erst so groß", machte Imset nach, „als er uns auf die Erde begleitete, um Siri zu befreien. Merit-Amun und Safi kennen sich gut aus, sie werden ihn schon unter ihre Fittiche nehmen, wie sie es oft genug mit Sobek getan haben, und ihn in die Familiengeheimnisse einweihen."

Osiris schmunzelte. „Darina trägt es mit Fassung. Sie unterhielt sich vor einigen Tagen über Leons besonderen Fähigkeiten, die sie zufällig bemerkte, mit den Drakon. Sie traf es also auch keinesfalls unvorbereitet wie die anderen. Sie hat, als die Magier schon völlig verzweifelt waren, Leon erst ins Spiel gebracht."

„Hat er sich körperlich verändert?", fragte Sobek leise.

Osiris schüttelte den Kopf. „Du spielst sicher auf die unerklärlichen Wachstumsschübe an, die du durchgemacht hast. Dazu gibt es keinerlei Beobachtungen. Nur seine Augen sollen einen übernatürlichen Glanz annehmen, wenn er seine kleinen Wunder tut."

„Das beruhigt mich", erwiderten Sobek und Imset synchron.

Kebechsenef lehnte sich genüsslich zurück. „Er entstammt ja auch einer äußerst interessanten Ahnenreihe. Auf den Spaß sollten wir uns heute einen Becher Wein genehmigen."

„Erlaubnis erteilt." Horus' breites Grinsen sprach ganze Bände.

Vier Tage später trat Horus' Raumflotte in die Atmosphäre der Erde ein. Kurz darauf setzten die drei Großgleiter inmitten der Wüste auf, wo sie schon von Anubis, Hapi und Duamutef erwartet wurden.

„Hier ist bisher alles ruhig geblieben. Selbst der Wind scheint zu schlafen", berichtete Hapi.

„Nun, dann werden wir in ein paar Stunden dafür sorgen, dass sich das im Gebiet um Seths Palast gründlich ändert", erwiderte Horus. „Zuerst sollten wir die Söldner los werden, ehe sich Anubis auf den Weg machen kann."

„Nicht unbedingt", warf Imset ein. „Vielleicht beeindruckt es Seth mehr, wenn Anubis mitten im Inferno, völlig unbeeindruckt von Sandsturm und Gefahr zu ihm vordringt. Ich bin durchaus in der Lage, ein Energiefeld zu erzeugen, welches sowohl den Sturm, als auch die Waffen der Menschen von ihm fernhält."

„Nicht übel, die Idee", sinnierte Athene. „Möglicherweise hält er dann auch das Unwetter für Anubis' Werk und sieht sich vor, ihn nicht zu reizen. Immerhin ist Seth auch in der Lage die Naturgewalten zu beherrschen.

Zumindest war es früher und ich glaube nicht, dass sich daran etwas geändert haben sollte."

Thor strich seinen roten Bart zurecht. „Schließt die Schiffe in die übliche Schutzglocke ein. Ich werde außerhalb meinen Hammer schwingen."

„Und ich bleibe an deiner Seite, damit du ungestört den Werk verrichten kannst", versprach Sobek.

Horus nickte zustimmend. „In einer Stunde starten wir die Operation Seth. Hoffen wir, dass es glimpflich für die Menschen endet."

Operation Seth

Zum befohlenen Zeitpunkt beobachtete Thor, wie sich der Energieschild über die Gleiter legte, ausgenommen den von Hapi. Er gab Sobek ein Zeichen mit der Hand, dann begann er kraftvoll seinen Hammer über den Kopf zu schwingen.

Die furchtbare Waffe des Asen erzeugte einen Luftwirbel, der dem eines Tornados ähnelte. Einen Lidschlag später verfinsterte sich der Himmel, fahlgelbe Wolken ballten sich zusammen, ein Heulen und Brausen lag in der Luft, als wären ganze Rudel von Höllenhunden auf der Jagd.

Dann brach die ganze Gewalt von Thors Magie hervor. Tonnen von Sand wurden vom immer schriller jaulenden Sturm mitgerissen.

Ein paar Kilometer weiter beobachteten die Truppen Seths mit Sorge den Himmel, als sie der Todesatem der Wüste auch schon traf. Mit ihren Schilden versuchten sie, sich mühsam gegen das Inferno zu schützen. Gegen die Sandpartikel, die in Augen, Nase und Ohren eindrangen, die das Atmen zur Qual machten, gegen den Gluthauch, den der Wind mitbrachte und dessen Gewalt die Krieger von den Beinen riss.

„Was ist da draußen los?", fragte Seth unwirsch, als das Schreien der Menschen bis zu ihm drang.

Einer der Erdgeister machte sich auf den Weg. „Ein Sandsturm, oh Herr, wie ich nie noch erlebt habe", berichtete er, als er wenig später zurückkam. „Die Menschen fliehen, um nicht im Sand begraben zu werden."

„Feiglinge. Sollen sie um ihre erbärmlichen Leben rennen", schnaufte der Gott. „Verschwinde!" Er deutete mit der Hand zur Tür

„Herr, da ist noch etwas …"

Seth packte den dürren Hals des Geistes. „Was?"

„Es nähert sich etwas aus der Luft. Ein großes, fliegendes, silberglänzendes Wesen. Es kommt genau hierher", würgte der Erdgeist hervor.

Seth schleuderte ihn wütend von sich. Er schloss die Augen, um nach den Auren der Ankömmlinge zu fühlen, als er plötzlich telepathisch angesprochen wurde.

Falls du es noch nicht gemerkt haben solltest, hier kommt Anubis. Ich glaube, wir sollten uns ein wenig über meinen Tempel unterhalten. Ich hoffe doch, du hast gerade nichts anderes vor.

Seth zuckte zusammen. Der mentale Tonfall zeugte von einer Kaltblütigkeit, die ihn erschreckte. Gleichzeitig fühlte es sich an, als ob Anubis allein gekommen sei. Ein gehässiges Grinsen schlich sich in Seths Mundwinkel.

Ausgerechnet einer der Männer, die er am meisten hasste, kam freiwillig zu ihm und brachte sogar einen der ersehnten Gleiter in seine Nähe.

Anubis – dieses unselige Kind Osiris', das eigentlich Schuld daran trug, dass man ihn, Seth, geächtet hatte. Hätte ihn Nephtys damals nicht mit Osiris betrogen, wer weiß, welch geruhsames Leben er heute führen könnte. „Ich erwarte dich", gab er Anubis Bescheid.

„Bringt ihn zu mir!", herrschte er seine Geistersklaven an. „Und krümmt ihm ja nicht ein Haar! Das will ich selber tun", fügte er für sich mit einer diabolischen Grimasse hinzu.

Anubis ging genau vor dem Tor zu den unterirdischen Anlagen in Parkstellung. Die Menschen, die der Sturm nicht vertrieben hatte, ergriffen beim Anblick der unzähligen Erdgeister, die plötzlich überall aus dem Sand sprangen, die Flucht, wobei sie sogar ihre Waffen liegen ließen. Das Grauen aus der Unterwelt war selbst für die hart gesottenen Krieger zuviel.

Imset machte sich unsichtbar, fast auf Tuchfühlung mit Anubis verließ er das kleine Raumschiff, das dieser mit einigen harmlosen Sperren versah.

Sind die hässlich, hörte Anubis Imsets Stimme in seinen Gedanken, worauf er mit einem spöttischen Lächeln reagierte. Seth musste wahrlich tief gesunken sein, wenn er solche Kreaturen um sich versammelte.

Er beschloss, trotz des Schutzes durch Imset, sehr auf jedes dieser Wesen zu achten, das in seine Nähe kam.

„Folge uns", bat eines dieser kleinen Scheusale mit beinahe untertäniger Stimme. Dass sich ihnen die anderen ausnahmslos anschließen werden, war zu erwarten gewesen.

Es führte den Ankömmling durch ein Labyrinth finsterer Gänge, die nur vom Schein einiger Fackeln erleuchtet wurden. Anubis folgte den Erdgeistern mit stolz erhobenem Kopf, ohne auch nur ein einziges Mal nach links oder rechts zu schauen.

Imset werde sehr genau darauf achten, was um sie herum geschah. Genau so trat er Seth schließlich gegenüber, den er mit kühlem Blick eingehend musterte.

Das war also der Gefährte seiner leiblichen Mutter, die ihn in der Wildnis ausgesetzt hatte. Jener Mann, der versucht hatte, seinen Vater zu töten und nach ihm Horus' Sohn.

Selbiger stand nun an seiner Seite, um ähnliche Übergriffe auf ihn, schon im Keim zu ersticken. Imset maß den Gegner mit forschendem Blick. Die schwarzen Augen des Geächteten lagen tief in den Höhlen, das falsche Lächeln war an Verschlagenheit kaum zu übertreffen.

„Sag, wonach es dich drängt", schnaufte er, statt einer Begrüßung unwirsch. „Und beeile dich, ich hab nicht ewig Zeit." Dabei ging er langsam um Anubis herum, der der Drehung folgte, um Seth im Auge behalten zu können.

So entging ihm auch nicht, dass dieser plötzlich einen Punkt hinter seinem Rücken fixierte. Zeitgleich drückte Imsets Energie Anubis mit dem Oberkörper nach vorn, etwas zischte über seinen gebeugten Rücken hinweg und schlug in die Wand neben Seth ein, der überrascht die Augen aufriss und „verdammt" murmelte.

„Kommt jetzt der unterhaltsame Teil?", fragte Anubis spöttisch, wobei er mit dem Finger auf den kürbisgroßen Steinblock deutete.

Seth stieß beide Hände nach vorn. Sogleich rasten die vielen Schwerter und Lanzen, die die Wände zierten, von allen Seiten auf Anubis zu. Der blieb eiskalt stehen, lächelte und beobachtete, wie die Waffen an der in blauem Licht gleißenden Energiekugel abprallten, die ihn umgab.

Seth warf sich entsetzt herum, rannte aus dem Saal, an dessen Tor er einen Kontakt berührte. Krachend sauste ein schweres Eisengitter herunter. Ohne stehen zu bleiben, rief er seinen Geistern zu: „Jetzt gehört er euch!"

Sofort materialisierte sich Imset, drängte Anubis in eine Ecke des Raumes und sah den heranhetzenden Schreckengestalten entgegen. Er wartete, bis auch noch der Letzte durch das Gitter geklettert war, dann ließ er ohne Vorwarnung seine Drachenflamme lodern.

Keiner überlebte, selbst in dem armdicken Metallgeflecht klaffte ein gewaltiges Loch. Es dauerte mehrere Minuten, bis sich die Luft so weit abgekühlt hatte, dass Imset gefahrlos den Energieschild verschwinden lassen konnte, welcher Anubis schützte.

„Machen wir uns auf den Weg", schlug er vor. „Die Zeit dürfte dem Schuft genügt haben, das Raumschiff zu knacken."

Anubis, der Herr der Unterwelt, hatte genau so wenig Probleme sich im Labyrinth der Gänge zurechtzufinden, wie Imset, der einfach der Energie Seths folgte, wie ein Schweißhund der Fährte. Im Tageslicht angekommen stellten sie fest, dass Hapis Raumschiff tatsächlich verschwunden war.

„Achtung!", schrie Imset, riss Anubis zu Boden und verwandelte sich in einen Drakonat, als ihm auch schon die heranspringende Sphinx, ihre Krallen in den Rücken zu schlagen versuchte.

Aufjaulend ließ das riesige Tier von dem, fast winzig gegen sie wirkenden, Imset ab, der sich mit heftigen Energieimpulsen zur Wehr setzte. Genau so schnell, wie das geflügelte Monster erschienen war, verschwand es auch wieder in den Lüften.

„Mistvieh". Imset schaute dem Wesen hinterher. Ein Schmerzenslaut von Anubis ließ ihn herumwirbeln. Der Herr der Unterwelt hielt seinen Oberarm, an dem eine tiefe, äußerst heftig blutende Wunde klaffte.

Mit Tritten versuchte er, sich gegen mehrere Gegner zu wehren, die nicht zu sehen, aber deutlich zu hören waren.

„Erdgeister", brummte Imset verstimmt, der ebenfalls, wenn auch völlig erfolglos, attackiert wurde. Er kämpfte sich zu Anubis vor, hüllte ihn in sein Energiefeld ein und säuberte mit der Drachenflamme auf beinahe einhundert Metern Umkreis das Schlachtfeld von jedwedem Gegner.

„Hältst du es bis zum Raumschiff durch?", fragte er besorgt Anubis, dessen dunkle Haut den Farbton einer gekalkten Wand angenommen hatte.

„Ich werde es versuchen", flüsterte der mit matter Stimme.

Imset kontaktierte Horus, dann teleportierte er sich mit dem Schwerverletzten direkt an Bord, wo er sich mit Sobek und Osiris zusammen um Anubis kümmerte. Horus befahl den sofortigen Start der Raumflotte Richtung Tarronn, schickte aber Kebechsenef und Hapi mit Anubis' Gleiter nach Gizeh, wo sie den Schutzschild der großen Pyramide aktivieren sollten.

„Wir haben ihn auf den Monitoren", berichtete Athene. „Er hat sofort die Atmosphäre verlassen und soeben den Mond passiert. Die Waffensysteme des Gleiters sind nicht aktiviert."

„Danke. Wir gehen trotzdem auf Nummer sicher." Horus unterbrach den Kontakt, dann eilte er zu den Rückkehrern. „Wie geht es ihm?"

„Ich habe ihn in einen magischen Schlaf gelegt", erklärte Osiris. „Der Blutverlust war ziemlich hoch. Imset und Sobek haben die Wunde fachgerecht versorgt, der Lebensschlüssel wird in den nächsten Stunden das Gewebe regenerieren und die Blutbildung anregen. Morgen früh ist er wieder ganz der Alte."

„Würde nicht so viel auf dem Spiel stehen, dann hätten wir ihn mit Magie heilen können", sagte Imset fast entschuldigend. Er deckte Anubis bis an die Schultern zu.

„Du hast getan, was du konntest. Dass die Geister im Tageslicht nicht zu sehen sind, konntest du nicht ahnen", versuchte Osiris, ihn zu trösten.

„Ohne dich hätte mein Sohn diesen Kampf nicht überlebt. Danke." Er verließ mit den anderen das Zimmer.

„Wie geht es dir, nachdem du dem Schurken gegenübergestanden hast?"

„Kann ich dir noch nicht sagen", murmelte Imset. „Ich habe meine gesamten Kräfte darauf verwendet, Anubis zu schützen, ich hatte keine Zeit irgendwelche persönlichen Gedanken und Gefühle zuzulassen.

Gib mir Zeit bis morgen. Dann werde ich auch wissen, wie sich Neri fühlt. Im Augenblick bin ich nur unendlich müde." Imset zog sich zurück.

Sobek sah ihm nachdenklich hinterher. „Das klingt nicht gut. Da Seth ja die Pyramide nicht angezapft hat, müssen seine magischen Kräfte von einem Caiphas-Splitter herrühren oder hat der etwa früher auch mit einem Fingerschnippen gezaubert?"

Horus und Osiris schüttelten die Köpfe. „Hat er nicht. Das würde aber auch die unnatürliche Müdigkeit Imsets erklären. Wir sollten ihn in den nächsten Stunden nicht aus den Augen lassen. Vielleicht schafft es Neri nicht allein, dagegen anzukämpfen."

Thor brütete finster vor sich hin. „Wegen dieses Ekels bangen wieder zwei Väter um ihre Söhne. Ich hasse den Kerl.

Und wenn mir zu Hause Loki zwischen die Finger kommt, lasse ich ihn, gut gesichert, direkt zu euch bringen, damit er sich Backpfeifen von Zaid abholen kann. Ich liefere Sobek sogar das Silbertablett mit dazu."

Sobek legte Thor den Arm um die Schulter. „Kopf hoch! Bis jetzt ist noch kein wirklicher Schaden entstanden. Im Augenblick halten wohl alle Schicksalsgötter dreier Welten ihre Hände schützend über uns. Ohne die Falle, die uns Uräus überließ, hätten wir Apophis vielleicht nicht erwischt.

Ohne dessen Beschreibungen über alles, was mit Seth zusammenhängt, möglicherweise einen regelrechten Krieg führen müssen. Was in den nächsten Tagen geschieht, wissen wir nicht, aber wir müssen wirklich für all das Positive dankbar sein, das uns widerfahren ist."

„Hast ja recht." Thor fasste nach der Hand auf seiner Schulter, die er fest drückte. Dann schmunzelte er. „Weißt du, wie wir Asen das heute gemacht hätten? Wir wären mit viel Getöse gekommen, es hätte blutige Köpfe gegeben und dann wären wir unverrichteter Dinge wieder abgezogen und noch ganz stolz auf die Rauferei gewesen." Er blinzelte Sobek zu, dann widmete er sich wieder seinen Aufgaben an Bord.

Horus hielt mit den Commandern der anderen Schiffe, Kebechsenef und Duamutef, die mit den kleinen Gleitern dem Verband folgten, wieder eine der üblichen codierten Videokonferenzen ab, um sich über die Einsätze der anderen Teams zu informieren.

Odin berichtete: „Es bestand für uns keine Notwendigkeit, aktiv einzugreifen. Wir haben nur die Panik unter den Menschen beobachtet und rund dreihundert Tote gezählt, die entweder im Sand erstickt sind, oder von den anderen Flüchtenden totgetrampelt wurden. Über weitere Verluste auf dem überstürzten Rückzug, durch Hunger und Durst, kann ich keine Aussage treffen."

„Wir hatten mehrere Sphingen im Anflug", erklärte Zeus. „Acht von ihnen konnten wir in die Flucht schlagen, die Neunte hat sich vor unseren Augen buchstäblich in Luft aufgelöst."

„Dann wird das wohl die gewesen sein, die Imset und Anubis wie aus dem Nichts angegriffen hat", sagte Horus mehr zu sich selbst.

„Sie wurden angegriffen?", riefen alle durcheinander.

„Wo sind die beiden eigentlich?" Zeus spähte in alle Winkel des sichtbaren Bereiches der Kameras.

Horus atmete tief ein. „Sie sind in ihren Räumen. Anubis ist verletzt. Osiris hat ihn in einen magischen Heilschlaf versetzt. Imset hatte vermutlich bei Seth, die unschöne Begegnung mit der Energie eines Caiphas-Splitters.

Morgen werden wir sicher mehr wissen. Ich möchte euch bis dahin um etwas Geduld bitten. Ihr habt alle eine sehr gute Arbeit geleistet. Danke."

„Können wir irgendetwas für euch tun?", fragte Athene.

Horus schüttelte den Kopf. „Behaltet Seth im Auge."

Als die Monitore verloschen, wandte er sich an Thor. „Sag mal, kannst du die Kennung der Midgardschlange für den Funkverkehr erzeugen?"

Der zog die Augenbrauen zusammen. „Wie viel Zeit gibst du mir?"

„Vierundzwanzig Stunden."

„Ich muss mit Odin sprechen."

„Dann tu es."

Thor setzte sich an den Kommunikator, um die Nachricht an das andere Schiff zu verschlüsseln. Er bekam nach wenigen Sekunden die Übermittlungsbestätigung. Dann hieß es warten. Inzwischen notierte er sich einige Sequenzen, die er aus seinem Gedächtnis hervorkramte.

Am Abend saß die Crew in ziemlich gedrückter Stimmung am Tisch. Sobek versuchte, sie etwas aufzuheitern, indem er auf Zaids Fähigkeiten bei der Lebensmittelsynthese zugriff.

So gab es Schafskäse, Fisch, Gemüsebrühe in verschiedenen Varianten, backfrisches Brot und sogar Spiegelei mit Kräutern. Schritte auf dem Gang ließen alle aufhorchen.

Imset, oder vielmehr jemand, der ihm von der Kleidung und Statur her ähnelte, trat herein.

Sobek sprang verblüfft auf. „Ach schau an. Sollen wir dich jetzt Neset oder lieber Imri nennen?"

Der veränderte Drakonat lachte. „Egal, für ein paar Stunden habe ich in diesem Körper das Sagen", antwortete eindeutig Neris Stimme. „Was gibt es Schönes zum Abendbrot?"

Horus atmete befreit auf. „Wer Hunger hat, ist auch noch nicht verloren. Möchtest du die Neri- oder lieber die Imset-Ration?"

„Beide. Ich habe Hunger, als hätten ich tagelang nichts gegessen." Imset machte sich über den Automaten her.

Osiris hob schnuppernd den Kopf. „Riecht verführerisch."

„Schmeckt hoffentlich auch so", murmelte Imset, während er noch ein wenig die Einstellungen manipulierte. „Ah, perfekt." Er trug seinen Teller mit einer Riesenscheibe Fleisch zum Tisch, die eindeutig nach Grillhähnchen roch und genau solch knusprige goldbraune Haut hatte, wenn die Form auch eher an ein Riesensteak erinnerte. Die erstaunten Blicke der anderen quittierte er mit einem breiten Grinsen.

„Keine Beilagen?", witzelte Tamu, der sich amüsierte, dass der Teller für das Fleisch allein, eigentlich schon viel zu klein war.

„Später", entgegnete Imset zwischen zwei Bissen. Er war dabei, von einer Hälfte seines synthetischen Hähnchens, die knusprige Haut abzuheben, welche er sich mit halb geschlossenen Augen schmecken ließ. Erst dann aß er das Fleisch.

Hingegen schnitt er die zweite Hälfte mitsamt der Kruste Stück für Stück in mundgerechte Happen. Die anderen brachen in fröhliches Gelächter aus. Wer hier die Hosen anhatte, war offensichtlich, denn die erste Variante war ziemlich eindeutig Neri zuzuordnen.

„Hattet ihr heute schon Kontakt mit Isis?", fragte er unvermittelt.

„Den Kindern geht es gut", entgegnete Osiris sofort.

„Und die Falle?"

„Wird morgen auf Mitri eintreffen", erklärte Horus.

„Bestens. Dann wird es wohl Zeit, ein wenig für Freude bei Seth zu sorgen."

„Ist schon am Werden", schmunzelte Thor. „In der Nacht senden wir einen fingierten und leicht verstümmelten Funkspruch mit der Kennung der Midgard-Schlange."

Imset feixte. „Klingt, als würde die Idee von Horus stammen."

„Volltreffer", amüsierte sich Hapi.

„Der Text?" Imset schaute Horus an.

„Ganz einfach: *Seth hat Erde verlassen – Technischer Defekt auf Mitri – Tarronn in Panik.*

Das dürfte genügen, um ihn genau dorthin zu kriegen, wo er hin soll. Neith schaltet alle Waffensysteme ab, lässt die Schilde unten und wartet ab, bis er andockt. Er muss Treibstoff aufnehmen, sonst kommt er nicht weiter."

„An welchen Empfänger sendet ihr den Spruch?"

Thor schmunzelte. „Mit extrem kurzer Reichweite an die Hydra auf Helion. Dieser Tipp stammt übrigens von Hermes."

„Kebechsenef wird morgen wieder den hyperschnellen Gleiter an Anubis übergeben. Er wird zusammen mit Osiris Taris anfliegen und Treibstoff aufnehmen", sprach Horus zu Imset gewandt weiter.

„Drei Stunden später docken sie auf Mitri an und überwachen im Verborgenen die Vorgänge dort. Neith lässt bereits eine Kameraschaltung in den Meteoritenraum legen."

„Nicht ohne mich!", rief Sobek. „Imset ist in ein paar Stunden wieder völlig fit. Ich bin also für euch entbehrlich, während mich Anubis, Osiris und die Mitri-Station vielleicht brauchen werden."

„So soll es sein. Mit dem Sternenflitzer seid ihr auch in wenigen Stunden bei uns, falls es Seth einfällt, plötzlich umzudrehen", begründete der Commander seine Entscheidung.

Imset hatte die Augen geschlossen. Seinen Gesichtszügen war anzusehen, dass die beiden Wesen, die er vereinte, intensiv kommunizierten.

„Wie macht er denn das?", flüsterte Horus erstaunt.

„Pssst." Osiris legte den Finger vor den Mund.

Imset öffnete die Augen. „Ich habe eine Bitte. Lass die drei von Taris aus zuerst nach Dafa fliegen. Sie sollen das Drakonherz im Schaltpult der Treibstoffversorgung von Mitri platzieren und die Falle genau darunter.

Sobek weiß, wie das auszusehen hat, er wird auch genau wissen, warum. Fragt nicht. Tut es einfach."

Horus nickte auch diesmal. „Genau so lautet nun mein Befehl."

Als alle anderen den Raum verlassen hatten, fragte Osiris Horus: „Was weiß er, was wir nicht wissen?"

Der zuckte mit den Schultern. „Es ist müßig, alle Geheimnisse der Drakonat erfahren zu wollen. Eines habe ich gründlich gelernt, man sollte ihre Wünsche stets respektieren, besonders die, auf die keine Erklärung folgt." Er sah Osiris bedeutungsvoll an.

Thor war nach dem Essen auf seinen Posten zurückgekehrt. Er programmierte den Sender.

„Bist du bereit?", fragte Horus.

„Ja. Alles ist vorbereitet."

„Sehr gut. Dann kannst du beginnen."

Sekunden später konnte er bestens verstehen, warum Thor so still vor sich hin lächelte. Selbst der größte Zweifler werde gar nicht erst auf den Gedanken kommen, dass es sich hierbei um eine Finte handelte.

Es rauschte und kratzte im Lautsprecher und selbst bei der zweiten Wiederholung musste man die Ohren spitzen, um die Worte wirklich zu verstehen. Für jemanden, der wie Seth auf der Flucht war, genau das Richtige, denn der machte garantiert große Ohren bei jedem Funkspruch.

„Wunderbares Arbeiten", schmunzelte Horus, als er Thor dankend auf die Schulter klopfte. „Mach Feierabend, die Helion halten uns in dieser Nacht den Rücken frei."

Noch vor dem üblichen Wecksignal fanden sich Imset, Sobek und Osiris am Bett von Anubis ein. Imset, der nun wieder die volle Kontrolle über die fusionierten Körper hatte, untersuchte eingehend Anubis' Arm.

„Es ist immer wieder ein erhebendes Gefühl, wenn ein Lebensschlüssel richtig funktioniert", brummte er zufrieden.

Osiris holte seinen Sohn vorsichtig aus dem Land der Träume zurück. Anubis strich ungläubig über die Decke, unter der er lag. Es dauerte einen Lidschlag, ehe er sich wieder erinnerte.

„Ich hab noch nicht mal danke gesagt", lächelte er, als ihm Imset helfend die Hand reichte.

Imset winkte ab. „Dass es dir wieder gut geht, ist der schönste Dank."

Beim Frühstück erzählten die beiden Männer auch endlich, was ihnen bei Seth widerfahren war.

„Dieser Dreckskerl! Und natürlich hinterrücks!" Horus schlug wütend mit der Faust in die andere Hand.

„Ohne Imset hätte ich schon die ersten fünf Minuten nicht überlebt", pflichtete Anubis bei.

„Bedank dich irgendwann bei Neri. Die hat uns beiden den Hintern gerettet", gab Imset zurück.

Anubis navigierte den Gleiter zu jenem Port, das direkt mit der Kommandozentrale verbunden war. Osiris, dem Sobek seinen Umhang geliehen hatte, trug die Kapuze desselben tief ins Gesicht gezogen, als sie das Raumschiff verließen.

Die Techniker grüßten die hochrangigen Gäste ehrerbietig, die sofort von mehreren Offizieren in Empfang genommen und in den Kommandoraum geleitet wurden. Herzlich hießen sie Anubis und Sobek willkommen.

Der geheimnisvolle Fremde, der sie begleitete, trug noch immer seinen Umhang, den er nun betont langsam ablegte.

„Unser König!", riefen alle, genau so überrascht wie erfreut und nahmen sofort Haltung an.

„Es muss, bis auf Widerruf durch Horus, geheim bleiben, dass ich an Bord war", befahl er den Offizieren. „Nicht nur das, auch Anubis' Gleiter hat nie hier angedockt."

Er gab Sobek ein Zeichen, worauf dieser den Raum magisch absicherte. Solange der Tankvorgang stattfand, ließ er sich über die Neuigkeiten der letzten Tage unterrichten, informierte aber auch seinerseits die Kommandierenden über die Vorgänge auf der Erde.

„Kommt also nicht auf die Idee, den Gleiter mit Hapis Kennung anzufunken. Wenn Mitri um Hilfe ruft, weil alle Systeme ausgefallen seien, versprecht ihr ihnen einen Frachter mit Ersatzteilen für Ende des Monats, egal wie verzweifelt der Hilferuf klingt.

Bis zum Ende unserer Mission sind alle Starts und Landungen jedweder Raumschiffe in diesem Sektor gestrichen. Einzig die Schiffe aus unserem Flottenverband haben unbegrenzte Vollmacht. Ausnahme das Shuttle des Palastes, wenn sich Isis oder Jamal an Bord befinden."

Anubis schaute auf die Uhr. „Das Schiff müsste inzwischen abflugbereit sein."

„Dann lasst uns unverzüglich starten." Osiris schloss den Umhang und streifte die Kapuze über. „Bis demnächst, meine Herren. Denn ich werde wiederkommen und viel Zeit mitbringen." Er reichte den Offizieren die Hand.

Einer der Männer begleitete sie zum Hangar, während die anderen die Instruktionen bezüglich des Funkverkehrs an die Mannschaft weitergaben.

„Da!" Anubis deutete kurz nach dem Start auf den Monitor. „Seth dürfte in drei Tagen Mitri erreichen."

Sobek beobachtete, wie sich der Punkt im Koordinatensystem kaum merklich bewegte.

Mitten in der Nacht schreckte Drakos aus dem Schlaf. Siri hatte die Bewegung wahrgenommen und hob den Kopf. Fragend schaute sie den großen Drachen an.

„Sobek und Zaid sind ganz in der Nähe", flüsterte Drakos, in alle Richtungen witternd.

„Aber das ist doch völlig unmöglich", hauchte Siri.

„Komm rasch! Fliegen wir zu Pyramide. Vielleicht hat sie eine Nachricht für uns."

Schweigend glitten die beiden Wächter über die nachtschwarzen Bäume. Lautlos landeten sie am Rand des Plateaus.

„Schau!" Drakos deutete in den Himmel. „Ich habe mich nicht geirrt und sie kommen genau hierher."

Der Gleiter setzte genau vor ihnen auf.

„Schön, euch gesund wiederzusehen", sprachen die Drakon, als die drei Männer das Raumschiff verlassen hatten. „Wo sind die anderen?"

„Keine Zeit für Erklärungen", wehrte Sobek ab.

Osiris legte ihm beschwichtigend eine Hand auf die Schulter. „Geht ihr in die Pyramide, ich übertrage ihnen die Daten unserer Mission."

Er stellte sich zwischen die Drakon, sodass er mit ausgestreckten Armen beide an der Stirn berühren konnte. Wie Schwämme sogen die Drakon die Informationen auf.

„Schaut und stellt keine Fragen", bat er noch, dann kamen Anubis und Sobek auch schon wieder. Sie verstauten den Kristall sicher im Laderaum.

Sobek streichelte die beiden Drakon. „Grüßt die anderen von uns. Bis bald." Der Gleiter verschwand in einem Lichtblitz.

Siri starrte verunsichert in den Himmel. „Ich habe ganz deutlich Zaid gespürt."

„Ja natürlich, oder hast du vergessen, dass er mit ihr fusioniert hat?"

Die Drakon schaute ihren Gefährten betreten an. „Ich hatte es tatsächlich völlig verdrängt." Sie verstummte. Nach einer Weile des Nachdenkens fragte sie: „Willst du die Magier sofort wecken oder bis zum Morgen warten?"

„Lassen wir sie schlafen. Das sollten wir übrigens auch wieder tun." Er deutete aufmunternd mit dem Kopf in Richtung des Gebirges, das ihre Höhle beherbergte.

Anubis kontaktierte Mitri. „Hallo Neith, wir werden die Station in genau einundzwanzig Stunden und siebzehn Minuten erreichen."

„Ich freue mich auf euch. Es ist alles nach euren Wünschen vorbereitet. Ein Technikerteam steht bereit." Die Göttin klang erleichtert.

Sie war noch nie einem Kampf ausgewichen und ganz bestimmt keine ängstliche Person, aber was in Form des ungebetenen Gastes auf sie zu kam, sprengte jede Vorstellungskraft. Die baldige Anwesenheit eines Drakonats gab ihr Zuversicht.

Immerhin hatte sie für das Wohlergehen mehrerer Hundert Personen die Verantwortung, ganz zu schweigen von der wertvollen Technik der gesamten Raumstation. Und es hieß, der König sei mit an Bord, eine Tatsache, die sie genau so beflügelte.

Sie eilte noch einmal in den Meteoritenraum, um sich persönlich von der Qualität der eingesetzten Geräte zu überzeugen.

Am späten Nachmittag des nächsten Tages war Anubis' Raumschiff, bereits mit bloßem Auge, durch die Panzerglasscheiben zu erkennen. Neith beobachtete, wie sich das Schleusensystem nach dem Andocken schloss.

Kaum herrschte normaler Luftdruck, ging sie ihren ersehnten Gästen entgegen. Mit einem strahlenden Lächeln streckte sie zuerst Osiris, der für einen winzigen Augenblick seine Kapuze etwas nach hinten geschoben hatte, beide Arme entgegen. „Es ist wundervoll dich wiederzusehen."

„Die Freude ist ganz meinerseits." Er umarmte sie herzlich.

„Anubis!"

Auch er nahm sie in die Arme. Sobek reichte sie beide Hände. „Ich habe so viel von dir gehört. Herzlich willkommen auf Mitri." „Folgt mir."

„Einen Augenblick", bat Sobek. „Ich möchte unsere wertvollste Fracht sofort an ihren Bestimmungsort bringen."

„Natürlich." Neith registrierte erstaunt, dass er ein Drakonherz aus dem Laderaum hob. Horus hatte einfach nur von einem Kristall gesprochen. Rasch öffnet sie ihm die Türen und rief die Techniker herbei.

Eine halbe Stunde später waren Kabelbäume und Leiterplatten so geändert, dass nichts mehr darauf hindeutete, dass an den Pulten manipuliert worden war.

Das Herz der Drakon lag mit der großen Kristallfläche nach vorn und darunter war, mit mehreren Klebepunkten, die Falle fixiert. Sobek betrachtete die Schaltflächen. Er schüttelte kaum merklich den Kopf.

„Was hast du?", fragte Osiris besorgt.

„Ändert bitte die Kabelbelegung so, dass der Tankvorgang nur mit weitausgebreiteten Armen gestartet werden kann." Er deutete auf einen Knopf ganz links oben und einen ganz rechts unten.

Der Techniker machte sich sofort an die Arbeit. Zuletzt klebte er auf jeden der beiden Knöpfe das Zeichen für die Tankanlage. „Damit wir es im Notfall nicht aus Versehen verwechseln", erklärte er.

Sobek lachte. „Gute Idee. Das hilft mir ganz besonders." Er rieb sich zufrieden die Hände. „Jetzt kann Seth kommen, wir sind bestens gerüstet."

„Willst du es uns erklären?" Anubis schaute sich die völlig irre Anordnung der Tanktasten ungläubig an.

„Nein." Sobek schüttelte den Kopf.

Osiris zuckte mit den Schultern. Die Drakonat hatten noch nie sinnlose Dinge erbeten. Sie sollten alle schon zeitig genug erfahren, was es mit Sobeks Wunsch auf sich hatte. Neith schickte die Techniker in die verdiente Mittagspause.

„Darf ich euch zum Essen einladen?", wandte sie sich an Osiris.

Der lächelte. „Wenn es dir nichts ausmacht, mit uns im Meteoritenraum zu bleiben – gern."

„Kein Problem." Neith bat die drei, ihr zu folgen. Erst hier unten, vor allen Blicken sicher verborgen, legte der König seinen Umhang ab. Die Göttin beobachtete jeder seiner Bewegungen, was er mit einem burschikosen Grinsen quittierte.

„Nun überlegst du, wem es gelungen sein könnte, aus einem Haufen Hackfleisch wieder einen ganzen Mann zu machen", stellte er schmunzelnd fest, wobei er das Wort *ganz* besonders betonte.

Neith nickte neugierig. Osiris deutete auf Sobek und Anubis. „Die atlanischen Magier, egal, bei welchem Volk sie einst geboren sind und ihre hochbegabten, sehr geschätzten Freunde."

„Denen ist es auch nicht unmöglich, fehlende Körperteile zu ersetzen", fügte er, auf ihren fragenden Blick, erklärend hinzu."

„Isis hat in der Tat einen äußerst zufriedenen Eindruck gemacht, als sie mit Jamal die Falle hierher brachte", sagte Neith versonnen.

Osiris lachte herzlich. „Kein Wunder bei so vielen prächtigen Söhnen, Enkeln und Urenkeln. Ich bin ihnen zu tiefstem Dank verpflichtet und überaus stolz auf den gesamten Horus-Clan."

„Mir geht es ganz genau so", warf Anubis ein.

Neith bedachte Sobek mit achtungsvollen Blicken. „Ihr macht mich echt neugierig."

„Wenn wir diesen Kampf zu einem guten Ende gebracht haben, lade ich dich nach Dafa ein", versprach Sobek der Göttin. „Aber zuerst müssen wir Seth für immer aus dem Verkehr ziehen."

„Da kommt er übrigens schon." Anubis deutete auf den Monitor.

Neith sprang auf, um in die Zentrale zu eilen.

„Wir werden da sein, wenn du uns wirklich brauchst", beruhigte sie Osiris.

In den nächsten Minuten beobachteten die drei Männer, wie sich Hapis Gleiter, mit seinem Dieb Seth an Bord, der Station zielstrebig näherte. Neith hatte, dem Befehl Isis' folgend, niemanden in das Spiel eingeweiht, das nun bald beginnen würde.

„Ich glaube es ja nicht! Hapi, der Horussohn, kommt unser bescheidenes Heim besuchen", hörten die drei Beobachter den Diensthabenden den anderen zurufen.

„Wirklich?", fragte eine Stimme zurück.

„Sieht aus, als sei ihm der Treibstoff ausgegangen, er hat eine dringende Anforderung gefunkt. Höchste Priorität."

„Dann sollten wir ihn nicht warten lassen. Dirigiere ihn zu Gate fünf."

Das Tor öffnete sich und das Raumschiff glitt in den Hangar. Drei Techniker warteten darauf, es in Empfang nehmen und wieder einsatzbereit machen zu dürfen. Die Kanzel schwang auf.

Der Diensthabende, der vom Monitor aus den Hangar überwachte, zuckte zusammen. Der, der dem Gleiter einstieg, war keinesfalls Hapi und auch keiner der anderen Horus-Söhne.

Automatisch drückte er den Notfallknopf. Im Hangar begannen rote Signale zu blinken, gleichzeitig wurden die Außentore verriegelt und das Schott, welches den Hangar mit dem Gang zur Kommandozentrale verband.

Während sich die Techniker irritiert umsahen, reagierte der Fremde blitzschnell. Zwei Schritte brachten ihn zu dem Mann, der ihm am nächsten stand, er riss dessen Arm mit einer Hand auf den Rücken und zwang ihn in die Knie.

„Sofort auftanken", zischte er die beiden anderen hasserfüllt an.

„Völlig unmöglich. Bei Alarm wird das Tanksystem automatisch abgeschaltet", versuchte einer zu erklären.

„Dann schalte es wieder ein", fauchte der ungebetene Gast.

„Das geht nur in der Zentrale", erwiderte der zweite Techniker.

Seth funkelte ihn wütend an. „Dann lass dir was einfallen oder er hier, wird es büßen." Er drückte seine Geisel brutal zu Boden.

Neith ließ die Türen entriegeln, um dem jungen Mann weitere Schmerzen zu ersparen.

Seth stieß ihn vor sich her. „Zeig mir den Weg!" Vor der Tür der Schaltzentrale schleuderte er ihn von sich, riss mit einem Ruck die Tür auf und stürmte hinein.

„Seth??? Du bist von der Erde entkommen?", rief Neith in gut gespieltem Schreck.

„Wie du siehst", grinste der Geächtete. „Weg vom Schaltpult! Alle!", befahl er, weil Neith stehen geblieben war. Schnell überflog er die Piktogramme der Schalter. Er drückte einen Knopf mit dem Zeichen für die Tankanlagen. Nichts rührte sich.

Unwillig knurrend betätigte er den anderen Schalter auf der gegenüberliegenden Seite. Wieder keine Reaktion. Er fuhr herum, taxierte Neith. „Treibstoff oder ich atomisiere die ganze Basis!"

„Du musst beide Schalter gleichzeitig drücken", erklärte die Göttin mit fester Stimme.

Seth wandte sich wieder der Schalttafel zu. Um sein Ziel zu erreichen, musste er einen Gegenstand ablegen, den er bis jetzt in einer Hand unter seinem Umhang verborgen hatte.

„Drei Minuten Zeit", flüsterte Sobek Osiris und Anubis im Meteoritenraum zu. „Los!"

„Du wirst doch nicht diese Galaxie verlassen wollen, ohne mir auf Wiedersehen zu sagen?", hörte Seth plötzlich eine Stimme hinter seinem Rücken. Er wirbelte herum.

„Anubis!", flüsterte er ungläubig, sich mit der Hand über die Augen fahrend.

„Wer sonst. Ich habe dir noch nicht einmal für die freundliche Bewirtung bei meinem Besuch in deinem Palast gedankt."

Neben Anubis flimmerte die Luft. Ein zweiter Mann erschien.

„Imset?" Seth trat erschreckt einen Schritt zurück, bis er den Sims des Pultes im Rücken spürte. Leichenblässe überzog sein Gesicht. Ein warmer

Lufthauch traf ihn und einen halben Meter entfernt materialisierte sich eine dritte Gestalt.

Nun traten Seth beinahe die Augen aus den Höhlen. „Osiris!", schrie er mit überschnappender Stimme. Wie gehetzt schaute er nach einem Fluchtweg aus. „Du bist das nicht. Das ist ein Trugbild. Du bist tot. Tot bist du. Jawohl du bist tot. Tot. Tot." Er wich noch weiter zurück.

„Dafür, fühle ich mich aber ausgesprochen lebendig", sagte Osiris mit einem geringschätzigen Schulterzucken. „Und damit es nicht heißt, wir hätten dir wichtige Informationen vorenthalten: Dieser da ist Sobek – jener Drakonat, der deinen schmierigen Diener Tobi pulversiert hat."

Sobek verwandelte sich. Seth bewegte sich noch ein paar Zentimeter am Schaltpult entlang, um möglichst viel Raum zwischen sich und diesen dreifachen Alptraum zu bringen.

Sobek machte einen Schritt nach vorn, damit dirigierte er Seth in die ideale Position – ein kurzes Flimmern, dann riss es den Verhassten durch die Front der Schaltanlage, geradenwegs in das Drakonherz über der Tappa-Falle.

„Raus hier!" Sobek trieb alle hinaus, knallte die Tür zu, kaum, dass sie den Raum verlassen hatten. „Keiner geht hier rein, bevor Imset da ist", wies er an.

„Was ist passiert?", fragte Neith sichtlich verstört.

„Seths Caiphas-Splitter liegt noch auf dem Rand des Schaltpultes", erwiderte Sobek leise. „Imset wird ihn dann sicher unterbringen, bis wir ihn vernichten können."

„Willst du eine magische Sperre setzen, bis das Raumschiff da ist?" Osiris schaute die Tür der Zentrale prüfend an.

Sobek schüttelte den Kopf. „Auf gar keinem Fall. Ich fürchte, so den Splitter zu aktivieren und das wäre das Allerletzte, was wir jetzt brauchen könnten."

„Ich habe noch nie so einen Caiphas-Brocken von Nahem gesehen", gestand Neith.

„Das hat kaum einer", pflichtete Anubis bei. „Sobek allerdings schon und er weiß genau, wie gefährlich dieses unscheinbare Steinchen werden kann."

„Deshalb bleibe ich auch hier vor der Tür sitzen, bis die anderen da sind", erklärte Sobek. „Bereitet bitte alles für die Ankunft der drei Raumschiffe unserer Flotte vor."

Neith tippte ein paar Befehle in ihren Kommunikator. „Du wirst nicht lange hier hocken müssen", sagte sie schließlich. „Horus' Schiff wird in zwei und die anderen in etwa drei Stunden da sein."

„Dann haben sie wohl die allerletzten Reserven aus den Blechbüchsen herausgekitzelt", schmunzelte Osiris. „Ich glaube, sie werden deine Treibstoffvorräte plündern." Er blinzelte Neith vergnügt zu.

„Für solche Gäste rücke ich sie sogar freiwillig heraus", lachte die Göttin. „Und noch etwas mache ich freiwillig – ich bleibe bei Sobek, damit er sich nicht langweilt." Sie ließ sich einfach auf dem Boden nieder.

Osiris und Anubis schauten sich an, zuckten mit den Schultern und setzten sich in gleicher Weise dazu. Schnell war eine lebhafte Unterhaltung im Gange. Neith und Sobek tauschten herzlich lachend ihre Erlebnisse mit Sachmet aus.

Wie schnell dabei für alle die Zeit verging, merkten sie erst, als die Schritte mehrerer Personen erklangen.

Horus stemmte kichernd die Hände in die Seiten. „Wenn ich es nicht mit eigenen Augen sehen sähe, würde ich es nicht glauben. Da sitzt alles, was auf Tarronn Rang und Namen hat, auf dem Fußboden, als gäbe es auf der ganzen Raumstation keine Stühle. Was treibt ihr hier eigentlich?"

„Horus!" Neith sprang auf. Auch die anderen erhoben sich. „Schön dich auch einmal wieder zu sehen, genau wie alle anderen", rief sie erfreut. „Sobek wird dir sicher genau erklären können, warum wir hier vor der Tür sitzen."

„Ich erzähle es euch dann in Ruhe. Zuerst muss ich mit Imset die letzte Gefahr bannen." Er winkte seinem Vater, ihm zu folgen. Seite an Seite betraten sie die Kommandozentrale. „Darum geht es", sagte er, auf den Splitter deutend.

„Ach schau an! Wie habt ihr es geschafft, ihm das Ding abzunehmen?" Imset schaute Sobek anerkennend an.

„Auch das erzähle ich erst dann. Ich dachte, du könntest ihn vielleicht in der Falle sicher einschließen."

Imsets Augen leuchteten voller Stolz auf seinen Sohn. „Kann ich. Komm, tun wir es gemeinsam."

Sobek hob die Frontplatte ab und löste vorsichtig die Klebepunkte, die die Tappa-Falle unter dem Kristallherz hielten, in dessen Inneren eine kleine Gestalt zu erkennen war. Imset nahm das gefürchtete Kästchen mit dem roten Deckel und stülpte es über den grauen, unscheinbaren Stein. Zwei Mal strich er mit der Hand darüber, um das alte Programm, welches auf Seths Gefangennahme lautete, zu löschen. Mit all seinen Kräften polte er zuletzt die Magie der Falle um, sodass sie nun auch tote Gegenstände festhalten konnte. Mit einem klickenden Geräusch schloss sie sich endgültig. Er atmete hörbar auf. „Geschafft. Bringen wir beides rasch in den Meteoritenraum unseres Raumschiffes, dann kann wirklich gefeiert werden." Er öffnete die Tür. „Ihr dürft wieder hereinkommen."

Staunend betrachten alle das gelungene Werk der beiden Drakonat.

„Wir sind sofort wieder da." Imset und Sobek trugen ihre Beute davon, um sie bis zum Abflug nach Dafa sicher zu verwahren.

Ein halbe Stunde später waren die Besatzungen der drei Flottenschiffe und der gesamten Mitri-Station im Gemeinschaftsraum versammelt. Neith überflog lächelnd die Menge, die nicht einmal geahnt hatte, in welcher Gefahr sie sich befunden hatte.

„Begrüßt mit mir die höchsten Vertreter der Völker von Helion, Asgard und von Tarronn. Ich übergebe das Wort an Osiris, unseren König."

Jubelrufe und donnernder Applaus empfingen die Gäste, besonders aber den Mann, den das Volk seit Urzeiten verehrte und dem es auch die Treue gehalten hatte, als er zwischen Leben und Tod gefangen war.

„Ich möchte euch die freudige Nachricht überbringen, dass unsere gemeinsame Raumflotte aus Atlan, Helion, Asen und Tarronn am heutigen Nachmittag den Verbrecher Seth mitsamt seinem Caiphas-Splitter unschädlich gemacht hat.

Er befindet sich, dank der beiden Drakonat, im sichersten Gewahrsam, welches unsere Galaxie zu bieten hat. Sie haben ihn für alle Zeiten in einem Drakonherz eingeschlossen. Ich möchte nun Sobek bitten, uns genau zu erklären, wie es gelungen ist, ihm den Splitter kampflos abzunehmen."

Sobek erhob sich, atemlose Stille breitete sich aus. „Wie jeder weiß, der unsere Raumbasen kennt, kann der Tankvorgang nur beidhändig erfolgen. Mit dem Wissen, dass Seth unter keinen Umständen seine gefährliche magische Waffe aus der Hand lassen werde, habe ich die Tasten für die Tankanlage so weit auseinender setzen lassen, dass er gezwungen war, alles abzulegen, um sie zu erreichen.

Mit Beginn der Betankung habe ich mich mit Anubis und Osiris in den Kontrollraum begeben, womit wir ihn völlig schockten. Anubis wähnte er auf der Erde von seinen Erdgeistern vernichtet, Osiris halb mumifiziert in dessen Palast und mich hatte er genau so wenig auf der Rechnung. In Todesangst vergaß er tatsächlich ganz und gar seinen Stein.

So gelang es uns ohne Mühe, ihn in einem Drakon-Kristall einzuschließen. Den Caiphas-Splitter deponierte Imset kurz drauf in einer Tappa-Falle, welche er umprogrammierte."

Dann dankte er Neith und ihren Leuten, für die unschätzbare Hilfe.

Die Göttin drückte Sobek fest die Hand. „Tut ihr uns einen kleinen Gefallen?"

„Gern."

„Bitte verwandelt euch."

In selben Moment standen zwei Drachenmänner mit metallisch glänzenden Schuppenpanzern vor ihnen.

„Wenn ihr wirklich etwas erleben wollt, dann kommt zu uns nach Dafa. Dort zeigen wir euch, mit unseren beiden großen Blutsbrüdern zusammen, gern die ganze Schönheit des wahren Drachenzaubers", bot er den Versammelten an, wofür er begeisterte Zustimmung erntete.

„Die drei Männer, die heute Dienst im Hangar verrichteten, nehmen wir als kleine Wiedergutmachung für die ausgestandenen Ängste sofort auf einen zweiwöchigen Urlaub mit."

„Ihr habt es gehört", rief ihnen Neith zu. „In einer Stunde erscheint ihr abflugbereit bei Horus."

„Zu Befehl, Commander!" Die drei sprangen auf, verschwanden schnurstracks in ihren Wohneinheiten, um Taschen zu packen.

Osiris beugte sich zu Zeus hinüber. „Und ich erwarte, dass Herakles zur großen Party auf Dafa erscheint." Dann fügte er noch etwas telepathisch hinzu.

„Dein Wunsch ist mir Befehl", schmunzelte der König von Helion, der ahnte, wem Osiris damit wirklich die größte Freude machen wollte. „In drei Monaten werden sie eintreffen, uns müsst ihr bis dahin ertragen." Er deutete grinsend auf seine Crew.

Odin schmunzelte. „Wir machen einen kurzen Abstecher nach Hause, holen die anderen und eine kleine Überraschung für gute Freunde von Thor. Von Mitri aus ist es ja nicht mehr weit bis zu uns."

Als die fünf Raumschiffe nach einer Stunde den Hangar verließen, schauten vom Panoramadeck der Station unzählige Augenpaar hinterher, bis die Lichter im Dunkel des Alls verschwanden.

Des Albtraums Ende

Darina saß mit den drei Kleinen, die sie in ihre Obhut genommen hatte, Danaë, Luna und Sara mit deren Kindern am Strand.

Plötzlich hob Leon den Kopf. „Papa?", flüsterte er fragend, wobei er einen Punkt am Horizont fixierte. Ehe die Frauen dazu kamen, sich zu wundern, schossen die beiden Drakon pfeilschnell vorüber.

„Schnell zum Landeplatz!", rief Sara. Mit Dina auf dem Arm stürzte sie einfach davon.

Die anderen folgten ihr, so schnell sie konnten. Da tauchten auch tatsächlich schon sechs kleine Punkte am apfelgrünen Himmel auf, die sich als vier Raumschiffe und zwei Drakon entpuppten. Soeben materialisierten sich die Magier, denen die Aufregung nicht verborgen geblieben war.

Cheiron galoppierte heran und auf dem großen Hauptweg eilte die gesamte Bevölkerung der Siedlung herbei.

Zuerst landete das Schiff der Tarronn, ihm folgten die Helion und zuletzt setzten die kleinen Gleiter von Hapi und Anubis sanft auf.

„Wo sind die Asen?", hauchte eine Atlan mit sanften braunen Augen völlig verstört.

Sie fühlte eine unsichtbare Hand auf ihrer Schulter und Imsets Stimme flüsterte. *Keine Sorge, Thor geht es gut. In ein paar Wochen wird er bei dir sein.*

Fast gleichzeitig stand er wieder neben Sobek, auf den soeben Laura und Leon zuliefen. Er riss seine beiden Lieblinge in die Arme.

„Bleibt Mama jetzt immer bei dir?", fragte Laura ganz leise.

„Nein, mein Schatz, bald habt ihr sie wieder. Vielleicht sogar schon heute Abend."

„So soll es sein", sagte Leon sehr ernst.

Sobek streichelte seinem ungewöhnlichen Sohn zärtlich über den Kopf, drückte Laura fest an sich, dann setzte er die beiden ab. „Wir haben noch viel zu tun."

Die Zwillinge nickten. „Wir werden mit Darina und Ihi auf euch warten."

„Ihr wollt heute die Fusionen lösen?", fragte Solon, als sich die Aufregung etwas gelegt hatte.

„Ja, denn je später, um so größer sind die Nebenwirkungen", erklärte Imset.

„Und was wird mit Seth?", wollte Safi wissen.

Imset hob den Kopf. „Alle mal herhören! Wir sind nicht nach Hause gekommen, um frische Kraft für den Kampf zu tanken. Wir sind hier, weil wir die Bestie gefangen haben.

Der Erde geht es gut, der Mitri-Basis auch und uns ebenso. Wir haben, außer unsere Freunde von Helion, noch drei Gäste von Mitri mitgebracht. Nehmt sie unter eure Fittiche, zeigt ihnen die Schönheiten dieses Kontinentes, bis wir vier wieder ganz die Alten sind." Dabei deutete er auf Sobek und sich.

„Die Asen werden in ein paar Tagen auch wieder hier sein und dann steigt eine Party, wie sie Tarronn noch nie gesehen hat!"

Er winkte die beiden Drakon heran. „Siri wird das Herz tragen und Drakos die Falle. Bringt beides zur Pyramide, wir folgen euch mit den Magiern." Er öffnete die Ladeklappe, um unter dem Beifall der Atlan die unselige Fracht an die Wächter zu übergeben.

Sobek wandte sich noch einmal um. „Bitte keinerlei Magie, bis das Herz eingemauert und die Falle zerstört ist – nicht einmal Teleportation. Wir werden euch Bescheid geben, wenn unsere Mission wirklich zu Ende ist." Er folgte den anderen auf dem Weg zur Pyramide.

„Lasst uns unsere Gäste bewirten und das Fest vorbereiten. Wenn Sobek sagt, dass heute Abend alles wieder gut sein könnte, dann wird das auch so geschehen", schlug Luna vor.

„Wir nehmen die drei Urlauber mit an den Strand", versprach Ron. „Sie werden sich nicht langweilen, bis die Hauptakteure wieder da sind."

„Das glaube ich unbesehen", murmelte einer von ihnen. „Die beiden Drakon waren tatsächlich echt."

„Ja natürlich", lachte Jako. „Wenn ihr wollt, zeigen sie euch Dafa von oben. Das solltet ihr keinesfalls verpassen. Hierher kommen und nicht mit den Drachen fliegen, ist wie ans Meer gehen und nicht baden."

Die Fußgänger erreichten endlich das Plateau, wo die Drakon schon lange vor ihnen angekommen waren. Sie hockten zu beiden Seiten des Eingangs, hatten die magischen Gegenstände vor sich liegen und warteten auf weitere Anweisungen.

Imset betrat zuerst die Pyramide, verneigte sich vor der Quelle, ehe er sich dem hinteren Bereich zuwandte, wo Seth das Maß seiner Strafe erfahren sollte, bevor man ihn einmauerte. Die anderen taten es Imset gleich.

Siri legte am Zielort den Kristall ab. Drakos stellte die Tappa-Falle daneben. Der Gefangene starrte die beiden riesigen Wächterdrachen fasziniert an. Sein eigenes Schicksal schien er für einen Augenblick fast vergessen zu haben. Erst als Imset das Wort an ihn richtete, kehrte die Realität brutal wieder.

„Wir haben uns hier versammelt, um das Urteil zu vollstrecken, welche das Hohe Tribunal unserer Völker über dich gesprochen hat. Es ist müßig, dir noch einmal alle Anklagepunkte vor Augen führen zu wollen.

Du weißt genau, worin deine Verbrechen bestehen. Ich, Imset, habe beschlossen, dich für die Ewigkeit deiner Existenz in diesem Drakonherz gefangen, einmauern zu lassen, denn der Tod ist eine viel zu milde Strafe für das, was du uns angetan hast.

Die Magie des Kristalls wird dich am Leben halten, auch wenn du alles versuchst, um es gewaltsam zu beenden."

Das Entsetzen im Seths Blick schien er nicht zu bemerken, denn er fuhr fort: „Damit du dich nicht langweilst, wirst du gemeinsam mit Apophis für immer hierbleiben, der schon seit Monaten sehnsüchtig in einem anderen Drakonherz auf dich wartet. Viel Spaß."

Schweigend hob er mit Sobek die Bodenplatte an, ließ das Herz so in den Hohlraum gleiten, dass die glatten Flächen nur wenige Zentimeter voneinander getrennt lagen.

Das einsetzende Gezeter Apophis' quittierte er mit einem Schulterzucken. Danach verschlossen sie den Kerker wieder, versiegelten ihn, worauf sie sofort den Tempel der Quelle verließen.

Horus nahm Imset wortlos in die Arme. Osiris klopfte ihnen dankbar auf die Schultern.

Anubis rief sich mit beiden Händen das Gesicht. „Ich glaube, den Alptraum haben wir wirklich hinter uns."

„Nicht ganz", warf Sobek ein. „Lasst uns gemeinsam die Falle und ihren unseligen Inhalt vernichten."

„Meinst du, dass sich der Caiphas einfach so zerstören lässt?", fragte Talos verzagt.

„Ich denke schon", entgegnete Sobek. „Vier Drachenwesen und so viele Magier", er deutete in die Runde, „sollten das eigentlich schaffen."

„Sobek hat recht", ließ sich Imset vernehmen. „Wenn wir alle unsere Energien auf diesen einen Punkt bündeln, dann wird selbst ein magischer Stein atomisiert."

„Wir bringen euch ins Drachenland", bot Drakos an. Er ließ die ersten Drei aufsteigen. Siri folgte ihm. Nach dem vierten Flug waren allen um den Rande eines Kraters versammelt.

Imset warf die Falle mit ganzer Kraft in die Luft, wo sie, den Bruchteil einer Sekunde später, von den hochkonzentrierten Energiestößen aller getroffen wurde. Die Explosion zerfetzte das Kästchen mitsamt seinem Inhalt in einzelne Atome.

„Ja!", jubelte Safi und riss die Faust hoch.

„Bleibt noch eins zu tun …" Osiris nickte den Drakonat aufmunternd zu. Alle kehrten gemeinsam zur Quelle zurück. Sobek und Imset legten ihre Kleidung ab, ehe sie den Strom aus reiner Energie betraten.

„Wo bleiben sie nur?", murmelte Horus beunruhigt, als sie nach einer halben Stunde immer noch nicht zurückkamen.

„Vielleicht beenden sie, was sie bei der Fusion begonnen hatten", kicherte Osiris.

„Du kennst uns ziemlich gut", sagte Imsets Stimme hinter ihm amüsiert, bevor Horus entrüstet Einspruch gegen Osiris' Worte erheben konnte. „Spendiert ihr uns zwei Umhänge?"

Talos und Maris reagierten als Erste. Sie reichten Imset die gewünschten Kleidungsstücke, der damit wieder im Strom der Quelle verschwand.

Sekunden später kamen die beiden Paare Hand in Hand heraus. Die Männer beeilten sich, in ihre Gewänder zu schlüpfen, während die Frauen begeistert empfangen wurden.

„Jetzt geht es mir wirklich richtig gut", seufzte Horus erleichtert.

„Na, frag mal, wem noch!" Osiris atmete auf.

Safi lachte übermütig. „In zwei Stunden auf dem Festplatz?"

„Na logisch!", riefen Zaid, Neri, Sobek und Imset im Chor. Dann war auch schon der Platz leer, an dem sie soeben noch gestanden hatten. Horus folgte ihnen sofort und auch die beiden anderen Väter hatten es eilig, zu ihren Familien zu kommen.

Die Übrigen teleportierten sich auf den Festplatz, wo seit der heftigen Explosion im Kraterland, alle voller Sorge warteten.

„Es ist alles in allerbester Ordnung!", rief Solon sofort. „Seth ist für die Ewigkeit gebannt, die Tappa-Falle mitsamt Inhalt ausradiert."

„Wie geht es den Drakonat?", riefen die Anwesenden.

„Sie konnten die Fusionen ohne Probleme lösen. Zum gemeinsamen Abendbrot werden die vier wieder völlig fit und pünktlich bei uns sein. Auch die anderen Heimkehrer werden unsere kleine Feier nicht verpassen. Lasst ihnen einfach etwas Zeit für sich und ihre Familien."

Darina zuckte erschreckt zusammen, als sich Zaid, Sobek, Neri, Imset und Horus plötzlich genau vor ihr und den Kindern im Garten materialisierten. Dann stürzte sie mit einem Jubelschrei auf die Fünf zu.

„Ich habe solche Ängste ausgestanden, seit ich die Detonation hörte!", rief sie, während sie jeden von ihnen mit einer herzlichen Umarmung begrüßte.

„Alle sind wieder da!", jauchzten auch die Kinder begeistert. „Wir haben euch so vermisst!"

„Wir euch auch." Neri drückte Ihi fest an sich, genau, wie es Zaid mit Laura und Leon tat.

„Wart ihr auch immer brav?", fragte Sobek lächelnd.

Alle drei nickten. „Sonst wäre Darina traurig gewesen und Isis hätte uns keine Gutenachtgeschichten mehr erzählt", erklärte Leon sehr ernst. „Auch die große blaue Schlange wäre sicher ganz böse auf uns gewesen."

„Die blaue Schlange?" Zaid und Sobek sahen sich erstaunt an.

„Ja, die aus der Pyramide!", rief Leon. „Sie hat uns gesagt, dass wir keine Angst haben müssen, wenn wir immer auf die Erwachsenen hören und keinen Unsinn anstellen. Sie hat auch gesagt, dass sie uns dann immer beschützen wird."

„War sie hier?", wollte Sobek wissen.

Leon schüttelte den Kopf. „Mm, mm, aber sie spricht manchmal telepathisch mit mir."

Imset klopfte Sobek schmunzelnd auf die Schulter. „Wie ich schon sagte: Schlangenmagier."

Gemeinsam machten sich die drei Paare mit den Kindern auf den Weg zum Festplatz.

„Ah, schau an, Isis ist auch schon da", stellte Imset erfreut fest.

Sie eilte ihnen entgegen, umarmte die beiden Drakonat gleichzeitig. „Wisst ihr eigentlich, dass ihr die Größten seid?"

„Pssst, der wird sonst hochmütig", kicherten die beiden gleichzeitig, wobei Imset auf Sobek und Sobek auf Imset deutete."

Die Magier, aber auch die Helion brachen in schallendes Gelächter aus.

Anubis nickte heftig. „Die beiden sind wirklich die Größten. Wer sie einmal im Ernstfall in Aktion erlebt hat, kann das nur bestätigen. Dabei ist es völlig egal, ob sie als unsichtbarer Schutzschild agieren oder ob sie eine Aktion detailliert vorbereiten."

Er stand auf, um mit erhobenen Händen vor ihnen niederzuknien. Eine Anbetungsgeste, die jeder Ägypter kannte. „Das war mir ein dringendes Bedürfnis", seufzte er, sich wieder erhebend.

„Ich kann dich verdammt gut verstehen", murmelte Osiris.

Imset winkte ab. „Jeder Einzelne von euch allen hat hervorragende Arbeit geleistet. Wir konnten nur so schnell und reibungslos unsere Mission erfüllen, weil jeder genau zum rechten Zeitpunkt seinen Teil der Aufgabe erledigt hat.

Das betrifft die, die in den Kampf gezogen sind, genau wie die, die uns zu Hause den Rücken frei gehalten haben. Wenn die Asen wieder da sind, dann feiern wir richtig unseren Sieg.

Lasst uns heute der toten Menschen gedenken, die nicht einmal wussten, für wen sie eigentlich so tief in die Wüste gezogen sind." Er hob seinen Becher. Schweigend taten es ihm die anderen gleich.

Beim anschließenden Festessen mussten die Weitgereisten den Magiern haargenau erzählen, was sie erlebt hatten und besonders, was mit Anubis und Imset in Seths Palast geschehen war.

Isis nahm Imsets Hand. „Ich bin so dankbar, dass du ihn beschützt hast. Kann ich dir dafür irgendeine Freude machen?"

Imset nickte. „Ja, ich hätte tatsächlich eine Bitte. Ich möchte, dass du dich wieder mit Nephtys versöhnst."

„Was?" Isis schaute ihn verstört an.

„Ich meine es ernst. Es gibt Dinge, die du vielleicht nicht weißt, die ich aber durch Neris Augen gesehen habe, als wir ein Wesen waren.

Nephtys geleitet still die Seelen der Verstorbenen in Anubis' Reich und sie hat unbemerkt und ungesehen immer wieder Hapi beschützt. Ohne sie gäbe es Anubis nicht, genau so wenig wie mich und meine Brüder. Gib deinem Herzen einen Stoß."

Isis warf einen hilflosen Blick zu Osiris. Atemlos warteten die Versammelten auf eine Reaktion der Göttin.

Jetzt lächelte sie Imset dankbar an. „Du hast recht. Ich habe es die vielen Jahrtausende lang verdrängt, dass sie es war, die mir damals half, die Leichenteile meines Gefährten zusammenzusuchen.

Ich habe ihr meine Hilfe versagt, als sie sie vielleicht am dringendsten gebraucht hätte, obwohl ich genau wusste, wie jähzornig Seth werden kann. Das war sicher auch der Grund, weshalb sie ihren Sohn in der Wildnis aussetzte."

Isis hauchte Imset einen Kuss auf die Stirn, schloss die Augen, dann erstrahlte ihre Gestalt in weißem Licht. Ein matteres Leuchten am Rande des Festplatzes antwortete.

Auf dem kleinen Hügel vor Arkos Häuschen erschien eine einsame, zierliche Frauengestalt, welche verloren und ziemlich verschüchtert wirkte. Und die nun langsam und zaghaft ihre Schritte hinunter zu den Feiernden lenkte. Imset ging ihr entgegen.

„Du musst Nephtys sein. Herzlich willkommen auf Dafa." Er reichte ihr seinen Arm.

Mit großen Augen betrachtete Nephtys die Drakon, Cheiron, das fröhliche Gewimmel aus Atlan, Tarronn und Helion. Schließlich gewahrte sie Osiris, Isis und Anubis.

Imset fühlte, dass sie am liebsten geflohen wäre. „Niemand will dir Böses", raunte er ihr ins Ohr. „Hab Vertrauen, du wirst erwartet."

Nephtys warf sich vor Isis und Osiris auf die Knie. Beide reichten ihr die Hand, zogen sie auf die Füße und Isis sagte: „Wir vergeben dir. Wer so einen mächtigen Fürsprecher hat wie ihn", sie deutete auf Imset, „hat Milde verdient."

Nephtys warf einen scheuen Blick zu Imset, der neben Anubis stand.

Isis lächelte. „Du hast deinen Sohn verraten, ich den meinen. Wie man es richtig macht, habe ich erst kürzlich von seiner Gefährtin, unserem kleinen Schwesterchen Hathor, gelernt. Imset liebt den kleinen Ihi genau wie seinen eigenen Sohn, obwohl ihn Horus gezeugt hat."

Sie winkte Neri heran. Als sich die drei Frauen die Hände reichten, wurden bei jeder von ihnen die strahlend weißen Flügel sichtbar.

„Und genau derselbe Imset hat Anubis vor wenigen Tagen das Leben gerettet, den Seth umbringen wollte."

Nephtys schreckte zusammen. „Seth? Ist er hier?", hauchte sie angsterfüllt.

„Könnte man so sagen", warf Imset ein. „Aber keine Panik, er wird weder dir, noch Anubis, noch irgendeinem anderen Lebewesen jemals wieder etwas Böses antun können.

Wir haben ihn in einem Drachenkristall eingeschlossen und für alle Ewigkeiten verbannt." Imset deutete auf einen der freien Plätze am großen Tisch. „Setz dich und feiere mit uns."

Nephtys nickte. Anubis kam zu ihr, legte ihr einen Arm um die Schulter. „Alles ist gut so, wie es ist. Lasse die Vergangenheit ruhen. Jeder von uns hat sein ganz persönliches Glück gefunden. Die wirklichen Verbrecher haben ihre gerechte Strafe bekommen.

Würdest du zu ihnen gehören, dann duldete dich die Quelle nicht einmal in ihrer Nähe." Er umfasste mit einer Armbewegung diesen wundervollen Flecken Tarronn, der zur Heimat der Atlan geworden war.

„Bleib einfach bis zur Ankunft der Asen bei uns", schlug Neri vor. „Wir zeigen dir die kleinen und großen Wunder von Dafa, haben Zeit in Hülle und Fülle, uns zu unterhalten und wer weiß, vielleicht findest du hier ja deinen inneren Frieden wieder."

„Du solltest auf sie hören", sprach Athene. „Schau dir Cheiron an. Hast du ihn jemals so glücklich gesehen wie hier?"

Nephtys staunte. Der Zentaur, den sie nur still und beinahe ehrwürdig in Erinnerung hatte, scherzte und lachte mit den anderen. Auch das Volk der Atlan, welches sie aus früheren Zeiten kannte, war herzerfrischend anders, als in ihren Erinnerungen.

„Er ist übrigens für immer hiergeblieben", fügte Athene mit Blick auf Cheiron noch hinzu.

Am Ende des Abends übernachtete Nephtys tatsächlich bei Neri und Imset. Am Morgen bat sie darum, doch noch eine Weile die Gastfreundschaft der Atlan zu genießen zu dürfen.

In den folgenden Wochen erfuhr sie so vieles, was ihr, in ihrer selbst gewählten Einsamkeit, verborgen geblieben war. Das Wunder von Osiris' Genesung. Die schier unglaubliche Rettung Schep-en-Hors. Wie man einen Zentauren und eine Menschenfrau für die Ewigkeit glücklich macht und alles, was mit den vier Drachenwesen zusammenhing.

Sie flog mit den Drakon, spielte mit den ungewöhnlich vielen Kindern, die jedes Mal ein glückliches Lächeln auf ihr Gesicht zauberten. Nubi verwöhnte sie mit Fisch, als wäre dies der Hund gewesen, der damals ihren Sohn gerettet hatte.

Neri freute sich sehr, wie gut es ihr gelang, die Tage auf Dafa für ihre Halbschwester Nephtys zu einem Erlebnis werden zu lassen.

Heute war der Tag, an dem die Asen endlich zur großen Siegesfeier kommen wollten. Den ganzen Tag herrschte reges Treiben auf dem Festplatz, immer wieder schauten unzählige Augenpaare zum Himmel.

Noch bevor die orangefarbene Sonne den höchsten Stand erreichte, flogen die Drakon eilig zum Horizont, um die Gäste in Empfang zu nehmen. Erstaunt beobachteten die Atlan, dass statt des erwarteten einen Raumschiffes, zwei Gleiter zum Landeanflug ansetzten.

„Das ist ein Helion-Schiff!", rief Imset erstaunt.

Die Magier wandten sich ungläubig zu Zeus um.

Der lachte. „Überraschung!"

Zuerst verließen die Asen ihr Schiff, allen voran Thor. Nach einer überaus herzlichen Begrüßung warteten alle gemeinsam auf das Erscheinen der Helion. Die Rampe klappte herunter und gemächlichen Schrittes näherte sich eine muskulöse Gestalt, die den Magiern der Atlan ähnelte.

„Herakles!", riefen Danaë und Cheiron erfreut, während sie ihm mit ihren Kindern rasch entgegen liefen. „Ist das schön, dich wiederzusehen!"

Zeus blinzelte Osiris zu. Dann erklang Hufschlag. Cheiron fuhr herum und staunte. Aus dem Bauch des Raumschiffes tauchte Pegasus auf, welcher Hera auf seinem Rücken trug.

„Ich fasse es nicht!", kicherte Drakos. „Ihr habt es wirklich geschafft den alten Zausel in ein Raumschiff zu locken! Ich dachte, du wolltest nie wieder eine Sternenreise unternehmen."

Das geflügelte weiße Ross stutzte, sog geräuschvoll die Luft in die Nüstern und fixierte mit unnatürlich weit aufgerissenen Augen den Drakon.

„Drakos??? Aber wie? Ich dachte, du wärest seit Jahrtausenden nicht mehr auf dieser Welt? Deinen Herzkristall haben doch die alten Atlan mit zur Erde genommen und plötzlich stehst du quietschlebendig vor mir?"

Drakos lachte schallend. „Komm an meine Brust alter Kumpel. Lasse dich in die Schwingen schließen. Du sollst alles erfahren, was seit unserem letzten Treffen geschehen ist."

„Ach ist es nicht herrlich, wenn so viele Wesen gleichzeitig überrascht werden?", rief Zeus fröhlich.

„Da sagst du goldene Worte", warf Thor ein. „Wir sind auch nicht mit leeren Händen hier. Zaid, ich habe etwas für dich mitgebracht." Er winkte zum Raumschiff.

Unter den Lachsalven der versammelten Schar trugen vier Männer Loki auf den Festplatz, gut verschnürt und auf einem Silbertablett, wie es Thor Zaid versprochen hatte.

„Na, das Geschenk nehme ich doch gern an", schmunzelte Sobeks Gefährtin. „Du glaubst ja nicht, wie sehr ich mich auf diesen Tag gefreut habe."

Sie rieb sich genüsslich die Hände. „Löst die Riemen! Ich habe keine Lust, mich an einem wehrlosen Schuft zu vergreifen."

„Dein Wunsch ist mir Befehl." Thor zückte sein Jagdmesser und schnitt die Lederriemen auf.

Als habe ihn eine Stahlfeder angetrieben, sprang Loki vom Tablett, die Menge schrie auf. Zaid streckte die gespreizten Finger ihrer rechten Hand gegen den Gott der Lüge aus.

Wie vor eine Wand gelaufen, blieb der mitten im Sprung stehen. Zaid schloss die Hand zu einer Faust und zog den Flüchtenden, gleichsam an unsichtbaren Fäden, zu sich heran.

Mit der anderen Hand dirigierte sie ihn in ihre Richtung, dann versetzte sie ihm zwei schallende Ohrfeigen.

Das Ganze hatte nur wenige Sekunden gedauert und die meisten Zuschauer nicht einmal begriffen, was sich soeben ereignet hatte.

Loki schaute die zierliche Frau bestürzt an, auf alles Mögliche war er gefasst gewesen, nur nicht darauf, dass ihn eine einfache Tarronn mit Magie zwang, Dinge gegen seinen Willen zu tun.

Zaid drehte sich zu den völlig verdutzten Magier um. „Hat noch jemand das dringende Bedürfnis, Loki kräftig hinter die Ohren zu geben? Nein?" Sie wandte sich wieder ihrem Geschenk zu.

„Heute muss wohl dein Glückstag sein. Falls du mir noch mal in die Finger kommen solltest, tut es richtig weh, darauf kannst du deinen Hintern verwetten. Ich schätze Horus, Imset, Neri und Sobek haben bei Gelegenheit mit dir auch noch ein Hühnchen zu rupfen.

Komm uns am besten nie wieder unter die Augen und merke dir, dass wir dich immer und überall finden werden, wenn wir das wirklich wollen." Sie ließ den völlig entsetzten Loki einfach stehen.

„Was für ein Auftritt!" Sobek drückte seine Gefährtin zärtlich an sich.

„Ich habe nicht im Entferntesten geahnt, was für eine Magie sie in sich trägt", murmelte Darina verwundert.

„Wie hat sie denn das gemacht?", „Seit wann kann sie das?", „Hab ich richtig gesehen?" und „Oh, oh!!!", riefen die Magier durcheinander.

„Mama hat den bösen Onkel ordentlich verhauen", stellte Leon sehr zufrieden fest. „Der stänkert ganz bestimmt nie wieder."

Thor kicherte. „Das ging runter wie Öl. Da hat sich doch die Mühe richtig gelohnt, ihn aus den Sümpfen zu treiben. Ich glaube, davon werde ich noch lange träumen."

Zaid hauchte ihm einen Kuss auf die Wange. „Herzlichen Dank."

Drakos schaute zu Zeus hinüber und begann glucksend zu lachen. Zeus fiel in das Gelächter ein.

„Was ist los?", fragte Hera verständnislos.

„Wir haben uns beide gerade vorgestellt, wie es wohl aussähe, wenn mir Drakos ein Dankeschönküsschen gäbe", erklärte Zeus mit einem lustigen Grinsen.

„Zumindest wäre das ein absolutes Novum", ließ sich Ares vernehmen. „Ich könnte mich nicht an ein ähnliches Vorkommnis erinnern."

„Ach, bei den Atlan ist immer mit besonderen Vorkommnissen zu rechnen", witzelte Osiris.

Isis zuckte zusammen. „Ich glaube, da kündigt sich schon wieder eines an." Sie deutete hinaus aufs Meer, wo eine gleißende Lichterscheinung den Horizont erleuchtete.

„Was ist das?", fragte Neri Osiris. „Diese Energie fühlt sich so liebevoll an."

Osiris lächelte. „Ich kann mir gut vorstellen, dass du sie magst. Schau jetzt ganz genau hin …"

Ein Schwarm riesiger weißer Vögel näherte sich. Vögel? Neris Herz machte einen großen Sprung. Mit weit ausgebreiteten Schwingen näherten sich fünf Männer, von denen sie einen ganz sicher schon gesehen hatte. Mi-Kel. Fast lautlos landeten sie genau vor den Magiern und Göttern der drei Völker. Sie falteten ihre Flügel.

„Heute ist der Tag der Überraschungen, habe ich gehört?", wandte sich der Mittlere an Neri, deren Herz noch immer zum Zerspringen klopfte.

„Re?", hauchte die Seherin kaum hörbar.

Der Fremde nickte, nahm Neri liebevoll in die Arme. „Meine kleine Tochter."

„Du hast dich ziemlich lange rargemacht", entgegnete sie mit gespieltem Vorwurf in der Stimme.

„Ich weiß. Kann ich es wieder gutmachen?"

„Lass mich überlegen …" Neri blinzelte ihm lustig zu.

Re lachte. „Mit drei Wünschen ganz für dich allein?"

„Egal was ich mir wünsche?"

„Wenn ich sie erfüllen kann, dann werde ich es tun."

Neri nahm seine Hände. „Ich werde darüber nachdenken." Es sollte mich doch sehr wundern, wenn du es nicht könntest." Sie wandte sich ihren vier Brüdern zu.

Vor Mi-Kel blieb sie stehen, betrachtete mit einem leisen Lächeln lange sein Gesicht. Er breitete die Arme aus, sah sie fragend an. Neri erwiderte die Geste, drückte ihn fest an sich. „Du hast mir ein bisschen gefehlt."

Mi-Kel lachte herzlich. „Schön, dass es dir gut geht. Ich habe mich ganz einfach nicht getraut, zu kommen", erklärte er schließlich mit Seitenblick auf Imset und Sobek.

„Ach, noch immer ein schlechtes Gewissen wegen dem, was auf der Erde passiert ist?", schmunzelte sie.

Mi-Kel nickte. „Ist der Gedanke wirklich so abwegig?"

„Eigentlich nicht. Ich wäre an deiner Stelle sicher auch sehr vorsichtig gewesen."

Imset und Sobek empfingen ihn, wie die anderen, ebenfalls sehr herzlich. „Kommt in unsere Arme. Wir beißen nicht, auch wenn wir manchmal so aussehen."

Der Einzige, der mit sehr gemischten Gefühlen dieser Familienzusammenführung zusah, war Drakos. Hätte er gekonnt, dann wäre er ganz sicher in seiner Höhle verschwunden. Dabei betrachteten ihn die Verborgenen mit geradezu liebevollen Blicken.

„Schau doch einer an!", rief Mi-Kel plötzlich. „Ihr tragt tatsächlich beide, mein Zeichen!"

Siri richtete ihre großen grünen Augen auf den Geflügelten. „Ich habe ihm einen Teil des Schutzes abgegeben, den du mir gewährt hast."

Mi-Kel streichelte ihre Stirn, dass das goldene Dreieck hell aufstrahlte. „So und nun aktiviere ich sein Mal zu voller Stärke, denn er hat mehrfach bewiesen, dass er würdig ist, es zu tragen."

Drakos seufzte wohlig auf, als ihn die Magie des Verborgenen umhüllte. Sein ganzer Schuppenpanzer begann in sattem Goldton zu strahlen. Dann zog sich der Glanz auf seiner Stirn zusammen, um das Dreieck Mi-Kels zu erleuchten. „Danke", flüsterte er ergriffen.

„Wie schon gesagt: Ein Tag der Überraschungen." Re rieb sich zufrieden die Hände.

Ga-Rel tippte ihm grinsend auf die Schulter. „Dort geht es weiter." Er deutete nach links, wo Isis, Neri und Nephtys zusammenstanden.

Re musste zwei Mal hinschauen, so überrascht war er, seine ungleichen Töchter im Einklang zu sehen.

„Wunderst du dich wirklich?", fragte Osiris lachend. „Bei den Atlan ist alles möglich."

„Stimmt. Wenn ich dich so anschaue ..." Re musterte Osiris neugierig. „Maat und Uräus haben mir so einige Unglaublichkeiten zugetragen."

Osiris zeigte in die Runde. „Schau sie dir an, am besten jeden Einzelnen von ihnen, du wirst die interessantesten Entdeckungen machen.

Nimm den da. Cheiron ist gebürtiger Zentaur, nur interessiert das niemanden, er ist Atlan.

Imset, Kebechsenef, Tamu, Zaid, Jani – eindeutige Tarronn von Geburt, sagst du vielleicht. Alles falsch, sie sind Atlan.

Oder die junge Frau mit dem Pferdchen und dem Baby an ihrer Seite, welche ihre Kinder sind. Sie war mal ein Mensch.

Und selbst Thor ist einer von ihnen geworden – und der ist bekanntlich auf Asgard geboren.

Dann hätten wir noch Horus und Darina. Sie leben als Tarronn, aber tief im Herzen sind sie inzwischen Atlan."

Er machte eine kurze Pause. „Ich selbst bin auch bei der allerkleinsten sich bietenden Gelegenheit bei ihnen. Nicht weil ich muss, sondern weil ich mich hier wohlfühle."

Re nickte wissend. „Ich habe davon gehört, dass du dich für sie geopfert hättest."

„Feiert mit uns, dann werdet ihr uns alle erst wirklich verstehen." Neri reichte Re und seinen Söhnen Takinwein.

Das bunte Gewimmel der verschiedenen Völker beeindruckte Re zutiefst. Man saß in gemischten Grüppchen beisammen, lachte, scherzte, spielte mit den Kindern, die Männer fachsimpelten über Kampfkunst und Handwerk.

Hin und wieder tauchte ein Hund zwischen den Tischen auf, um sich Bröckchen zu holen, die zufällig zu Boden fielen. Siri bewachte den Grill, Drakos brachte Nachschub an Holz aus dem Urwald, wohin ihn Pegasus nur zu gern begleitete.

Spät in der Nacht zeigten die Drachenwesen ihren Feuerzauber, welcher die fünf Verborgenen schwer beeindruckte.

„Bleibt noch ein paar Tage bei uns", bat Neri.

„Ich stelle euch Räume in meinem Raumschiff zu Verfügung", bot Horus an.

„Ihr könnt natürlich auch bei uns im Palast übernachten und morgens mit hierher fliegen", warf Isis ein.

Ein kurzer Blickkontakt der Männer, dann nickte Re. „Wir bleiben und schlafen im Raumschiff."

Mit einem Freudenjauchzer hauchten ihm Neri und Isis von beiden Seiten einen Kuss auf die Wange, während Nephtys dankbar seine Hände drückte.

„Das wird die schönste Party-Woche, die wir je hatten", freuten sich die Magier.

Am Ende eines grandiosen Feier- und Spaß-Marathons verabschiedeten sich die Helion, mit dem Versprechen, spätestens nach Ablauf von fünf Jahren wiederzukommen.

„Und bringt mir den alten Zausel Pegasus wieder mit!", rief ihnen Drakos noch hinter.

Zeus drehte sich noch einmal um. „Versprochen."

Auch die Asen rüsteten sich zum Heimflug. „Nicht vergessen, Cheiron, im nächsten Jahr gehen wir beide auf Wildschweinjagd. Ich nehme dich und deine Familie mit, wenn ich das nächste Mal komme", bekräftigte Thor noch einmal.

Den letzten gemeinsamen Abend verbrachten die Atlan und Tarronn mit den Verborgenen noch einmal auf dem Festplatz. Vier der Monde waren bereits voll und spendeten mildes Licht. Re saß mit seinen Söhnen bei Drakos und Siri, unter deren Schwingen sowohl die Babys, als auch Hippomaia und die vier Hunde lagen.

Die beiden Hüter erzählten soeben, wie sie mit Isis und Sobek im Tempel waren, um die beiden Herzen zu holen, in welchen nun auf ewig Seth und Apophis eingeschlossen waren. „Ich habe mir so sehr gewünscht, noch einmal diese heilige Stätte zu betreten", freute sich Drakos.

„Das war das Stichwort!", rief Re. „Hast du dir deine drei Wünsche überlegt, Neri?"

„Aber gewiss doch!"

„Ich höre."

Stille folgte auf Res Worte. Wie gebannt starrten alle die Seherin an. Was würde sie von ihm verlangen?

„Also, dann möchte ich, dass Siri und Drakos nach dem nächsten Drachentanz ein gesundes Junges haben werden."

„So soll es sein."

„Die Liebe von Horus und Darina soll ebenfalls bald mit einem Baby gekrönt werden."

„Einverstanden."

„Und zuletzt möchte ich, dass uns die Schicksalsgötter aller Welten in Ruhe lassen, wenn wir nicht ausdrücklich um Hilfe bitten."

Re atmete tief ein. „Akzeptiert."

Inzwischen waren alle aufgestanden, um Neri auf diese Art zu danken.

Mi-Kel schmunzelte. „Nicht ein einziger Wunsch für dich allein?"

Neri lächelte glücklich. „Das waren tatsächlich meine drei ganz persönlichen Bitten. Geht es ihnen gut, dann bin ich glücklich und das ist ja wohl genau das, was man durch die Erfüllung von Wünschen erreichen möchte."

Re wiegte amüsiert den Kopf. „Na gut, dann setzte ich noch eins obenauf. Ich verspreche dir, dass ich hin und wieder bei dir vorbeischauen werde, ohne dass du mich darum erst auf Knien anbetteln musst."

„Und meine Schwestern?", fragte Neri sofort.

Re begann herzlich zu lachen. „Du bist wirklich unverbesserlich. Die beiden werde ich dabei auch nicht vergessen."

Osiris klopfte ihm grinsend auf die Schulter. „Ach, gib es doch zu, du hast dich mit dem atlanischen Party-Virus infiziert."

Re grinste genau so zurück, legte einen Finger auf die Lippen: „Psst, das musst du doch nicht gleich allen verraten." Er schaute mit strahlenden Augen in die Runde. „Lebt wohl, meine Freunde." Dann breitete er seine weißen Schwingen aus und flog, begleitet von seinen vier Söhnen in den samtschwarzen Sternenhimmel.

„Beeindruckend", flüsterte Safi. Er drehte sich um, sah die Freunde groß an. „Und was machen wir jetzt?"

Imset streckte sich genüsslich. „Den Abend in Ruhe ausklingen lassen, uns auf morgen freuen und ab sofort eine ruhigere Gangart einlegen."

„Recht hast du!", rief Neri. „Jetzt können wir uns endlich mit ganzem Herzen den wirklich schönen Dingen widmen."

„Genau." Imset zog sie in seine Arme, um mit ihr in einem schier endlosen Kuss zu versinken.

ENDE

(Serie wird fortgesetzt)

Alba	Hauptstadt des Kontinents Kantar auf Tarronn
An-Sam	erster Drakonat
Anubis	Tarronn, Sohn von Osiris und Nephtys, Herr der Unterwelt, Gefährte von Schep-en-Hor
Apophis	Dämon, tritt meist als Schlange in Erscheinung
Ariel	Atlaronn, Sohn von Maris und Jani
Arko	Atlan, Künstler der Schnitzerei und Metallbearbeitung, Gefährte von Kira
Aron	Atlan, Schüler Solons, Gefährte von Mara, Vater von Mona
Athene	Herrin des Wissens und der Weisheit, vom Volk der Olympier auf Helion
Atla	Planet in der Caiphas-Galaxie, Name der Zufluchtsinsel der Atlan auf der Erde
Atlamat	Mineral, welches auf dem Planeten Atla Unsterblichkeit verleiht, 300 g erzeugtes Atlamat können einen Atlan auf der Erde unsterblich machen
Atlan	Volk aus der Caiphas-Galaxie, Bewohner von Atla werden auf der Erde nur ca. 3000 Jahre alt, dort leben nur noch 10.000 Personen, 1500 können nach Tarronn gerettet werden, alle zweihundert Jahre kann eine Atlan ein Kind gebären
Beji-Baum	Gewächs auf Tarronn - hat riesige essbare Blätter, limonenartiger Geschmack, besonders aromatisch
Bele	Fluss auf Atla
Binti-Amun	Streitross von Hatik / Imset
Bragi	Ase, Iduns Mann, Gott der Dicht- und Redekunst
Caiphas	schwarzer Planet in der gleichnamigen Galaxie, schwarzmagische, zerstörerische Energie, Splitter dringen in viele Galaxien vor

Cheiron	Zentaur, Gefährte von Danaë
Chnum	Tarronn, Schöpfergott
Dafa	Kontinent auf Tarronn, neue Heimat der Atlan
Danaë	Menschenfrau, Gefährtin von Cheiron
Darina	Tarronn, Großmutter von Zaid, Gefährtin von Horus
Drachen (irdische)	nur alle 50 Jahre Nachwuchs
Drakon (interstellare Drachen)	Drachenwesen, Hüter im Universum, alle 300 Jahre Nachwuchs
Drakonat	Drachenmann, höchstes Wesen in der Caiphas-Galaxie, (Imset, Sobek, An-Sam)
Drakonium	Mineral, welches nur in den Schalen von Dracheneiern vorkommt, kann in Atlamat umgewandelt werden, 500 g Drakonium ergeben 80 g Atlamat
Duamutef	Tarronn, Horussohn, zweitältester Bruder von Hatik/Imset, Kanopenwächter: Schakal-Magen-Osten, Befehlshaber im östlichen Teil der Caiphas-Galaxie
Farin	Tarronn, Chef der Wetterstation in der Eiswüste
Faruk	Streitross von Ramses II.
Fatma	Tarronn, Horus' sterbliche Geliebte, er rettet sie auf die Erde, Ahnfrau von Schep-en-Hor
Forseti	Ase, Gott für Recht und Gesetz auf Asgard
Frigg	Asin, Frau Odins
Ga-Rel	im christlichen Glauben Erzengel Gabriel
Geheime Bücher der Schöpfung	enthalten das gesamte Weltenwissen aller Galaxien
Golddorsche	Riesenfische auf Tarronn
Große Verborgene	Re und seine Söhne Ga-Rel, Mi-Kel, Ur-Lel, Ra-El
Hapi	Tarronn, Horussohn, drittältester Bruder von Hatik/Imset, Kanopenwächter: Affe-Lunge-Norden, Befehlshaber im nördlichen Teil der Caiphas-Galaxie

Hatik / Imset	Tarronn, Drachenmann, jüngster Horussohn, Kanopenwächter: Menschenkopf
Hathor / Neri / Nefertari	Atlan, Seherin / Magierin, später Nefertari - Lieblingsfrau Ramses II, Gefährtin von Hatik/Imset, Mutter von Merit-Amun, Sobek und Ihi
Heimdall	Wächter von Asgard
Helion	Galaxie und Planet im Südlichen Universum, bei zehnfacher Lichtgeschwindigkeit 2 Monate von Tarronn entfernt, auch Bezeichnung der Bewohner
Helis	Zentralgestirn der Atla-Galaxie
Honig-Springer	Nektar sammelnde Insekten auf Tarronn
Horus	Tarronn, ägyptischer Gott, Schutzherr von Hatik, Vater von Hatik/Imset, Duamutef, Kebechsenef und Hapi, sowie von Ihi
Horussöhne	Tarronn, Imset, Duamutef, Kebechsenef und Hapi, Kanopenwächter, Später kommt Ihi dazu
Hüterinnen	Mara, Kira
Hydra	Schalentier mit unzähligen Tentakeln, uralt
Idun	Asin, Göttin der Jugend und der Unsterblichkeit
Imset	siehe Hatik
Isis	Tarronn, Urmutter, Gefährtin von Osiris, Mutter von Horus, Mutter seiner 4 älteren Söhne, Halbschwester von Neri
Jaka-Rinde	Gewächs auf Tarronn, desinfizierende / heilende Baumrinde
Jako	Tarronn, Mitglied in Horus' Crew, war mit Sobek auf der Erde
Jani	Freundin von Zaid, Gefährtin von Maris, interstellare Biologin, Mutter von Ariel
Kantar	Hauptkontinent von Tarronn
Kebechsenef	Tarronn, Horussohn, ältester Bruder von Hatik/Imset, Kanopenwächter: Falke-Unterleib-Westen, Gefährte von Luna, Vater von Lilly, Befehlshaber im westlichen Teil der Caiphas-Galaxie

Kira	Atlan, Hüterin, folgt Neri nach Ägypten, Gefährtin von Arko
Lara	Atlan, Gefährtin von Talos, Kräuterexpertin, Mutter von Sara
Laura	Atlaronn, Zwillingsschwester von Leon, Tochter von Sobek und Zaid
Leon	Atlaronn, Zwillingsbruder von Laura, Sohn von Sobek und Zaid
Letan	abtrünniger Drakon, auf die Erde verbannt, von Imset getötet
Liksia-Ruten	Weidenähnliche Ruten, epiphytische Pflanzen, wachsen auf den höchsten Urwaldbäumen auf Tarronn
Lilly	Atlaronn, Tochter von Luna und Kebechsenef
Loki	Ase, Gott der Lüge
Luna	Atlan, Gefährtin von Kebechsenef, Tochter von Mira, fertigt Ritual- und Prunkgewänder, Mutter von Lilly
Maat	Tarronn, Göttin der Ordnung und Wahrheit
Mabazom	Gewächs auf Tarronn, Lauchähnliche Grasart mit leckerem Saft, stammt ursprünglich von Caiphas
Mara	Atlan, Hüterin, Gefährtin von Aron, einzige Kriegerin der Atlan, Mutter von Mona
Maris	Atlan, Junge auf Atla-Insel, Materiewandler, Später Heiler, Gefährte von Jani, Vater von Ariel, Freund Sobeks
Merit-Amun	Atlan, älteste Tochter von Nefertari, einziges Kind mit atlanischem Blut, Mutter von Tanit, Gefährtin von Safi
Midard(-Schlange)	Lokis Sohn
Mi-Kel	im christlichen Glauben Erzengel Michael
Mira	Atlan, Mutter von Luna, Weberin, Gefährtin von Solon,
Mitri-Basis	Raumbasis von Tarronn, von Neith befehligt
Mona	Atlan, Tochter von Mara und Aron

Nala	Hündin von Sobek, hat Imset von der Erde mitgebracht, Mutter von Sita, Tina und Nubi
Neri	Seherin der Atlan, auch Nefertari und Hathor, Gefährtin von Imset
Neith	Hochrangige Kriegsgöttin, befehligt die Raumbasis Mitri
Nubi	Hündin von Luna, Tochter von Nala, gleicht Anubis' Namenshieroglyphe
Odin	Ase, König von Asgard
Osiris	Tarronn, Gefährte von Isis, Vater von Horus, Ziehvater von Anubis, König von Tarronn
Pepi	ägyptischer Unteroffizier im Außenposten
Ra-El	im christlichen Glauben Erzengel Raphael
Raia	ägyptischer Offizier der Streitwagentruppen
Rami / Ramses II.	Atlan, Sohn von Solon, später Pharao Ramses II
Ron	Tarronn, Mitglied in Horus' Crew, war mit Sobek auf der Erde
Rula-Beeren	Gewächs auf Tarronn, winzige rote Beeren, die in dichten Trauben wachsen
Sachmet	Niedere Kriegsgöttin, sät überall Zwietracht
Safi	Atlan, Begleiter von Neri, Gefährte von Merit-Amun, bester Freund von Imset, Vater von Tanit
Sara	Atlan, Tochter von Talos und Lara, Gefährtin von Tamu
Sarion-Galaxie	mehrere Lichtjahre von Tarronn entfernt
Schep-en-Hor	Mensch, Gefährtin von Anubis, Nachfahrin von Horus
Seschat	Tarronn, Architektin / Vermessungsexpertin, Kurzromanze mit Horus
Seth	Tarronn, seit dem Mordversuch an Osiris geächtet
Sif	Asin, Thors Frau

Siri	Drakon-Weibchen, Gefährtin von Drakos, stammt von Atla
Sita	Hündin von Sara, Tochter von Nala
Sobek	Atlaronn, Sohn von Neri und Imset, Drakonat von Geburt an, Herr aller Echsen, Gefährte von Zaid, Vater von Laura und Leon
Solon	Atlan, Ältester der irdischen Atlan, Magier, Gefährte von Mira, Vater von Rami
Taba	Einer der Mond von Tarronn
Takin-Früchte	Gewächs auf Tarronn, apfelgroße, blutrote Früchte, mit dünner Hülle und viel blutrotem Saft
Talos	Atlan, Magier, Gefährte von Lara, Vater von Sara
Tamu	Tarronn, Kämpfer, Mitglied in Horus' Crew, war mit Sobek auf der Erde, Gefährte von Sara
Tanit	Atlan, Tochter von Merit-Amun und Safi, Blutsschwester von Siri
Tappa-Falle	Magische Falle, die nur der Besitzer wieder öffnen kann, im ganzen Universum geächtete Waffe, Kästchen mit blutrotem Deckel
Taris	Außenbasis am Rande der Caiphas-Galaxie, untersteht Horus
Taro	Drakon-Männchen auf Atla
Tarronn	Planet und Volk in der Caiphas Galaxie (Heimat des Horus-Clans)
Thor	Ase vom Planeten Asgard, Sohn Odins
Tim	Tarronn, Mitglied in Horus' Crew, war mit Sobek auf der Erde
Tina	Hündin von Merit-Amun, Tochter von Nala
Tobi	Schüler der Magier, Verräter, für den Tod von Rami verantwortlich, wird von Sobeks Drachenflamme pulverisiert
Torn	Tarronn, Chef der Reparaturbrigade auf Taris

Troiden	Bezeichnung der atlanischen Seherinnen
Tuul-Wurzel	Heilendes Gewächs auf Tarronn
Uräus	Orakel von Tarronn, Verkünderin, eine der Schicksalsgöttinnen, Urmutter
Ur-Lel	im christlichen Glauben Erzengel Uriel
Wapi	Vierbeiniges Säugetier auf Atla, hat 4 gewundene Hörner
Zaid	Tarronn, Gefährtin von Sobek, interstellare Botanikerin Mutter der Zwillinge Laura und Leon
Zentaur	Pferdemann -> siehe Cheiron
Zeus	König von Helion, vom Volk der Olympier

Sina Blackwood

(Pseud.)

1962 in Sebnitz geboren, verbrachte sie ihre frühe Kindheit inmitten der Natur. Das hat sie geprägt, spiegelt sich auch in ihren Werken wider. Durch den Umzug ihrer Familie nach Dresden entdeckte sie ihre Liebe zu Museen und Kunstsammlungen. Nach der EOS (heute Gymnasium) und der Lehre zur Wirtschaftskauffrau im Einzelhandel verschlug es sie für einige Jahre an die Ostsee. Inspiriert durch die Schönheit der Landschaft begann sie mit dem Schreiben – und hörte nicht mehr auf. Bis Januar 2016 veröffentlichte sie 30 Bücher, sowie zahlreiche Kurzgeschichten in Anthologien und Online-Magazinen. Seit dem Jahr 1996 lebt sie in Chemnitz. Sie ist Mitglied im Freien Deutschen Autorenverband und der Künstlervereinigung Fundus Artifex.

Kontakt:

Mail: reni.dammrich@t-online.de
Web: http://www.reni-dammrich-geschichtenzauber.de